KB271052

소설 춘추 春秋

하

용과 뱀

김영수 저

명문당

소설(小說) 사서오경(四書五經)에 붙여

내가 〈논어〉를 이야기로 쓰려 했던 것은 세 가지 이유에서였다.

첫째는 쉬운 내용의 참된 가르침이 어려운 한문으로 되어 있기 때문에, 쉬운 우리 말로 바꿔 보려는 생각에서였다.

둘째는 가장 위대한 인류의 영원한 스승인 공자를 잘못 알고 있는 사람이 너무도 많기 때문에, 그런 사람들의 잘못된 인식을 바로 잡아 주려는 생각에서였다.

셋째는 개인적 이기심과 가치관의 혼란으로 인해 갈피를 잡지 못하는 오늘날의 현대인에게, 옳고 그름을 판단하고 참된 가치를 일깨우는 올바른 양식의 기둥이 되고자 하는 이유에서였다.

수천년을 통해 내려오면서 우리 동양인의 사고와 행동을 지배해 온 〈사서오경〉은 우주원리를 밝히고, 그 원리에 따라 인간이 나아가야 할 바른길과 도리를 제시하여 주기 때문이다.

〈사서오경〉을 써나가면서 〈논어〉의 경우는 쉬운 내용이므로 한문을 우리말로 옮겨 쓰면 된다는 생각이 들었었으나, 〈논어〉에 담긴 가르침의 주인공인 공자가 과연 어떤 분이었으며, 그분의 생애와 그분이 살았던 시대적 배경과 사회적 분위기가 과연 어떠했던가를 정확히 하는 것이, 흥미와 함께 이해를 높일 수 있다는 것을 깨닫게 되어 〈논어〉와 공자의 가르침이 담긴 이야기를 포함시키는 방향으로 써나가게 되었다.

〈사서오경〉이란 이름은 사실 정확한 이름이 아니다. 〈사서삼경〉인 경우는 〈사서〉와 〈삼경〉이 전혀 다른 내용을 담고 있지만 〈사서오경〉의 경우는 그렇지가 않다. 〈사서〉 중의 〈중용〉과 〈대학〉이, 〈오경〉중의 하나인 〈예기〉 속에 들어 있기 때문이다. 그러므로 〈사서오경〉이라고 하기보다는 〈이서오경〉이라 불러야 옳다. 결국 〈사서삼경〉이란 고정된 관념에서 〈사서오경〉이란 부정확한 이름이 붙게 되었다고도 말할 수 있다.

그러나 또 어떤 면에서는 우리와 친숙해져 있고 이미 독립되어 있는 〈대학〉과 〈중용〉을 다시 〈예기〉 속에 되돌려 넣기 보다는, 〈대학〉과 〈중용〉을 독립분리 시키고 남은 그 〈예기〉를 포함한 〈오경〉이란 뜻으로 풀이해도 무방하다고 할 수 있다. 결국 〈예기〉 속에서 가장 중요한 〈대학〉과 〈중용〉을 뺀 〈예기〉가 〈오경〉으로 남게 된 셈이다.

〈사서오경〉 가운데 가장 쉬운 말로 되어 있고 가장 알기 쉬운 내용으로 되어 있는 〈논어〉가 모든 유교 경전의 바탕이 되어 있다는 것에 우리는 새삼 감탄을 금할 수 없다. 그와 동시에 참이니 진리니 하는 것은 바로 쉽고 가까운 곳에 있다는 것을 깨닫게 된다. 그것은 기독교의 성경에 있어서 가장 바탕이 되는 〈마태복음〉을 비롯한 〈4대 복음서〉가 가장 쉬운 말과 내용으로 되어 있다는 것과 너무도 흡사하다. 그 모양만이 아니라 그 속에 담겨 있는 깊은 뜻도 같다는 것에 새삼 진리는 하나라는 것을 우리는 느끼게 된다.

맹자는 이런 말을 했다.

"순(舜)은 그의 난 곳과 죽은 곳을 놓고 볼 때 동쪽 오랑캐의 사람임이 분명하다. 문왕(文王)은 난 곳과 죽은 곳으로 볼 때 서쪽 오랑캐 사람이 틀림없다. 땅의 거리가 천 리가 넘고 시대의 차이가 천 년이 넘건만 그들이 뜻을 얻어 나라를 다스린 것을 보면 하나도 다를 것이 없다."

공자와 예수의 경우도 맹자의 이 말이 그대로 적용될 것으로 여겨진다. 다만 두 분을 둘러싼 시대적 사회적 여건으로 인해 표현 방법에 차이가 있을 뿐이다.

〈논어〉 다음으로 쉬운 내용은 〈맹자〉다. 공자의 짤막한 말씀을 확대해서 설명하기도 하고, 공자가 드러내 놓고 하지 못한 말을 맹자는 드러내놓고 하기도 했다. 맹자가 산 시대는 언론자유가 보장되어 있던 백가쟁명의 시대였기 때문이다.

공자는 〈논어〉에서 임금이 묻는 말에 대해

"임금은 신하를 예로써 대하고, 신하는 임금을 참으로써 섬겨야 합니다."

라고 대답했는데, 맹자는 권위주의와 독재사상에 물들어 있는 제나라 왕을 일부러 찾아가서 이렇게 경고한 일까지 있다.

"임금이 신하를 손발처럼 아끼면 신하는 임금을 가슴과 배처럼 소중히 여기지만, 임금이 신하를 지푸라기처럼 여기면 신하는 임금을 원수처럼 생각합니다."

〈논어〉에는 없고 〈예기〉의 〈예운편〉에 나와 있는 공자의 대동사상(大同思想)을 바탕으로 맹자는 이런 말을 하고 있다.

"백성이 가장 소중하고 그 다음이 나라고, 가장 가벼운 것이 통치자인 임금이다."

중국 혁명의 아버지로 불리우는 손문(孫文)은 〈예기〉에 나오는 공자의 대동사상을 바탕으로 〈삼민주의〉라는 것을 창안했다고 한다.

그런데 혁명기나 개화기의 얼치기 지식인들은 공자의 케케묵은 봉건사상 때문에 중국이 병들었다며 공자를 배척하는 것이 보통이었다. 우리나라도 마찬가지였다.

그것은 공자를 간판으로 내세우고 있는 집권층들에 의해 공자가 잘못 인식된 때문이기도 했고, 흐려진 물을 보고 샘물자체가 원래 흐린 것으로 아는 것과 같은 지식인들의 속단과 과신에서 빚어진 현상이었다.

그것은 어느 목사 한 사람이 어떤 잘못을 저지르거나 또는 어떤 교회가 마음에 들지 않는 일을 하거나 했을 때, 성경의 말씀이나 예수의 가르침이 그런 결과로 나타났다고 판단하는 것과 같은 것이라 볼 수 있다.

누구나 손쉽게 구해볼 수 있는 우리말로 된 기독교 성경의 경우도 그러하거든, 하물며 한문지식이 없이는 알 수 없는 유교 경전이야 더 말해 무엇하겠는가?

그래서 나는 쉬운 〈논어〉나 〈맹자〉뿐 아니라 어려운 내용의 유교 경전, 다시 말해 삼경이니 오경이니 하는 것 속에 있는 내용들을 누구나 알 수 있게끔 하기위해 범위를 확대하게 되었던 것이다.

특히 〈예기〉의 경우는 따분한 설명만으로는 흥미를 느낄 수도 없고, 숨은 뜻을 밝힐 수도 없는 일이므로 대화체를 빌어 토론형식으로 현대적인 감각의 접근을 시도해 보았다. 그리고 지난날 집권층의 어용학자들이 공자의 말씀이 아니라고 부인하려 했던 〈예운편〉을 깊이있게 다뤄보려 했으며, 그와 곁들여 우리의 귀중한 종교적 철학적 유산인 〈삼일신고〉의 특강을 넣어두기도 했다.

유명한 종교개혁가 루터는 종교개혁의 가장 급하고 근본적인 문제로, 어려운 라틴어나 히브리어로 되어 있는 성직자만의 독점물이었던 성경을 쉬운 독일어로 옮겨 누구나 읽음으로써 성직자들의 예수를 빙자한 독재와 특권의식을 뿌리뽑고, 그들이 말하는 하나님이 얼마나 위장된 것인가를 신도들에게 알려 주려 했던 것이다.

외람된 비유일지 모르나 내가 이 책을 내는 나름대로의 보람이라면, 공자니 유교니 선비니 하는 것에 대한 그릇된 인식을 바로잡을 수만 있다면 그보다 더한 보람은 없을 것 같다.

예수도 석가도 진리를 말한 점에 있어서는 공자와 다를 바가 없다. 그러나 그 삶과 행동에 있어서는 서로의 차이가 뚜렷하다. 우리로서는 따를 수 없는 점이 너무도 많다. 그러나 공자는 그렇지 않다. 우리가 그대로 본받으면 되는 것이다. 독신생활도 필요없고 처자를 버리고 굳이 절간으로 들어갈 것도 없는 것이다.

〈맹자〉에 보면 이런 내용이 있다.

제나라 재상이 맹자를 보고 물었다.

"임금께서 몰래 사람을 시켜 선생님을 엿보곤 합니다. 과연 남다른 무엇이 있습니까?"

그러자 맹자는 이렇게 말했다.

"어떻게 남다른 것이 있을 수 있겠는가? 아무리 위대한 성인이라도 생긴 모양과 하는 일은 보통사람과 똑같다."

대승불교의 최고 경전이라면 〈유마경(維摩經)〉을 들 수 있을 것이다. 〈유마경〉의 주인공인 유마거사는 거사(居士)라는 그 이름이 말해 주듯이 아내와 자식을 거느리고 집안에 있으면서 도를 닦은 사람이다 작게 말하면 선비요 학자였고, 달리 크게 말한다면 공자와 석가같은 성인이었다.

불교에서도 공자를 이상적인 인물로 여기고 있었음을 알 수 있다. 공자를 알고 공자를 모방해서 〈유마경〉을 지은 것이 아니라, 이상형의 인물로 등장시킨 유마거사가 우리들이 흔히 말하는 한 선비에 지나지 않았다는 점에서 더욱 그러하다.

이 책을 통해 공자와 유교의 경전에 대해 잘못되었던 지난날의 인식에서 벗어나, 정치 사회 철학 종교와 같은 문제들에 대해 보다 깊이 있는 무엇을 얻게 된다면 그보다 더 다행한 일은 없을 것 같다.

시간에 쫓기어 보다 완전한 책을 내지 못한 것을 못내 아쉬워 하
며 다음 기회에 그런 것들을 보완할 수 있었으면 하고 바라마지
않는다.

김영수

春秋 제 2 권 차례

小說四書五經

春秋 II

용(龍)과 뱀

인 심 지 동　인 언 이 선　길 흉 영 욕　유 기 소 소
人心之動 因言以宣 吉凶榮辱 惟其所召.
"사람의 마음의 움직임은 말로 인하여 베풀어지나니, 길흉과
영욕은 다 말이 불러들이는 것이다."

"애! 저기 웬 사람들이냐?"

"글쎄? 이리로 오고 있다!"

제나라 서울 임치의 동문 밖 조금 떨어진 곳엔 들뽕나무 고목이
온통 숲을 이루고 있어, 대낮에도 햇빛이 거의 들지 않았다.

뽕나무 고목 위로 올라가 뽕을 따던 여남은 처녀들이 갑자기 나
타난 떼 지어 오는 남자들에 놀라 주고받는 말이었다.

호기심에 가슴을 두근거리며 지켜보고 있는데, 그 일행들은 처녀
들이 있는 바로 그 나무 밑으로 오지 않겠는가? 처녀들은 소리를
죽인 채 한발 한발 높은 가지로 올라가 숨는 도리밖에 없었다.

그런데 지나갈 줄 알았는데 바로 그 아래에 또아리를 틀듯 아홉
사람이 둘러앉아 조용하면서도 열띤 이야기를 주고받곤 했다.

바로 위 나뭇가지에 앉아 뽕잎을 장막으로 가리고 있는 처녀들은

숨을 죽인 채 그들의 이야기를 듣기 싫어도 들을 수밖에 없었다.

처녀들은 공자 중이의 부인 제강의 시녀들로 누에에게 줄 뽕을 따러 와 있던 참이었고, 남자들은 중이의 심복 부하들로 남의 눈과 귀를 피해 이곳을 비밀회의장으로 정하고 찾아온 것이다.

중이가 쫓기어 제나라로 온 것은 노희공 16년이었다. 제환공은 중이에게 자기 딸을 시집 보내주는 한편 중이를 국빈으로 대우하고 있었고, 따라온 사람들에게도 있을 집과 타고 다닐 수레까지 주었다.

그러나 제나라로 찾아온 것은 그런 편안한 삶을 위해서가 아니었다. 제환공의 힘을 빌려 진나라로 돌아가, 임금이 되고 나라를 다스리게 되기를 바라서였다. 그런데 제환공은 죽고 아들들의 권력싸움으로 혼란이 거듭되던 끝에 효공이 송양공의 도움으로 임금의 자리에 앉기는 했으나, 그의 힘을 기대할 수는 없게 되었다.

그래서 다시 제나라를 떠나 다른 나라로 갈 생각에 중이와 상의를 하려 했으나 중이는 제강의 사랑에 빠져 밤낮 마시고 즐기고 할 뿐, 신하들의 귀찮은 소리가 듣기 싫어 아예 만나주지도 않았다.

신하들은 꼬박 열흘을 기다려도 만날 수가 없자 호언의 의견에 따라 들구경을 나오는 척하며 보는 사람도 듣는 사람도 있을 리 없는 이곳으로 온 것이다.

이때가 제나라로 온 지 7년째 되는 노희공 22년 봄이었다.

조최가 호언을 보고 말했다.

"아까 방법이 하나 있다고 했는데 어떤 방법이오?"

"이제 남은 방법이라고는 공자를 납치해서 억지로 다른 나라로 모시고 가는 것밖에 없습니다."

"어떻게 그럴 수 있겠소?"

"떠날 준비를 다 갖추어 둔 다음, 공자가 나오기를 기다렸다가 들밖으로 사냥을 가자고 모시고 나와 그길로 목적지로 향하는 겁니다. 그런데 문제는 어느 나라로 가느냐 하는 겁니다. 자여(조최)

의 생각은 어떻소?”

“송나라가 패제후를 꾀하고 있고, 또 그 임금이 이름을 좋아하는 사람이니 송나라가 어떻겠소? 거기서도 뜻을 얻지 못한다면 다시 진나라든 초나라든 옮겨가기로 하고요.”

“그게 좋겠군요. 송나라 사마 공손고는 나와 친분이 두터운 사람이기도 합니다.”

보다 구체적인 납치방법을 상의한 끝에 이들 아홉 사람은 오던 길로 되돌아갔다.

숨도 제대로 못 쉬며 온 몸을 귀로 삼아 엿듣고 있던 궁녀들은 긴 한숨을 내쉬며 서둘러 궁으로 돌아왔다. 공주 제강에게 이 소식을 알리면 칭찬과 상을 받을 것이 틀림없기 때문이다. 남편을 납치당하고 영영 생이별을 해야만 될 아슬아슬한 고비에서 그 음모를 사전에 알게 되었으니, 제강으로서는 그보다 더 큰 다행이 있을 수 없는 일이었다.

그러나 이들 시녀들은 모조리 꾸중만 듣고 지하실 광속에 갇히고 말았다. 없는 말을 꾸며내어 환심을 사려 한다고 벌을 준 것이다.

그리고는 남편 중이에게 다른 나라로 떠나가라고 권했다. 따르는 호걸들을 위해서라도 그래야만 한다고 달래고 타이르듯 말했지만 듣지 않았다. 이렇게 즐겁고 편안한 곳을 버리고 어디로 가느냐는 것이었다. 자기 한 사람만을 생각하는 귀족의 본성을 드러낸 것이다.

다음날 아침 조최·호언·위주가 궁문 밖에 서서 말을 전했다. 공자를 모시고 들밖으로 사냥을 나가려 한다는 것이었다.

중이는 아직 일어나지도 않은 채 몸이 좋지 않아 나갈 수 없다고 하라고 시켰다.

이 말을 들은 제강이 급히 사람을 시켜 호언만을 불러들였다. 사람들을 물리친 다음 갑자기 사냥을 나가자는 까닭을 물었다.

“특별한 까닭이야 있겠습니까? 앞서 적나라에 계실 때는 거의 날

마다 산과 들을 달리며 짐승을 쫓곤 했는데 제나라로 와서는 오래
도록 사냥을 나가지 않으신지라, 팔다리를 놀리는 것이 몸에 좋을
것 같은 생각이 들었을 뿐입니다.”

“그래요? 이번 사냥이 송나라가 아니면 진나라나 초나라가 되겠
지요?”

호언은 놀라지 않을 수 없었다.

“어떻게 하루 사냥이 그토록 멀 수 있겠습니까?”

“나를 속이지는 못해요. 공자를 납치해서 달아나려는 거지요?”

“……?”

“걱정할 건 없어요. 내가 도와주지요. 나도 간밤에 애써 권해 보
았지만 움직일 뜻을 전연 보이지 않았어요. 오늘밤 내가 공자에게
술을 권해 깊은 잠에 빠지게 해둘 것이니, 공자를 수레로 모시고
밤에 성을 빠져나가도록 해요. 그길밖에는 없지 않겠소?”

호언은 감격해 머리를 조아리며 말했다.

“부인께서 부부의 사랑을 끊으시고 공자의 큰뜻을 이루게 해 주시
면, 그 어지신 덕은 천고에 길이 빛날 것입니다.”

이리하여 이른 저녁 제나라 성을 나온 중이 일행이 약 60리를 달
려왔을 때는 닭의 울음소리가 사방에서 들려오기 시작했다.

이때서야 중이는 몸을 뒤척이며 물을 달라고 했다. 고삐를 잡고
옆에 있던 호언이 날이 밝아야 물을 얻을 수 있다고 대답했다. 중이
는 그 말뜻을 새겨듣지 않은 채 침대가 흔들리니 바닥으로 내려 달
라고 했다. 호언이,

“침대가 아니라 수레입니다.”

라고 하자 그제야 눈을 크게 뜨고 너는 누구냐고 물었다. 호언이 다
시,

“호언입니다.”

라고 하자 비로소 꿈에서 깨어난 듯 모든 것이 생각났다.

제강이 제나라를 떠나라고 권하던 일이며, 호언의 무리들이 사냥을 가자고 청한 일이며, 제강이 술상을 크게 벌이고 시녀들을 시켜 번갈아가며 술잔을 올리게끔 한 일들이 모두 짜고 이루어진 것임을 알게 된 것이다.

중이는 이불을 박차고 벌떡 일어나 호언을 꾸짖었다.

"너희들이 내게 알리지도 않고 성을 나왔단 말이냐? 무엇을 어떻게 하겠다는 거냐?"

"장차 진나라를 공자께 바치려 합니다."

"나는 싫다. 진나라를 얻기 전에 제나라를 먼저 잃는 어리석은 짓은 하지 않겠다."

호언은 거짓말을 할 수밖에 없었다.

"제나라를 벗어난 지 벌써 백리나 됩니다. 제나라 임금이 공자의 도망친 것을 알고 군사를 보내 뒤쫓고 있을 것이므로 돌아갈 수는 없습니다."

중이는 버럭 화를 내며 옆에 서 있는 위주의 창을 빼앗아 들고 호언을 찌르려 했다. 호언이 급히 수레에서 뛰어내려 달아나자, 중이도 같이 수레에서 뛰어내려 뒤를 쫓기 시작했다.

쫓고 쫓기고 뜯어 말리고 한 끝에 이미 저질러진 일이라 새로운 마음으로 다시 정한 곳도 없는 나그네길을 재촉해야만 했다.

이리하여 처음 닿은 곳은 조나라였다. 조나라 임금 공공(共公)은 형편없는 임금이었다. 아첨하는 무리들이 높은 벼슬에 올라 있고, 나랏일은 버려둔 채 놀기에만 정신이 팔려 있었다. 붉은 예복을 입고 수레를 타고 다니는 대부란 사람들이 3백이나 되었는데, 모두가 시장바닥에서 건달 노릇을 하던 사람들이었다.

진나라 공자가 찾아왔다는 말을 듣자 공공은 받아들이려 하지 않았다. 단 하나 남은 원임대신인 희부기(僖負羈)가 간했다.

"진나라 공자 중이는 그 어진 이름이 천하에 알려져 있습니다. 그는 또 통갈비에 겹동자라는 크게 귀하게 될 상을 지니고 있는 사람이기도 합니다.”

공공은 어질다는 것에는 조금도 관심이 없었다. 그러나 통갈비니 겹동자니 하는 것에는 호기심이 끌렸다.

“겹동자란 말은 들어서 알고 있지만 통갈비란 어떤 거요?”

“갈비뼈가 양쪽으로 나뉘어 있지 않고 하나로 이어져 있는 것을 말합니다.”

“믿어지지 않는 걸. 그럼 우선 공관에 들게 하지. 목욕할 때 내가 직접 보고 싶으니까.”

이리하여 중어 일행은 공관에 들게 되었다. 그러나 임금이 나와 맞는 일도 없고 대부가 나와 맞는 일도 없었으며, 환영잔치는 커녕 물과 밥만을 차려 내었다.

중이는 노여워 수저도 들지 않았다. 조금 지나자 목욕물이 준비되었다며 목욕하기를 청했다. 먼길을 달려온 끝이라 옷을 벗고 욕실로 들어가 몸을 씻기 시작했다.

이때 공공은 시종 몇 사람을 거느리고 욕실로 들어와 중이의 갈비뼈를 들여다보고는 왁자지껄 떠들며 나가버렸다.

놀라 달려온 진나라 신하들은 그것이 조나라 임금이었다는것을 알자, 분노를 참을 길이 없었다.

노여움이 가시지 않은 채 저녁도 굶고 앉아 있는데 밤이 깊어갈무렵 희부기가 찾아와 임금을 대신해 용서를 빌고 자기 집으로 일행을 초청했다.

희부기가 찾아온 것은 그의 부인 여씨(呂氏) 때문이었다.

여씨는 수심에 찬 얼굴로 집에 돌아오는 남편의 모습을 보자 그 까닭을 물었다. 뽕밭에 나가 뽕을 따고 있을 때 마침 중이 일행이 지나가는 것을 보았던 것이다.

희부기가 낮에 있었던 일을 들려 주자,

“나도 그 일행을 보았어요. 공자는 수레에 타고 있어 자세히 볼 수 없었지만 뒤따르는 몇 사람들은 모두 영걸이었어요. 그 임금에 그 신하라지 않습니까? 공자가 진나라 임금이 되어 죄를 묻게 된다면 돌과 구슬이 함께 타버리고 말 것입니다. 임금이 예를 잃었으면, 대감이 대신 가서서 용서를 빌도록 하세요. 그리고 집으로 초청해 오십시오. 제가 음식을 준비하겠습니다.”

이렇게 해서 중이 일행은 희부기의 집으로 오게 된 것이다. 저녁도 굶고 있던 참이므로 차린 음식이 더욱 맛있었고, 초청해준 희부기가 더없이 고마웠다.

그런데 밥을 먹던 중이가 밥그릇 속에서 흰 구슬을 발견했다. 부인 여씨가 폐백으로 넣어 둔 것이다. 값비싼 보물이다.

그러나 중이는 끝까지 사양하고 받지 않았다. 다행히 나라로 돌아가게 되면 은혜를 잊지 않고 꼭 보답하겠다는 약속만을 하고, 이튿날 길을 떠나 송나라로 들어갔다.

호언의 연락을 미리 받고 있던 공손고가 양공을 대신해 멀리 성밖까지 나와 맞이했다. 초나라와의 싸움에서 넓적다리에 화살을 맞고, 양공은 여전히 일어날 수가 없어 공손고를 대신 시킨 것이다.

따로 공관을 정해 주고 임금의 예로 대우했다. 중이는 다음날 바로 떠나려 했으나 공손고가 양공의 명을 받들어 굳이 더 머물기를 청했다. 양공은 뒷날 진나라의 힘을 빌어 초나라에게 원수를 갚으려는 생각이었다.

공손고는 제나라에서 어떤 대우를 받았느냐고 호언에게 물었다. 딸을 시집보내주고, 말을 선사한 이야기를 했다. 공손고가 양공에게 그대로 보고하자 송양공은,

“공자는 이미 송나라 딸과 혼인한 일이 있으므로 다시 딸을 줄 수는 없는 일이지만, 수레와 말만은 그대로 하리라.”

하고 수레 20대와 말 40마리를 보내주었다. 중이 일행은 감격해 마

지 않았다.

이렇게 지내던 어느 날 호언이 공손고와 나라로 돌아갈 일을 상의했다. 공손고는 다른 큰 나라의 힘을 빌리도록 하라고 권했다. 송나라는 도울 힘이 없었기 때문이다.

중이 일행이 떠나는 날, 송양공은 양식이며 옷이며 신을 아낌없이 주었다. 일행은 기쁠 수밖에 없었다. 세상 물정을 알려면 나그네가 되어 보라고 했다. 중이는 위나라와 조나라에선 지나치게 푸대접을 받았고, 제나라와 송나라에서는 또 지나치리 만큼 후대를 받은 것이다. 다음 정나라와 초나라에서도 같은 상반된 대접을 받게 된다.

중이 일행이 떠난 뒤, 송양공은 화살 맞은 상처가 날로 더 심해져 마침내 임종을 맞게 되었다. 세자 왕신(王臣)에게 일렀다.

"나는 자어(子魚=목이의 자)의 말을 듣지 않아 여기에 이르렀다. 네가 내 뒤를 잇거든 나라를 자어에게 맡겨라. 초나라는 송나라의 큰 원수이니 대대로 화친을 하지 마라. 진나라 공자는 나라로 돌아가면 반드시 임금이 될 것이며, 임금이 되면 천하를 호령하게 될 것이다. 조심하여 진나라를 섬기면 그런대로 편안히 나라를 지킬 수 있을 것이다."

사람은 죽을 때 착한 말을 한다고 했다. 양공의 이 유언만은 슬기로운 것이었다.

중이 일행은 송나라를 떠나 정나라로 향했다. 정나라 문공은 미리 소식을 듣고 받아들이지 말라는 영을 내렸다. 숙첨이 아무리 간해야 듣지 않았다. 숙첨은 반드시 보복을 받게 된다며 예로써 대접해 보내지 못할 바엔 차라리 죽여 후환을 없애라는 말까지 했다. 그러나 정문공은,

"경의 말은 너무 지나치구려. 언제는 예로써 후히 대접하라더니, 이번은 또 죽이라고까지 하니 말이오."

하고는 관문을 닫고 열어주지 말라 일렀다.

이리하여 중이 일행은 정나라를 비껴 초나라로 들어갔다. 앞에서 말했듯이 초성왕의 중이에 대한 모든 대우는 지금까지의 그와는 딴판인 겸손하고 예의바른 임금으로 바뀌어 있은 것이다.

초성왕은 중이를 임금의 예로 맞이하며 환영잔치를 벌이고, 최고의 정중한 예로써 대접했다. 중이는 이를 사양하려 했다. 제나라와 송나라에서도 없었던 일이었기 때문이다. 그러나 신하들의 권고로 이를 받아들였다.

초왕은 처음부터 끝까지 중이를 깍듯이 대했고, 중이 또한 겸손과 사양을 잊지 않았다. 송양공을 우습게 대한 초성왕이 망명중의 중이를 이토록 정중히 대우한 것으로 보아 사람 보는 눈이 역시 남달랐다고 생각할 수 있을 것 같다.

이렇게 즐겁게 지내던 어느 날 초성왕은 중이와 함께 멀리 떨어진 운몽 벌판으로 나가 사냥을 하게 되었다.

초성왕이 활솜씨를 자랑하며 연거푸 사슴 한 마리와 토끼 한 마리를 쏘아 잡았다. 따르는 장수들이 모두 엎드려 칭찬을 올렸다. 중이는 그런 초왕을 칭찬하면서도 자신은 정작 솜씨를 자랑해 보이지 않았다.

이때 마침 곰 한마리가 두 임금의 수레를 향해 달려오다 옆으로 비껴 지나갔다. 몰이꾼들에게 쫓긴 것이다.

초성왕이 중이에게 말했다.

"공자께선 어찌하여 활을 쏘지 않습니까? 저 곰을 쏘십시오."

중이는 하는 수 없이 마음 속으로 하늘에 빌며 곰을 겨누어 시위를 당겼다. 곰의 급소로 알려진 발바닥 위쪽에 화살이 꽂히며 곰은 꼬꾸라졌다.

군사들이 그 곰을 가져 와 바치자 초왕은 신궁(神弓)이라며 탄복해 마지 않았다.

바로 이때였다. 군사들이 둘러싸고 있는 한가운데서 갑자기 요란

한 고함소리가 들려왔다. 초왕이 시종들을 보내 알아오게 했다. 돌아와 보고하는 내용은 다음과 같았다.

"산골짜기에서 이상한 짐승 하나가 뛰쳐나왔습니다. 곰 비슷한데 곰은 아니었습니다. 코는 코끼리를 닮았고, 머리는 사자와 비슷하며, 발은 호랑이를 닮았고, 머리털은 승냥이와 비슷하며, 갈기는 멧돼지를 닮았고, 꼬리는 소와 흡사합니다. 몸은 말보다 조금 크고 검고 흰 얼룩무늬를 띠고 있는데, 칼도 창도 화살도 상처를 입힐 수 없고, 쇠를 진흙 씹듯 하기 때문에 수레에 붙은 쇠들이 모두 그놈의 혀끝에 녹아나고 맙니다. 게다가 날래고 빠르기까지 해서 사람의 힘으로는 도저히 다룰 수 없습니다. 그래서 저렇게 야단들이옵니다."

성왕이 중이를 돌아보며 물었다.

"공자께선 중국에서 성장하셨으므로 널리 듣고 많이 알고 계시리라 믿습니다. 지금 말한 그 짐승의 이름이 무엇인지 아시겠지요?"

중이가 조최를 돌아보자 조최가 앞으로 나와 대답했다.

"그 이름을 맥(貘)이라 하옵니다. 머리는 작고, 다리는 짧으며, 구리와 쇠를 먹기 좋아한다 합니다. 뼈는 골속이 없어 쇠망치로 대신 쓸 수 있으며, 그 가죽은 깔고 있으면 습기를 쫓는다 합니다."

"그럼 그것을 잡으려면 어떤 방법을 써야 하오?"

"가죽과 살이 모두 쇠처럼 되어 있으므로 칼이나 창으로는 다스릴 수 없습니다. 다만 콧구멍 안에 빈 구멍이 하나 있습니다. 그곳에 다른 물건을 집어 넣어 당기면 끌려오게 되어 있고, 만일 불로써 지지거나 굽거나 하면 금방 죽는다 했습니다. 불이 쇠를 이기기 때문이지요"

그러자 옆에 있던 위주가 외치듯 말했다.

“신이 병기를 쓰지 않고 그놈을 산채로 잡아 바치겠습니다.”
하고는 수레에서 뛰어내려 나는 듯이 달려가고 말았다.
“우리도 함께 가서 구경합시다.”
하며 초왕은 중이와 함께 수레를 몰고 위주의 뒤를 따랐다.
위주는 포위망을 헤치고 안으로 들어갔다. 그 맥이란 짐승을 보자 강철같은 주먹으로 연거푸 내리쳤다. 곰도 한번 맞으면 꺼꾸러진다는 그의 주먹이다. 그러나 맥이란 놈은 전혀 두려워하지 않았다. 성난 듯이 황소처럼 한번 울부짖고는 곰처럼 벌떡 일어나 다가오더니, 혀로 위주의 허리에 두른 순금 띠를 한도막 핥아버렸다.
성이 난 위주는 한 길 높이로 몸을 날려 그놈의 등에 올라타려 했다. 맥은 재빨리 곤두박질을 치며 한쪽 가로 가 웅크리고 있었다.
더욱 성이 난 위주는 다시 몸을 날려 맥의 등 뒤로 가 그놈의 목을 두 팔로 끌어안았다. 맥은 껑충껑충 뛰기 시작했다. 위주도 따라 오르내리며 조인 팔을 늦추지 않았다.
얼마를 지나자 맥은 차츰 기세가 줄어들기 시작했다. 위주는 더욱 목을 졸랐다. 마침내 맥은 숨이 막힌 듯 꿈쩍도 하지 않았다. 위주는 뛰어내려 구리줄로 그놈의 네 다리를 꽁꽁 묶은 다음 개 끌듯이 끌고 두 임금 앞으로 왔다.
조최가 군사들을 시켜 불로 그놈의 코를 그을리자 금방 물렁물렁해지며 축늘어져 완전히 죽고 말았다. 그제야 위주는 손을 놓고 허리에 차고 있던 보검으로 내리쳤다. 그러나 칼만 번쩍할 뿐 털도 상하지 않은 그대로였다.
“이 짐승의 가죽을 벗기려면 역시 불로 구워야만 합니다.”
하는 조최의 말에 따라 성왕은 맥의 가죽을 얻을 수 있었다.
믿어지지 않는 과장된 전설일지도 모른다. 고려 말기의 불가사리 전설도 이 전설에서 나온 것인지 모른다.
초왕은 중이에게 부러운 듯이 말했다.

“공자를 따르는 여러 호걸들은 문무를 다 갖추고 있습니다. 우리 나라는 만의 하나도 따를 수 없습니다.”

참 반 칭찬 반인 주인으로서 손님에 대한 인사치레일 뿐인 이 말이 성득신의 귀에는 몹시 거슬렸다.

“임금께선 진나라 신하만을 칭찬하셨습니다. 신이 바라건대 힘과 재주를 한번 겨뤄볼까 합니다.”

초왕은 좋게 타이르고 허락지 않았다. 이어 사냥을 끝내고 다시 모여 술을 마시며 이야기를 나누는 가운데, 초왕은 농담을 겸해 이렇게 물었다.

“공자께서 만일 돌아가 진나라 임금이 되시면, 그때는 과인에게 무엇으로 갚으시겠습니까?”

“진나라에 있는 것은 초나라에 다 있습니다. 무엇으로 오늘의 은혜에 보답해야 좋을 지 모르겠습니다.”

“허허허……. 어디 물건만이 갚는 것이 되겠습니까? 마음만 있으면 방법이야 얼마든지 있을 수 있지요. 과인은 듣기를 원합니다.”

“임금의 덕으로 나라로 돌아가게 되면 두 나라가 서로 친하게 지내며 백성을 편안하게 하기를 원합니다. 만일에 피치 못할 일이 있어 두 나라 군사가 넓은 벌판에서 마주치게 된다면, 그때는 임금을 삼사(三舍) 밖으로 피하겠습니다.”

사(舍)는 집이란 뜻으로 행군할 때의 30리 거리를 말한다. 하루 30리 행군을 하면 막사를 치고 쉬어가기 때문에 생겨난 이름이다.

술기운으로 하는 농담이 진담이라고 한다. 중이의 이 말이 겸손한 말일 수는 없다. 술자리에서 물러나온 성득신이 쌓인 분노를 터뜨리며 초왕에게 말했다.

“임금께서 진나라 공자를 그토록 후하게 대하시는 데도 중이의 하는 말이 거만하기 짝이 없습니다. 뒷날 돌아가게 되면 은혜를 원수로 갚을 것이 틀림없습니다. 죽여 뒷걱정을 없앨까 합니다.”

"그게 무슨 소리인가? 중이는 어진 공자로서 따르는 사람들도 다 큰 그릇이야. 아마도 하늘이 돕고 있는 것 같애. 내 어찌 하늘 뜻을 거역하겠는가?"

"임금께서 중이를 죽이지 않으신다면 호언과 조최같은 몇몇 사람을 초나라에 붙들어 두십시오. 호랑이에게 날개를 더해 줄 수는 없지 않습니까?"

"붙들어 두어야 우리의 쓰임이 되지 못하고, 오히려 원한만 살 뿐이야. 방금 은혜를 베풀고 있으면서, 그 은혜를 원한으로 바꾸는 것은 슬기로운 일이 될 수 없어."

초성왕은 성득신의 끈질긴 권유를 단호히 물리치고, 중이를 더욱 정중히 대해 주고 있었다.

전생의 연분이랄까? 앞날의 예감이랄까? 만나는 첫날부터 중이 일행은 성득신의 마음에 불안한 그림자를 던져주고 있었다. 성득신은 뒷날 그가 죽이고 싶어하던 중이와 붙들어두려 하던 호언·조최로 인해 싸움에 패한 끝에 자결하고 만다.

한편 중이가 초나라에 있을 이 무렵 진나라 혜공은 깊은 병으로 누워 있으면서 오래도록 조회도 받지 못하고 있었다. 그의 세자 어는 진목공의 볼모가 되어 아직도 돌아오지 못하고 있었다.

어의 어머니는 양나라 딸이다. 양나라 임금은 백성을 돌보지 않고 궁궐을 세우고 유원지를 만들고 하며, 백성들을 부역에 시달리게 만들었다. 백성들은 부역의 시달림을 피해 국경을 넘어 진나라로 흘러 들어왔다.

진목공은 백리해를 시켜 그런 양나라를 무찔러 없애버렸다. 백성들은 침략군 편이 되어 못살게 굴던 임금을 그들 손으로 죽이고 말았던 것이다.

세자 어는 진목공이 외가인 양나라를 무찔러 없애버리는 것을 보자, 자기를 업신여긴다는 생각이 들었다. 그러던 참에 혜공의 병이 심상치 않다는 소식까지 들려왔다. 어는 초조해질 수밖에 없었다. 불행한 일이라도 있어 다른 공자가 임금이 되는 날이면 자신은 영영 볼모로 남을 수밖에 없기 때문이다.

생각다 못한 어는 자기 아내요, 목공의 딸인 회영(懷嬴)에게 말하여 함께 본국으로 도망쳐 들어가자고 사정했다. 그러나 회영은 눈물을 흘리며 함께 도망칠 수는 없는 일이니 혼자 떠나라며 비밀을 지킬 것을 약속했다.

이리하여 세자 어는 몰래 본국으로 도망쳐 들어가 부자가 다시 만나게 된다. 그러나 그의 이같은 행동은 진목공의 분노의 불꽃에 기름을 붓는 결과를 가져왔다. 부자가 대를 이어 배은과 배신을 거듭하며, 목공의 딸인 아내까지 버리고 달아났으니 당연한 일이기도 했다.

목공은 의리있고 마음씨 어진 중이를 임금으로 맞아들이지 못한 것을 못내 아쉬워하기 시작했다. 지금이라도 늦지 않았다는 생각에서 사람을 시켜 중이가 있는 곳을 알아보게 했다.

초나라로 가 있은 지 벌써 여러 달이 된다는 것을 알자, 공손지를 초나라로 보내 중이를 진나라로 맞아들이려 한다는 뜻을 초왕에게 알리고 도움을 청했다. 이제야 비로소 때가 찾아온 것이다.

중이는 짐짓 초왕에게 말했다.

"이미 임금께 몸을 맡겼으니 새삼 진나라의 도움을 받을 생각은 없습니다."

"아닙니다. 공자께서 초나라의 도움으로 본국에 들어가려면 여러 나라를 거치지 않으면 안 됩니다. 그러나 진나라와 진나라는 국경을 맞대고 있으므로 아침에 떠나면 저녁에 가 닿을 수 있습니다. 진나라 임금은 어진 임금이니 이는 하늘이 돕는 기회라 볼 수 있습니다. 주저마시고 어서 길을 떠나도록 하십시오."

중이를 위한 초성왕의 생각은 어느 것 하나 참되고 슬기롭지 않은 것이 없었다. 그 자신도 말했듯이 하늘이 시키는 거나 다름이 없었다.

이리하여 중이 일행은 초왕을 하직하고 공손지를 따라 본국 길을 향해 떠나게 된다.

중이는 어떻게 본국으로 들어가 임금으로 앉게 되며, 어떻게 천하를 호령하게 되며, 그 사이에 어떤 일들이 벌어지고 있는지를 알아보기로 하자.

중이 일행이 온다는 소식을 듣자 진목공은 기쁨을 감추지 못하며 멀리 성밖으로 나가 맞아들인 다음 풍성한 대접을 아끼지 않았다. 진목공의 부인 목희는 친정을 끔찍이 위한 여자로 유명하다. 중이는 친정 오라비이기도 했다. 그 점은 혜공도 마찬가지여서 혜공이 전쟁에서 패하고 죽게 되어 있는 것을 살려낸 것도 바로 목희였다.

그런데 여기서 이상한 일이 벌어지게 된다. 목희가 친정 조카인 혜공의 세자 어에게 시집보낸 자기 딸 회영을 친정 오라비인 중이에게 다시 시집을 보내는 것이다. 오늘날의 서양 풍속으로도 이해하기 어려운 일을 한낱 사사로운 욕심과 정치적 목적을 위해 버젓이 저지른 것이다.

목희는 남편 목공의 허락을 얻어 딸을 달랬다. 그러나 딸 회영은 들으려 하지 않았다.

"이미 공자 어에게 시집간 몸이온데 어떻게 또 다른 사람에게 시집갈 수 있겠습니까?"

그러자 목희는 공자 어는 돌아오지 못할 사람이며, 중이는 곧 임금이 될 사람이니 너는 임금의 부인으로 들어앉게 되고, 그로 인해 두 나라는 다시 친밀한 관계로 돌아갈 수 있다며, 온갖 이해와 명분으로 딸 회영의 마음을 돌려놓게 된다.

딸의 승낙을 얻어낸 목공은 공손지를 시켜 중이의 승낙을 받아내려 했다. 그러나 중이는 이를 거절했다. 조카며느리를 앗아 아내로 삼는 것이 되기 때문이다. 하기야 아버지인 헌공은 아비의 첩을 아내로 삼아 세자 신생을 낳기도 했었지만, 중이 자신은 그럴 마음이 조금도 없었던 것이다.

그러나 단순한 윤리 문제로 인해 보다 큰일을 망칠까 두려웠다. 특히 중이를 따라다니며 천신만고 끝에 오늘에 이르게 된 신하들의 마음은 불안해질 수밖에 없었다.

조최가 중이를 달랬다.

"신이 들으니 회영은 아름답고 어질며 재주가 뛰어나다 합니다. 그리고 진나라 임금과 부인이 끔찍이도 사랑하는 딸이 아닙니까? 회영을 맞아들이지 않으면 진나라의 환심을 얻기 어렵습니다. 남이 나를 사랑하기를 바라거든 먼저 남을 사랑하고, 남에게 청을 하고 싶으면 먼저 남의 청을 들어주라 했습니다. 진나라의 힘을 빌리려면 그쪽 청을 뿌리칠 수는 없는 일입니다."

중이는 여전히 마음이 내키지 않아 호언에게 물었다. 호언은 이렇게 되물었다.

"공자가 나라로 들어가려 하시는 것은 남을 섬기기 위해서입니까? 대신하려 하시는 겁니까?"

"……"

"섬기기로 말하면 국모가 되지만 대신하려 하면 원수의 아내가 됩니다. 나라도 빼앗는 마당에 더 무엇을 물을 것이 있습니까? 큰일을 꾀하며 작은 예절에 얽매이게 되면 뒤에 뉘우쳐도 돌이킬 수 없게 됩니다."

중이는 마지못해 승낙을 했다. 목공은 곧 날을 가려 혼례를 올렸다. 회영의 얼굴이 제강보다 더 아름다운 것을 보자 중이의 부끄러운 마음이 기쁨으로 바뀌었다. 아름다움이란 사람의 마음을 이토록 달라지게 하는 무서운 힘을 가지고 있는 것일까?

중이 일행은 이제 모든 준비를 갖춘 셈이었다. 그러나 진나라로 들어갈 틈이 보이지 않았다. 섣불리 움직일 수도 없는 일이었다.

그러나 운이 돌아오면 기회도 함께 따르는 것이 세상 이치다. 이해 9월에 혜공이 죽고, 세자 어가 임금이 되었다. 이가 회공(懷公)이다. 회공은 극예와 여성의 의견을 받아들여 이치에 맞지 않는 강압정책으로 허약한 자기 위치를 보강하려는 어리석음을 드러낸 것이다.

회공에게 가장 두려운 것은 중이였다. 중이를 따라간 사람들을 불러들임으로써 팔다리를 잘라내는 효과를 거두려 한 것이다. 그들의 부자와 형제, 친척들을 시켜 편지를 보내 돌아오게 하라는 영을 내리고 그 기한을 석 달 안으로 정했다.

석달 안에 돌아오는 사람은 옛날 벼슬을 다시 주고 돌아오지 않는 사람은 반역으로 죄를 다스릴 것이며, 부자나 형제가 편지를 보내 부르지 않을 경우는 같은 죄로 다스린다는 내용이었다.

극예는 병을 핑계로 벼슬에서 물러나 있는 호돌을 찾아가 호모와 호언 두 아들을 불러들이도록 권했다. 호돌이 들을 리가 없었다. 그러자 극예는 호돌의 뜻을 헤아릴 수 없다며 회공을 보고 직접 불러 편지를 쓰도록 하라고 시켰다.

임금의 부름을 받은 호돌은 죽을 것을 결심하고 가족들에게 마지막 인사를 남기고 궁중으로 들어갔다.

호돌이 말을 듣지 않자 회공은 그의 목에 칼을 얹게 하고 편지를 쓰라고 명령했다. 그래도 쓰지 않자 극예가 호돌의 손을 잡고 억지로 쓰게하려고 했다. 그러자 호돌은

"손을 잡지 마라! 내가 직접 쓰겠다."

하고 '자식은 두 아비가 없고, 신하는 두 임금이 없다(子無二父, 臣無二君)'라는 여덟 글자를 썼다. 회공이 성을 내며,

"너는 두렵지도 않으냐?"

하고 소리쳤다. 그러자 이렇게 대답했다.

"자식으로 불효하고 신하로 불충한 것을 두려워할 뿐, 누구나 죽는 죽음을 어찌 두려워하겠습니까?"

이리하여 호돌은 시장거리로 끌려나와 처형되고 말았다.

태복 곽언이 호돌의 시체를 바라보며 탄식해 말했다.

"임금의 자리를 물려받은 처음에 특사를 내려 백성에게 은혜를 베풀지는 않고, 모든 사람의 존경을 받는 원로대신을 죽였으니 어찌 오래 가겠는가?"

그리고는 그날로 병을 핑계로 나가지 않았다.

이 소식을 들은 호모와 호언은 가슴을 치며 통곡했다. 일행이 형제를 위로하는 자리에서 조최가 말했다.

"죽은 사람은 다시 살지 못하니 슬퍼한들 무슨 소용이 있겠소? 공자를 뵙고 큰일을 상의하여 원수를 갚아야지요?"

형제는 눈물을 거두고 함께 중이에게로 갔다. 형제는 이야기를 마치자 또 통곡을 했다. 중이는 원수를 갚아줄 것을 다짐하고 함께 목공을 찾아가 뒷일을 상의했다.

"하늘이 공자에게 나라를 주시려는 것이니 이 기회를 놓쳐서는 안 됩니다."

하고 서둘러 일을 추진해 줄 것을 약속했다.

목공과 상의를 마치고 중이가 공관으로 돌아오자, 본국에서 사람이 찾아와 기다린다고 수문관이 보고했다. 곧 들어오게 하여 찾아온 까닭을 묻자, 그는 절하고 말했다.

"신은 진나라 대부 난지(欒枝)의 아들 둔(盾)입니다. 새임금이 시기심이 많아 죽이는 것으로 위엄을 세우려 하는지라 백성의 원망과 신하들의 불안이 날로 더해가고 있습니다. 신의 아비가 저를 공자께 보내 뜻을 전하라 시켰습니다. 새임금의 심복은 여성과 극예 두 사람뿐입니다. 신의 아비는 이미 극진(郤溱)과 주지교들과 약속하여 공자께서 오시기만 하면 안에서 맞기로 했습니다."

중이는 크게 기뻐하며 새해 처음 황하를 건너기로 약속하고, 다시 목공을 만나 이 일을 상의했다. 먼저 상의부터 하고 약속을 했어야 옳았을 텐데 차례가 바뀐 셈이었다. 그러나 목공은 쾌히 승낙하고 신하들에게 맡길 수 없으니 자기가 직접 군사를 거느리고 가겠다고 하는 것이다.

이 말을 듣자 비정보의 아들 비표가 선봉이 될 것을 청했다. 비정보가 진혜공의 손에 죽자 난을 피해 진목공의 대부가 된 그였다. 목공은 이를 허락하고 12월 초하루로 출군 날짜를 정했다.

목공이 직접 군사를 거느리고 백리해와 유여를 참모로 하고, 공자 집과 공손지는 대장으로 삼고, 비표를 선봉으로 병거 4백 승을 이끌고 옹주성을 떠나 황하에 이르렀다.

군사를 반으로 나누어 공자집과 비표가 중이를 호송하여 강을 먼저 건너고, 목공은 강 서쪽에 진을 친 채 좋은 소식이 오기를 기다리고 있었다.

이때 자그만 일이 하나 벌어졌다. 살림살이를 맡은 호숙이 헌 그릇이며 옷가지들을 일일이 챙겨 배안으로 가지고 들어와 큰 보물이나 되는 듯이 늘어놓는 것을 보자, 중이가 껄껄거리고 크게 웃으며 말했다.

"이제 들어가면 나라의 임금이 될 터인데 그런 낡고 헌 물건들을 가지고 가서 무엇에 쓰려는 건가? 모조리 강둑에 버리도록 하라!"

한 배에 타고 있던 호언이 그런 중이를 보고 혼자 탄식해 말했다.

"공자는 뜻을 얻기도 전에 옛것을 버리기부터 하려 하니 우리들도 머지않아 저렇게 버려질 것이 아닌가? 19년 고생이 헛되고 말 것이니 차라리 강을 건너기 전에 하직하여 뒷날 다시 생각하는 날이 있기를 기다리는 것이 좋으리라."

그리고는 진목공이 기념으로 준 흰구슬 한 쌍을 중이에게 무릎꿇고 바치며 이렇게 말했다.

　"이제 물을 건너면 곧 진나라입니다. 안으로 여러 신하들이 있고 밖으로는 진(秦)나라 장수들이 있으므로 나라가 공자의 손으로 들어오지 않을까? 하는 걱정은 하지 않아도 됩니다. 신은 이제 별로 쓸모없는 사람이니 이곳에 머물러 있겠습니다. 이 구슬 한 쌍은 작은 뜻을 나타내는 것이오니 받아 주십시오."

　놀란 중이는 여러 말을 주고받은 끝에 그것이 헌 그릇과 옷가지들을 버리게 한데서 나온 것임을 알자 눈물을 흘리며 용서를 빌고, 호숙을 시켜 버린 물건을 다시 거두어 들이게 했다. 그리고,

　"내가 나라로 돌아가 외삼촌(호언)의 은혜를 잊고 함께 부귀를 누리지 않는다면 하늘이 자손에게 벌을 내리리라."

하는 맹세를 한 다음 구슬을 물에 던지며,

　"하백(河伯)이 맹세의 증인이다."

라고 했다.

　앞서 오록들에서 넓적다리 살을 베어 국을 끓여 중이에게 바친 바 있는 개자추가 다른 배에 타고 있다가 중이와 호언의 주고받는 말을 듣게 되었다. 개자추는 코웃음을 치며 말했다.

　"공자가 나라로 돌아가는 것은 하늘의 뜻인데 호언이 그것을 자기 공으로 삼으려 하는 건가? 이런 부귀를 탐하는 무리와는 부끄러워서 한 조정에 있을 수 없다."

　이때부터 개자추는 숨어 살 뜻을 갖게 되었다.

　중이가 황하를 건너 영호(슈狐)란 곳에 이르자 고을 수령이 군사를 이끌고 성위로 올라와 대항했다. 성은 곧 무너지고, 수령은 비표의 칼에 목이 달아났다.

　다음부터는 이르는 곳마다 성문을 열고 나와 맞으며 항복했다. 사람없는 들판을 지나듯 깊숙이 들어오고 있는 중이의 소식을 들은 회공은 있는 군사를 모조리 이끌고 나와 여류(廬柳)란 곳에 진을 치고

있었다. 여성이 사령관이 되고 극예가 부사령이 되어 있었다.

양쪽 군사가 서로 마주 보며 진을 치고있는 가운데, 공자집이 진 목공의 편지라 하여 사람을 시켜 여성과 극예 두 사람에게 전했다. 싸우지 말고 중이를 맞아들이면 화를 복으로 돌릴 수 있다는 내용으로 항복을 권한 것이다.

편지를 본 두 사람은 멍청한 얼굴로 마주 바라보며 말을 하지 못했다. 싸우자니 이기지 못할 것이 뻔했고, 항복을 하자니 뒤가 겁이 났다. 이극과 비정보를 죽인 죄를 물어 처형할까 두려웠던 것이다.

얼마를 망설인 끝에 회답을 써서 보냈다. 옛날 일을 묻지 않고 서로 해치지 않는다는 맹세를 해주면 항복을 하겠다는 것이었다.

이리하여 공자집의 주선으로 여성과 극예는 군사를 순성(郇城)으로 물리고, 중이는 호언을 공자집과 함께 보내어 순성에서 이들과 맹세를 하게끔 했다. 중이를 임금으로 받들고 각각 두 마음을 갖지 않는다는 맹세였다.

이리하여 중이는 순성으로 들어와 여성과 극예의 항복 아닌 사죄를 받고 용서 아닌 위로의 말을 줌으로써 19년의 망명생활의 막은 내리고, 나라의 임금과 천하의 패자로써의 새 막이 열리게 되었다.

한편 회공은 기다려도 반가운 소식이 들려오지 않자 발제를 보내 싸움을 독촉하게 했다. 도중에 믿었던 심복이 임금을 등지고 중이를 맞아들이기로 했다는 소식을 들은 발제는 황급히 돌아와 보고했다.

회공은 크게 놀라 극보양·한간·난지·사회(士會)등 대신들을 불러 상의를 하려 했으나, 마음이 이미 중이에게로 가 있는 그들이 올 리 없었다.

하는 수 없이 발제의 의견에 따라 함께 옛날 양나라 땅이었던 고량(高粱)으로 피해 있다가 다시 무슨 방법을 강구하기로 했다. 결국 여기서 회공은 자객의 손에 죽고, 발제는 그의 시체를 거두어 묻어 준 다음 다시 돌아오게 된다.

중이는 30여 명 대신과 고관들의 영접을 받으며 서울로 들어와 임금의 자리에 올랐다. 이가 문공이다. 그는 43살에 적나라로 달아나 있다가, 12년 뒤인 55살에 제나라에 가 있었고, 거기서 다시 송나라 초나라를 거쳐 진목공에게로 온 것이 61살 때였으며, 본국으로 들어와 임금이 되었을 때는 62살이었다.

비표는 문공의 허락을 받아 아버지의 무덤을 고쳐 만든 다음, 붙들어 두려는 문공의 청을 사양하고 공자집과 함께 돌아가고 말았다.

영웅이란 사람들의 운명이 대개 그렇듯이 진문공은 임금이 된 뒤에도 편할 날이 없었다. 큰일을 위한 어려움은 물론이요, 그의 목숨을 노리는 일들이 뒤따르고 있은 것이다. 그의 목숨을 노린 것이 바로 여성과 극예였다.

여성과 극예는 잠시도 마음이 놓이지 않았다. 자신들이 저지른 죄악이 너무 크기 때문임은 물론이다. 또한 남을 속이기를 밥먹듯 해온 그들인지라 남과의 약속을 믿을 수 없었다. 서로가 우선 아쉬워 옛날을 잊기로 맹세는 했지만, 언제 무슨 핑계로 원수를 갚을지 모른다는 생각을 떨쳐버릴 수가 없는 것이다.

그런 보복을 당하지 않으려면 늦기 전에 선수를 쓸 수밖에 없다는 것이 그들의 생각이었다.

여성이 극예를 보고 말했다.

"중이가 임금이 된 지 며칠이 지났는데도 누구 한 사람 벼슬을 주는 일도 없고, 벌을 주는 일도 없지 않은가? 무슨 속셈으로 있는지 알 수가 없어."

"늦기 전에 반란을 일으켜 중이를 없애고, 다른 공자를 세우는 것이 좋겠어."

"어떻게 그럴 수 있겠는가?"

"대궐에 불을 지르는 거요. 우리 두 집에 있는 사병들만으로도 넉넉히 해낼 수 있어요. 다만 진두지휘할 용감한 사람의 도움이 필요한데 그런 사람을 마음놓고 찾을 수 없는 것이 걱정이오.”

“발제가 어떨까? 그는 두 번이나 중이를 죽이려다 놓친 사람이므로 언제 붙잡혀 죽을지 몰라 떨고 있을 것 아니오?”

“발제가 좋겠어. 그는 담력이 뛰어나니까 마음만 먹으면 어떤 큰 일도 서슴지 않고 해낼 거요.”

이리하여 발제를 불러 임금이 있는 대궐을 불태우기로 하고, 셋이서 피를 빨며 하늘을 향해 마음이 변치 않을 것을 맹세했다. 그리고 2월 그믐날 한밤중에 일을 하기로 결정하고, 여성과 극예는 각각 자기 식읍에서 남몰래 사람을 모으고 있었다.

그런데 이 발제의 마음이 차츰 달라지기 시작했다. 두 번은 임금의 명령에 따른 것이므로 이번과는 성질이 다르다는 생각이 든 것이다. 회공은 이미 죽었고, 중이가 새임금이 되어 온 나라가 기대에 부풀어 있는데, 또 그런 대역무도한 일을 저지르면 사람들이 용서치 않을 것이라는 생각이 들었다. 뿐만 아니라 앞서의 두번 실패를 놓고 볼 때 중이는 분명 하늘이 돕는 사람이므로, 이번에도 실패로 끝날 것이 틀림없다는 생각이 든 것이다.

발제는 내시 출신으로 그의 마음은 항상 공명심과 이해타산으로 움직일 뿐이었다. 이 기회에 출세의 길을 찾자는 생각이 불현듯 떠올랐다. 음모를 미리 고발하면 묵은 죄도 용서받게 되고 새로 공도 세울수 있다는 그 나름의 지혜가 번득인 것이다.

발제는 죄지은 사람으로 대궐로는 들어갈 수 없는 몸이므로, 밤이 깊어 호언의 집으로 찾아갔다. 호언은 크게 놀라며 물었다.

“너는 새임금에게 지은 죄가 큰데 멀리 숨어 화를 피할 생각은 하지 않고 이 깊은 밤에 나를 찾아온 거냐?”

“제가 찾아뵈온 것은 바로 새임금을 뵙고 싶어서입니다. 국구께서 한번 말씀을 해 주십시오.”

"스스로 죽음으로 뛰어들겠다는 거냐?"

"저는 중대한 기밀을 알고 있습니다. 나라와 사람의 목숨이 걸려 있는 일입니다. 직접 뵈온 뒤가 아니면 밝힐 수 없습니다."

호언은 발제를 데리고 궁중으로 들어가 먼저 문공을 만나 발제가 뵙고 싶어한다는 말을 전했다.

"그놈이 공연한 핑계로 용서를 받고 싶어서 그러는 거겠지."

"땔나무꾼의 말에도 성인은 귀를 기울인다 했습니다. 작은 분을 참으시고 무슨 내용인지 들어보시도록 하십시오."

문공은 여전히 마음이 내키지 않아 내시를 시켜 이렇게 말을 전하게 했다.

"너는 과인의 소매를 칼로 자르고, 혜공이 사흘안에 떠나라고 했는데도 다음날 떠나 내 목숨을 노리지 않았더냐? 무슨 낯으로 나를 만나겠다는 거냐? 빨리 도망치지 않으면 너를 잡아 처형할 것이다."

발제는 껄껄 웃으며 말했다.

"주상께선 19년 동안 밖에서 바쁘게 두루 돌아다니셨는데도 아직 세상 물정을 그토록 모르시다니? 아버지가 자식을 죽이라 시키고 아우가 형을 죽이려 하는데, 심부름꾼에 지나지 않은 이 발제야 시킨 대로 할 수밖에 더 있습니까? 제환공은 자기 가슴을 쏜 관중을 씀으로써 패천하를 했습니다. 주상께서 신을 만나주지 않으셔도 신에게는 조금도 해될 것이 없습니다. 다만 신이 가버린 뒤에 임금에게 화가 이를까 두려울 뿐입니다."

호언의 권고에 따라 문공은 곧 발제를 불러들였다. 발제는 능청스럽게 용서를 비는 일도 없이 축하의 인사만을 올렸다.

"과인이 임금된 지 이미 오래인데 오늘에야 축하를 하니 너무 늦지 않았느냐?"

"임금의 자리가 안전하게 된 뒤라야 참다운 축하를 드릴 수 있지 않겠습니까?"

문공은 발제의 말이 괴상했으므로 곧 사람들을 물리치고 그가 말한 뜻을 물었다.

발제는 여성과 극예의 음모를 자세히 밝힌 다음,

"지금 그들의 무리가 성안에 가득 차있고, 두 역적은 또 자기 식읍에서 군사를 모으고 있습니다. 주상께서 섣불리 저들을 다스리기는 어렵습니다. 주상께서 몰래 몸을 진(秦)나라에 피해 계시다가 진나라 군사의 힘을 빌어야만 난을 가라앉힐 수 있습니다. 신은 이곳에 머물러 있으면서 두 역적을 무찌르는 일을 안에서 돕겠습니다."

문공은 호언과 몰래 피할 방법을 상의하고 발제에게도 조심하라시킨 다음, 심복 내시를 불러 뒷일을 부탁했다.

잠자리에 들었던 문공은 배가 아프다며 등불을 들려 새벽 일찍 변소에 다녀오는 척하며 그길로 뒷문에 준비해 둔 작은 덮개수레를 타고 호언과 함께 성을 빠져나갔다.

다음날 아침 임금의 병이 궁중에 전해지자 각각 찾아와 문안을 드리려 했지만 모두 사양하고 만나주지 않았다.

또 날이 밝아 조회청에 모인 백관들이 문안을 드리려 했으나, 붉은 쌍대문이 굳게 닫힌 채 대문 위에는 면조패(免朝牌)만이 걸려 있었다.

그리고 수문관이 이런 말을 전했다.

"주상께선 간밤에 우연히 감기가 드셨습니다. 3월 초하루에나 조회를 보시겠다 하십니다."

비밀을 모르고 있는 조최가,

"주상께서 새로 자리에 오르시고 할 일이 산적해 있는데 갑자기 병을 얻으셨다니 참으로 걱정입니다."

라고 하자 백관들도 다 그렇게만 믿고 있었다.

이 소식을 듣고 가장 기뻐한 것은 말할 것도 없이 여성과 극예였
다.

"3월 초하루에나 조회를 받겠다니, 하늘이 우리로 하여금 중이를
죽이라는 것이 아니고 무엇이겠는가?"

한편 문공과 호언은 국경을 벗어나 진나라로 들어오자 비밀편지를
목공에게 보내 왕성(王城)에서 만나기를 청했다.

목공은 나라에 무슨 변이 있는 것으로 알고 사냥을 나간다 핑계하
고 왕성으로 와서 문공을 만났다. 오게 된 까닭을 안 목공은 웃으며
위로했다.

"하늘의 명이 이미 정해져 있는데 그들 무리가 무얼 어쩌겠소?
남아 있는 신하들이 역적을 잘 다스릴 것이니 걱정 마십시오."
하고는 곧 대장 공손지를 보내 황하 어귀에 군대를 주둔시키고,
진나라 서울 소식을 알아 적당히 대처하게 했다. 그리고 문공은 우
선 왕성에서 지내게 했다.

한편 발제는 여성과 극예가 의심을 품을까 두려워 며칠 전부터 그
들 집에 묵으며 함께 일을 상의하는 척했다. 2월 그믐이 되자 발제
는 극예에게 말했다.

"임금이 내일 아침 조회에 나온다 하니 병이 좀 나은 것으로 짐작
됩니다. 여대감께서는 앞문을 지키고 계시고, 극대감께서는 뒷문
을 지키고 계십시오. 나는 무리들을 거느리고 조회청 문을 지키
며, 밖에서 불을 끄고자 들어오는 자들을 막겠습니다. 중이가 병
이 나아 밖으로 뛰쳐나온다 해도 날개가 없는 한 하늘로 날아오르
지는 못할 것입니다."

극예는 발제의 말이 그럴 듯해서 여성에게 전하고 그렇게 하기로
했다.

이날밤 이들 무리는 저마다 무기와 불씨를 몸에 지닌 채 각각 흩
어져 사방에 숨어 있다가 한밤중에 궁문에 불을 질렀다.

대궐 안은 금방 불길에 휩싸이고 말았다. 잠에서 깨어난 사람들은 불을 피해 이리 닫고 저리 닫고 했다. 불 단속을 잘못해서 일어난 불인 줄로 생각했는데 그게 아니었다. 불빛 속에 창과 갑옷이 어지럽게 번쩍이며 이리 치닫고 저리 치닫고 했다.

그들은 "중이를 놓치지 마라!"하고 외치며, 마주치는 사람들을 닥치는 대로 창으로 찌르고 칼로 치고 했다. 불에 머리와 이마를 댄 사람, 창칼에 맞아 넘어지는 사람들의 울부짖는 소리는 애처로워 차마 들을 수가 없었다.

여성은 칼을 빼들고 곧장 침전으로 들어가 임금을 찾았다. 문공이 있을 리가 없다. 이때 뒷문으로 들어온 극예와 마주쳤다. 극예는 여성을 보자,

"이미 일을 마쳤습니까?"

하고 물었다. 여성은 대답을 못하고 고개만 옆으로 내저었다.

두 사람은 다시 몸을 돌려 불속을 휘저으며 문공을 찾아 보았으나 영영 알 길이 없었다. 당황하기 시작한 그들의 귀에 갑자기 함성이 밖으로부터 들려왔다. 이어 발제가 허둥지둥 달려와 보고했다.

"호언·조최·난지·위주가 각각 군대를 이끌고 불을 끄러 오고 있습니다. 날이 밝아 사람들이 다 모이게 되면 우리는 벗어나기 어렵습니다. 시끄러운 틈을 타서 성을 빠져나가, 날이 밝은 뒤 임금의 죽고 산 소식을 듣고 나서 대책을 세웁시다."

여성과 극예 두 사람은 중이를 죽이지 못한 것에 이미 초조해져 있었으므로 발제의 말에 이끌려 그들의 무리를 외쳐 부르며 조회청의 문을 뚫고 나가버렸다.

발제가 아니었으면 많은 사람들이 다쳤을 것이다. 불을 끄고자 달려온 사람들은 불 끄는 도구만을 가지고 왔을 뿐 무기는 들고 오지 않았기 때문이다. 불을 끄려고 모여들었을 때는 난을 일으킨 무리들이 다 가버린 뒤였다.

날이 활짝 밝은 뒤에야 불길이 잡혔다. 그제야 여성과 극예의 반란임을 알게 되었다. 그런데 임금이 보이지 않으므로 놀랄 수밖에 없었다. 이때 미리 지시를 받은 바 있는 심복 내시가 불속에서 도망쳐 나와 알렸다.

"주상께서는 여러날 전 이른 새벽 보통 옷차림으로 궁을 나가셨는데 어디로 가신지는 알지 못합니다."

이때 호모가 자기 아우 호언도 며칠 전 대궐로 들어간 뒤로 돌아오지 않는다며,

"아마 두 역적의 음모를 미리 알고 계신 모양이니, 도성을 굳게 지키고 불에 탄 침전이며 다른 궁전들을 수리하여, 주상이 돌아오시기를 기다리는 것이 옳을 것 같습니다."

라고 말했다.

위주는 군사를 이끌고 역적들을 뒤쫓자고 했으나 조최가 이를 말렸다. 군대는 임금의 명령 없이 움직일 수 없다는 것이었다.

한편 여성과 극예는 군대를 들밖에 주둔시키고 성안 소식을 알아보았다. 임금은 죽지 않았고, 성은 성문을 굳게 닫아걸고 지키고 있다는 것이었다.

군대가 뒤쫓을까 두려워 다른 나라로 달아나고 싶었으나 어디로 가야 좋을지를 몰라 망설이고 있었다. 발제가 또 속이며 말했다.

"진(秦)나라 임금과 두 대감은 일찍부터 익히 아는 사이가 아닙니까? 거짓말로 대궐이 불에 타는 바람에 임금도 함께 죽었다고 하고, 그곳에 머물러 있는 공자 옹(雍)을 맞아 임금으로 세우면 되지 않겠습니까? 중이가 살아 있다 해도 다시 들어오기는 어려울 것입니다."

"하지만 우리 청을 받아들일지 알 수 없지 않은가?"

"그럼 내가 먼저 가서 그쪽 생각을 알아보고, 허락을 얻게 되면 그때 함께 가시고, 그렇지 못하면 다시 생각하기로 하지요?"

갈 곳이 마땅찮은 두 사람은 발제의 말에 한가닥 희망을 걸 수밖에 없었다.

발제는 공손지의 군대가 강 서쪽에 주둔하고 있다는 말을 듣자 곧 강을 건너 공손지를 만나 속에 있는 말을 각각 털어놓았다.

공손지는 곧 편지를 발제에게 주어 두 사람을 불러오게 했다. 편지 내용은 이런 것이었다.

'새임금이 나라로 들어갈 때 땅을 떼어 주기로 우리 임금과 약속을 했습니다. 그래서 나로 하여금 이곳에 군대를 주둔시키고 새 땅의 경계를 분명히 하라고 일렀습니다. 새임금이 또 혜공처럼 약속을 어길까 두려워서입니다. 지금 새임금이 불의 재난을 입고 두 대감께서 공자 옹에게 뜻을 두고 계시다니, 이는 우리 임금께서 듣고 싶어 하시는 일입니다. 빨리 오시어 함께 의논하십시다.'

앞뒤가 맞는 내용이었으므로 두 사람은 기쁜 마음으로 발제와 함께 강을 건너 공손지의 본영으로 찾아갔다.

공손지는 반가이 맞아들이고 술상을 차려내어 정중히 대접했다. 두 사람은 마음을 탁 놓았다. 이때 공손지는 벌써 목공에게 알려 왕성에 먼저 가 기다리게 했다.

사흘을 머물러 있은 두 사람은 임금을 뵙고 싶다고 말했다.

"우리 임금께선 지금 왕성에 계십니다. 같이 가시지요. 군대는 이곳에 잠시 머물러 두고, 두 대감께서 공자 옹을 모시고 돌아오시면 함께 물을 건너도록 하는 것이 어떻겠습니까?"

일이 이렇게 쉽게 이루어진 것에 대해 여성과 극예는 그저 하늘이 고맙기만 했다.

함께 왕성에 이르자 공손지와 발제가 먼저 성안으로 들어가 목공을 만나뵙고, 비표가 나와 두 사람을 맞아들였다.

목공은 문공을 미리 병풍뒤에 숨겨 두고 두 사람을 들어오게 했다. 두사람이 인사를 마치고 공자 옹을 맞아들이고 싶다는 말을 꺼

내자,

"공자 옹은 이미 이곳에 와 계십니다."

라고 했다. 두 사람이 한 목소리로 한번 뵙고 싶다고 하자, 목공은 병풍 쪽을 바라보며,

"새임금은 나오시지요."

하고 불러냈다.

병풍 뒤에서 천천히 걸어나오는 사람을 보자 두 사람은 넋이 달아난 채 죽여 주십시오 하고 머리를 계속 조아리기만 했다.

목공은 문공을 맞아 자리를 함께 하고 앉았다. 문공은 크게 꾸짖었다.

"내가 너희들에게 무엇을 잘못했기에 반역을 꾀한단 말이냐? 발제가 아니었으면 나는 이미 재가 되어 있을 것이다."

이때서야 비로소 발제에게 팔린 바 되었음을 알았다. 두 사람은 발제와 맹세까지 했다며 함께 죽게 해 달라고 했다. 도안이를 시켜 비정보와 거짓 맹세를 시키고, 그 도안이의 고발로 비정보를 죽인 그들이었는데도 자기에게서 나간 그대로 되돌아온다는 자연의 이치를 깨닫지 못하고 있은 것이다.

발제의 감시 아래 두 사람은 목이 잘리고, 머리는 뜰 아래에 바쳐졌다. 여성과 극예는 평생을 배은과 배신만을 일삼으며 남을 죽이고 백성을 해치고 한 끝에 이렇게 부끄러운 죽음을 당하고 더러운 이름을 역사에 남겼다.

문공은 발제에게 두 역적의 머리를 들게 하여 물을 건너가 그 무리들을 타일러 어루만지고, 한편으로 급히 소식을 서울에 알리게 했다. 대신들이 수레를 준비하여 나가 맞았을 것은 말할 것도 없다.

이렇게 해서 위험한 고비를 넘기기는 했으나 이것으로 나라가 안정을 맞기에는 아직 일렀다. 과연 무엇으로 안정을 불러올 수 있었던가?

진문공은 여성과 극예를 무찌르고 나서 목공의 딸 회영을 데리고 돌아왔다. 난을 피해 도망갔다 돌아오는 것보다는 새아내를 맞이하러 갔다가 오는 것처럼 하는 것이 떳떳하다는 이유에서였다. 그러나 그 이유보다는 목공의 힘으로 나라를 얻고, 또 그의 도움으로 역적을 무찌를 수 있었기 때문이다. 원래가 정치적 목적으로 이루어진 혼인이었으므로, 이 회영을 부인으로 앉히려는 생각에서였다.

서울로 돌아온 문공은 여성과 극예에 대한 분노와 원한으로 그 살붙이와 무리들을 모조리 잡아 처형하려 했다. 이들 둘은 일찍이 죄가 드러나지 않았는데도 행여나 하는 두려움으로, 없는 죄를 만들어 내어 반대세력을 숙청했었다. 그에 비하면 이 둘은 반역에 가담한 죄가 드러났으므로 그들의 살붙이와 무리들은 죽여 마땅한 것이었다.

그러나 조최가 이를 말렸다.

"혜공과 회공은 가혹한 보복으로 인해 인심을 잃었습니다. 임금께서는 너그러움으로 인심을 얻도록 하십시오. 그것이 나라와 백성을 편안히 하는 길이옵니다."

문공은 마음을 돌리고 지난날의 모든 죄를 용서한다는 대사령을 내렸다. 그러나 대사령의 방이 나붙은 것을 보고도 여성과 극예의 무리들은 여전히 불안에 떨고 있었다. 그들이 저지른 죄가 워낙 클 뿐 아니라, 사람은 항상 자기 마음으로 남의 마음을 헤아리기 때문이다.

불안이 추측을 낳고, 추측이 소문이 되어 그들 스스로가 지어낸 말에 놀라 떨고 있은 것이다.

그런가 하면 이들 무리가 또 반란을 일으킬지도 모른다는 헛소문이 날로 번져가고 있었다. 그들 일당은 그 수가 수만에 이르렀고, 사돈의 팔촌까지 따지면 어디까지가 그들의 일당인지 가늠하기 조차 어려운 일이었다.

문공은 그들의 공포심과 백성들의 불안감을 없앨 적당한 방법이 떠오르지 않아 고민하고 있었다. 날이 지나면 가라앉겠지 하고 기다리기에는 조바심이 앞섰다.

그러던 어느 날 이른 새벽에 망명했을 당시의 창고지기였던 두수가 찾아와 뵙기를 청했다. 적나라에서 제나라로 급히 달아날 때 창고에 있던 물건을 싣고 뒤따라 오다가 옆길로 빠져 도망쳤기 때문에 일행은 굶주려 죽을 고비를 맞기까지 했던 것이다.

이때 문공은 머리를 감고 있었다. 두수가 찾아왔다는 말을 듣자 옛날 기억이 되살아나 당장 잡아 죽이고 싶었지만 스스로 용서를 빌 생각으로 찾아온 그를 그럴 수도 없는 일이다.

"그놈이 나를 길거리에서 얻어먹게 만든 놈인데, 무슨 낯으로 찾아왔단 말이냐? 당장 돌아가라 일러라!"

문지기가 그대로 전하자 두수는 천연스레 말했다.

"주상께서 지금 머리를 감고 계시지 않소?"

문지기가 놀라 어떻게 아느냐고 묻자,

"머리를 감으면 몸이 거꾸로 되기 때문에 생각이 뒤집히게 되는 거요. 발제를 용서해 주심으로써 여·극의 난을 면하실 수 있었는데, 어찌하여 이 두수만은 쓰지 않으시려는 거요? 두수가 오늘 찾아온 것은 나라를 편안히 할 방법이 있어서였소. 거절하신다면 이 길로 달아나고 말겠다고 전해 주시오."

문지기가 급히 두수가 한 말을 그대로 가 전하자, 문공은 내가 잘못했다며 급히 의관을 갖추고 두수를 불러들였다.

두수는 머리를 조아려 죄의 용서를 청한 다음 말을 꺼냈다.

"주상께서는 여·극의 무리가 얼마나 되는지 아시옵니까?"

문공은 이맛살을 찌푸리면서 수도 없이 많다고 했다.

"이들 무리는 스스로 죄가 무거운 것을 알고, 용서를 받고도 여전히 의심을 품고 있습니다. 주상께선 저들의 마음을 가라앉힐 방법을 생각하셔야 합니다.”

“그 방법이 무엇인가?”

“신이 주상의 재물을 훔쳐 달아남으로 해서 주상께서 굶주리시게 된 것은 세상이 다 아는 일이옵니다. 주상께서 나가 노실 때 신으로 하여금 수레를 몰게 하시어 사람들이 다 보고 듣게 하신다면, 주상께서는 지난날의 잘못을 마음에 두시지 않는다는 것을 그들이 다 알게 되지 않겠습니까”

문공은 좋은 생각이라며 곧 그대로 따랐다. 성안을 순시한다는 핑계로 두수에게 수레를 몰게 하여 한 바퀴 돌고 돌아온 것이다.

이를 바라보고 소문을 들은 여·극의 일당은 그동안 깊이 도사리고 있던 불안과 공포가 더운물에 눈 녹듯 사라지고 말았다.

“백번 죽여 마땅한 두수도 다시 거두어 쓰고 있는데 하물며 다른 사람이겠는가?”

문공은 두수에게 옛날처럼 창고 일을 맡게 했다.

진문공은 이런 넓은 마음으로 죄지은 사람의 죄를 용서함으로써 나라를 안정시킬 수 있은 것이다. 그런 진문공이었기에 발제와 두수가 지난날의 죄를 새로운 충성으로 대신하려는 생각을 하기에 이른 것이다.

사람은 누구나 기회가 오면 착한 일도 하고 악한 일도 하게 된다. 타고난 양심과 본능의 욕심이 때와 곳과 정도에 따라 번갈아 고개를 쳐들기 때문이다. 죄를 짓지 않고 착한 일을 하는 것은 그 자신이 꼭 뜻이 굳세고 마음이 착해서만은 아니다. 죄를 짓고 악한 일을 하는 것도 꼭 사람 탓만은 아니다. 우리는 그것을 발제와 두수의 일을 가지고 알 수 있다.

두수는 이 일만이 아닌 또 다른 좋은 일을 하고 있었다. 고생길이 앞을 가로막는 순간, 문득 좋지 못한 욕심이 생겨 주인을 등진 그였지만, 두고두고 양심의 가책을 받아 나름대로의 착한 일로 죄값을 치르려 하고 있은 것이다.

문공은 공자로 있을 당시 이미 두 아내를 맞았었다. 첫아내는 일찍 죽고, 둘째는 픱길(偪姞)이었다. 픱길은 아들 하나 딸 하나를 낳았는데 아들 이름은 환(驩)이었고, 딸은 백희(伯姬)였다.

픱길은 문공이 포성에 있을 때 이미 죽고 없었고, 발제에게 쫓기어 도망칠 때 아들과 딸은 나이가 어렸으므로 그곳에 버려진 채로 있었다.

두수가 이 버려진 환과 백희를 찾아내어 그곳 수씨(遂氏)의 집에 맡겨 두고 해마다 양식과 옷값을 넉넉하게 대주고 있었다.

두수는 문공의 속마음을 알 수 없어 이야기를 못하고 있다가 우연한 기회에 그 이야기를 꺼냈다. 문공은 크게 놀랐다.

"나는 칼날에 죽은 지 이미 오래인 줄로만 알고 있었는데 아직도 살아있단 말이냐? 왜 진작 이야기하지 않고 이제야 말하는가?"

"임금께서 열국을 두루 다니시며 가는 곳마다 공주를 맞아 아들딸을 이미 많이 두신지라, 주상의 뜻을 알 수 없어 바로 말씀을 드릴 수가 없었습니다."

"네가 말하지 않았으면 내가 죄를 지을 뻔했구나."

하고 곧 두수를 시켜 포성으로 가 수씨에게 후한 사례를 하고 데려오게 했다. 그리고 목공의 딸 회영을 어머니로 삼고, 환을 세자로 세웠다. 그리고 백희는 조최에게로 시집 보냈다. 백희가 조씨에게 시집 갔다 하여 조희라 불렀다.

적나라 임금도 중이가 임금이 된 것을 알고 계외를 보내주었고, 제효공도 제강을 보내주었다.

문공은 자기를 술에 취하게 만든 다음 납치하듯 떠나보낸 제강의 일을 되새기며 새삼 고마운 마음을 금할 수 없었다.

문공은 회영에게 계외와 제강의 어짐을 이야기했다. 회영은 칭찬해 마지 않으며 부인 자리를 굳이 사양했다. 그것이 진심에서 나온 것임을 알고 문공은 다시 차례를 정했다. 제강이 첫째 부인이 되고, 계외가 둘째, 회영이 셋째로 내려와 앉았다.

조최에게로 시집 온 문공의 딸 조희는 적나라에서 조최의 아내 숙외와 아들 둔(盾)을 데려오라고 일렀다.

임금의 딸에게 새장가를 들어 부마가 된 조최로서는 마음은 있어도 얼른 승낙할 수 없는 일이었다.

"공주에게 이미 장가든 나로서는 이제 적나라 딸을 감히 생각할 수 없는 일이 아니오?"

"그건 속된 세상의 박덕한 사람들이나 하는 말입니다. 저는 그런 것을 원치 않습니다. 제가 아무리 임금의 딸일지라도 숙외는 첫아내가 아닙니까? 더구나 아들까지 두지 않았습니까?"

조최는 말로는 그러마고 하면서도 선뜻 마음이 내키지 않았다. 조희의 마음이 그렇다 하더라도 임금과 공주의 체통이 있기 때문이다.

조희는 대궐로 들어가 아버지 문공에게 말했다.

"지아비가 숙외를 맞아오지 않음으로써 저에게 좋지 못한 이름을 남겨주려 합니다. 아버님께서 이 일을 처리해 주시기 바랍니다."

문공은 사람을 시켜 적나라로 가 숙외의 모자를 데려오게 했다.

그러자 조희는 숙외에게 내자(內子)의 자리를 양보했다. 대부의 부인을 내자라 부른다. 말하자면 숙외를 첫째부인으로 모시고, 자신은 둘째로 물러앉겠다는 것이다. 조최가 말을 들을 리 없었다. 그러자 조희는 대궐로 들어가고 말겠다고 했다. 친정으로 가서 돌아오지 않겠다는 것이다.

조최는 하는 수 없이 문공에게 이 사실을 말했다.

"내 딸이 사양하는 마음이 그같으니, 주나라 문왕의 어머니 태임(太任)도 이보다 더 나을 수는 없겠지?"

하며 문공은 임금의 명령으로 사양하는 숙외를 내자로 삼고, 아들

둔을 적자로 세웠다.

이 조둔은 이때 나이 17살이었는데 아버지를 닮아 모든 것에 뛰어 났다. 뒤에 진나라를 이끄는 어진 재상으로 어려운 고비를 슬기롭게 넘기게 된다. 조희도 동(同)과 괄(括)과 영(嬰) 세 아들을 낳게 된 다.

역사가들은 진문공의 가정의 화목과 행복을 이렇게 평하고 있다. "5패 가운데 세 사람인 제환공과 진문공과 진목공에게는 각각 어 진 딸이 하나씩 있었다. 둘은 진문공의 부인이고, 하나는 그 딸이 었으니 문공이야말로 가장 가정적으로 행복한 사람이었다."

여섯 여부인이 저마다 자기가 낳은 아들로 임금의 뒤를 잇게 하려 고, 죽은 임금의 시체를 두 달이 넘게 버려둔 채 패싸움을 벌였던 제환공과는 퍽 대조적이다. 그것은 진문공이 단순한 복을 지녀서가 아니라 법도 있게 집안을 다스려 나간 때문이기도 했다. 어미없이 버려진 첫부인의 아들을 데려와 세자로 삼은 것을 그 보기로 들 수 있다.

진문공은 나라 안이 안정을 되찾고 흉흉하던 인심이 가라앉자, 뭇 신하들을 모아두고 공을 따지고 상을 내리는 이른바 논공행상을 하 기에 이르렀다.

먼저 크게 세 등급으로 나누었다. 첫째는 함께 망명하여 끝까지 따른 사람이었고, 그 다음은 나라 안에 있으면서 맞아들인 사람이었 고, 끝으로는 문공이 나라에 들어왔을 때 맞이하며 항복한 사람이었 다.

다음은 같은 등급 가운데 그 공과 수고의 가볍고 무거움에 따라 다시 위아래를 정했다. 1등공 가운데는 조최와 호언이 가장 위였고, 호모・서신(胥臣)・위주・호역고(狐射姑)・선진(先軫)・전힐의 순 서였으며, 2등공에는 난지와 극진이 위였고 그밖에 사회 주지교・손

48

백규(孫伯紏)·기만(祁滿)의 순서였으며, 3등공에는 극보양과 한간이 위였고 그밖에 양유미·가복도·극걸(郤乞)·선멸(先蔑)·도격(屠擊)의 순서였다.

그리고 나서 전국에 영을 내려 공로가 있는데도 끼지 못했다고 생각하는 사람이 있으면 자진해서 말을 하도록 방을 붙이게 했다.

이때 문공을 가까이서 시중들던 호숙이 자진해서 말했다.

"신은 포성에서부터 주상을 모시고 따라 다니며 발뒤꿈치가 다 갈라졌고, 언제나 옆에서 시중을 들고 수레와 말을 준비하며 좌우를 떠난 적이 없었습니다. 지금 주상께서 따라다닌 사람에게 상을 내리시면서 신에게는 미치지 않았으니 신에게 죄가 있어서입니까?"

문공은 호숙을 앞으로 가까이 오게 하고 이렇게 말했다.

"나를 바르고 옳은길로 인도하여 막힌 가슴을 열리게 해준 사람이 가장 높은 상을 받고, 나에게 좋은 꾀를 말하여 나로 하여금 욕된 일을 당하지 않게 한 사람이 그 다음 상을 받고, 화살을 무릅쓰고 창칼 속으로 뛰어들어 몸으로 나를 보호해 준 사람이 그 다음 상을 받는다. 그러므로 가장 높은 상은 덕을 상 주는 것이고, 그 다음은 재주를 상 주는 것이며, 그 다음은 공을 상 주는 것이다. 바쁘게 뛰어다니는 수고는 누구나 할 수 있는 것으로 그 정도에 따라 또 상을 주게 될 것이니, 그때는 너에게도 미치게 될 것이다."

호숙은 부끄러워 하면서도 그 말에 굴복할 수밖에 없었다.

이리하여 문공은 시중들고 따라다닌 모든 사람에게 골고루 상을 주었고, 상을 받은 사람은 다 흐뭇하게 여기고 있었다. 그런데 위주와 전힐 두 사람만은 자기들의 힘과 용맹과 재주를 천하제일인 것으로 믿고 있었기 때문에, 조최와 호언 같이 말밖에 할 줄 모르는 사람들이 자기들보다 앞서 있는 것에 불만을 품고 원망하는 말까지도 서슴지 않았다.

문공은 그들의 수고한 공을 생각하고, 또 그것이 용맹밖에 모르는 무장들이 갖고 있는 공통된 병이란 것을 알고 있었으므로, 조금도 마음에 두지 않았다.

그런데 문공은 잊을 수도 없고 잊어서는 안 될 한 사람을 잊고 있었다. 자기 넓적다리 살을 베어 임금의 허기진 몸을 살려내려 한 개자추를 잊고 만 것이다.

내일의 영광을 위해 고생스럽던 과거를 씻어버리고 물을 건너던 그날밤, 문공과 호언의 맹세하는 말을 다른 배에서 듣고 있던 개자추가 부귀와 영화를 탐하는 호언의 무리와는 한 조정에서 벼슬할 수 없다는 결심을 그대로 지키기 위해 그 길로 영영 임금 앞에 나타나지 않았기 때문이다.

개자추는 집에 돌아와 늙은 어머니를 모시고 고생스런 삶을 낙인 양 살아가고 있었다. 개자추의 이런 모습을 본 해장(解張)이란 이웃 사람이 방이 나붙은 것을 보고 찾아와 자진해 말할 것을 권했다.

개자추는 웃기만 하고 대답을 하지 않았다. 부엌에서 일하던 어머니가 나와 거들었다.

"너는 19년 동안 임금을 모시고 다니며 온갖 고생을 다 겪었고, 살을 베어 임금을 살린 그 공이 어찌 적다 할 수 있겠느냐? 몇 섬의 녹이라도 받아 아침저녁 끼니를 걱정하지 않는다면, 신을 삼는 것보다야 낫지 않겠느냐?"

그러나 개자추는 자기의 깨끗한 마음만을 고집하며 임금을 찾아가려 하지 않았다.

"네가 백이숙제 같은 그런 청렴한 선비가 될 수 있다면, 나라고 그런 어머니가 될 수 없겠느냐? 네 뜻이 정 그렇다면 깊은 산 속으로 들어가 조용히 사는 것이 좋지 않겠니?"

그 어머니에 그 아들이라고 할까? 아니면 그 아들에 그 어머니라고 할까? 같은 핏줄이면 생각도 닮는 것이리라. 부모를 위해서는 지조를 버리는 것이 효자의 도리라 할 수 있을 것이다. 자식의 지조를 살리기 위해 어머니가 편안히 살고 싶은 욕심을 버렸으니, 부모를 생각하는 자식의 마음보다는 자식을 위하는 부모의 마음이 더 깊다고나 할까?

이리하여 개자추는 진작부터 살고 싶어 했던 면산(綿山) 깊숙한 골짜기로 들어가 띳집을 짓고 거기서 일생을 마치려 했다.

이 사실을 혼자만이 알고 있는 해장이 조회청 대문에 다음과 같은 내용의 글을 써서 붙였다.

'한 용이 그 곳을 잃으니 여러 뱀이 이를 좇았네. 용이 주리자 한 뱀이 살을 베었네. 용이 못으로 돌아와 여러 뱀은 굴에 들었건만, 굴이 없는 한 뱀은 들에서 울부짖네.'

이에 놀란 문공은 사람을 시켜 개자추를 부르게 했다. 개자추가 시킨 것으로 보았던 것이다. 그러나 개자추는 이미 떠나고 간 곳을 아는 사람조차 없었다.

문공은 이웃들을 불러들여 개자추가 간 곳을 캐묻는 한편, 말해 주는 사람이 있으면 벼슬을 주겠다고까지 했다. 그러자 해장이 앞으로 나와 말했다.

"이 글은 소인이 대신 쓴 것이옵니다. 자추는 상을 청하는 것을 부끄러워하며, 그 어머니를 업고 면산 속으로 들어가 숨었습니다. 소인은 그의 공로가 잊혀질까 두려워 글을 써서 대신 알렸을 뿐입니다."

"네가 아니었더라면 과인은 자추의 공을 영영 잊을 뻔했었다."
하고 문공은 해장을 그날로 하대부에 임명하고, 바로 그날로 해장을 앞세우고 직접 면산으로 가 개자추를 찾기 시작했다. 그러나 풀밭에 숨은 바늘 찾기보다 더 어려운 일이었다. 첩첩 산 속 우거진 나무 그 어디에 숨어 있는지 알 턱이 없었다.

며칠을 찾다 지친 문공은 약간 성난 빛을 띠며 말했다.

"과인에 대한 자추의 한이 어찌 이다지도 깊단 말이냐? 내 들으니 자추는 효성이 지극하다 하니 불을 질러 숲을 태우면 그 어머니를 업고 나올 것이다."

임금의 이 말에 위주가 화난 듯이 말했다.

"임금을 따라다닌 사람이 어찌 자추뿐입니까? 일부러 산에 숨어 임금을 여기까지 오게 만든 자추를 위해 나날을 헛되이 보내며, 불을 피워 나오기를 기다린다는 것은 신으로서는 부끄러운 일입니다."

문공이 들을 리가 없다. 위주는 군사들을 시켜 산 앞뒤 둘레에 한꺼번에 마구 불을 지르게 했다. 때마침 부는 바람을 타고 불길은 무섭게 타올랐다. 꼬박 사흘을 탄 뒤에야 불은 꺼졌다. 자추는 끝내 나오지 않았는데, 얼마 후 군사들이 모자가 마주 끌어안은 채 마른 버드나무 아래에 죽어 있는 것을 발견했다.

군사들이 찾아낸 개자추 모자의 시체를 본 문공은 흐르는 눈물을 감당하지 못했다.

문공은 개자추 모자를 면산 아래에 묻고 사당을 세운 다음, 산 둘레에 있는 밭을 제사밭으로 만들어 농부로 하여금 해마다 제사를 받들게 하고, 면산 이름을 개산(介山)으로 바꾸게 했다.

이날이 3월 5일 청명이었다고 한다. 사람들이 불에 타죽은 개자추를 생각해서 차마 불을 쓰지 못하고 찬밥을 먹었다 하여, 이날을 한식이라 불렀다 한다. 또한 한식절의 참뜻은 그런 것이 아니었는데, 우연의 일치로 그렇게 전해지고 있다고도 한다.

공자는 〈중용〉에서 이런 말을 했다.

"숨은 것을 찾고 괴이한 일을 말하는 사람이 있지만, 나는 그같은 일을 하지 않는다."

개자추는 역시 남이 알지 못하는 숨은 일을 찾아서 하고, 남이 하지 않는 색다른 일을 했을 뿐, 자식과 신하의 도리를 바르게 행한 사람으로는 볼 수 없다.

공자는 또 이런 말도 했다.

"제나라 임금이 죽은 날 백성들은 칭찬할 일을 생각해내지 못했지만, 수양산 밑에서 굶주린 백이숙제는 지금껏 백성들이 칭찬을 하고 있으니, 역시 부귀보다는 색다른 일을 해야 세상이 알아준다 말 할 수 있다."

공자는 중용의 도리를 벗어난 일들만을 가려서 하며, 이름을 세상에 남긴 것을 그리 탐탁하게 여기지 않은 것이다. 부귀를 위해서는 무슨 짓이든 서슴지 않는 더러운 세상에 개자추 같은 사람이 있다는 것이 하나의 약이 될 수는 있어도, 그리 잘한 일로는 볼 수 없다는 것이 역사가들의 평이다.

오랑캐의 딸

"일을 사양하고 물러서려거든 그 전성(全盛)의 때를 택하라.
몸둘 곳을 택하였거든 마땅히 홀로 뒤떨어진 자리를 택하라."

진문공은 여극의 난을 평정하고 개자추가 불에 타서 죽은 바로 그 뒤를 이어 주나라 천자를 위해 출군을 하게 된다. 이때의 일을 가리켜 후세 사람들은 '납왕시의 벌원시신(納王示義 伐原示信)'이라 말한다. 난을 피해 나와 있는 천자를 맞아들임으로써 세상에 옳은 것을 보여 주고, 원(原)이란 고을을 쳐서 약속을 지키는 믿음을 보여 주었다는 뜻이다. 작다면 작은 일이지만 이것은 패천하를 꾀하는 진문공에게는 큰 뜻을 지니는 일이었다.

주나라 천자 양왕은 적나라의 딸 숙외(叔隗)를 왕후로 맞아들였다. 왕후의 자리가 비어 있었고, 적나라 임금의 딸이 미인이란 말을 들은 때문이었다. 그에 앞서 적나라는 양왕의 청으로 정나라를 친 일이 있었고, 그 일로 인해 양왕이 적나라를 귀엽게 본 때문이기도 했다.

양왕은 정나라가 천자의 청을 받아들이지 않았다 하여 그 보복으로 적나라로 하여금 정나라를 치게 한 것이다. 이때도 원로대신들은 반대했었다. 오랑캐를 끌어들여 형제의 나라를 치는 것은 옳지 않다는 것이었다.

그리고 오랑캐의 딸을 첩으로 거느릴 수는 있지만 왕후로 앉힐 수는 없다고 반대했었다. 그러나 양왕은 숙외의 미모에 반해 신하들의 반대를 뿌리치고 왕후로 앉혔었다.

그런데 양왕의 아우인 태숙(太叔) 대(帶)와 왕후인 숙외가 간통을 하기에 이르렀다. 태숙대는 일찍이 반란을 일으켰다 쫓겨났었는데 마음씨가 착한 양왕은 사실상 공모자이기도 한 어머니 태후의 거듭되는 간청에 못 이겨 그의 죄를 용서하고 다시 불러들였던 것이다.

왕후가 된 숙외는 미인에다가 무술이 뛰어났다. 그녀의 환심을 사기 위해 양왕은 그녀를 데리고 함께 사냥을 나간 일이 있었다. 이때 미남이요, 호걸인 태숙대와 눈이 맞아 결국 그런 일이 벌어지고 만 것이다.

왕후인 형수와 시동생인 태숙대와의 만남의 약속장소는 다름 아닌 태후궁이었다. 작은아들에 대한 태후의 편애가 그런 결과를 가져온 것이기도 했다.

게다가 양왕은 이미 늙었고, 숙외는 한창 젊은 나이에 친정에 있을 때부터 행실이 좋지 못한 여자였으므로, 처음 한 두차례 몰래 만나곤 하던 것이 나중에는 궁녀와 내시들을 뇌물로 매수하여 공공연한 간통행위를 일삼고 있었다.

원래가 용맹을 좋아하고 겁이 없는 태숙대가 한번은 술상 앞에서 거문고를 타고 있던 궁녀의 얼굴이 반반한 것에 갑자기 욕정이 불타올라 그 궁녀를 끌어안고 옷을 벗기려 했다.

궁녀는 왕후가 알면 살아남지 못한다는 두려운 생각에 옷을 벗은 알몸으로 빠져나와 밖으로 달아났다. 이에 성이 난 태숙은 칼을 빼들고 뒤를 쫓았다. 이 궁녀의 이름은 소동(小東)이다. 소동은 급한 나머지 양왕이 거처하는 별궁으로 달려가 호소했다.

양왕은 침대 머리에 있던 보검을 들고 중궁으로 달려갔다. 그러나 도중에 돌아서고 말았다. 태숙대는 태후의 사랑하는 아들로 양왕이 그를 죽인다면 죽인 사연을 알지 못하는 바깥 사람들로부터 불효의 소리를 들을까 두려웠고, 태숙대가 반항할 경우 도리어 부끄러운 결과를 가져올 것 같아서였다.

발길을 돌린 양왕은 내시를 시켜 태숙대의 소식을 알아오게 했다. 이미 태숙대는 중궁에서 빠져나갔다고 했다.

이튿날 아침 궁중의 내시와 궁녀들을 잡아들여 심문을 했다. 그런 일이 없다든가 모른다고 하다가, 소동을 불러 면질심문을 하자 더는 숨길 수 없어 사실대로 털어놓았다.

양왕은 외왕후를 냉궁에 들게 하여 대문을 걸어 잠가 출입을 못하게 하고 음식은 개구멍으로 들여보냈다.

태숙대는 외왕후의 친정인 적나라로 달아났다. 이 소식을 들은 퇴숙(頹叔)과 도자(桃子) 두 대부도 뒤쫓아 함께 들어갔다. 적나라를 시켜 정나라를 치게 한 것도, 적나라 공주 숙외를 왕후로 맞이하라고 청한 것도 자기들이었기 때문이다.

이들 둘은 태숙과 짜고 적나라 임금에게 거짓말을 했다.

"원래 태숙을 위해 공주를 맞이했던 것인데, 천자가 공주의 아름다움을 알고 가로챘던 것입니다. 태후궁에 문안하러 들렀다가 우연히 함께 있은 것뿐이었는데, 궁녀들의 모함하는 말을 곧이 듣고 왕후를 냉궁에 가두고 태숙을 국외로 내쫓은 겁니다. 바라옵건대 한 부대의 군사를 빌려 왕성으로 치고 들어가 태숙으로 왕을 삼고 왕후를 구해내고 싶습니다."

적나라 임금은 이들 말을 곧이 듣고, 태숙이 지금 어디 있느냐고 물었다. 들밖에서 기다린다고 하자 곧 맞아들였다.

태숙이 장인과 사위의 예로 뵙기를 청하자 적나라 임금은 크게 기뻐했다. 이리하여 곧 기병 5천을 대장 적정(赤丁)에게 주어, 퇴숙 도자와 함께 주나라를 치게 했다.

주양왕은 사신을 보내 태숙의 죄를 알려주고 물러가라고 타일렀다. 그러나 대장 적정은 사신을 죽이고 곧장 왕성 아래로 와 진을 쳤다.

양왕은 크게 노하여 병거 3백 승을 거느리고 나가 싸우게 했으나, 적군의 유인전략에 말려들어 장수와 군사가 거의 전멸하는 참패를 당하고 말았다.

이리하여 마음이 약한 양왕은 대부 부신(富辰)의 권고에 따라 도성을 떠나 정나라로 향하게 된다. 부신은 적의 포위를 뚫고 천자를 호위해 나가다가 끝내 죽고 말았다. 그러나 양왕만은 무사히 성을 빠져나갔다.

성을 지키던 주공과 소공은 성루에서 태숙을 보고 말했다.

"성문을 열고 맞아들이고 싶지만 적나라 군사의 약탈이 두려워 감히 그러지 못합니다."

태숙은 적나라 군대를 성밖에 주둔해 주도록 적정에게 부탁하고, 창고에 있는 물건을 꺼내 은혜에 보답하겠다는 약속을 했다.

성안으로 들어온 태숙은 먼저 냉궁으로 들어가 숙외부터 나오게 한 다음 어머니 태후를 들어가 뵈었다.

태숙이 쫓겨났다는 말을 듣고 갑자기 병이 들어 누워 있던 태후는, 태숙의 얼굴을 대하는 순간 기뻐 한번 웃고는 그만 심장마비로 죽고 말았다.

태숙은 어머니 초상은 버려둔 채 숙외와 함께 밤을 즐기기에 바빴다. 한편 궁녀 소동은 붙잡혀 죽을 것이 두려워 우물에 몸을 던져 죽고 말았다.

이튿날 태숙은 태후의 거짓 유명을 전하고 스스로 왕이 되고, 숙

외를 왕후를 삼았다. 창고에 있는 물건들을 꺼내 적나라 군사에게
나눠준 다음 태후의 초상을 알렸다. 백성들은 이런 노래를 지어 불
렀다.

      어머니 초상은 버려둔 채
      장가부터 드는구나.
      아우로서 형수를 얻고
      신하로서 왕후를 맞았다네.
      그러고도 부끄런 줄 모르다니?
      말하기조차 더러워라!
      그 누가 내쫓아 주리?
      너와 나와 함께 하자!

  태숙은 이 노랫소리를 듣자 꼭 변이 일어날 것만 같았다. 불안해
진 그는 숙외를 데리고 멀리 떨어진 온(溫)이란 곳으로 가 화려하게
집을 꾸미고, 그 속에서 밤낮 없이 마냥 즐기고 있었다.
  신하와 백성들이 한번 움직이면 고요한 바닷물이 성난 파도로 변
한다는 것을 깨달은 그는 왕성 안의 일은 주공과 소공에게 맡겨둔
채, 얼마 남지 않은 인생을 마냥 즐기는 것으로 만족하려 했던 것이
다.
  왕성을 벗어나 피난길에 오른 양왕은 갈 곳이 마땅치 않아 한때
원수처럼 여기던 정나라로 향하기는 했으나, 정나라가 과연 어떻게
대해 줄지 알 수 없는 일이므로 범성(氾城)이란 곳에 임시 머물러
있었다.
  정나라 땅이기는 하나 국경에 있는 곳으로 공관도 없는 곳이었다.
이곳이 정나라 땅이라는 말에 곧 수레를 멈추게 하고 농사꾼인 봉씨
(封氏)집 초당을 빌려 그곳에서 묵었다.

봉씨는 양왕을 보고 무슨 벼슬에 있느냐고 물었다. 벼슬아치임에는 틀림이 없는데 행색이 초라했기 때문이다.

"나는 주나라 천자일세. 난을 피해 이곳에 이르렀네."

봉씨는 크게 놀라며 머리를 조아리고 용서를 빌었다.

"우리집 둘째가 간밤에 붉은 해가 초당을 비추는 꿈을 꾸었다더니, 과연 귀인이 내려오셨습니다."

하고 둘째를 불러 닭을 잡고 기장밥을 하라 일렀다. 양왕이 둘째가 누구냐고 묻자 봉씨는 이렇게 대답했다.

"소인의 계모의 몸에서 난 아우입니다. 소인과 함께 이 집에 살면서 같이 농사를 짓고 밥을 지어먹으며 계모를 봉양하고 있습니다."

"너희 농사꾼 형제도 이토록 화목한데, 나는 천자로서 도리어 어머니와 아우의 해를 입고 있으니 내가 너희 농사꾼만 훨씬 못하구나."

하고 양왕은 길게 한숨을 내쉬면서 눈물을 흘렸다. 양왕은 첫왕후의 아들이고, 태숙대는 둘째 왕후의 아들이었다. 그래서 하는 말이요, 느낌이었다.

양왕은 이곳에서 친필로 쓴 글을 각 나라로 보내 도움을 청하고 반가운 소식이 있기를 기다렸다.

정문공은 양왕이 보낸 글을 보자,

"천자도 오늘에야 적나라가 정나라만 못한 것을 알았겠군."

하고 곧 사람을 시켜 임시 숙사를 짓고 몸소 가서 문안을 드렸다. 양왕은 정문공을 대하는 순간 부끄러움을 감추지 못했다. 가까운 형제가 잠시 말을 듣지 않는다고 해서 폭력배를 시켜 혼을 내준 뒤에, 그 폭력배에게 쫓기어 혼내준 형제의 집을 찾아오게 된 꼴이 되었으니 부끄러울 수밖에 없는 일이었다.

정문공의 대우가 그러했으니 다른 나라들은 말할 것도 없는 일이다. 노·송 등 각 나라들도 다 사신을 보내 위문을 하고 위문품을 주었다. 그런데 유독 위문공만이 찾아가지도 않고 사신을 보내지도 않았다.

이 소식을 들은 노나라 대부 장문중(臧文仲)이 탄식하며 말했다.

"위나라 임금은 아마 죽게 될 것이다. 주나라는 천자의 나라요, 같은 성의 종가집이 아닌가? 나무도 뿌리를 잃으면 죽게 되고, 물도 근원을 잃으면 곧 마르고 만다. 지킬 도리를 잊고 지키지 않으니, 죽지 않고 어쩌겠는가?"

위문공은 과연 석 달 뒤에 병으로 죽고 세자 정(鄭)이 임금이 되니, 이가 성공(成公)이다.

한편 왕명을 받고 진문공을 찾아온 간사보(簡師父)가 구원을 청하자, 문공은 호언에게 물었다. 호언은 이렇게 대답했다.

"옛날 제환공이 제후들을 모을 수 있었던 것은 왕실을 높이 받든 때문이었습니다. 더욱이 우리나라는 임금이 자주 바뀐지라 임금과 신하의 대의를 알지 못합니다. 천자를 받들어 태숙의 죄를 무찌름으로써 백성들로 하여금 임금을 바꾸지 못한다는 것을 알게 하고, 제후들로 하여금 우리 진나라의 바른 뜻과 힘을 알게끔 해야 합니다."

문공은 태복 곽언을 시켜 점을 쳐보게 했다. 아주 좋은 것으로 괘가 나왔다. 황제가 신농씨 자손을 무찔러 이기고, 천하를 차지하는 것과 같다고 한 것이다.

곽언은 양왕이 태숙대의 반란을 평정함으로써 패천하를 하는 것이 그와 다를 것이 없다고 했다.

문공은 그래도 마음이 내키지 않았다. 아직 나라 안이 염려스러웠던 것이다. 그래서 다시 자기 개인의 장래와 어떤 관계가 있는지를 놓고 주역점을 쳐보게 했다. 대유(大有)의 제3효가 움직였다. 제후로서 천자의 대접을 받는다는 내용이었다.

진문공은 곧 크게 군대를 동원시켜 좌우 양군으로 나누고, 조최를 좌군 총사령에 임명하여 위주로 그를 돕게 하고, 극진을 우군 총사령에 임명하여 전힐로 그를 돕게 한 다음, 문공 자신은 호언과 난지를 거느리고 양군을 지휘하고 있었다.

마침내 길을 떠나려 하는데 하동 태수로부터 보고가 들어왔다. 진(秦)나라 임금이 큰 군사를 거느리고 강을 건너려 하고 있다는 것이다. 그쪽에도 천자의 특사가 가서 구원을 청했기 때문이다.

호언이 문공을 보고 말했다.

"진나라가 군대를 주둔시킨 채 물을 건너지 않는 것은 동쪽 길이 막혀 있기 때문입니다. 군대가 지나가는 길이 오랑캐의 땅으로 그들과는 알고 지내는 사이가 아니기 때문입니다. 우리가 두 오랑캐에게 뇌물을 주어 먼저 길을 빌린 다음, 사람을 시켜 우리가 먼저 떠난 것을 알리면 저들은 자연 물러가게 될 것입니다."

호언의 말에 따라 일이 뜻대로 이루어졌으므로 진문공의 군사는 곧 주나라 국경에 있는 양번(陽樊)에 가 주둔하게 되었다.

양번 수령인 창갈(蒼葛)이 성밖으로 나와 반가이 맞았다. 문공은 양번에 있으면서 우군 장군 극진을 시켜 태숙이 있는 온성을 포위하게 하고, 좌군 장군 조최를 범성으로 보내 양왕을 맞아들이게 했다. 양왕은 여름 4월에 다시 왕성으로 돌아오게 되었다. 뒤에 이 범성은 양왕이 피난해 있었던 것으로 인해 양성(襄城)이라 부르게 되었다 한다.

한편 온성 사람들은 천자가 다시 돌아온 것을 알자 무리를 모아 퇴숙과 도자를 죽인 다음 성문을 활짝 열고 진나라 군사를 맞아들였다.

태숙은 급히 숙외를 데리고 수레에 올라탔다. 성문을 빠져나가 적나라로 도망치려는 것이었다. 그러나 성문을 지키는 군사들이 성문을 열어주지 않았다. 화가 난 태숙은 칼을 뽑아 말 안 듣는 군사를 몇 사람 내리쳐 거꾸러뜨렸다.

그런 참에 뒤쫓아 온 위주가 호통을 쳤다.

"너 이 역적놈, 어디로 가려는 거냐!"

"나를 놓아 성을 빠져나가게 해주면 뒷날 후하게 갚겠다."

"천자께 물어보고 허락이 계시면 그때 인정을 베풀겠다."

태숙은 크게 성을 내며 칼을 빼들고 찌르려 했다. 용감하고 무술이 뛰어난 태숙대였지만 위주의 상대는 될 수 없었다. 위주는 번개처럼 수레 위로 뛰어오르며 단칼에 태숙의 목을 날렸다.

군사들이 숙외를 사로잡아 위주의 앞으로 끌고 왔다.

"이 음탕한 계집을 살려 두어 무엇에 쓰겠느냐!"

하고 위주는 군사들을 시켜 마구 활을 쏘게 했다. 이리하여 태숙과 반년을 즐겁게 보낸 꽃같은 오랑캐의 딸 숙외는 수백 개의 화살을 맞고 참혹하게 죽고 말았다.

위주가 두 시체를 가지고 와 극진에게 보고하자 극진은,

"왜 천자에게 보내 죄를 밝혀 떳떳이 죽이게 하지 않고……?"

하며 위주의 성급한 처리를 나무랐다. 그러나 위주는,

"마음 약한 천자가 아우를 죽였다는 이름이 듣기 싫어 진나라의 손을 빌리려 한 것이니, 빨리 해 치우는 것만 못하다."

라고 변명했다. 양왕은 다행으로 알았을지 모르는 일이다. 맹자는 이런 말을 했다.

"마음만 착하고 바른 도리를 모르는 사람은 나라를 잘 다스리지 못한다."

주양왕도 그런 계통의 사람이라 볼 수 있다.

진문공은 양번에서 보고를 받고 왕성으로 들어와 양왕을 뵙고 역적의 토벌이 끝났음을 아뢰었다.

양왕은 잔치를 벌여 대접하고 이 자리에서 주나라 안에 있는 네 고을을 상으로 주었다. 온과 양번과 찬모(攢茅)와 원(原)이었다.

다른 세 고을은 위주와 전힐과 난지를 보내 각각 경계를 정하고 모든 일을 마쳤는데, 원고을만은 말을 듣지 않았다. 그래서 문공이 직접 조최를 거느리고 원고을을 접수하러 갔다.

원고을은 주나라 경사벼슬에 있는 원백관(原伯貫)의 봉읍이었다. 원백관이 적나라 군사를 맞아 싸우다가 적의 유인전술에 말려 참패를 당한 나머지 양왕이 난을 피해 정나라까지 가게 되었으므로 그의 봉읍을 빼앗아 진문공에게 준 것이다.

원백관은 부하들에게 거짓말로 위협을 했다.

"진나라 군사는 양번을 둘러싸고 그 백성들을 모조리 다 죽였단다."

원고을 사람들은 이 말을 믿고 죽는 것이 두려워 죽기를 맹세하고 지킨 것이다.

양번 백성을 몰살했다는 것은 거짓말이었다. 양번 성주 창갈이 반항하고 성문을 열어주지 않자, 진문공은 창갈에게 편지를 보내 원한다면 백성들을 데리고 자기 고을로 옮겨가도 좋다고 하고 원하는 사람은 떠나가게 해주었던 것이다.

원고을 백성이 끝까지 항복하지 않자 조최는 문공에게 이런 말을 했다.

"백성들이 진나라에 항복하지 않는 것은 우리를 믿지 않기 때문입니다. 임금께서 믿음을 보여 주시면 공격하지 않아도 항복하게 될 것입니다."

"믿음을 어떻게 보인다는 건가?"

"군중에 영을 내려 사흘 양식을 가지게 하고, 사흘이 지나도 항복을 하지 않을 때는 포위를 풀고 간다고 전하고 그대로 하는 것입니다."

문공은 조최의 말에 따랐다. 사흘 되는 날 아침 군리가 아뢰었다.

"군중에는 오늘 하루 양식밖에 없습니다."

문공은 아무 대답도 하지 않았다.

이날 밤 원고을 백성이 성을 타고 내려와 알렸다. 성안 백성들이 이미 성주의 말이 거짓임을 알았으므로 내일 밤 성문을 열기로 결정을 보았다는 것이었다.

문공은 이 보고를 받자 이렇게 대답했다.

"나는 성을 사흘 치기로 약속했다. 사흘이 지나도 성문을 열지 않으면 포위를 풀고 떠나기로 했다. 오늘로 사흘이 찼으니 내일 아침에 군대를 철수할 것이다. 너희 백성들은 성을 지키는 일에 힘쓸 뿐 두 마음을 품지 말라."

문공의 이 말에 군리가 청했다.

"성안 백성이 내일 밤 성문을 열겠다고 약속을 했으니 하루만 더 머물렀다가 성을 점령한 뒤에 돌아가는 것이 어떻겠습니까? 양식은 양번이 여기서 멀지 않으니 곧 달려가 가져올 수도 있습니다."

"믿음은 나라의 보배요, 백성들의 의지하는 바라 했다. 사흘이란 영을 누가 듣지 않았겠느냐? 한 성을 얻기 위해 믿음을 잃을 수는 없다."

하고 문공은 다음날로 포위를 풀고 철군을 시작했다. 백성들은 서로 돌아보며,

"진나라 임금은 성을 잃을 망정 믿음을 잃을 수는 없다고 했단다. 이 얼마나 거룩한 임금이냐?"

하고 다투어 성루에 흰기를 꽂고 성을 타고 내려와 문공의 군사를 뒤쫓는 사람이 끊이지 않았다. 이 광경을 바라본 원백관은 더는 막을 수 없었으므로 성문을 열고 나와 항복을 했다.

진나라 군사가 30리쯤 갔을 때 백성들이 뒤를 쫓아 이르고, 원백관이 항복한다는 글이 또 와 닿았다.

문공은 군대를 멈추게 하고 혼자 원고을로 들어갔다. 백성들은 춤을 추며 기뻐했다.

원백관이 찾아오자 경사의 예로써 대우하고, 그 집안 사람들을 하북으로 옮겨와 살게 했다.

문공은 네 고을의 수령을 정하면서,

"옛날 자여(조최)는 병에 든 죽을 가지고 나를 따르며 배고픔을 참고 먹지 않았다. 이는 믿음이 있는 사람이다. 내가 믿음으로 원 고을을 얻었으니 믿음으로 갚아 이를 지키게 하리라."

하고 조최를 원대부로 삼아 양번을 아울러 거느리게 하고, 또 극진을 보고는,

"경은 자기 살붙이의 편을 들지 않고 나를 맞아들이려 했으니, 내 어찌 이를 잊을 수 있겠는가?"

하고 극진으로 온대부를 삼고 아울러 찬모를 지키게 했다.

그리고 각각 군사 2천을 주둔시켜 지키게 하고 돌아왔다.

후세 사람들은 이를 평하여 '천자를 맞아들여 세상에 옳은 것을 보여주고, 원고을을 치며 약속을 지키는 믿음을 보여줌으로써 패천하를 이룩하는 첫발을 내딛게 되었다'고 말하고 있다.

맹자는 이런 말을 했다.

"힘을 가지고 거짓 어진 일을 하는 사람은 패자가 되고, 덕을 가지고 사람을 굴복시키는 사람은 왕자가 된다."

비록 참이 아닐 망정 믿음은 통치의 첫째 조건임을 알 수 있다. 믿음이 없이는 백성의 마음을 모을 수 없고, 마음이 모여지지 않으면 힘을 내뿜을 수 없기 때문이다.

공자는 정치에 있어서 믿음의 중요성을 이렇게 말했다.

"양식이 없어 굶어 죽는 한이 있더라도 약속만은 지키는 믿음이 있어야 한다. 백성들이 위정자에 대해 이런 믿음을 갖지 못하면 나라는 지탱될 수 없다."

진문공이 주나라에서 돌아온 이듬해인 노희공 26년(전634) 봄에

제효공이 노나라를 침범해 온 사건이 있었다.

노나라가 공자 무휴를 도왔다는 것이 출병의 명분이었지만, 나라 안이 안정되어 있었으므로 아버지 환공의 뒤를 이어 중원을 호령해 보려는 야망에서였다.

노희공은 사람을 보내 화친을 약속하고 제나라 군사를 일단 물리치기는 했으나, 뒷날이 두려워 다시 초나라로 사신을 보내 제나라를 치도록 했다.

"제나라와 송나라는 다 초나라의 원수가 아닙니까? 초나라에서 두 나라의 죄를 묻는다면 노나라가 앞장을 서겠습니다."

하고 부추긴 것이다.

초성왕은 성득신을 대장으로 삼아 제나라를 쳐 양곡(陽穀)을 점령한 다음, 앞서 진(秦)나라로 갔다가 다시 초나라로 와 있는 제환공의 아들 옹(雍)을 그곳에 봉하고, 역아로 이를 돕게 하는 한편 초나라 대부 신숙후(申叔侯)에게 군사 천 명을 주어 지키게 했다.

성득신이 성공을 하고 돌아오자 초성왕은 다시 송나라를 치려 했다. 이때 영윤 자문은 이미 늙어 있었으므로 벼슬에서 물러날 뜻을 품고 있었다. 그런 자문에게 초성왕은 송나라 치는 일을 맡아 줄것을 청했다. 그러나 자문은 일부러 무능한 티를 보이며 성득신을 영윤에 앉게 했다.

자문은 자기 뒤를 이은 성득신을 참다운 인재로 알고 있은 것이다. 그런 성득신을 얻은 것을 다행으로 알고 있는 자문의 집으로 문무백관들이 찾아와 축하의 인사를 올렸다. 훌륭한 인재를 천거해 주어서 고맙다고 말한 것이다.

찾아온 문무백관들에게 자문이 술대접을 하고 있는데, 문지기가 와서 어린애가 하나 뵙기를 청한다고 전했다. 자문이 들어오라 이르자 그 아이는 손을 들어 허리만을 굽혀 보이고는 끝자리에 앉아 술도 마시고 안주도 먹고 하며 옆에 아무도 없는 것처럼 행동했다.

알고 보니 몸이 아파 술자리에 오지 못한 대부 위여신(蔿呂臣)의 아들 위가(蔿賈)로 나이 이제 13살이었다.

자문은 철이 없는 듯하면서도 깜찍해 보이는 위가의 태도가 보통 아이들과는 달랐으므로 이렇게 물어 보았다.

"내가 나라를 위해 위대한 장군을 영윤으로 천거했다 하여 원로대신들까지 다 하례를 하는데, 너만이 홀로 아무 말이 없는 것은 어째서냐?"

아이의 대답은 더욱 놀라웠다.

"여러 대감께서는 경사로 생각하시지만 저는 불행한 일로 생각합니다."

"아니? 불행하다니? 그게 무슨 소리냐?"

칭찬만 들은 끝이라 자문은 놀라지 않을 수 없었다. 아프다고 핑계하고 오지 않은 위여신의 생각을 전해 준 것인지도 모를 일이었기 때문이다.

"제가 보기에 자옥(子玉＝성득신의 자)은 어려운 일을 맡고 나서는데만 용감할 뿐, 일을 판단하는 데에는 어두운 것 같습니다. 나아갈 줄만 알고 물러날 줄은 모릅니다. 그에게 군사를 맡기면 일을 그르칠 것이 틀림없습니다. 너무 강하면 부러진다는 속담이 있지 않습니까? 자옥이 바로 그런 사람입니다."

모인 사람들은 자문의 심각해진 얼굴을 보자 위로하듯 말했다.

"철없는 아이의 미친 소리를 귀담아 들을 거야 없지 않습니까?"

그러자 위가는 어이가 없다는 듯이 깔깔 웃으며 나갔다.

이튿날 초성왕은 영윤 성득신을 대장에 임명하고 자신이 직접 대군을 이끌고 진·채·정·허 네 나라 군사를 합쳐 함께 송나라로 치고 들어가 민(緡)고을을 둘러쌌다.

송성공은 사마 공손고를 진나라로 보내 급한 소식을 전하고 도움을 청했다. 진문공은 신하를 불러 모아 대책을 의논했다.

선진이 말했다.

"초나라를 꺾지 않고는 천하를 호령할 수 없습니다. 그러나 초나라 임금이 우리에게 사사로운 은혜가 있는지라 우리가 먼저 초나라를 치기는 어렵습니다. 초나라가 먼저 제나라를 쳐 양곡에 군대를 주둔시키고 이제 또 송나라를 쳐 중원에 일을 벌이고 있으니, 이는 하늘이 우리에게 패천하의 명분과 기회를 갖게 해준 것입니다."

"과인이 제나라와 송나라의 걱정을 풀어주고 싶은데 어떻게 하는 것이 좋겠소?"

호언이 앞으로 나와 말했다.

"초나라는 조나라를 새로이 거느리고 위나라와는 또 새로 혼인을 했습니다. 이 조·위는 모두 우리의 원수가 아닙니까? 군사를 일으켜 이들 두 나라를 치면 초나라가 군사를 옮겨 구하러 올 것입니다. 그러면 제나라와 송나라는 자연 풀리게 됩니다."

문공은 호언의 꾀를 공손고에게 그대로 전하고 성을 굳게 지키게끔 일렀다.

문공이 군사가 적은 것을 걱정하자 조최는 지금까지의 두 군단을 세 군단으로 늘릴 것을 청했다. 문공은 물었다.

"둘이 셋으로 군사가 많아졌다고 해서 곧 쓸 수 있겠소?"

"먼저 교육을 시키고 훈련을 시킨 뒤라야 쓸 수 있습니다."

"군이 셋이면 원수를 세워야 할 터인데 누가 적임일 것 같소?"

"장수 된 사람은 용맹이 지혜만 못하고, 지혜가 배움만 못하다 했습니다. 지혜와 용맹을 가진 장수는 얻기 어렵지 않습니다. 그러나 배움이 있는 사람을 찾기로 말하면 신이 아는 바로는 극곡(郤穀) 한 사람뿐입니다. 지금 나이 쉰이온데 용맹과 지혜를 갖춘 위에 지금도 학문을 게을리하지 않고 있습니다. 학문을 아는 사람이라야 덕과 의를 알고, 덕과 의를 아는 사람이라야 백성을 사랑할 줄 알며, 백성을 사랑하는 사람이라야 군사를 올바로 쓸 수 있습니다."

문공은 곧 극곡을 불러 원수에 임명하려 했다. 거듭 사양한 끝에 마지못해 원수의 자리에 올랐다.

이리하여 상·중·하의 삼군을 만들고, 중군은 극곡이 맡고, 상군은 호모가 맡고, 하군은 난지가 맡았다. 호모는 아우인 호언이 사양한 때문이고, 하군은 조최가 사양한 때문에 호모와 난지가 각각 맡게 된 것이다.

극곡은 훈련에 앞서 먼저 교육부터 시키고, 훈련에 있어서도 세번까지는 잘못을 바로잡는 것으로 하고 그래도 명령에 따르지 않으면 그때서야 군법과 군령에 따라 벌을 주었다.

군법과 군령을 집행하는 것은 대사마가 된 조최였다.

이렇게 사흘 동안을 훈련하자 비로소 북과 징소리에 따라 군사가 손발처럼 움직이기 시작했다. 엄한 벌로써 훈련의 효과를 올리는 지금의 방법과는 정반대의 교육과 관용으로 훈련을 하는데도 그 이상의 효과를 거두게 되는 것을 보고 모두 감탄해 마지 않았다.

그런데 사흘 동안의 집중훈련이 끝나고 징을 울려 군사를 거두어들이자 갑자기 회오리 바람이 불어닥치며 중군의 원수기가 뚝 부러지고 말았다. 사람들은 불길한 예감에 얼굴빛이 변했다. 그러나 극곡은 웃으며 말했다.

"기가 부러진 것은 내가 여러분과 오래 함께 할 수 없음을 알린 것뿐입니다. 주상께서는 반드시 큰공을 이루게 되십니다."

이때가 노희공 27년 겨울이었다. 이듬해 봄 문공은 조나라와 위나라를 칠 일을 극곡과 상의했다. 문공은 군사를 반씩 나누어 칠 생각이었다. 극곡은 참모장 선진과 상의를 해두었다며 이렇게 말했다.

"군사를 나누어도 두 나라는 넉넉히 이길 수 있습니다. 그러나 초나라를 당해낼 수는 없습니다. 임금께서는 초나라를 친다는 이름

으로 위나라에 길을 빌려달라 청하십시오. 두 나라 사이가 좋으므
로 말을 들을 리 없습니다. 그러면 남쪽으로 돌아 물을 건너 곧장
위나라 경계를 치고 들어갑니다. 위나라를 무찌른 기세를 타고 조
나라로 들어가면 조나라 임금은 백성의 마음을 잃고 있는데다가
위나라를 무찌른 위엄에 눌려 금방 무너지고 말 것입니다.”

“경은 과연 학문이 있는 장군이오.”

하고 문공은 기뻐했다.

극곡이 짐작한 대로 위성공은 진나라의 청을 거절했고, 진나라 군
사는 남쪽으로 돌아 황하를 건너 오록들에 가 닿았다.

“슬프다. 여기가 개자추가 나를 위해 넓적다리 살을 벤 곳이다.”

하고 문공은 눈물을 주룩주룩 흘렸다. 모든 장수들도 한숨을 지으며
함께 슬퍼했다. 그러나 위주만은 달랐다.

“성을 빼앗고 고을을 점령하여 지난날의 부끄러움을 씻어야 할 마
    당에 무슨 한숨들이오?”

하고 꾸짖듯 말했다. 선진이 거들었다.

“위장군 말씀이 맞습니다. 신이 본부대의 군사만으로 오록성을 빼
    앗고 말겠습니다.”

하고 문공의 허락을 청했다. 문공은 선진의 지혜와 용기를 알기 때
문에 쾌히 허락했다.

선진은 군사들에게 많은 깃발을 준비하게 하고 지나가는 산과 숲
의 높은 곳에 기를 꽂기도 하고 매달기도 하며 숲을 빠져나가라고
일렀다.

오록 백성들은 뜻하지 않은 진나라 군사가 갑작스레 들이닥치자
성위로 올라가 멀리 내다보았다. 산과 숲이 온통 깃발로 덮여 있어
군사가 얼마나 되는지조차 알 수 없었다. 성 안팎의 모든 백성들은
앞을 다투어 달아나 숨고 말았다. 성주가 아무리 못하게 금해도 막
을 길이 없었다.

선진의 군사가 이르렀을 때는 성을 지키는 사람이 하나도 없었다. 북소리 한번에 성을 함락하고 말았다. 선진의 첩보를 들은 문공은 호언을 바라보며 말했다.

"농부가 준 흙덩이의 징험이 오늘에 이루어지는구려."

밥이 없으면 빈 그릇이라도 잠시 빌려달라고 호언이 청하자, 농부는 흙을 구어 그릇을 만들어 쓰라고 흙덩이를 준 일이 있었고, 이에 성이 난 문공이 매를 치려 하자, 호언은 하늘이 농부의 손을 빌려 공자에게 땅을 주는 것이니 절하고 받으라고 한 것을 되새기며 하는 말이었다.

문공은 극보양으로 오록을 지키게 하고 대군은 검우(歛盂)라는 위나라 땅으로 들어가 주둔했다. 이때 극곡이 갑자기 병을 얻어 눕게 되었다. 문공이 가서 문병을 하자 극곡은 유언하듯 말했다.

"신은 곧 죽게 되옵니다. 꼭 드릴 말씀이 있습니다."

"무슨 말이든 하시오. 다 들어주겠소."

"조나라 위나라를 치는 것은 초나라를 끌어들이기 위한 것입니다. 초나라를 이기려면 꾀로써 싸워야 합니다. 꾀로써 싸우려면 먼저 제나라와 진(秦)나라의 도움을 얻어야 합니다. 제나라가 가까우니 먼저 제나라로 사람을 보내 제나라 임금과 화친을 맺도록 하십시오. 제나라는 지금 초나라를 미워하고 있으므로 그렇게 되기를 바라고 있을 것입니다. 제나라 임금이 우리에게로 오게 되면 위나라와 조나라도 두려워 화친을 청해 올 것입니다. 그런 다음 진나라와 손을 잡는 것이 초나라를 이기는 안전한 계책이 되옵니다."

문공은 그날로 사람을 제나라로 보냈다. 이때 제나라에는 효공이 죽고, 그의 아우 반이 임금이 되어 있었다. 이가 소공(昭公)이다. 소공은 검우로 와서 문공과 만났다.

위성공은 대부 영유(寧兪)를 보내 용서를 빌었다. 그러나 문공은 전 임금에 대한 원한이 깊어 이를 받아들이지 않았다. 곧 위나라 서울 초구를 짓밟고 말겠다는 말을 전하라고만 일렀다.

영유는 돌아와 임금에게 서울을 떠나 피해 있으라고 권했다.

"진나라의 원한이 깊고, 백성들이 놀라 떨고 있으니 잠시 성을 떠나 계십시오. 임금이 없는 것을 알면 진나라가 서울을 와서 칠 리는 없습니다. 그런 다음 다시 용서를 빌면 나라를 보전할 수 있을 것입니다."

"선군이 한 때 망명길에 오른 공자에게 예를 잃었고, 과인이 또 길을 빌려주지 않은 어리석음으로 인해 이 지경에 이르렀으니 과인 또한 성안에 있을 면복이 없소."

하고 대부 훤(咺)과 그의 아우 숙무(叔武)로 나랏일을 보게 하고 자신은 양우(襄牛)란 곳으로 나가 있으면서 대부 손염(孫炎)을 초나라로 보내 구원을 청했다.

이때가 봄 2월이었다. 이 달에 극곡은 군중에서 죽고 선진이 오록을 빼앗은 공으로 극곡의 뒤를 이어 원수가 되었다. 그리고 하군은 서신(胥臣)이 선진을 대신해 맡았다.

문공은 위나라를 없애버리려 했다. 그러나 선진이 이를 말리고 이렇게 말했다.

"그보다는 군사를 동쪽으로 옮겨 조나라를 쳐야 합니다. 우리가 조나라에 가 닿을 무렵이면 초나라의 구원병이 이곳에 와 있게 될 것입니다."

초나라와의 정면충돌을 피하며 괴롭혀 주려는 것이었다.

이리하여 다음달인 3월에 진나라 군사는 조나라 도성을 포위하게 되었다.

진문공은 원한과 은혜를 꼭 갚고 마는 임금으로 유명하다. 그것이 때로는 지나쳐 오해와 부작용을 빚는다.

조공공은 신하들을 모아놓고 계책을 물었다. 희부기가 나아와 말했다.

"진나라 임금이 이번에 온 것은 옆갈비를 구경한 원한을 갚기 위한 것입니다. 힘으로 겨룰 수 없는 일이니 신이 임금의 명을 받들어 용서를 빌고 화친을 청하면 나라와 백성의 어려움을 건질 수 있을 것 같습니다."

그러자 대부 우랑(于朗)이 말했다.

"희부기는 진나라 임금에게 몰래 음식을 대접한 일이 있습니다. 이번에도 또 나라를 팔려는 것이니 그의 청을 듣지 마옵소서. 임금께서 먼저 희부기의 목을 베시면 신이 진나라를 물리칠 계책을 말씀드리겠습니다."

공공은 희부기의 벼슬만을 빼앗고 죽음만은 면하게 해 주었다. 선대의 공을 생각해서라는 것이다. 희부기는 돌아가 문을 걸고 나오지 않았다.

우랑은 거짓 항복하는 글을 보내 어두워질 무렵 성문을 바치겠다고 약속한 다음, 진나라 임금을 성안으로 들어오게 한다음, 성문을 닫고 숨겨둔 군사로 활을 쏘게 하면 박살을 낼 수 있다는 것이었다. 공공의 신하란 모두가 시장바닥의 폭력배들이었으므로 고작 생각해 낸 꾀란 것이 이런 것이었다. 임금이 죽고 난 다음에 닥칠 더 무서운 보복은 생각지도 않은 것이다.

허나 진문공을 위해서는 위험하기 이를 데 없는 일이었다. 다행히 선진이 만일을 모른다며 가짜 임금을 들여보냄으로써 무사할 수 있었다. 그러나 이 일로 인해 발제와 그가 이끌고 갔던 군사 3백 명이 몰살을 당하고 말았다.

이튿날 아침에야 문공이 가짜임을 알자 우랑은 또 이런 꾀를 말했다.

"화살에 맞아 죽은 진나라 군사의 시체를 성위에 늘어놓으면 저들이 보고 슬프고 기가 막혀 공격을 제대로 못할 것입니다. 이렇게 며칠을 끌고 가면 초나라 구원병이 틀림없이 오지 않겠습니까?"

성위에 걸쳐놓은 서까래 끝에 매달려 있는 시체를 바라보는 진나라 군사는 과연 슬픔과 원한으로 마음의 동요를 가라앉힐 길이 없었다.

이에 맞서 선진은 조나라 무덤이 있는 서문 밖으로 한 부대를 보내 무덤을 파낼 준비를 서두르게 했다. 그리고 내일 한낮에 무덤에서 파낸 해골의 수를 가지고 등급을 매겨 상을 내린다는 명령을 내렸다. 적으로 하여금 알아듣게 하려는 것이었다.

이 소식을 들은 성안 백성들은 임금과 우랑을 원망하며, 금방 반란이라도 일으킬 것 같았다. 이에 놀란 조공공은 사람을 시켜 성위에서 크게 외치게 했다.

"무덤만은 파지 말아다오! 이번에는 정말로 항복하겠다!"

선진은 이렇게 대답했다.

"너희들이 우리 군사의 시체를 고이 싸서 널에 넣어 성밖으로 내보내주면 우리도 무덤을 파헤치지 않겠다."

"그럼 사흘 동안의 기한을 달라."

"좋다. 약속을 어기면 그때는 우리가 너희 조상을 욕되게 할 것이다."

사흘이 지나고 나흘째 되던 날 아침, 선진은 사람을 시켜 성밑에서 외치게 했다.

"오늘은 우리 군사의 시체를 넣은 널을 보내주겠느냐?"

"보내주겠다. 포위군을 5리 밖으로 물려주기 바란다."

알았다 하고 포위를 풀어 군대를 후퇴시켰다. 5리쯤 후퇴하자 과연 사방 성문이 열리며 널을 실은 수레들이 줄을 이어 나오고 있었다.그러나 그 수레의 열이 3분의 1쯤 성문을 빠져나오고 있을 그때, 미리 숨겨 두었던 진나라 군사가 일제히 뛰쳐나와 성문을 향해 돌진했다.

성문을 급히 닫으려 했지만 널을 실은 수레들이 성문을 꽉 메우고 있어서 제대로 닫히지가 않았다. 그틈을 타서 진나라 군사는 성안으로 밀고 들어갔다.

이때 조공공은 성위에서 군대를 지휘하고 있었다. 이를 본 위주가 몸을 솟구쳐 단번에 성위로 뛰어올랐다. 공공의 가슴을 후려치고 두 팔을 뒤로 돌려 꽁꽁 묶고 말았다. 성을 넘어 달아나려던 우랑은 전힐에게 붙잡혀 목이 달아났다.

진문공은 벼슬아치의 명부를 가져오라 하여 보았다. 수레를 타고 다니는 고관대우를 받는 사람 3백 명의 이름이 실려 있었다. 모두가 시장바닥의 건달패들이었다는 것은 앞에서 이미 말한 바 있다.

한 사람도 빠짐없이 다 잡아들였다. 백성의 피땀으로 사치와 향락을 일삼으며 백성을 괴롭히고 나라를 병들게 한 일당들이다.

진문공은 조공공을 본영으로 끌고가 가두게 하고, 수레를 타고 뽐내며 다니던 3백명은 모두 사형에 처하고, 그들이 집에 모아둔 재산을 모조리 몰수하여 군사들에게 상으로 나눠 주었다.

문공은 희부기의 집이 북문에 있다는 말을 듣자 그 일대를 침범하지 말라는 영을 내리고, 희부기의 집 풀 하나 나무 하나라도 다치는 사람은 사형에 처하라고 시켰다. 조공공의 푸대접과 모욕 끝에 받은 희부기의 지나칠 정도의 후대를 이렇게라도 해서 갚고 싶었던 것이다.

그러나 문공의 그같은 태도는 도리어 희부기를 해치는 결과를 가져오고 말았다. 말뿐인 문관들만 우대하고 목숨바쳐 싸우는 무관들을 대수롭지 않게 여기는 것에 불만을 품고 있던 위주와 전힐이 이에 반발하여 일부러 영을 어기고 만 것이다.

"우리는 오늘 임금을 사로잡고 장수의 목을 베고 했는데도 한마디의 칭찬이 없고, 밥 한 끼 대접한 것이 뭐 그리 대단한 거라고……"

위주가 이렇게 불평을 늘어놓자, 전힐이 이렇게 부추겼다.

"희부기가 진나라에서 벼슬하게 되면 크게 쓰일 것이 틀림없다. 우리가 그의 업신여김과 눌림을 받을 것 아닌가? 불을 질러 타죽게 만들면 그런 걱정은 면할 수 있다. 주상이 안다 해도 설마 우리를 죽이기야 하겠는가?"

힘을 앞세우는 사람들은 언제나 그런 불평을 갖기 쉽고 무모한 짓을 곧잘 저지르곤 하는 것이다.

이리하여 위주와 전힐은 밤이 깊도록 술을 마신 끝에 군사를 이끌고 가서 희부기의 집을 둘러싼 다음 앞뒤 대문에 불을 지르게 했다. 불길이 하늘로 치솟자 위주는 술김에 용맹만 믿고 문루 위로 뛰어올라 불속을 헤치며 희부기를 찾아 죽이려 했다.

이때 위주는 불에 탄 받침대가 내려앉는 바람에 발을 헛디뎌 땅바닥으로 벌렁 넘어지며 뒤이어 떨어지는 들보에 가슴을 맞아 피를 토하고 한참이나 까무러쳐 있었다. 사방에서 튀어오는 불똥으로 얼굴을 데고, 옷이 탔다.

다시 깨어난 위주는 기둥을 타고 지붕으로 올라가 이리저리 돌아서 겨우 밖으로 나왔다. 옷은 곳곳이 불에 타 성한 곳이 없었으나 다행히 타죽는 변만은 면했던 것이다. 전힐이 찾아와 빈터로 가서 자기 옷을 벗어 입힌 다음 함께 수레를 타고 돌아왔다.

한편 성안에 있던 호언과 서신은 북문에서 불길이 치솟는 것을 보자 무슨 변이 일어난 줄 알고 급히 군대를 이끌고 달려와 보았다. 희부기의 집이 불타는 것을 보고 급히 군사를 시켜 불을 끄기는 했으나, 벌써 거의 타버린 뒤였다.

희부기는 집사람들을 거느리고 불을 끄다가 연기를 마시고 넘어져 있었다. 밖으로 끌어냈으나 정신을 잃은 채 깨어나지 않았다. 그의 아내는 다섯 살 먹은 아들을 안고 후원 못으로 들어가 피해 있어서 무사했다.

이 보고를 받은 문공은 새벽 일찍 희부기의 집으로 달려왔다. 희부기는 눈을 크게 뜨고 문공을 한번 바라보고는 영영 눈을 감고 말았다.

희부기의 아내가 어린 아들 희록(僖祿)을 안고 엎드려 울었다. 문공도 눈물을 흘리며 위로했다.

"뭐라고 위로할 말이 없습니다. 이 아들만은 내가 기르리다."
하고 아이를 받아 안고 대부의 벼슬을 내렸다.

희부기를 후하게 장사지낸 다음, 모자를 데리고 진나라로 돌아갔다가 조공공이 진나라에 붙은 뒤 모자는 다시 조나라로 돌아오게 되고, 아들 희록은 조나라의 대부가 된다. 다 뒷날 이야기다.

진문공은 영을 거역한 위주와 전힐을 반란죄로 다스리려 했다. 조최는 그들의 지난날의 공을 생각해서 용서할 것을 청했다. 그러나 문공은 단호했다.

"임금이 백성들에게 믿음을 심어주는 것은 영이 아닌가? 영을 따르지 않는 신하는 신하일 수 없으며, 영을 영대로 시행하지 못하는 임금은 임금일 수 없다. 과인에게 공이 있는 사람이라 하여 영을 어겨도 용서를 받는다면 과인은 앞으로 다시는 영을 내릴 수 없지 않겠는가?"

"지당한 말씀이옵니다. 그러나 위주의 재주와 용맹은 어느 장수도 미치지 못합니다. 죽이기에는 참으로 아까운 사람입니다. 주범은 전힐로 위주는 그의 부추김에 끌려든 것뿐이니 전힐 한 사람만으로도 영을 세울 수는 있는 일이옵니다. 위주는 살려두었다가 공으로써 죄를 용서받는 길을 얻게끔 해주는 것이 좋을 것 같습니다."

"위주는 그때 가슴을 맞아 곧 죽게 될 것이라 하지 않소?"

"신이 문병을 가서 그의 태도와 병세를 살펴보겠습니다. 죽을 것 같으면 법대로 시행하고, 아직도 뛰어다닐 수 있으면 살려 두는 것이 좋겠습니다."

문공의 허락을 얻어 조최가 혼자 수레를 타고 위주를 찾아갔다. 위주는 무거운 상처로 병상에 누운 채 물었다.

"찾아온 사람이 몇이더냐?"

"조사마 혼자 오셨습니다."

위주는 무장으로서는 남다른 날카로운 데가 있었다. 혼자 찾아온 조최의 숨은 뜻을 알고 있은 것이다.

위주는 비단으로 가슴을 두르게 한 다음 보통 옷차림으로 나와 조최를 맞이했다. 조최는 놀라며 물었다.

"많이 다쳤다는데 그래도 일어날 수 있습니까? 주상의 명을 받들어 얼마나 괴로워 하시는지 보려고 왔습니다."

"그 정도의 성처로 어찌 누워서 손님을 대할 수 있겠습니까? 소장은 만번 죽어 마땅한 죄를 지었습니다. 만일에 용서를 입는다면 임금의 은혜를 목숨바쳐 갚겠습니다. 자아 보십시오."

하고는 앞으로 세 번 위로 세 번 뛰어 보였다. 조최는 그를 위로했다.

"장군께서는 부디 병치료에 힘쓰십시오. 내가 주상께 잘 보고하리다."

이리하여 문공은 법에 따라 두 사람의 죄를 다스리기로 했다. 공개 재판이 열렸다.

구속되어 끌려나온 전힐의 죄를 물은 다음 군법을 집행하는 조최에게 물었다.

"전힐이 주모자로 임금의 영을 어기고 불을 질렀으니, 그 죄 어디에 해당하는가?"

"군법에 따라 목을 벰이 마땅합니다."

문공은 군정(軍正)에게 명령하여 형을 집행하게 했다. 도부수(刀斧手)가 전힐을 궁문 밖으로 끌고 나가 목을 베자, 문공은 그 머리를 가지고 가 희부기에게 제사를 지낸 다음 북문에 매달게 했다.

문공은 또 조최에 물었다.

"위주는 전힐과 함께 있으면서 이를 말리지 못했으니, 그 죄 어디에 해당하는가?"

"벼슬을 빼앗고 백의종군하게 하여 공을 세움으로써 그 죄를 용서받도록 함이 합당한 줄 아옵니다."

문공은 위주의 융우(戎右)의 벼슬을 빼앗고 주지교로 대신했다. 이를 지켜보는 장병들은 서로 바라보며 말했다.

"전힐과 위주 두 장군은 19년 동안 임금을 따라다닌 큰 공로가 있는데도 한번 임금의 영을 어김으로 해서 혹은 죽고 혹은 쫓겨나고 했으니 하물며 다른 사람이겠는가?"

군법과 군령이 얼마나 무서운 것임을 새삼 알고 느끼게 되었다. 훈련 때 군사들이 영을 어긴다고 목을 베고 한 전힐도, 자기 자신만은 임금이 함부로 하지 못한다는 과대망상에서 스스로 죽음을 불러오게 된 것이다. 공이니 공로니 하는 것은 포상의 조건이 될 뿐, 법을 어겨도 되는 특권을 갖는 조건이 될 수는 없다. 그렇게 될 경우 법은 지켜지지 않고, 나라는 병들게 되는 것이다.

성복대첩(城濮大捷)

염 념 요 여 임 전 일　 심 심 상 사 과 교 시
念念要如臨戰日 心心常似過橋時.
"생각은 항상 전장(戰場)속에 있는 하루같이 하고, 마음은 언
제나 다리를 건널 때처럼 지니라."

노희공 28년에는 다음과 같은 기록이 다섯 번째로 실려 있다.
'여름 4월에 진나라 임금과 제나라 군사와 송나라 군사와 진(秦)
나라 군사가 초나라 사람과 성복(城濮)에서 싸웠는데, 초나라 군
사가 크게 패했다.'
진문공이 이 성복 싸움에서 완전 승리를 거둠으로써 명실상부한
패천하를 이룰 수 있었다. 제환공과 관중이 초나라를 힘으로 꺾지
못하고 구차스런 명분으로 겨우 달래는 정도로 만족할 수밖에 없었
던 것인데, 진문공이 명분 아닌 힘으로 초나라를 꺾어 눌렀기 때문
에 그의 패천하는 더욱 빛난 것으로 볼 수 있다.
　그러나 초나라가 패하게 된 가장 큰 원인은 군대를 이끌고 멀리 남
의 나라로 나왔기 때문이었고, 총사령인 성득신의 지나친 자신감과
오만함 때문이었다. 초나라가 송나라 서울을 포위했다는 소식을 들

었을 때, 선진은 그것을 하늘이 준 기회라고 말했었다. 멀리 남의 나라를 쳐들어온만큼 힘의 낭비가 크고, 침략 받은 나라를 구원한 다는 이쪽의 명분이 설 수 있었기 때문이다.

진나라가 지난날의 약속을 지킨다며 90리나 피해 물러났는데도, 성득신이 끝까지 쫓아오며 싸움을 청해옴으로써 부득이 싸우게 되었 으니 명분과 사기면에서 이미 득을 보고 있었던 것이다.

그러나 역시 승리를 거둘 수 있었던 것은 진나라 쪽의 외교와 전 술이 초나라에 앞섰기 때문이었다. 이 성복 싸움의 줄거리만을 간추리 면 대충 다음과 같다.

송나라 동성을 포위하고 있던 초성왕은 위나라에서 급한 구원을 청해 오자, 원수 성득신을 비롯한 장수들에게 두 고을 군사로 송나 라를 계속 공격하게 하고, 성왕 자신이 직접 대군을 이끌고 위나라 로 향했다. 초나라를 도와 송나라 포위전에 가담하고 있던 나라 임 금들도 자기 나라에 어떤 일이 벌어질까 염려되어 각각 본국으로 돌 아가고 장수와 군사만을 남게 했다.

초성왕이 부랴부랴 위나라로 향해 행군을 하고 있는데 중간쯤에서 진나라 군사가 벌써 조나라로 옮겨갔다는 보고를 받았다. 그래서 발 길을 돌려 조나라로 향하려고 장군들과 상의를 하고 있는데 또 보고 가 들어왔다. 조나라 성은 이미 무너지고 임금은 포로가 되었다는 것이다.

"아니? 진나라 군사가 어찌도 그리 빠르단 말이냐?" 하고 초성왕은 크게 놀랐다. 두려운 생각을 떨쳐버릴 수가 없었다. 곧 군사를 중성(中城)이란 곳에 주둔시키고, 사람을 보내 제나라 양 곡을 지키고 있는 공자옹과 역아를 불러들이는 한편 신숙후를 시켜 제나라와 화친을 하고 빼앗은 땅을 도로 돌려주게 했다.

그러는 한편 성득신에게로 또 사람을 보내 진나라와의 싸움을 피 하고, 즉시 포위군을 풀고 본국으로 돌아가라 시켰다.

모두 초성왕이 시킨 대로 따라 했다. 그러나 성득신만은 말을 들으려 하지 않았다. 곧 함락하게 되어 있는 성을 버리고 갈 수 없다며 투월초(鬪越椒)를 성왕에게로 보내 이렇게 말하게 했다.

"조금만 더 기다렸다가 송나라 성이 함락된 뒤에 돌아가게 해 주십시오. 진나라 군사와 마주친다면 싸우겠습니다. 싸워서 이기지 못한다면 달게 군법을 따르겠습니다."

성왕은 자문을 불러 물었다.

"나는 자옥을 불러 돌아가고 싶은데, 자옥이 싸움을 청하니 어쩌면 좋겠소?"

자문은 성득신의 재주와 용맹을 믿고 있었기 때문에 자옥의 청을 들어 주라고 권했다. 다만 조심해서 일을 추진하되 가능하면 서로의 체면이 상하지 않는 범위 안에서 진나라와 화해를 하도록 시키라 했다.

투월초의 보고를 받은 성득신은 한편으론 기뻐하고, 한편으론 조급한 마음에 한결 공격을 서둘렀다. 이렇게 되자 다급해진 송나라는 다시 진나라에 급한 사정을 알리고, 빨리 구원병을 보내줄 것을 청했다.

문공은 선진에게 물었다.

"송나라를 구하려면 초나라와 싸워야 하지 않겠소? 극곡은 말하기를 초나라와 싸우려면 반드시 제나라와 진나라의 도움을 얻어야 한다고 했소. 지금 제나라는 잃었던 땅을 되찾아 초나라와 화친을 맺었고, 진·초 두 나라는 아직 틈이 벌어지지 않았으니 우리 청을 잘 들으려 하지 않을 것 아니오?"

"신에게 한 꾀가 있습니다. 두 나라가 스스로 와서 초나라와 싸우게 만드는 것입니다."

"말해 보시구려."

"송나라에서 우리에게 보내온 뇌물은 지나칠 정도입니다. 뇌물을 받고 돕는다는 것은 의롭지 못합니다. 이를 사양하고 송나라로 하여금 반반 나누어 제나라와 진나라에 바치게 하는 겁니다. 그리고 두 나라로 하여금 초나라에 청하여 송나라의 포위를 풀게끔 해달라고 사정하게 하는 겁니다. 그러면 두 나라는 넉넉히 그럴 수 있다고 생각하고 초나라로 사신을 보내게 될 것입니다. 그런데도 초나라가 이를 거절하면 자연 틈이 벌어지지 않겠습니까?”

“만일 초나라가 두 나라의 청을 받아들여 포위를 푼다면 우리에게 이로울 것이 아무것도 없지 않소?”

“초나라로 하여금 두 나라의 청을 거절하게 만들면 되지 않겠습니까?”

“어떻게 말이오?”

“초나라는 위나라와 조나라를 사랑하고, 송나라를 미워하고 있습니다. 위나라 임금은 쫓겨나 있고 조나라 임금은 포로가 되어 있습니다. 이들 두 나라의 땅을 떼어 송나라에 주는 겁니다. 그러면 송나라에 대한 초나라의 원한은 더욱 깊어질 것이므로 제·진 두 나라가 청한다고 들을 리가 없습니다. 송나라의 뇌물을 받은 두 나라는 자연 송나라를 가엾게 여기고 초나라의 교만함에 노여움을 갖게 될 것이니, 우리와 손잡기 싫어도 잡게 되지 않겠습니까?”

진문공은 기뻐 손바닥을 어루만지며 그의 지혜를 감탄해 마지 않았다.

선진의 계획대로 진나라·제나라 두 사신은 성득신의 단호한 거절로 발길을 돌려 본국으로 향해야만 했다. 문공은 미리 사람을 보내 길목을 지키고 있다가 두 나라 사신을 병영으로 맞아들여 환영의 잔치를 벌이고, 그 자리에서 성득신의 교만하고 무례한 점과 곧 우리와 싸움을 벌이게 되어 있으니 두 나라가 군대를 보내 도와줄 것을 호소했다.

성득신의 단호한 거절에 모욕감을 느끼고 있던 진나라 사신 공자

집과 제나라 사신 최요(崔夭)는 협력할 것을 약속하고 돌아갔다.

한편 성득신은 분을 못참아 하며 부하 장수들을 모아놓고 이렇게 맹세까지 했다.

"조나라·위나라를 되찾지 않고는 죽는 한이 있어도 돌아가지 않을 것이다."

그러자 완춘(宛春)이란 장수가 꾀를 말했다.

"소장에게 싸우지 않고 두 나라를 되찾을 계책이 있습니다."

"어떤 계책인가?"

"원수께서 사신을 진나라 군중으로 보내 좋은 말로 교환조건을 제시하는 겁니다. 진나라가 두 임금을 놓아 주고, 송나라에 주었던 땅을 되돌려 주면, 우리도 송나라의 포위를 풀고 돌아가겠다고 말입니다."

"진나라가 안 들으면 어떻게 할 건가?"

"원수께서 먼저 포위를 풀겠다는 말을 분명히 송나라에 말하고 우선 공격을 늦추는 겁니다. 진나라가 우리의 교환조건을 들어주지 않으면, 송나라 역시 진나라를 원망하게 될 것입니다. 세 나라의 원한을 합쳐 한 진나라를 상대하면 그만큼 우리에게 유리해지지 않겠습니까?"

"누구를 보내면 좋겠는가?"

"원수께서 소장에게 맡겨 주신다면 소장이 다녀오겠습니다."

성득신은 송나라의 공격을 늦추고 완춘을 진나라 군중으로 보냈다. 완춘은 혼자 수레에 올라 진나라 군중으로 들어와 문공을 보고 앞에 말한 교환 조건을 말했다.

그러자 문공 옆에 있던 호언이 완춘을 향해 성난 얼굴로 꾸짖었다.

"아직 얼마든지 버틸 수 있는 송나라 하나를 풀어주고, 이미 망해 버린 두 나라를 달란 말이냐?······"

선진이 얼른 호언의 발을 밟으며, 완춘을 보고 이렇게 말했다.

"조·위 두 나라의 죄는 멸망에까지 이르지는 않았으므로 우리 임금께서도 용서하려 하고 계십니다. 잠시 뒤 병영으로 가 계시면 임금과 상의하여 시행하도록 하겠소"

난지가 완춘을 데리고 밖으로 나가자, 호언이 선진을 보고 물었다.

"정말로 완춘의 청을 들어줄 생각이오?"

"들어줄 수도 없고 안 들어줄 수도 없는 일이오."

"그건 또 무슨 말이오?"

"성득신이 간사한 꾀로 저만 인심을 쓰는 척하며, 모든 원망을 우리에게로 돌아가게 하려는 겁니다. 들어주지 않으면 세 나라의 원망을 우리가 받게되고, 들어주면 그 공이 초나라로 돌아가기 때문입니다. 그러므로 지금으로서는 조·위 두 나라를 용서하여 초나라와 떨어지게 만들고, 다시 완춘을 붙들어 두어 득신의 노여움을 부채질 하는 겁니다. 득신은 성품이 강하고 급하기 때문에 반드시 군사를 우리에게 옮겨와 싸움을 청할 것입니다. 그러면 송나라의 포위는 절로 풀리지 않겠습니까?"

문공은 선진의 계책이 아주 좋다고 칭찬하고는 이렇게 덧붙였다.

"다만 과인이 초나라 임금의 은혜를 입었는데 사신을 구금한다는 것이 보답하는 도리에 어긋나지 않을는지?"

그러나 큰일을 위해서는 사사로운 은혜를 생각해서는 안 된다는 신하들의 의견을 따를 수밖에 없었다.

문공은 곧 난지에게 명하여 완춘을 오록성으로 압송한 다음, 극보양에게 일러 조심하여 감시하도록 시켰다. 그리고 완춘을 따라온 병사들을 돌려보내며, 성득신에게 이렇게 전하라 일렀다.

"완춘의 태도가 무례해서 이미 가두어 두었으니, 성득신마저 사로잡은 뒤에 함께 처형하리라."

그리고 나서 조공공과 위성공에게 사람을 보내, 성득신에게 이런 내용의 글을 보내게 했다.

'나라가 망하고 몸이 죽는 것이 두려워 부득이 진나라를 섬겨야 할 것 같습니다. 초나라가 빨리 진나라를 내쫓아 준다면 어찌 두 마음을 먹겠습니까?'

완춘이 구금되었다는 말을 전해 듣고 분을 못참아 껑충거리며 울부짖던 성득신이 연거푸 두 임금의 절교나 다름 없는 글을 받아보았으니 그 노여움이 어떠했겠는가?

"이 중이란 늙은 도둑놈아! 네놈이 죽든 내가 죽든 결판을 내고 말 테다!"

곧 3군에 영을 내려 송나라 포위를 풀고 길 떠날 준비를 서두르게 하며 이렇게 말했다.

"진나라 군사를 무찌르고 나면 다 죽어가는 송나라가 어디로 달아나겠는가?"

삼국지에 나오는 적벽대전 당시의 제갈량이 선진이라면 성득신은 주유와 같은 사람이라 볼 수 있다. 결국 성득신은 선진의 꾀임에 이끌려 선진이 파놓은 함정으로 제발로 걸어가는 꼴이 되었다.

그러나 투월초가 성득신의 조급한 마음에 쐐기를 박았다.

"임금께서 가볍게 싸우지 말라 신신당부를 하시며, 싸우고 싶을 때는 먼저 허락부터 받으라고 하지 않았습니까? 더욱이 진·제 두 나라까지 진나라의 편을 들 것이 분명하니, 임금께 아뢰어 군사와 장수를 더 보내주도록 청한 다음 떠나야 할 것 같습니다."

"그렇군요. 장군이 좀 수고를 해주오. 빠를수록 좋소."

투월초가 신읍(申邑)으로 달려가 초왕에게 말하자, 초왕은 크게 성을 내며,

"내가 그토록 일렀거늘 기어코 싸우겠다는 건가? 꼭 이긴다고 단정할 수 있겠는가?"

하고 꾸짖었다.

"이길 자신이 있기에 싸우려는 것 아니겠습니까? 만일 패하면 군
령도 달게 받겠다고 앞서 말하지 않았습니까?"

초성왕은 여전히 진문공이 두려웠다. 그러나 성득신으로 인해 빚
어진 일들을 그의 책임으로만 돌릴 수는 없었다. 장병들의 울분을
명령 하나만으로 억누르기에는 이미 때가 늦은 것 같았다.

초성왕은 마지못해 허락은 하면서도 투월초가 원하는 장수와 군사
는 보내주지 않았다. 초왕이 거느리고 있는 군사는 동광(東廣)과 서
광(西廣) 두 군단이었다. 각각 만 명이었는데 날랜 장수와 군사는
모두 동광에 있고, 서광은 다만 수만을 채우고 있는 상태였다.

초왕은 투의신(鬪宜申)에게 서광 군사 천 명만을 거느리고 가 도
우라 시켰다. 아무래도 패할 것만 같은 생각에 정예부대나 많은 군
사를 희생시키고 싶지 않았던 것이다.

그러자 성득신의 아들 대심(大心)이 자기 집안의 사병 6백 명을
모아 싸움을 돕고 싶다고 스스로 청해왔다. 그것까지 말릴 이유는
없었으므로 초왕은 이를 허락했다.

투의신과 투월초가 군사를 거느리고 송나라에 이르자 득신은 군사
가 적은 것을 보는 순간 더욱 노여움이 치밀어 이렇게 큰소리를 쳤
다.

"군사를 더 보태주지 않는다 해서 내가 진나라를 이기지 못할 것
같은가?"

그날로 즉시 진·채·정·허 네 나라 군사와 함께 송나라 포위를
풀고, 진나라와의 결전을 위해 떠났다.

결전을 위해 달려온 초나라 군사와 대치하게 된 상태에서 진문공
은 작전회의를 열었다. 선진이 말했다.

"초나라 군사는 이미 지쳐 있습니다. 장수는 교만하고 군사는 지
쳐 있으니, 그들이 패할 것이 틀림없습니다. 초나라와 꼭 싸우기

로 말하면 이 기회를 놓쳐서는 안됩니다.”

그러자 호언이 말했다.

“주상께서 옛날 초나라에 계실 때 90리를 피하겠다 약속한 바가 있지 않습니까? 약속을 지키시기 바랍니다.”

모든 장군들은 이에 반대했다. 임금으로 신하를 피하는 것은 욕된 일이라는 것이다.

그러나 문공은 호언의 말을 따라 30리씩 세 차례나 뒤로 물러났다. 땅 이름을 물으니 성복(城濮)이라 했다.

제나라와 진나라도 각각 대군을 이끌고 성복으로 와 주둔해 있었고, 송나라에서는 공손고가 와 싸움을 도왔다.

진나라 군사가 피해 물러나자 초나라 장군들은 거의가 기뻐하며 이렇게 말해.

“임금으로 신하를 피했으니 우리에겐 자랑스런 일이다. 이것을 평계로 우리도 군사를 돌리는 것이 좋지 않겠는가? 비록 공은 세우지 못했어도 죄는 면할 수 있지 않겠는가?”

그러나 성득신의 생각은 달랐다.

“내가 장수와 군사를 더 보내달라 청해놓고, 싸우지 않고 돌아가 임금께 뭐라고 말할 수 있겠는가? 저들은 우리가 두려워 물러난 것이니 급히 뒤를 쫓아야만 한다..”

하고 빨리 진군하라는 영을 내렸다.

90리를 가서 진나라 군사와 마주치자 성득신은 산을 등지고 못을 앞둔 곳에 진을 치기 시작했다. 이를 바라보는 진나라 장군들은 선진에게 이렇게 말했다.

“저들이 험한 곳에 진을 치면 공격하기 어려울 것이니, 군사를 보내 그곳을 우리가 점거해야 합니다.”

그러나 선진은 웃으며 대답했다.

“싸우기 위해 멀리 달려온 성득신에게 험한 곳을 점거한 것이 무슨 도움이 되겠는가? 그것은 힘의 낭비일 뿐이야."

성득신이 사람을 시켜 문공에게 도전장을 보냈다.

"임금의 군사와 전쟁놀이를 할까 하오. 임금께서는 수레에서 구경하시오. 이 득신도 함께 구경하리다."

정말 교만 방자하기 이를 데 없는 내용이었다. 이를 본 호언이 이렇게 말했다.

"싸움이란 승패가 곧 흥망과 같은 것인데 그것을 놀이에 비유하고 있으니, 어찌 패하지 않겠는가?"

문공은 난지를 시켜 답장을 이렇게 써서 온 사람에게 들려 보냈다.

'과인은 초나라 임금의 은혜를 잊을 수 없어 90리를 피하며 장군과 마주보기를 사양하였소. 굳이 마주보기를 원하신다면 감히 명령에 따르지 않을 수 있겠소? 내일 아침 만나도록 합시다.'

초나라 사자를 돌려보내고 선진은 곧 전투 지시를 내렸다. 호모와 호언은 상군을 이끌고 진나라 장군 백을병과 함께 초나라 왼쪽 군사를 공격하고, 난지와 서신은 하군을 이끌고 제나라 장군 최요와 함께 초나라 오른쪽 군사를 공격하고, 선진 자신은 극진·기만과 함께 중군에 진을 치고 성득신과 겨루기로 했다.

그리고 순임보와 사회에게 각각 군사 5천씩을 주어 좌우 양쪽의 날개가 되어 필요에 따라 움직이게 하고, 다시 제나라 장군 국귀부와 진목공의 아들 은(慭)에게는 각각 자기 나라 군대를 이끌고 사잇길로 빠져나가 초군 등뒤에 숨어 있다가 초나라 군사가 패해 달아나는 것을 보는 즉시 치고 들어가 적의 본영을 점거하게 했다.

이때 진나라 병력은 병거가 7백 승이었고, 정예부대만 그 수가 5만이었다. 제·진 두 나라 군사는 이 수에 들어있지 않았다.

앞서 가슴을 다쳐 누워 있던 위주도 이제 병이 완전히 나아 선봉장이 되기를 자청해 왔다. 선진은 그를 보고 이렇게 말했다.

“장군은 쓸 곳이 따로 있소. 여기서 남쪽으로 가면 공상(空桑)이란 곳이 있는데 초나라 연곡(連谷)이란 곳과 맞붙은 곳이오. 한 부대를 이끌고 그곳에 숨어 있으면서 초나라 패한 군사의 돌아가는 길을 끊고 초나라 장수를 사로잡는 거요.”

위주는 만족한 표정을 지었다.

조최를 비롯한 나머지 문관과 무장들은 진문공을 보호하며 산위에서 관전키로 하고, 주지교로 하여금 배를 남쪽강에 띄워두고 초나라 군사의 보급품을 실을 준비를 갖추고 기다리게 했다.

선진은 앞을 환히 내다보듯 전투태세를 갖추고 작전지시를 내리곤 하였다.

마침내 밤이 지나고 새벽이 왔다.

진나라 군사는 산 북쪽에 진을 치고, 초나라 군사는 그 남쪽에 진을 치고 있었다.

성득신은 영을 내려 좌우의 두 군을 먼저 나아가게 하고, 자기가 거느린 중군이 그 뒤를 따르게 했다.

한편 진나라 하군 장군 난지는 초나라 오른쪽 군사에 진·채 두 나라 군사가 맨 앞에 있는 것을 알아내자 기뻐하며 이렇게 말했다.

“원수께서 나보고 말하기를 진나라와 채나라는 겁이 많고 쉽게 움직이므로, 두 나라 군사만 꺾으면 공격하지 않아도 절로 무너진다고 했다.”

난지는 곧 백을병으로 나가 싸우게 했다.

진나라 장군 원선과 채나라 장군 공자인은 초나라 대장 투발이 보는 앞에서 공을 세우고 싶어 앞을 다투어 수레를 내몰았다. 창칼이 맞부딪치기도 전에 갑자기 진나라 군사가 뒤로 물러났다.

두 장군이 앞을 다투며 뒤쫓으려 하자 맞은편 진지의 진문이 활짝 열리며 대포 터지는 소리와 함께 서신이 이끄는 큰 수레 부대가 밀어닥쳤다. 수레를 끄는 말들은 모두 호랑이 가죽을 쓰고 있었다.

　이를 본 적진의 말들은 정말 호랑이인줄 알고 놀라 껑충거리며 달아나기 시작했다. 고삐를 잡은 사람도 도리가 없었다. 겁에 질린 말들이 끄는 수레는 뒤에 있는 투발의 부대를 들이받고 말았다.

　서신과 백을병은 적진의 혼란을 틈다 치고 들어갔다. 서신은 도끼로 공자인을 내리쳐 수레 아래로 거꾸러뜨리고, 백을병은 활로 투발의 볼을 쏘아 맞혔다. 투발은 화살이 꽂힌 채 달아났다. 초나라 우군은 제대로 싸워 보지도 못하고 진나라 군사에 짓밟히고 말았다.

　난지는 이쪽 군사를 진·채 두 나라 군사인 것처럼 꾸미고, 그들 깃발을 손에 들려 초나라 중군으로 달려가 이렇게 보고하게 했다.

　"우군은 이미 이겨 적을 추격하고 있습니다. 어서 빨리 진격하시어 함께 큰공을 세우시기 바랍니다."

　득신은 높은 수레위에 서서 바라보았다. 진나라 군사가 쫓겨 달아나며 일으키는 흙먼지가 온통 하늘을 뒤덮고 있었다.

　"진나라 하군이 과연 패했다 !"

하고 기뻐하며 급히 좌군에 영을 내려 있는 힘을 다해 전진하라 시켰다.

　대장 투의신은 맞은편 적진에 큰 기가 높이 매달려 있는 것을 보자, 그쪽으로 치고 들어갔다.

　이쪽에선 호언이 나와 맞아 싸웠다. 몇차례 창칼이 맞부딪치자 호언의 뒤쪽이 갑자기 크게 어지러워지기 시작했다. 호언은 수레를 돌려 달아나고 큰 깃발도 함께 뒤로 물러나고 있었다.

　투의신은 진나라 군사가 무너진 것으로 알고, 정·허 두 장수를 이끌고 있는 힘을 다해 뒤쫓았다.

　그러자 갑자기 요란한 북소리가 울리며 선진과 극진이 정예군 한 부대를 이끌고 옆에서 쳐들어와 초나라 군사를 두 토막으로 갈라놓고 말았다. 달아나던 호언과 호모도 몸을 돌이켜 다시 싸웠다.

　양쪽에서 협공을 당하자 정·허 두 나라 군사가 먼저 놀라 무너지기 시작했다. 투의신은 버티다 못해 죽을 힘을 다해 포위를 뚫고 빠져나왔다. 거기서 또 제나라 장군 최요와 마주쳤다. 또 한바탕 싸우고는 수레고 말이고 다 버리고 보병 속에 섞이어 산을 타고 도망쳤다.

원래 진나라 하군은 거짓으로 달아나는 모양을 꾸며 보인 것이다. 흙먼지가 하늘을 뒤덮은 것은 산의 나무를 잘라 수레 뒤에 매달고 잡아끌며 달렸기 때문이다. 몇 대 안 되는 수레로 수백 대의 수레와 군사가 달리는 것 같은 먼지를 일으킨 것이다.

호모 역시 사람을 시켜 큰 기를 끌고 달아나게 하여 정말로 달아나는 것처럼 보이게 하고, 호언 역시 거짓으로 쫓기며 적을 유인해 들인 것이다.

이 모든 것이 다 선진의 사전지시에 따라 이루어진 일이었다. 그리고 장군 기만에게 일러 중군에 헛 대장기를 세우고 굳게 지키며 적군이 와서 싸움을 청해도 절대 나가서는 안 된다고 해두고, 선진 자신은 군사를 이끌고 진 뒤로 빠져나가 옆으로 치고 들어옴으로써 마침내 완전한 승리를 얻게 된 것이다.

그런데 선진의 지시를 잘 지키던 기만이 그만 공명심에 이끌려 지시를 어기는 바람에 낭패를 당하고 말았다.

성득신은 초왕의 거듭되는 당부로·신중을 다짐하고 있었지만, 좌우 양군이 승리했다는 소식을 전해 듣자 마침내 중군에서 영을 내려 북을 울리며 진격하게 했다.

대장 투월초와 득신의 아들 대심이 진나라 중군을 향해 치고 들어왔다. 그러나 기만은 선진의 당부가 있은지라 진문을 굳게 지키며 나가지 않았다.

초나라 중군에서 세번째 북이 울리며 성대심이 또 앞으로 나와 창을 휘두르며 용맹과 무술을 뽐내보이고 있었다. 기만은 더는 참을 수가 없어 사람을 시켜 살펴보고 오게 했다. 이제 15살인 어린애란 말을 듣자 기만은 갑자기 공명심이 치밀었다.

"어린 것이 겁없이 까불고 있어. 내가 손으로 잡아온다면 역시 우리 중군의 자랑거리가 되지 않겠는가?"

하고 북을 울리게 했다.

북소리가 한번 울리고 진문이 열리자 기만은 칼춤을 추며 나갔다. 소장군으로 불리는 성대심과 맞붙어 20여 합을 싸웠으나 승부를 가릴 수 없었다.

이를 바라보던 투월초가 활을 쏘아 기만의 투구 끈을 맞추었다. 기만은 놀라 본진으로 돌아오려다가 대군에 동요를 일으킬까 두려워 진을 돌아 달아났다.

성대심이 뒤를 쫓으려 하자 투월초가 크게 소리쳤다.

"달아나는 장수를 쫓지 말고 중군으로 치고 들어가 선진을 사로잡자."

성대심은 기만을 버리고 중군으로 치고 들어갔다. 투월초는 대장기가 바람에 펄럭이는 것을 보자 활을 쏘아 떨어뜨렸다.

진나라 군사는 대장기가 보이지 않자 금방 어지러워지기 시작했다. 다행히 순임보와 선멸의 두 응원부대가 달려와 이들을 맞아 싸웠다.

성득신은 대군을 지휘하여 뒤를 따르며 큰소리로 외쳤다.

"진나라 군사는 한 놈도 살려 보내지 마라!"

득신은 완전히 이긴 것으로 착각을 하고 있었던 것이다. 그러나 그가 이렇게 뽐내고 있을 때 선진과 극진의 부대가 들이닥쳤다. 뒤이어 호모와 호언과 난지와 서신이 이끄는 부대까지 몰려들었다.

성득신은 그제서야 속은 것을 알았다. 더는 싸울 용기를 잃고 철통같은 포위망을 뚫고 빠져 나오기에 바빴다. 아들 대심과 투월초가 성득신을 보호하며 겨우겨우 빠져나올 수 있었다.

산 위에서 관전하고 있던 진문공은 완승을 거둔 것을 보자 곧 사

람을 선진에게 보내,

"다만 초나라 군사를 쫓아 송나라와 위나라 경계 밖으로 내보낼 뿐, 죽이거나 사로잡거나 하지 말라. 그로써 초왕의 은혜를 잊지 않고 있다는 우리의 뜻을 알리라."

한편 포위진을 뚫고 빠져나온 성득신 부자와 투월초는 자기들 중군 본진을 향해 달렸다. 그러나 전초부대에서,

"중군 본진은 이미 진·제 두 나라 깃발이 펄럭이고 있습니다."

하고 보고를 해오자 그들은 다시 발길을 돌려 산 뒤로 돌아 강을 따라 줄곧 달아났다.

좌우 양군의 투의신과 투발도 각각 패잔병을 이끌고 뒤를 따라 함께 모이게 되었다.

이렇게 해서 공상이란 곳까지 와 닿았을 때 연달아 대포 소리가 울리며 난데없는 군대가 앞을 가로막았다. 바람에 펄럭이는 깃발에는 위(魏)라는 글자가 선명했다.

진나라 대장 위주가 길목을 지키고 있는 것이 분명했다. 위주가 초나라로 망명해 와 있을 당시, 혼자 맥이란 짐승을 잡아누른 무서운 장수라는 것을 다 알고 있는 초나라 장병들은 지레 겁을 먹고 움츠러들 수밖에 없었다.

투월초가 위주와 맞붙어 싸우고, 대심은 아버지 득신을 보호하고 있었다. 투의신과 투발은 마지못해 투월초를 도와 싸웠으나 이미 지친 그들은 셋이서도 위주 하나를 당해내지 못했다.

초나라 장병들은 꼼짝없이 다 죽거나 사로잡히거나 할 궁지에 빠져 있었다.

이때 갑자기 북쪽에서 한 사람이 말을 타고 나는 듯이 달려왔다.

"주상께서 초나라 장병들을 살아 돌아가게 하라는 분부가 계셨소. 원수의 명령이오. 싸우지 말고 길을 열어주라는 명령이오."

이리하여 초나라 땅 연곡으로 도망쳐 온 성득신이 남은 군사를 점

검한 결과 직속부대 중군은 3분의 1정도가 꺾이었고, 좌우 양군은 거의 전멸한 상태였다.

성득신은 분노와 회한으로 땅을 치며 통곡한 끝에 투의신·투발과 함께 스스로 함거 속에 갇히고, 그의 아들 대심을 성왕에게로 보내 처형을 자청했다.

행여나 하는 기대를 버리지 못하고 아들을 보냈던 득신은 초성왕의 노여움으로 끝내 스스로 목숨을 끊어야만 했다.

진문공은 뒤에 성득신이 자결했다는 말을 듣고 '이제야 내가 발을 펴고 잘 수 있게 됐다'며 안도의 한숨을 내쉬었고, 초성왕은 초성왕대로 성득신을 죽게 한 것을 못내 후회했다. 모두가 용맹이니 분노니 자존심이니 하는 감정에 일을 그르친 것이다.

귀신(鬼神)이 갚은 은혜(恩惠)

^{득 인 차 인} ^{득 계 차 계} ^{불 인 불 계} ^{소 사 성 대}
得忍且忍 得戒且戒 不忍不戒 小事成大.
"참고 또 참아라. 경계하고 또 경계하라. 참지 않고 경계하지
않으면 작은 일도 크게 벌어진다."

진문공은 성복 싸움에서 대승을 거둔 그날로 천하를 호령하게 된
거나 다름이 없었다. 그리고 그 싸움을 승리로 이끈 것은 물론 선진
의 치밀한 전략과 전술에 의한 것이긴 하지만, 선진의 지시와 명령
에 따라 모든 장병이 한 몸뚱이처럼 움직여 준 때문이기도 했다.

그런데 총사령관의 지시를 한낱 공명심으로 어기고만 기만으로
인해 하마터면 큰 낭패를 볼 뻔했었다. 그 기만은 결국 사형을 받았
다. 설사 공을 세웠다 해도 명령을 어긴 죄는 면하기 어려웠을 것이
다.

승리를 하고 돌아가게 된 진나라 군사는 명령과 지시를 어긴 또
한 장수로 인해 잠시 어려움을 겪게 된다. 그 장수는 바로 주지교로
역시 잡혀 죽게 된다.

주지교는 괵나라의 항복한 장수로 이번 싸움에 직접 참전할 기회

를 얻지 못하고, 돌아가는 군대를 위해 배를 준비하는 임무를 맡게 된 것에 속으로 불만이 컸다. 그래서 내키지 않는 일을 마지못해 맡기는 했는데, 때마침 집에서 아내가 병이 위중하다는 소식마저 전해 왔다.

두 강대국이 만났으니 싸움이 쉽게 끝나지 않을 것으로 짐작한 주지교는 급히 집에 다녀오기로 하고 부대를 이탈하고 말았다. 그런데 싸움은 그 이튿날로 끝나고 사흘을 쉰 다음에 대군은 강을 건너게 된 것이다.

배도 없고 장수도 없는 강가에 와 닿은 진문공은 크게 노하여 군사들을 시켜 민간에 있는 배를 징발하게 했다. 그러나 선진이 말하여 징발 대신 상금을 주어 부르게 했다. 백성들은 앞을 다투어 배를 끌고 모여들었다. 그래서 쉽게 강을 건널 수 있었다. 선진이야말로 지혜와 덕을 아울러 가진 장수라 말할 수 있을 것 같다.

문공은 조최에게 물었다.

"위·조 두 나라에 대한 부끄러움은 씻었으나 정나라의 원수는 아직 갚지 못했으니 어떻게 하면 좋겠소?"

"군대를 돌려 정나라를 지나게 되면 정나라가 용서를 빌러 올 것입니다."

문공은 정나라로 치고 들어가 단단히 혼을 내주고 싶었으나, 조최의 말에 따라 스스로 찾아오게 하는 방법을 택했다.

정나라로 향해 가는데 주나라 천자가 보낸 왕자 호(虎)를 만났다. 천자가 몸소 찾아와 장병들을 위로하고 싶다는 것이었다. 고맙기는 하나 좀 난처했다. 일찍이 없었던 일이기 때문이다.

"천자께서 몸소 과인을 위로하시겠다니, 길거리에서 어떻게 예를 갖춰야겠소?"

하고 묻자 조최가 말했다.

"여기서 멀지 않은 정나라 땅 형옹(衡雍)에 천토(踐土)란 곳이 있습니다. 그곳에 밤을 새워 임시로 왕궁을 세우고, 주상께서 열국 제후들을 이끌고 조례를 행하면 임금과 신하의 예를 잃지 않을 것 같습니다.”

왕자호에게 5월 초하루 천토에서 천자를 배알하기로 약속하고 먼저 보낸 다음 대군이 형옹을 향해 행진하자, 정나라에서 사신을 보내와 용서를 빌었다.

문공은 용서를 하지 않고 성밑에서의 항복을 받으려 했다. 그러나 조최가 굳이 권하는 바람에 이를 받아들였다.

형옹에 이르러 호모와 호언은 천토로 가서 왕궁을 세우고, 난지는 정나라 성으로 들어가 정나라 임금과 화친의 맹약을 맺었다. 정나라 임금은 형옹으로 찾아와 진문공에게 용서를 빌고 문공과 다시 맹약을 맺었다.

5월 초하루 주양왕은 천토로 행차하여 새로 지은 왕궁에서 제후들의 조례를 받았다. 모인 제후들은 송·제·정·노·진·채·주·거 등 크고 작은 나라들이 거의 다 모였다. 조공공은 갇혀 있는 상태였고, 위성공은 쫓겨나 있는 형편이었으므로 모임에 초청조차 받지 못했다.

진문공은 천자에게 초나라의 포로 천 명과 말 3천 6백 마리와 갑옷 창칼 등 십여 수레를 바치고, 양왕은 수레와 예복과 활과 화살들을 진문공에게 내린 다음,

“왕을 대신해 제후들을 무찌르는 전권을 주노라……”
하는 특명을 내림으로써, 진문공으로 하여금 힘과 이름을 갖춘 패자의 위치에 오르게 해 주었다.

단에 올라 진문공이 맹주가 되어 소 귀를 잡고 맹약의 의식을 마치자, 문공은 위나라 성공을 대신해 나라를 지키고 있던 성공의 아우 숙무(叔武)를 데리고 양왕 앞으로 와 그를 위나라 임금으로 세울 것을 청했다.

그러나 숙무는 끝내 이를 사양하고 진(陳)나라로 가 있는 자기 형 성공을 불러와 다시 임금의 자리에 앉게 해 달라고 애원했다. 숙무를 따라온 원훤(元咺)도 머리를 조아리며 애원했다. 문공은 마지못해 승낙했다. 문공은 위성공을 기어코 내쫓고 싶었던 것이다.

그런데 이 어진 아우 숙무가 취견(取犬)이란 간신의 모함으로 억울한 죽음을 당하게 되고, 이에 분개한 원훤이 위성공을 진문공에게 호소하여 국제재판이 벌어지게 된다. 뿐만 아니라 이 국제재판을 위한 방편으로 다시 제후들을 불러 모으는 모임을 갖게 되고, 그 모임에 찾아온 위성공을 피고로 하고, 성공의 신임하는 참된 신하였던 원훤이 원고가 되고, 진문공이 배심원이 되고, 천자가 재판관이 되는 그런 재판이 벌어지게 된다.

복잡하게 얽힌 그 경위를 간추리면 대충 다음과 같다.

위성공은 천토에서 제후들의 모임이 있는데도 초청을 받지 못하자, 뒷일이 두려워져 잠시 피해 나가 있던 곳에서 다시 다른 나라로 달아나려 했다.

이때 영유(寧兪)란 신하가 이런 말을 했다.

"아우 숙무에게 임시로 자리를 물려주고, 원훤으로 숙무를 받들고 천토로 가 맹약을 받게 하십시오. 임금께서는 잠시 피해 나가 계시면 맹약을 마치고 돌아온 숙무가 임금을 다시 모셔 들이게 될 것입니다."

성공은 그러고 싶지는 않았다. 그러나 우선 나라를 보존해야만 했고 목숨도 건져야만 했기 때문에 영유의 청을 받아들일 수밖에 없었다. 초나라를 꺾은 위엄으로 자기를 잡아죽이고 나라를 빼앗을지도 모른다는 두려움에 사로잡혀 있은 것이다.

그리하여 손염(孫炎)을 시켜 도성으로 들어가 아우 숙무에게 양위하는 뜻을 전하게 하고, 성공 자신은 영유와 함께 진(陳)나라로 피해 가 있었다.

손염은 돌아와 성공에게 숙무의 뜻을 이렇게 전했다.

"숙무는 잠시 대리로 있을 뿐, 천토로 가서 형을 대신해 용서를 얻어 임금님을 다시 맞아들이겠다고 했습니다."

숙무를 따라 천토로 떠나는 원훤은 그 아들 원각(元角)을 임금에게 딸려보냈다. 의심을 받지 않기 위해서였다.

그런데 이때 공자 취견이 원훤을 보고 이런 말을 했다.

"임금이 다시 돌아오기 어려운 건 다 아는 일이 아닌가? 어째서 임금이 양위한 것을 분명히 백성들에게 밝히고, 숙무를 정식 임금으로 앉힌 다음 자네가 나랏일을 맡지 않는가? 그러면 모두가 다 기뻐하지 않겠는가?"

취견은 부귀를 위해서는 수단과 방법을 가리지 않는 교활한 사람이었다. 남도 자기같은 줄 알고 원훤을 부추겨 자기도 한몫 끼려 한 것이다. 그러나 원훤은 단호히 거절했다.

취견은 공연한 말을 한 것을 후회하며 한편으로 뒷일이 두려웠다. 임금이 돌아와 원훤에게 자기가 방금 한 말을 들으면 죄를 면하기 어렵다는 생각이 든 것이다.

교활하고 간악한 취견은 몰래 진나라로 찾아가 성공에게 거짓말로 숙무와 원훤을 이렇게 모함했다.

"원훤은 이미 숙무를 임금으로 세웠습니다. 이번 모임에 가면 그 자리를 굳히고 돌아올 것입니다."

의심이 많은 성공은 손염과 원각과 영유에게 두루 물어 보았으나, 그런 일은 있지도 않았고 있을 리도 없다고 했다. 특히 영유는,

"원훤이 그런 마음을 가졌다면 그 아들을 보내 임금을 모시게 할 리가 있습니까? 그런 의심일랑 아예 마옵소서."

하고 일깨워 주기까지 했다. 그래서 마음을 가라앉히고 있는 성공에게 취견이 또 찾아와 이런 말을 했다.

"원훤이 아들을 보내온 것은 임금의 동정을 살피기 위해서입니다.

숙무와 원훤이 천토에 가서 무슨 짓을 하고 있는지 알아보도록 하십시오.”

다시 의심이 나기 시작한 성공은 천토로 사람을 보내 몰래 소식을 알아오게 했다.

맹약한 문서에는 분명 임금을 대신해 온 것으로 되어 있었지만, 염탐하러 온 사람이 그것까지 알 수는 없는 일이다. 그저 숙무와 원훤이 다른 나라의 임금과 신하들처럼 같은 자리에 앉아 있는 것만을 그대로 돌아와 보고할 수밖에 없는 일이었다.

성공은 숙무와 원훤을 큰소리로 꾸짖으며 변명하려는 원훤의 아들 원각을 입도 열기 전에 목을 치고 말았다.

이 사실을 원각의 시종들이 도망쳐 돌아와 원훤에게 호소했다. 원훤의 친구들은 벼슬을 그만두고 물러나 딴 마음이 없다는 것을 밝히라고 권했으나 원훤은 듣지 않았다.

“내 자식이 죽은 것은 명이야. 임금이 나를 저버렸다 하여 내 어찌 숙무를 저버릴 수 있겠는가? 내가 떠나면 숙무가 누구와 나라를 지킬 수 있겠는가?”

그리고 다시 숙무에게 권해 진문공에게 글을 보내 위성공의 복위를 간청하도록 했다. 사사로운 원한을 덮어두고 나랏일에 정성을 다하는 원훤은 훌륭한 사람임에 틀림없었다.

이리하여 마침내 숙무의 뜻이 이뤄져 위성공은 나라로 돌아오게 되었다.

그런데 여기서 또 취견이 농간을 부렸다. 숙무가 보낸 맞이하러 온 사람들을 경계하라고 한 것이다. 임금이 돌아가게 된 것은 숙무의 뜻이 아니므로 숙무가 보낸 사람들이 도중에 무슨 일을 저지를지 모른다는 것이었다.

이리하여 성공은 영유를 먼저 보내 알아오게 했다. 영유는 다 환영할 뜻을 밝혔다고 하고, 자기가 앞에 가서 임금의 행차가 오시는 것을 알리겠다면서 먼저 길을 떠났다.

모든 사실이 명확히 밝혀져 죄를 입게 될 것이 두려워진 취견은 마지막까지 자기의 거짓을 덮어보려 했다. 앞에 먼저 간 영유의 속셈도 알 수 없는 일이니, 자기도 임금에 앞서 상황을 정확히 살펴보겠다며 영유의 뒤를 따랐다.

영유로부터 임금이 온다는 소식을 들은 숙무는 형을 맞을 준비를 서두르게 하며 자기는 뜰에서 머리를 감고 있었다.

이때 뒤 따라온 취견의 수레가 임금에 앞서 대궐로 들어왔다. 숙무는 자기 형의 수레가 벌써 들어온 것으로 알고 머리에 비녀를 꽂을 겨를도 없이 한 손에 머리를 거머쥔 채 급히 달려나갔다.

취견은 우선 숙무의 입을 틀어막을 생각으로 달려나오는 숙무의 가슴을 활로 쏘아 죽이고 말았다. 몇 시간 뒤에 곧 사실이 밝혀져 취견의 목이 달아났는데 결국 작은 거짓이 자신을 망친 셈이다.

이때 원훤은 진나라로 도망쳐 나와 문공에게 숙무의 억울한 죽음을 호소하며, 원수를 갚게 해 달라고 청했던 것이다.

가뜩이나 미운 위성공이었는지라 진문공의 분노는 마침내 폭발하고 말았다. 아울러 문공은 아직도 천하를 호령하기에는 뭔가 미흡하다는 생각이 들었다. 앞서 천토의 모임에 진목공이 참석하지 않았고, 작은 허나라마저 초나라를 등지기 싫어 오지 않았었는데, 이번에 또 위나라 임금이 천토의 맹약에 참석했던 자기 아우를 죽였기 때문이다.

이리하여 선진과 호언과 조최의 지혜를 빌어 천자를 하양(河陽)으로 나오게 하고, 그곳에 제후들을 다시 불러모은 다음 참석지 않은 나라를 천자의 이름으로 토벌하기로 했던 것이다.

모이는 곳을 하양으로 정한 것은 그곳이 본래 주나라 땅인 온(溫) 고을에 속해 있어 천자의 행차가 쉽고, 거기에는 왕궁을 새로 세우지 않아도 되었으며, 그곳이 지금은 진나라 땅이므로 천자의 의혹도 받지 않고 다른 나라에 폐도 끼치지 않는다는 이점이 있기 때문이었다.

천자의 의혹이란 다른 것이 아니다. 원래는 제후들이 왕성으로 찾아와 천자에게 조례를 행하는 것이 원칙이었으므로 진문공은 단순한 생각으로 그렇게 하려 했었다. 그러나 이름뿐인 천자로서는 호랑이를 안방으로 불러들인 꼴이 될까 두려워 이를 꺼릴 것이 틀림없기 때문에 그런 편법을 쓰기에 이른 것이다.

노희공 28년 겨울 기록에,

'천자께서 하양을 순시하셨다 '

라고 쓰여 있는 것이 바로 이때 일을 말한 것이다.

이때는 진목공도 왔었다. 제·송·노·정·채·진(陳)·주·거 등 열 나라 임금들이 모여 천토의 모임보다 성대한 모임이 되었다.

이때 위성공은 죄가 두려워 가지 않으려 했으나 가지 않으면 더 큰 죄를 짓게 된다는 영유의 권고로 마지못해 오게 되었다. 영유와 침장자(鍼莊子)와 사영(士榮) 세 신하가 함께 따라왔다.

진문공은 이들을 만나주지 않고 군대로 감시하게 했다. 자수해 온 범인 집단으로 본 때문이다.

틀에박힌 모임의 절차를 마치자 진문공은 원훤이 제소한 위나라 숙무의 억울한 죽음과 그 사건 전말을 천자에게 아뢰고, 천자가 임명한 형식으로 왕자호로 재판을 맡게 해줄 것을 청했다.

문공은 왕자호를 재판정인 공관으로 맞아들인 다음 위나라 임금을 불러오게 했다. 위성공은 죄수의 옷차림으로 들어왔다. 원고인 원훤도 함께 뒤따라 들어왔다

왕자호는 임금과 신하를 대절시키기 어렵다는 이유를 들어 따라온 신하들로 대신하라고 일렀다. 이리하여 위성공은 대청 아래로 물러나 영유가 그 옆을 지키고 있고, 임금을 대신해 침장자가 원고인 원훤과 시비를 따지게 되고, 사영은 사사(士師)라는 최고 법관의 자리

에 있었으므로 원고와 피고의 주장을 법에 바탕을 두고 바로잡도록
하는 임무를 맡게 되었다.

원고인 원훤은 원래가 달변인 데다가 일 자체가 억울한 것뿐이었
으므로 처음부터 끝까지 한 치의 거짓 없는 그대로 이야기책 읽듯
내리꿰었다.

침장자는 이에 대해 모든 것은 취견의 모함 때문이며, 임금은 다
만 그 모함에 속아 넘어간 잘못뿐이라고 변명했다.

이에 대해 원훤은 이렇게 반박했다.

"임금이 되라고 부추긴 취견의 청을 단호히 물리친 숙무를, 그 취
견이 거꾸로 모함한 것을 그대로 믿었다는 자체가 형으로서 아우
를 시기하고 해치려는 마음이 평소부터 있었기 때문이 아닌가?
임금의 의심을 없애주기 위해 내 자식을 보내 임금을 모시게 했던
것인데, 그를 이유없이 죽인 것은 곧 임금이 자기 아우인 숙무를
몰래 죽이려는 마음에서 비롯된 것이라고 보아 마땅하다."

그러자 사영이 이를 반박하고 나섰다.

"너는 자식을 죽인 원한 때문이지 숙무를 위해서가 아니다."

"그건 말이 되지 않는다. 임금이 내 자식을 죽였을 때 나는 이렇
게 말했다. 자식을 죽인 것은 사사로운 원한이므로 그로써 나라의
큰일을 그르칠 수는 없다고 말이다. 그날 숙무께서 진나라에 글을
올려 형의 죄를 용서해 달라고 청했는데 그 글을 쓴 사람이 바로
나였다. 내가 원한을 품고 있었다면 그랬겠는가? 나는 임금이 한
때의 잘못을 뉘우치는 계기로 삼으려 했었다."

침장자는 더는 말을 하지 않고 고개만 떨구고 있었다. 사영이 또
대신 말했다.

"숙무가 임금이 될 생각이 없는 것은 임금도 이미 알고 있었다.
취견이 숙무를 죽인 것은 임금의 뜻이 아니었다."

"이미 알았다면 그때까지 속여 온 취견에게 벌을 내려야 했을 것

아닌가? 그런 취견을 또 먼저 보내 숙무를 죽였으니, 임금이 시킨 것이 아니고 무엇인가?"

"설사 임금이 숙무를 죽였다 하더라도 숙무는 신하가 아닌가? 옛부터 신하가 임금에게 억울한 죽음을 당한 사람이 얼마나 많은가? 더구나 임금은 그 취견을 처형하고 숙무를 후하게 장례를 치르지 않았던가?"

"그것은 한낱 자기 허물을 덮기 위한 수단에 지나지 않는다. 그리고 임금은 신하를 억울하게 죽여도 죄가 되지 않는다는 것은 말이 되지 않는다. 다만 그 죄를 물을 힘을 가진 사람이 없었던 것뿐이다. 하나라 걸을 무찌르고, 은나라 주를 무찌른 탕임금과 무왕이 내세운 대의명분 가운데 가장 큰 것이 충신 관룡봉과 왕자 비간을 죽인 죄가 아니었던가? 신하인 내가 임금을 죽이려 하지 않고 오늘 이 자리를 빌어 이렇게 호소하게 된 것도 신하의 도리를 지키기 위해서이다. 위나라 임금은 위로 천자와 백주(伯主)의 지시를 받는 몸으로서 천자와 백주의 부름을 받아 모임에 참석한 어진 아우를 죽였으니, 그 죄 또한 적다고 말할 수 없을 것이다."

사영은 뒤이어 어색한 변명과 엉뚱한 반박을 계속했으나 원훤의 명쾌한 지적으로 아무 도움도 되지 못했다.

배심원격인 진문공이 왕자호에게 재판에 대한 결론을 이렇게 내렸다.

"사영과 원훤의 주고받은 여러 내용들을 새겨 볼 때, 원훤의 주장이 옳은 것 같습니다. 위나라 정(鄭=성공의 이름)은 천자의 신하이니 감히 함부로 결정할 수 없는 일입니다. 먼저 위나라 신하들부터 처형함이 옳을 것 같습니다. 임금을 따라온 신하들에게 모두 사형을 내려 마땅할 줄 압니다."

그러나 왕자호로서는 제후들에게 미움을 살 일을 하고 싶지 않았다. 그렇다고 진문공의 청을 거절하기도 어려운 일이므로 이렇게 의견을 말했다.

"영유는 위나라의 어진 대부로서 형제와 군신 사이를 조정하느라 많은 애를 썼습니다. 임금이 듣지 않으니 도리가 없은 거지요. 그러므로 이번 사건에 영유는 관련이 없다고 보아야 할 것 같습니다. 사영은 법관으로서 법의 해석을 왜곡시켰으니 가장 죄가 크다고 볼 수 있습니다. 침장자는 스스로 잘못임을 깨닫고 더는 변명을 하지 않으니 가벼운 죄를 다스림이 옳을 것 같습니다. 임금의 생각은 어떠하신지요?"

문공은 왕자호의 뜻에 따라 사영의 목을 자르고, 침장자는 발꿈치를 베게했다. 영유는 물론 무사했다.

주범은 놓아둔 채 종범부터 처형한 것은 순서가 바뀐 것 같은 느낌도 없지 않다. 그러나 일찍이 없었던 국제재판관이란 점에서 역사에 길이 남을 수 있는 일이었고, 진문공의 사사로운 보복이 법적 형식을 빌려 이루어지고 있는 점은 공자가 지적했듯이 진문공의 교활한 점을 말해 주는 것이기도 했다.

진문공은 양왕의 명령으로 위성공을 그곳에서 처형 시키고 싶었으나 양왕의 뜻을 받아들여 일단 천자의 서울로 죄인을 압송하여 그곳에서 다시 재판을 받도록 했다. 사건이 중대한 만큼 천자의 의견을 무시할 수 없었기 때문이다.

한편 이번 모임에도 허나라가 초나라만 믿고 참석하지 않았으므로 그대로 내버려 둘 수 없다 하여 연합군을 이끌고 허나라 도성을 포위하기에 이르렀다.

초나라의 구원을 청했으나 초성왕은 이에 응하지 않았다. 허희공은 하는 수 없이 스스로 묶인 몸이 되어 진나라 군중으로 들어가 항복을 하며, 용서를 빌고, 돈과 비단으로 장병들을 환영했다. 진문공은 곧 포위를 풀고 각각 헤어져 돌아갔다.

허나라 도성을 포위하고 있는 동안 조그만 일로 큰일이 해결되는 숨은 사건이 하나 있었다. 위성공의 뒷일과 그 사건이 어떤 내용이 었는지를 다음에서 보기로 하자.

진문공은 약속을 지키는 일을 가장 소중히 여긴 사람으로 알려져 있다. 큰일 한 사람 쳐놓고 약속을 소중히 여기지 않은 사람이 없지만 진문공은 그 점에서 더욱 두드러졌고, 그런 점을 또 일반에게 알리려고 하였던 것 같다.

천하를 호령할 수 있느냐 없느냐 하는 결정적인 싸움이었던 성복 싸움을 대승리로 마무리 지은 다음, 서울로 돌아온 진문공이 그 싸움을 승리로 이끈 논공행상을 할 때, 모든 사람은 다같이 최고의 명예와 포상이 선진에게로 돌아갈 줄로 믿고 있었다. 그런데 진문공은 선진을 제쳐놓고 호언에게 1등공을 주었다. 모든 장수들이 그 까닭을 묻자 문공은 이렇게 대답했다.

"성복 싸움에서 선진은 반드시 초나라와 싸워야 하며, 이 기회를 놓쳐서는 안 된다고 했다. 그런데 호언은 반드시 초나라를 피하여 옛날에 한 약속을 지킴으로써 신의를 잃지 말아야 한다고 했다. 적을 이기는 것은 한때의 공이요, 신의를 지키는 것은 만세에 걸친 이로움이다. 어찌 한때의 공이 만세의 이로움을 앞설 수 있겠는가?"

공자는 정치에 있어서 믿음이 먹는 것보다 더 중요하다고 했다. 백성의 믿음을 잃으면 나라는 제대로 서 있지 못한다고 했다. 진문공은 그 이치를 알고 있었던 것이다.

그와 동시에 진문공은 은혜고 원한이고 꼭꼭 갚고 나야만 마음이 개운해지는 사람이기도 했다. 앞에서 본 위성공과 조공공에 대한 보복으로 충분히 이를 알 수 있다. 진문공은 역시 큰인물이었으므로 발제와 두수 같은 작은 사람들이 저지른 원한 같은 것은 집에 기르던 개나 고양이에게 물린 정도로 잊을 수도 있었다. 그러나 명색이 임금이란 사람이 그 지위와 힘을 배경으로 주인의 도리를 잃고 손을 푸대접하거나 모욕을 주거나 한 일은, 역시 힘과 지위로써 떳떳하게 보복을 하지 않고는 분이 풀리지 않는 그였다.

그러나 거기에도 정도와 한계는 있어야 했다. 진문공은 그 점에 있어서 지나친 편이었다. 큰인물이라면 또는 큰일을 하는 사람이라면 너그러워야 했다.

진문공이 하양에서 두번째 모임을 가졌을 때, 위성공은 죄인의 몸으로 구금되어 있었고, 조공공은 아직도 오록성 안에서 귀양살이 신세를 .벗지 못하고 있었다. 공공은 진문공의 마음을 달래어 용서를 받게끔 할 수 있는 사람은 없을까? 하고 틈만 나면 같은 말을 하곤 했다.

보다 못한 후누(侯獳)라는 시종이 자청하고 나섰다. 귀한 뇌물을 가지고 가서 힘 닿는 데까지 해보겠다는 것이었다.

후누는 연합군이 허나라로 가 있다는 말을 듣자 그리로 달려갔다. 마침 그때 진문공은 피로가 쌓여 감기몸살 기운으로 누워 있었다. 진문공은 밤에 예복차림의 귀신이 나타나 먹을 것을 달라고 하는 것을 꾸짖어 내쫓은 꿈을 꾸었다.

꿈을 깨고 나자 병세가 더욱 무거워졌다. 자기가 하고 있는 일에 대한 약간의 불안한 잠재의식이 꿈으로 나타난 것이었겠지만, 그 꿈으로 인해 자기의 지나쳤음이 구체적으로 떠오른 셈이었고, 그것은 곧 양심의 가책으로 이어져 더욱 불안을 조장한 때문이었을지도 모른다.

문공은 태복 곽언을 불러 꿈 이야기를 하고 점을 쳐보게 했다. 태복 곽언은 어진 사람이었다. 그의 점괘는 백발백중으로 알려져 있기도 했다. 그런데 이 곽언이 후누의 뇌물과 함께 간곡한 부탁을 받고 있던 것이다. 곽언도 조공공의 처지를 딱하게 여기고 있었으므로 기회를 보아 잘 말해 보겠다는 약속을 한 뒤였다.

곽언은 주역 점괘를 얻은 다음 이렇게 말을 적었다.

'겨울이 다하고 봄이 오니 땅속의 벌레가 밖으로 나오도다. 천하의 죄인을 모두 풀어주니 그 은혜가 귀신에 미치도다.'

문공은 그게 무슨 뜻이냐고 물었다.

"이 점괘의 말과 꿈을 맞추어 보았을 때, 반드시 제사를 받을 수 없게 된 귀신이 있는 것 같습니다."

"과인이 제사 지내는 일을 폐한 적이 없는데 귀신이 무슨 죄가 있기에 용서를 빈단 말이오?"

"신의 생각으로는 아마 조나라 조상이 꿈에 보인 것 같습니다. 위나라는 이미 나라를 되찾아 조상의 제사를 지내고 있는데, 조나라 임금은 아직 나라로 돌아오지 못하고 있지 않습니까? 임금께서 조나라 임금을 용서하시고 나라로 돌아가 조상의 제사를 받들게 하시면 임금의 은혜가 귀신에게까지 미치지 않겠습니까?"

문공은 이 말을 듣는 순간 가슴이 확 뚫리며 병이 반쯤 나은 것 같았다. 그날로 사람을 오록으로 보내 조공공을 본국으로 돌아가 임금이 되게 했다. 그리고 송나라에 주었던 땅도 되찾게 해 주었다.

새장에서 풀려난 듯한 공공은 즉시 군대를 이끌고 허나라로 달려가 진문공에게 은혜에 감사하는 예를 올리고, 제후들을 도와 포위전에 가담하게 되었다.

강원도 정선 아리랑에 이런 말이 있다.

'아들딸 낳아 달라고 치성을 드리지 말고, 타관객지 나그네 괄세나 마오.'

위나라 조나라 임금만이 아니라, 사람은 누구나 귀신에게 아첨하고 사람을 괄세하는 경향이 있다. 그것은 그대로 윗사람에게는 빌붙고 아랫사람은 우습게 여기는 버릇으로 굳어지는 것이다. 스스로 돌이켜 보았을 때 이보다 못나고 부끄러운 일이 또 어디에 있겠는가?

조나라 문제는 곽언으로 인해 쉽게 매듭이 지어졌는데 위나라 문제는 더욱 꼬이기만 했다.

진문공은 위성공과 신하들을 죄인으로 다스리는 한편 원훤을 위나라로 돌려보내 다른 어진 공자로 임금을 세우게 하고, 위성공은 주나라 서울로 보내 다시 재판을 받게 만들었던 것이다.

위성공을 주나라 서울 낙양으로 압송하는 책임관은 선멸이었다. 위성공은 떠나기 전부터 두려움과 괴로움으로 가벼운 병을 앓고 있었다. 진문공은 따라다니던 연(衍)이란 의원을 위나라 임금에게 딸려 보냈다. 말은 병을 보살피기 위한 것이었지만, 독약으로 위나라 임금을 죽이라는 비밀명령을 받고 있던 것이다. 압송관인 선멸도 물론 같은 지령을 받고 있었다. 진문공의 위나라에 대한 원한이 얼마나 깊었던가를 알 수 있다. 그러나 그 맺힌 원한을 그런 방법으로 풀려했다는 것은 교활 이상의 비겁한 일이 아닐 수 없다. 공자가 진문공을 가리켜, 교활하고도 바르지 못한 사람이라고 평한 그 바르지 못한 것이 바로 이런 것을 가리킨 것이라 여겨진다.

그러나 위성공은 영유의 충성과 그의 지혜와 뇌물과 거짓 귀신의 힘을 빌려 위험에서 벗어날 수 있었다.

선멸이 낙양으로 들어와 위성공을 감옥에 가두고 죄를 다스려 달라고 청했다. 그러나 재상인 주공 열(閱)은 진문공의 처사가 지나치다 싶어 위성공을 공관에 넣어두려 했다.

양왕은 두 의견을 절충시켜 민간의 빈방에 가둬 두도록 시켰다. 양왕은 위후를 살려보내고 싶었지만 진문공의 노여움이 두렵고 또 선멸의 감시가 있었으므로 뜻을 거스르고 싶지 않았다.

그래서 공관이 아닌 별실에 가두기는 했지만 사실은 풀어준 거나 다름이 없었다. 좋게 말해 연금 상태에 있는 것이다.

한편 진문공의 속마음을 짐작하고 있는 영유는 임금 곁을 잠시도 떠나지 않으며 가져오는 약은 물론이요, 모든 음식을 일일이 맛본 다음에 임금을 주기 때문에 연의(衍醫)로서는 독약을 넣을 방법이나 틈을 찾을 길이 없었다.

선멸은 빨리 하라는 독촉을 매일같이 해오고 있고, 일을 그르치면 살아남지 못한다는 밀명까지 받고 있는 연의는 마침내 영유에게 모든 비밀을 털어놓고, 서로가 사는 방법을 찾으려 결심하기에 이르렀다.

연의의 이야기를 듣고 난 영유는 그의 귀에 대고 이렇게 속삭였다.

"그대 임금은 이미 늙은지라 사람이 하는 일보다는 귀신이 하는 일을 더 믿고 있소. 조나라 임금이 풀려난 것도 점쟁이의 꿈 해몽 때문이었소. 그러니 그대가 독약을 조금만 넣은 약을 가지고 와서 임금께 드리고, 귀신을 본 것처럼 꾸미면 벌을 받지 않을 거요. 우리 임금께서 마땅히 보답이 있을 거요."

연의도 남의 눈치만 보고 세상을 살아온 사람이라 금방 무슨 뜻인지 알아듣고 고개를 끄덕이며 돌아갔다.

영유는 곧 임금의 명이라 핑계하고 연의에게 약술로 병을 낫게 해 달라 부탁하며 필요한 때 쓰기 위해 가지고 온 구슬이 든 작은 함을 하나 건네주었다.

연의는 선멸에게 영유의 부탁을 보고한 다음,

"위나라 임금이 이제 죽을 때가 온 모양입니다."

하고 말하고 술병에 독약을 넣어 들고 갔다. 독은 아주 조금밖에 들어 있지 않고, 색깔만 독약처럼 보이게 만든 것이었다.

전처럼 영유가 먼저 맛보려 했으나 연의는 이를 뿌리치고 억지로 임금에게 먹이다시피 했다. 임금이 겨우 한 모금을 입에 넣는 순간, 연이 갑자기 눈을 부릅뜨고 뜰 쪽을 바라보더니 버럭 소리를 지르며 넘어졌다. 들고 있던 독약이 든 술병은 엎지러지고 연의 입에서는 시뻘건 피가 흘러나왔다.

영유는 크게 놀라는 척하며 시종들을 시켜 어의를 불러오게 했다.

연은 얼마 뒤에야 겨우 깨어났다. 까닭을 묻는 말에 연은 이렇게 대답했다.

"술을 막 들어부으려 하는데 키가 한 길이 훨씬 넘고 머리통이 말박만한 신장이 하늘로부터 내려와 곧장 방안으로 들어오며, '나는 당숙(唐叔＝위나라의 시조)의 명을 받들어 위나라 임금을 구하러 왔다'하고는 쇠망치로 술병을 쳐서 떨어뜨리고 나로 하여금 정신을 잃게 만들었습니다."

위나라 임금은 자기가 본 것과 똑같다고 맞장구를 쳤다. 영유는 짐짓 성을 내며,

"네놈이 이제 보니 독약으로 우리 임금을 해치려 했었구나! 신의 도움이 아니었다면 면할 수 없지 않았겠느냐? 네놈을 이대로 살려 둘 수는 없다！"

하고 팔을 휘두르며 연을 치려 했다.

사람들이 겨우 뜯어말렸을 때 소식을 들은 선멸이 달려와 이 광경을 바라보고 영유를 이렇게 달랬다.

"그대 임금이 이미 신의 도움을 입었다면 남은 복이 아직 있는 것이니, 내가 우리 임금께 사실대로 보고하겠소."

사과 겸 위로의 말이라 볼 수 있었다. 선멸은 연의와 함께 돌아와 진문공에게 그대로 보고했다. 문공은 사실인 줄 알고 연의의 죄를 묻지 않았다.

이 소식을 전해 들은 노희공이 사람을 시켜 주양왕과 진문공 사이를 왔다갔다 하며 위성공의 죄를 용서받게 했다.

노나라 대부 장손신(臧孫辰)의 구변과 가져다 바친 뇌물의 힘과 선멸의 거듦으로 인해 위성공은 마침내 풀려나 나라로 돌아오게 된다. 그러나 위나라에는 이미 새임금이 앉아있고, 재상인 원훤이 버티고 있었으므로 문제가 간단할 리가 없었다.

이때 영유가 좋은 말로 타이르면 평화적으로 해결될 수도 있는 일

이었는데, 그런 방법을 쓰지 않고 원훤과 사이가 좋지 못한 주취(周
戲)와 야근(冶廑)을 높은 벼슬을 준다는 조건으로 원훤을 죽이고 임
금 자리에 있는 공자 적(適)을 우물에 몸을 던져 죽게 만들었다.

어리석고 착하지 못한 한 임금으로 인해 얼마나 많은 사람들이 죄
없이 죽었던가를, 이 위성공의 앞뒤 사건으로 우리는 잘 알 수 있
다. 영유는 지혜롭고 충성스런 사람이었지만, 그런 임금을 위한 충
성이요 지혜였다는 점에서 빛을 잃고 말았다고 볼 수 있다.

그리고 세상에 두려울 것이 없는 독재자도 양심이 살아 있는 한
신명에 대한 두려움만은 떨쳐버릴 수 없었음을 진문공에서 볼 수 있
다.

그런데 벼슬을 탐한 나머지 원훤을 비롯한 많은 사람을 죽인 주취
와 야근은 이번엔 정말로 원훤의 원귀에 의해 죽고 말았다. 영고숙
의 영혼이 공손알을 죽이고, 관운장의 영혼이 여몽을 죽였을 때처럼
태묘의 제사에 참례하러 가던 주취가 원훤이 그에게 퍼붓는 꾸짖는
말을 제 입으로 외치고 난 다음 피를 토하고 죽은 것이다. 뒤따라오
던 야근은 이 광경을 보고 놀란 나머지 며칠을 앓다가 죽고 말았다
한다.

꾸며낸 이야기일지도 모른다. 그러나 그 둘이 벼슬 자리에 앉아보
도 못하고 곧 죽었기에 그런 이야기가 생겨났을 것이니, 부귀를 탐
해 남을 해치려는 무리들이 새겨들을 일로 여겨진다.

위성공이 풀려나 다시 임금의 자리에 앉은 노희공 30년 가을에는,
진문공과 진목공이 함께 정나라를 치게 되었다.

앞서 연합군이 허나라를 치러 떠났을 때, 정문공만이 엉뚱한 핑계
를 대고 먼저 돌아간 것에 대한 응징을 위해서였다. 두 큰 나라의
공격을 당하게 된 정나라는 초나라 만을 믿고 있었지만 초나라는 그
럴 형편이 아니었다. 앞서 허나라를 치러 갔을 때 정나라가 빠지게

된 것은 허나라에서 초나라 구원병과 마주칠 것이 두려워서였다. 초 성왕과 정문공은 처남과 매부 사이이기도 했지만, 그보다는 초나라 를 사실상 진나라보다 강하다고 본 때문이었다.

정나라는 진·초 두 나라의 중간 지점에 자리하고 있었으므로 늘 두 나라의 힘을 저울질하며 이쪽에 붙었다 저쪽에 붙었다 하기를 되 풀이해 왔다. 그러므로 정나라를 굴복시키는 것은 곧 천하를 굴복시 키는 것과 같은 결과로 나타난다. 그러므로 패천하를 꿈꾸는 진·초 두 나라는 늘 정나라를 괴롭히게 된 것이다.

선진은 진목공의 도움 없이 단독으로 정나라를 치자고 했다. 그러 나 진문공은 전에 약속한 바가 있다며 굳이 진목공과 함께 정나라를 치려 했다. 진문공은 힘을 빌리려는 것보다는 그것을 자랑으로 여기 고 있은 것이다.

이리하여 두 나라는 9월에 정나라 국경을 넘어 깊숙이 들어와 도 성 가까운 동쪽과 서쪽에 각각 진을 치고 있었다.

이에 놀란 정문공은 신하들을 모아놓고 대책을 물었다. 대부 숙첨 이 말했다

"진(秦)나라는 정나라와 원한이 없는 나라로 내키지 않는 일을 하 고 있는 것과 같습니다. 말 잘하는 사람을 보내 진나라 임금을 달 래어 먼저 돌아가게 하면, 진(晉)나라 혼자의 힘으로는 우리를 굴 복시킬 수 없을 것입니다."

"누구를 보내는 것이 좋겠소?"

"일지호(佚之狐)가 좋을 것 같습니다."

그러자 일지호는 이를 사양하고 대신 한 사람을 추천했다.

"고성(考城)의 촉무(燭武)란 사람으로 나이 이미 이른이 넘었으나 한번 입을 열었다 하면 절로 머리가 숙여지는 그런 능변과 지혜를 지닌 사람입니다. 3대째 나라의 유원지를 지키는 어정(圉正)이란 작은 벼슬에 있습니다. 임금께서 큰벼슬을 더하여 보내시기 바랍

니다."

이렇게 해서 불려 들어온 촉무는 과연 너무도 늙어 있었다. 수염
과 눈썹이 새하얗고, 허리는 구부러져 있어 걸음도 제대로 걷지 못
했다. 보는 사람들은 모두 웃음을 머금고 있었다.

"주상께서는 이 늙은 것을 무슨 일로 부르셨습니까?"

"그대가 말을 잘한다기에 그대의 재주를 빌어 진나라 군사를 물리
칠까 해서요."

"젊어서도 한 치의 공을 세우지 못한 신이 늙은 몸으로 어떻게 그
같은 일을 해낼 수 있겠습니까?"

"그대가 정나라에 3대째 벼슬을 하고 있으면서도 그 재주를 펼 수
없었던 것은 과인의 잘못이었소. 지금 그대를 아경(亞卿)에 봉하노
니 힘들겠지만 과인을 위해 한번 다녀와 주오."

이때는 이미 성이 포위된 상태였다. 진목공의 군대는 동문을 포위
하고 있고, 진문공의 군대는 서문을 포위하고 있었다. 촉무는 밧줄
에 매달려 동문으로 내려와 적진으로 찾아갔다. 임금을 뵙기를 청했
으나 들어서지도 못하게 했다.

촉무는 영문 밖에서 목놓아 통곡을 했다. 그제야 촉무는 묶인 채
들어와 목공을 볼 수 있었다.

"그대는 누구인가?"

"노신은 정나라 대부 촉무올시다."

"무엇 때문에 우는가?"

"정나라가 곧 망하게 되었기 때문입니다."

"정나라가 망하는 것을 어찌하여 내 영문 밖에 와서 우는가?"

"신은 정나라뿐만 아니라 진나라를 위해서도 울었습니다. 정나라
가 망하는 것은 힘이 모자라 그런 것이니 애석할 것은 없는 일입
니다. 참으로 애석한 것은 진나라일 뿐입니다."

진목공은 화를 버럭 내며 꾸짖었다.

"우리나라가 무엇이 애석하다는 거냐? 말이 이치에 맞지 않으면 당장 목을 베리라!"

촉무는 조금도 두려워 하는 기색이 없이 조용히 대답했다.

"정나라가 망하면 귀국에는 아무런 이익도 돌아가지 않을 뿐만 아니라 도리어 해가 되옵니다. 어찌하여 군사를 괴롭히고 재물을 낭비하여 남의 일을 돕고 있습니까?"

"이익은 없고 손해뿐이란 무엇을 말하는가?"

"정나라는 진(晋)나라 동쪽에 있고, 진(秦)나라는 그 서쪽에 있어 거리가 천리나 되옵니다. 임금께서 진나라를 넘어와 정나라를 차지할 수 있겠습니까? 정나라의 한 치의 땅도 임금에게로는 돌아가지 않습니다. 지금 진·진 두 나라는 서로 이웃해 있으면서 그 힘이 서로 맞먹습니다. 한쪽 나라가 땅이 넓어지고 백성이 많아지면 다른 쪽은 그만큼 약해질 수밖에 없습니다. 남을 도와 땅을 키워 주고 스스로 약해지는 일을 지혜로운 사람은 하지 않습니다. 또 진혜공은 일찍이 다섯 성을 준다고 하고는 곧 이를 어기지 않았습니까? 임금께서 여러 대에 걸쳐 진(晋)나라를 도우셨건만 털끝만큼도 갚은 일이 없지 않습니까? 임금의 힘을 빌려 임금이 된 진(晋)나라 임금은 줄곧 군사와 장수를 더하여 땅을 넓히고 힘을 길러왔을 뿐입니다. 오늘 동으로 땅을 넓혀 정나라를 차지한 진(晋)나라가 뒷날 땅을 서쪽으로 넓히려 할 것은 뻔한 일입니다. 진헌공이 괵나라와 우나라를 차례로 삼킨 것을 듣지 못하셨습니까? 우나라 임금이 지혜롭지 못해 남을 도와줌으로써 스스로 망한 것을 어찌 모르십니까?"

진목공은 조용히 듣고 있다가 소스라쳐 놀라며 고개를 끄덕이고 말했다.

"대부의 말이 옳소. 내가 미처 거기까지 생각이 미치지 못했소."
하고는 백리해가 간하는 것도 듣지 않고, 촉무가 다시

"임금께서 지금의 포위를 풀어주신다면 정나라는 초나라를 버리고 진(秦)나라를 섬길 것입니다. 임금께서 동쪽에 일이 있을 때 정나라에서 공급을 받으시면, 정나라는 곧 임금의 바깥 창고 구실을 하게 될 것입니다. 신이 우리 임금을 대신해 맹세를 하겠습니다."

하는 말에 이끌려 목공은 촉무와 피를 빠는 맹세를 한 다음, 세 장수에게 2천 명의 군사를 주어 정나라를 도와 지키는 일을 맡게 했다.

단순히 촉무의 그럴 듯한 말재주에 넘어간 것이 아니라 정나라를 손에 넣고 싶은 욕심이 생긴 때문이었다. 이 이치에 벗어난 욕심으로 인해 보다 큰 잘못을 저지르고 만다.

한편 이 소식을 들은 진문공은 크게 노하면서도 뒤를 추격하자는 호언과 선진의 청을 받아들이지 않고 내버려 두었다. 눈앞의 한때 노여움으로 인해 지난날의 은혜를 져버릴 수는 없다는 것이었다.

그러나 숙첨의 예상은 빗나가고 말았다. 촉무의 힘으로 진목공을 돌려보내는 일만은 성공을 했으나 진문공은 군사를 반반 나누어 전과 다름없는 포위망을 치고 있는 것이다.

정문공은 촉무에게 포위를 풀게 하는 방법을 물었다. 촉무는 이렇게 말했다.

"공자 난(蘭)이 진나라 임금의 사랑을 받고 있습니다. 사람을 시켜 공자 난을 맞아 돌아오게 하고, 그로써 화친을 청하면 진나라가 아마 허락할 것입니다."

정문공은 또 촉무를 보내려 했다. 그러나 석갑보(石甲父)가 대신 갈 것을 자청하여 귀한 보물을 가지고 군중으로 진문공을 찾아갔다.

석갑보는 정문공을 대신해 용서를 빌고 임금의 아우 난을 돌려보내 그로써 정나라를 감시하게 하면 다시는 진나라를 등지는 일이 없을 것이라고 말했다.

"이제 와서 새삼 화친을 청하는 것은 잠시 포위를 늦추게 하고 초나라의 구원병이 오기를 기다리려는 옅은 꾀에서가 아닌가? 만일 우리 군사를 물러 가게 할 생각이면 내가 요구하는 두 가지를 들어주어야만 할 것이다.”

하고 진문공이 꾸짖듯 말하자, 석갑보는 그 두 가지가 무엇이냐고 물었다.

문공은 공자 난으로 정나라 세자를 삼을 것과 숙첨을 보내달라고 했다. 석갑보는 시키는 대로 하겠다고 하고 돌아갔다.

정문공은 아들이 없으므로 난으로 뒤를 잇게 하는 것은 어려울 것이 없으나, 팔다리나 다름없는 숙첨을 어떻게 보낼 수 있느냐며 난감한 표정을 지었다.

숙첨은 자원하고 나섰다. 그러자 문공은,

“가면 죽을 터인데 나로서는 차마 보낼 수가 없소.”

하고 끝내 허락지 않았다. 그러나,

“한 숙첨만을 아껴 나라와 백성을 위태롭게 할 수는 없는 일입니다.”

하는 숙첨의 말에 눈물을 흘리며 떠나보냈다.

진문공은 호언을 시켜 공자난을 급히 데려오게 하는 한편 곧 숙첨을 불러들여,

“너는 나라의 실권을 잡고 있으면서 그 임금으로 하여금 찾아온 손님에게 예를 잃게 했으니 이것이 첫째 큰 죄요, 맹약을 맺고 나서 두 마음을 먹고 먼저 돌아갔으니 이것이 둘째 큰 죄다. 두 가지 큰 죄를 지었으니 어찌 살기를 바랄 수 있겠느냐?”

하고 곧 기름가마를 준비하고 숙첨을 기름가마에 집어넣으라고 명령했다.

숙첨은 얼굴빛 하나 바꾸지 않고 손을 꽂은 채 문공을 바라보며 말했다.

“바라건대 하고픈 말을 다하고 죽게 해 주십시오.”

"네가 무슨 할 말이 있다는 거냐?"

"임금께서 저의 나라로 오셨을 때 신은 임금에게 말하기를 진나라 공자는 어질고 밝은 분이며, 따르는 사람들도 다 대신과 대장의 재목들이므로 돌아가기만 하면 반드시 패천하를 하게 될 것이라고 했으며, 또 하양에서의 맹약 때도 신은 임금에게 권하여 말하기를 끝까지 진나라를 섬겨 죄를 얻는 일이 없도록 하라고 말했으나 하늘이 정나라에 화를 내려 신의 말이 받아들여지지 않았습니다. 지금 임금께서 나라의 정치를 맡은 신에게 죄를 물으려 하시자, 우리 임금은 신의 억울함을 아는지라 보내려 하지 않았습니다. 그러나 신은 임금을 대신해 목숨을 버리고 그로써 나라를 건지고자 자청해 왔습니다. 앞 일을 알아 맞춘 것은 지혜요, 마음을 다해 나랏일을 꾀한 것은 충성이요, 어려움을 앞에 두고 이를 피하지 않는 것은 용기요, 몸을 죽여 나라를 구하는 것은 어짐입니다. 어짐과 지혜와 충성과 용기를 모두 갖춘 이같은 신하는 진나라 법에서는 꼭 기름가마에 들어가야만 합니까?"

그리고는 기름가마 손잡이를 잡고 부르짖었다.

"앞으로 남의 신하된 사람은 이 숙첨을 거울 삼아 조심하도록 하라!"

진문공은 소스라쳐 놀라며 숙첨을 용서하여 죽이지 말라고 명령했다. 그리고,

"과인은 그저 한번 시험해 보려 한 것뿐이오. 그대는 과연 충신이요, 열사요."

하고 정중히 대접하여 기다리고 있다가, 늦게 들어온 공자난과 함께 돌아가게 했다.

공자난은 들어가 곧 정식으로 세자가 되고, 진나라 군사는 곧 포위를 풀고 돌아갔다. 그러나 이번 일로 인해 가까웠던 진과 진 두 나라는 틈이 벌어지게 되어 새로운 일들이 벌어지게 된다.

임금에게 침 뱉은 죄(罪)

<ruby>過<rt>과</rt></ruby>而不知悔 下等人也 悔而不知改 下等人也.

過而不知悔 下等人也 悔而不知改 下等人也.
"잘못을 저지르고도 후회할 줄 모르는 자는 하등의 사람이요,
후회하면서도 고칠 줄 모르는 자도 하등의 사람이다."

노희공 32년 4월에는 정문공이 죽고, 12월에는 진문공이 죽은 것으로 경문에 나와 있다. 정문공의 뒤는 앞에서 말한 그의 아우로 세자인 난이 뒤를 이으니 이가 목공(穆公)이었고, 진문공의 뒤는 세자 환이 이으니 이가 양공(襄公)이었다.

진문공은 임금의 자리에 8년을 있었고, 이 짧은 8년 동안에 제환공이 40년에 걸쳐 이룩한 것보다 더 참된 패천하를 이룩한 셈이었다. 그가 죽은 나이는 68살이었다.

그가 짧은 동안에 제환공보다 더한 공을 세운 것은 그만큼 그가 더 훌륭한 인물이었기 때문이며, 제환공이 겨우 관중 한 사람에만 의지하고 있는 것에 비해 진문공은 호언과 조최를 비롯한 십여 명의 인제를 거느리며 그들의 의견을 슬기롭게 받아들인 때문이었다. 또 원수니 은혜니 하는 사사로운 감정보다 나라와 백성을 위하는 마음

이 앞섰기 때문이기도 했다. 그가 사람을 쓰고 사람을 죽이고 한 일 하나하나에 대해 잘못되었다거나 아쉬워하는 평을 들은 일이 없는 것만 보아도, 임금으로서 또는 정치가로서 완전무결한 사람이었음을 알 수 있다.

진문공이 인재를 등용하는 데 있어서 사사로운 감정을 배제한 좋은 보기로서, 배은망덕한 짓을 되풀이하며 끝까지 자기 목숨을 노려 끔찍한 반역의 음모를 실행에 옮겨, 하마터면 그가 불에 타 재로 변할 뻔했던 주모자요 장본인인 극예의 아들 극결(郤缺)을 대장에 임명한 것을 들 수 있다.

정나라를 쳐서 정문공의 항복을 받고 돌아온 그 해에 위주가 취해 수레에서 떨어져 팔이 부러지고, 옛날 희부기의 집에 불을 질렀을 때 다쳤던 가슴의 상처가 덧나 피를 토하고 죽은 뒤를 이어 호모와 호언 두 형제가 잇달아 죽었다.

진문공은 특히 호언의 죽음을 슬퍼하며 통곡해 마지 않았다. 진문공은 내 오른 팔을 잃었다며 안타까워했다.

이때 서신이 호언을 대신할 인재라며 추천한 것이 바로 극예의 아들 극결이었다. 서신은 이렇게 말했다.

"주상께서 호모·호언의 두 인재를 그토록 애석해 하시니 신이 그들을 대신할 수 있는 재상 재목을 한 사람 추천하고자 합니다."

"그게 누구요?"

"신이 전날 사명을 받들어 기(冀) 들에 머물러 있을 때 농부 한 사람이 밭을 갈고 있었습니다. 때마침 그 아내가 점심밥을 가져 왔습니다. 남편과 아내가 서로 대하기를 귀한 손님 대하듯 했습니다. 남편과 아내 사이에도 그러하거늘 하물며 다른 사람이겠습니까? 공경하는 사람은 반드시 덕이 있다고 했습니다. 신이 일부러 가서 성과 이름을 물었더니 그가 바로 극예의 아들 극결이었습니다. 이 사람을 임금께서 쓰시면 호언에 못지 않을 것입니다."

"그 아비가 큰 죄를 지었는데 어떻게 그 아들을 쓸 수 있겠소?"

"요순 같은 성인도 그 아들은 어질지 못했고, 순임금은 곤을 죽이고 그 아들인 우에게 천하를 물려주지 않았습니까? 임금께선 어찌하여 지나간 잘못으로 인해 쓸모 있는 인재를 버리려 하십니까?"

"경의 말이 옳소. 나를 위해 그를 불러주오."

"그가 혹시 다른 나라의 쓰임이 될까 두려워 이미 신의 집으로 데려와 두었습니다. 임금께서 그를 예로써 맞아들이기 바랍니다."

문공은 곧 내시에게 예복과 수레를 보내 맞아오게 했다. 거듭 사양한 끝에 내시를 따라 궁중으로 들어온 극결을 보는 순간 문공은 기쁨을 감추지 못했다. 그의 키는 2미터가 넘었고 빛나는 눈이며 번듯한 이마며 우뚝한 코며 풍만한 턱이 지혜와 위엄과 복과 덕을 지닌 인물임에 틀림없었고. 종을 울리는 듯한 우렁찬 목소리는 능히 3군을 호령하고도 남을 것 같았기 때문이다.

문공은 곧 그를 천거한 서신으로 하군 원수를 삼고, 극결을 그의 보좌관에 임명했다. 그리고 앞서 3군 외에 새로 행(行)이란 이름의 두 군을 두었었는데, 이를 군으로 이름을 바꾸고 신상군(新上軍) 신하군(新下軍)이라 불렀다. 초나라가 3군 외에 동광과 서광 두 군을 둔 것과 같은 것이었다.

이 소식을 들은 초성왕은 두려운 생각이 들어 대부 투장을 보내 진문공에게 화친을 청했다. 진문공은 옛날 은혜를 생각해 이를 허락했다. 복수에 불타고 있을 초나라가 겁을 먹고 먼저 화해를 청했으니 사실은 항복을 청한 거나 다름없었고, 그 청을 너그러운 마음으로 받아들였으니 진문공은 힘과 덕을 아울러 가진 패자였음이 분명하다.

진문공은 제환공과는 달리, 임금이 될 재목인 공자들을 모두 다른 나라로 보내 벼슬하게 만듦으로써 후계자를 둘러싼 형제끼리의 싸움을 미리 막아 두었고. 권력을 탐하는 신하들의 파벌의 소지를 미리 없애기도 했다.

그러므로 뒤를 이은 양공이 아버지 문공의 패업을 아무런 마찰없이 이을 수 있었던 것이다.

그런데 이 문공이 죽은 직후 그의 시체를 담은 널이 옛 서울인 강성을 빠져나가려 했을 때 갑자기 널 속에서 황소의 울음소리 같은 큰소리가 울리며 널이 꼼짝도 하지 않았다. 가볍던 널이 만근 무게로 변한 것이다.

이에 놀란 신하들은 곧 태복 곽언을 시켜 점을 쳐보게 했다. 점괘의 말은 다음과 같았다.

쥐가 있어 서쪽에서 와

우리 담을 넘어간다.

우리에게 큰 몽둥이가 있어

한 번 치면 세 마리가 상하리라.

곽언은 다시 풀어서 말했다.

"며칠 안으로 반드시 우리 나라를 침범한 적군의 소식이 있을 것입니다. 우리 군사가 이를 치면 크게 승리한다는 뜻으로, 이는 선군의 혼령이 우리에게 일깨워 주신 것이옵니다."

신하들이 일제히 엎드려 절을 하자, 널속의 소리가 갑자기 멈추며 다시 가벼워졌다. 거짓말 같은 이야기다.

도원수 선진은 서쪽이라면 이는 진(秦)나라가 분명하다며 사람을 몰래 보내 탐지하게 했다. 곽언의 점은 그대로 나타났다. 정나라를 함께 치러 갔던 진목공이 촉무의 말에 넘어가 말없이 돌아간 것도 떳떳지 못한 일이었는데, 진문공이 죽었다는 소식이 들리자 그 틈을 타서 남의 집 담을 넘는 좀도둑 같은 일을 진목공이 저지르고 만 것이다. 진문공이 영웅이었으니 그 혼령이 분노했음직한 일이 아닐 수 없다.

이 사건의 처음과 끝은 다음과 같은 내용이었다.

촉무와의 약속으로 진목공이 군대를 철수하며, 세 장수에게 2천 명의 군사를 주어 정나라 북문을 지키게 했었는데, 그 세 장수는 기자(杞子)와 봉손(逢孫)과 양손(楊孫)이었다.

그런데 정나라는 진문공의 요구를 들어 공자난을 세자로 세우고 항복을 하고 말았으니, 정나라를 위해 북문을 지키고 있던 세 장수는 완전히 무시당한 꼴이 되고 만 셈이었다.

이들은 급히 진목공에게 보고를 올렸다. 진목공 역시 정나라의 배신에 분노했지만 자신이 먼저 배신을 했기 때문에 정나라의 배신을 꾸짖어 군대를 이끌고 가 칠 수도 없는 일이었다.

곧 정문공이 죽고 공자난이 임금이 되자 세 장수에 대한 대접이 갑자기 달라졌다. 정목공은 이들이 돌아가 주었으면 좋겠다는 생각이 든 것이다.

그래서 이들 세 장수는 진문공이 죽은 이기회에 북문을 기습하면 큰 공을 세울 것이라는 의견을 진목공에게 올리게 되었던 것이다.

진목공도 다시 없는 좋은 기회로 여겨졌다. 정나라는 새임금이 섰으니 제대로 지킬 수 없을 것이며, 진나라는 국상을 당했으니 구원병을 보낼 수 없을 것이 뻔한 일이다. 게다가 북문을 이쪽 군사가 지키고 있으니 도둑에게 뒷대문 열쇠를 맡긴 거나 다름 없는 일이기 때문이다. 그러나 이것은 하나만 알고 열을 모르는 탁상계획에 지나지 않는 것이었다.

백리해와 건숙이 이를 함께 간했다.

"정나라는 천리 먼 거리에 있습니다. 그 땅을 차지할 수는 없는 일입니다. 천리 먼 길을 많은 군대가 여러 날에 걸쳐 행군을 하는데 어떻게 남의 눈과 귀를 가릴 수 있겠습니까? 저들이 우리 꾀를 알고 준비를 할 것이니 고생만 하고 얻는 것이 없을 것이며, 도중에 반드시 변을 만나게 될 것입니다. 그리고 남의 나라를 군사로 지켜 주면서 도리어 그 나라를 꾀한다는 것은 신의를 잃는 일이요, 남의 초상을 틈타 이를 친다는 것은 어질지 못한 일이며, 성공한다 해도 얻는 것은 적고, 실패하면 잃는 것이 많은 일을 하는 것은 지혜롭지 못한 일입니다. 이 세 가지를 잃고 있으니 이는 옳은 일이 아닙니다.”

그러나 목공은 버럭 화를 내며 이렇게 반박했다.

“과인이 진나라 임금을 세 번 앉게 해주고, 두 번 그 난을 평정해 줌으로써 그 위엄이 천하에 알려졌건만, 성복 싸움의 한 번 승리로써 패천하의 일을 진나라 임금에게 양보하게 되지 않았던가? 그가 세상을 뜬 이 마당에 어느 나라가 감히 나와 겨루겠는가? 정나라를 손에 넣은 다음 진(晉)나라 하동 땅과 바꾸면 되지 않는가? 뭐가 불리할 것이 있단 말인가?”

건숙은 계획을 늦출 생각으로 이렇게 말했다.

“먼저 두 나라에 사신을 보내 조상부터 하시지요. 그쪽 사정을 살펴본 뒤에 가부를 결정하는 것이 안전할 것 같습니다. 기자의 무리들의 옅은 생각에 이끌리지 마시기 바랍니다.”

“왔다 갔다 하면 또 한 해가 걸릴 것 아닌가? 그대들은 이제 늙어서 무슨 일이고 겁부터 먼저 내고 있으니 무슨 큰일을 할 수 있겠는가?”

목공은 기자가 보낸 사람에게 다음해 2월 초에 군사가 북문에 이를 것이니 그르침이 없도록 하라는 당부를 해보내고, 곧 맹명을 대장으로 하고 서걸술과 백을병을 보좌로 하여 정예군 3천 명과 병거 3백 승으로 동문 밖에서 급히 떠나도록 했다.

군대가 떠나는 날 건숙과 백리해는 두 아들을 보내며 이렇게 울부짖었다.

“슬프고 원통하다. 나는 네가 나가는 것만 볼 뿐 들어오는 것을 보지 못하리라.”

이 소식을 들은 목공은 두 재상에게,

"네가 어찌하여 우리 군사를 울음으로 보내어 감히 우리 군사의 사기를 꺾는단 말이냐?"

하고 꾸짖었다.

"신들이 어찌 감히 임금의 군사를 울음으로 보냈겠습니까? 다만 자식을 위해 울었을 뿐입니다."

그 말이 그 말이었지만 목공은 굳이 탓하려 하지 않았다.

백을병은 아버지의 우는 모습을 보고 떠나지 않으려 했다. 그러나 건숙은 이렇게 타일렀다.

"우리 부자가 나라의 중한 녹을 먹었으니 나랏일로 죽는 것이 당연하지 않으냐?"

그리고 굳게 봉한 나무쪽 하나를 몰래 주며, '이 속에 있는 말을 명심해서 그대로 따르라'하고 당부했다.

백을병은 착잡한 마음을 가눌 길이 없었다. 그러나 맹명시만은 자기 재주와 용맹만을 믿고 틀림없이 성공할 것으로 알았다.

대군이 떠나가자 건숙은 곧 병을 핑계하고 고향으로 떠나려 했다. 백리해는 찾아가 문병을 하며 건숙에게 이렇게 말했다.

"이 아우도 떠나고 싶은 마음이야 왜 없겠습니까? 여기 남아 있는 것은 행여나 살아서 돌아온 자식의 얼굴이라도 한번 볼까 해서입니다. 형님께서 무슨 좋은 말씀이라도 주실 수 없겠습니까?"

"이번에 가면 반드시 패할 것일세. 아우는 자상(子桑＝공손지의 자)에게 몰래 부탁하여 배를 준비해 두고 살아 돌아오는 날 태워 오도록 하게. 부디 잊지 말게나."

목공은 건숙이 굳이 고향으로 돌아가려 하자 황금 20근과 비단 백필을 보내주었다. 백관들은 건숙을 들밖 관문까지 나와 배웅했다. 이때 백리해는 공손지의 손을 잡고 건숙이 한 말을 전한 다음,

"우리 형이 다른 사람에게 부탁하지 않고 자상에게 부탁하라고 이

른 것은 장군의 충성과 용맹을 믿기 때문입니다. 부디 말이 새어
나가지 않도록 남이 알지 못하게 해 주십시오.”
하고 거듭 당부했다.

한편 맹명은 백을이 건숙의 비밀 나무쪽을 받는 것을 보자, 정나
라를 점령하는 신기한 계책이 그 안에 쓰여 있을 것으로 생각했다.
그래서 일부러 찾아와 그것을 달래서 함께 열어 보았다.

안에는 이런 내용이 쓰여 있었다.

‘이번 걸음에 정나라는 걱정할 것이 없다. 걱정되는 것은 진나라
다. 효산(崤山)은 험한 곳이니 조심해라. 나는 너의 뼈를 여기서
거두게 될 것이다.’

맹명은 어이없다는 듯이 혀를 차며 달아났다. 백을 역시 믿어지지
않는 공연한 염려인 것처럼 여겨졌다.

맹명 등 세 장군은 한 달 뒤인 이듬해 정월에 주나라 북문을 지나
바람처럼 달려 정나라로 향하고 있었다. 그런데 이때 뜻하지 않은
사람을 만나 모든 계획이 뒤틀어지고 만다.

정나라 장사꾼에 현고(弦高)란 사람이 있었다. 이 현고는 나라를
사랑하는 마음과 나라를 바로잡을 남다른 지혜를 가진 사람이었지만
이끌어주는 사람이 없어 장사꾼으로 살아가고 있었다. 그는 소장수
로 수백 마리 살찐 소를 끌고 주나라로 팔러 오던 길이었다.

그가 양진(陽津)이란 활(滑)나라 땅에 가까이 이르렀을 때 건타
(蹇他)라는 옛 친구와 마주치게 되었다. 어디서 오는 길이냐고 묻자
진(秦)나라에서 온다고 했다. 진나라에는 요즘 무슨 일이 있느냐고
묻자, 세 장군을 보내 정나라를 기습하려 하는데 섣달 병술(丙戌)에
떠났으니 머지 않아 곧 이르게 될 것이라고 했다.

현고는 크게 놀라며 말했다.

“부모의 나라에 이런 어려움이 닥쳤으니 이를 듣고도 내가 구하지
못한다면 무슨 낯으로 고향에 돌아갈 수 있겠는가?”

현고는 곧 한 가지 꾀를 생각해 냈다. 먼저 사람을 시켜 정나라로 달려가 급한 소식을 알리고 서둘러 준비를 하게 하는 한편, 자신은 살찐 소 20마리를 골라 이끌고 작은 수레에 올라 진나라 군사를 마중하러 떠났다.

현고가 활나라 연진에 이르렀을 때 진나라의 전초부대와 마주치게 되었다. 현고는 앞길을 가로막고 큰소리로 외쳤다.

"정나라 사신이 여기에 와 있습니다. 장군께 말씀드려 뵙게 해 주십시오."

이 보고를 들은 맹명은 놀랄 수밖에 없었다. 몰래 담을 넘으려던 도둑이 골목길에서 그 집 하인과 마주친 꼴이 되고 만 것이다. 그러나 일단 만나 무슨 이야긴지 들어야만 했다.

현고는 거짓 정나라 임금의 명을 이렇게 전했다. 자신의 이름은 고원(高遠)이라고 했다.

"우리 임금께서 세 분 장군께서 군사를 거느리고 저희 나라로 오신다기에 변변치 못한 물건을 신 고원으로 하여금 삼가 바치게 하였으니 받아주시기 바랍니다. 저희 나라는 큰나라 사이에 끼어 있어 번갈아 밖의 업신여김을 받아온지라 잠시도 경비를 늦추지 않고 있아오니 헤아려 주시기 바랍니다."

맹명은 의심이 없지 않았다.

"이미 좋은 물건을 보내왔는데 어찌하여 임금의 글이 없소?"

"장군께서 12월 병술에 떠나 무척 빠르게 달려오신다고 들은지라, 행여나 늦을까 싶어 말로써 신에게 분부하여 엎드려 장군께 죄를 청하게 했을 뿐, 다른 뜻은 없사옵니다."

맹명은 거짓말을 할 수밖에 없었다. 현고의 귀에다 대고 속삭이듯 말했다.

"실은 활나라를 치러 온 거요. 어찌 정나라에까지 미치겠소?"

그리고 곧 명령을 내려 군대를 연진에 멈추게 했다. 현고는 감사하다는 인사를 하고 물러갔다.

맹명은 이미 일이 다 틀어진 것을 알자 정나라 대신 활나라를 삼키기로 마음먹은 것이다. 활나라는 아무 방비도 하지 않고 있었으므로 하룻밤에 성이 무너지고 말았다. 활나라 임금은 적나라로 달아나고, 성안에 있던 젊은 남녀와 귀한 물건들은 남김없이 진나라의 것이 되고 말았다. 텅빈 활나라는 진나라 군사가 물러간 뒤 위나라의 땅이 되고 만다.

한편 정목공은 현고의 비밀정보를 받고 믿어지지가 않아 사람을 시켜 북문에 있는 진나라 군사의 동정을 살피게 했다. 전투준비를 끝내고 있다는 소식에 정목공은 크게 놀라 곧 촉무를 시켜 비단을 노자로 하여 곱게 떠나가도록 하게 했다.

촉무는 기자와 봉손 양손 세 장수에게 임금의 선물을 전하고 이렇게 말했다.

"우리나라는 사냥을 할 만한 곳도 없는데 어디로 떠나시려는 겁니까? 맹명과 여러 장군이 지금 주나라와 활나라 사이에 있다니 그리로 가시는 것이 좋지 않겠습니까?"

기자는 크게 놀라 좋은 말로 변명을 하고는 그날 밤 제나라로 달아났다. 봉손과 양손은 송나라로 달아났다. 올 데 갈 데 없는 남은 군사들은 북문에 모여 있으면서 난을 일으키려 했다. 정목공은 사람을 보내 양식이며 노자를 넉넉히 주어 각각 흩어져 고향으로 돌아가게 해 주었다. 힘이 없는 약한 나라는 강한 나라의 횡포에도 이런 방법으로 달래어 일을 크게 벌이지 않는 것이 슬기로운 일이었던 것이다.

현고는 이 일로 인해 군위(軍尉)라는 벼슬에 오르게 되었다.

맹명을 비롯한 진나라의 장병들은 과연 어떻게 되었을까? 다음에서 알아보기로 하자.

　맹명 등 3수가 병거 3백승을 이끌고 떠나간 첩보는 곧 진양공에게로 들어오게 되었다. 첩보원의 보고는 다만 동쪽으로 떠난 것만 분명할 뿐 목적지가 어딘지는 알 수 없다는 것이었다. 그러나 선진은 모든 내용을 다 알고 있었다.

　선진은 양공에게 이렇게 말했다.

　"맹명의 무리는 뜻을 이루지 못하고 돌아올 것입니다. 가고 오는 기간이 넉 달은 걸릴 것이므로 첫여름쯤 민지(澠池)를 지나게 될 것입니다. 이 곳은 두 나라 경계로 서쪽에 두 개의 큰 산이 있는데 이를 효산(崤山)이라 부릅니다. 동쪽에 있는 효산에서 서쪽에 있는 효산까지는 30리 남짓 됩니다. 그곳은 잡목숲이 우거져 있고 길이 험해 수레가 제대로 다닐 수 없는 곳이 몇 있습니다. 만일 이곳에 군사를 숨겨 두었다가 기습을 하게 되면 적을 남김없이 사로잡을 수 있습니다."

　이리하여 선진은 그의 아들 차거(且居)에게 5천의 군사를 주어 효산 왼쪽에 숨어 있게 하고, 서신의 아들 영(嬰)에게 군사 5천을 주어 그 오른쪽에 숨어 있게 하여 적군이 이르면 양쪽에서 협공하게 했다.

　또 호언의 아들 호역고에게 군사 5천을 주고 서효산의 나무를 잘라 길을 막아 두게하고, 양유미의 아들 양홍(梁弘)에게 군사 5천을 주어 동쪽 효산에 숨어 있다가 적군이 다 지나가기를 기다렸다가 뒤에서 추격하게 했다.

　그리고 선진 자신은 조최 난지 서신 양처보 선멸 등 노장들과 함께 효산 20리 밖에 군막을 치고 있었다. 마치 사면에 그물을 쳐두고 고기떼가 몰려오기를 기다리는 꼴이었다.

　한편 효산에 와 닿은 3수 중 백을병은 아버지 건숙의 당부가 있는지라 지나가기를 꺼렸다. 서걸술도 복병이 있을까 겁을 먹고 있었다. 그러나 맹명만은 여전히 자신에 차있는 소리를 하며,

"장군들이 그렇게도 진나라를 두려워 하고 있으니 내가 앞에서 복
    병을 모조리 무찌르고 말겠소."
하고 원수백리(元師百里)라는 깃발을 앞세워 용장인 포만자(褒蠻子)
로 하여금 길을 열게 하고 그 뒤를 따랐다.

동효산과 서효산 사이 30리 길에는 이름만 들어도 겁이 더럭 나는
여섯 곳이 있었다. 하늘로 올라가는 사다리란 뜻의 상천제(上天梯)
와 말이 떨어지는 벼랑이란 뜻의 타마애(墮馬崖)와 목숨을 끊은 바
위란 뜻의 절명암(絶命岩)과 혼이 달아난 시내란 뜻의 낙혼간(落魂
澗)과 귀신이 한숨 짓는 굴이란 뜻의 귀수굴(鬼愁窟)과 구름도 가다
가 끊긴다는 뜻의 단운곡(斷雲谷)들이 그러했다.

이런 곳에서는 말을 풀어 사람이 수레를 대신 끌기도 하고, 투구
와 갑옷을 벗어 말 등에 얹기도 하며, 미끄러지기도 하고 넘어지기
도 하며, 앞뒤를 서로 바라볼 수조차 없었다.

게다가 천리길을 달려갔다. 달려온 지친 몸에 수많은 포로와 전리
품들까지 운반해야만 했으니 그 아픔과 어려움은 말로 뭐라고 형용
할 수 없는 일이었다.

결국 포만자는 함정에 빠져 먼저 잡아묶인 바 되고 맹명 등 3수는
바위 아래에서 순순히 묶이고 말았다. 나머지 군사는 말할 것도 없
는 일이다.

포만자의 용맹이 두렵다 하여 먼저 죽여 없애고 3수만이 끌려와
감옥에 갇히게 되었다. 여기서 문제가 생긴다.

처음에 회영으로 불리우다가 문공의 부인이라 하여 문영으로 불린
진목공의 딸이요, 지금은 임금의 어머니인 그녀가 친정 나라를 위해
지혜를 짜낸 것이다.

문영은 양공에게 지나가는 말처럼 물었다.

"맹명 등이 사로잡혔다니 참 다행스런 일이오. 그래 그들은 벌써
    처형되었나요?"

"아직 그대로 있습니다."

"내 생각에 그들 세 사람은 나라를 욕되게 했으므로, 돌아가도 군법에 의해 죽게 될 거요. 선군께서는 초나라 원수 성득신을 잡아 죽일 수 있었으나 초왕의 은혜를 생각해서 살아 돌아가게 해 주었잖소? 임금도 두 나라의 깊은 정을 생각해서 저들 삼수를 살려 보내시구려. 성득신이 초왕의 노여움으로 자결한 것처럼 저들 삼수도 살아남지 못할 거요. 그러면 두 나라의 정의는 상하지 않고 같은 결과를 얻지 않겠소?"

양공은 처음에는 마음이 내키지 않았다. 그러나 문영은 또 이런 말을 했다.

"혜공은 죽어 마땅한 일이었지만 살아서 돌아오지 않았소? 돌아가도 죽을 사람을 굳이 우리 손으로 죽여 정의를 상하게 할 것까지야 없지 않소?"

배은망덕한 침략전쟁을 일으켰다 패해 사로잡힌 혜공을 진목공은 목을 베려 했었다. 그러나 목공의 부인이요, 문영의 어머니인 목희가 목숨을 걸고 간청하는 바람에 살아 돌아가게 해 주었던 것이다. 마음씨 착한 양공은 갑자기 두려운 생각이 들어 곧 그들을 풀어주라 시켰다.

맹명 등 세 사람은 그물에서 벗어난 고기처럼 누가 볼까 무서워 그 길로 곧장 내닫기 시작했다. 살려준 은혜에 감사하다는 인사 같은 것은 생각조차 할 수 없는 일이었다.

이 소식을 전해 들은 선진은 먹던 밥을 뱉고 임금에게로 달려갔다. 성난 얼굴로,

"지금 포로들은 어디 있습니까?"

하고 물었다. 양공은 어색한 대답을 했다.

"어머님께서 놓아보내도 가서 곧 죽게 될 거라고 하시므로 과인이 그 뜻에 따랐소."

사실은 꼭 죽을 것으로 알고 놓아준 것은 아니었다. 선진은 어머니의 뜻이란 말에 노여움에 불이 붙었다. 임금이 철부지 어린애로밖에 보이지 않았던 것이다. 집에서 입에 든 밥을 내뱉던 그런 버릇에서라고나 할까, 그만 임금의 얼굴에 침부터 탁 뱉고 나서 호통을 쳤다.

"에잇, 철부지 같으니라구! 이 늙은이가 천신만고 끝에 사로잡은 그들을 여자의 말 한마디로 풀어주다니! 호랑이를 놓아주어 산으로 돌아가게 했으니 반드시 뉘우치게 될 것이다."

우리는 여기서 또 한번 놀라게 된다. 임금인 양공이 얼굴에 묻은 침을 손으로 닦고 자기 잘못을 시인하며 신하인 선진에게 정중히 사과를 한 것이다.

양공은 곧 양처보를 보내 달아난 그들을 뒤쫓게 했다. 큰 강이 앞을 막고 있으니 날개가 없는 한 곧 붙잡힐 수밖에 없는 일이다. 그러나 앞을 내다본 건숙의 지혜로 위기를 모면하게 된다.

맹명 등 세 사람은 바쁜 걸음을 걸으며 말을 주고받았다.

"강을 건너기만 하면 우리는 다시 산다."

"강을 건너기 전에 뉘우치고 우리를 뒤쫓는 날이면 끝이다."

강에 와 닿으니 나루는 물론이요, 배 한척 구경할 수 없었다.

"하늘이 우리를 끝내 죽이는구나!"

세 사람은 당황할 수밖에 없었다.

그때 고기잡이 한 사람이 작은 배를 노저어 오며 노래를 불렀다.

우리에서 벗어난 원숭이여!

새장에서 풀려난 새여!

나를 맞는 사람이 있어

패한 것이 도리어 공이로다.

맹명은 그 노랫말이 이상한지라,

"영감님! 우리를 좀 건네 주시오!"

하고 외쳤다.

"나는 진(秦)나라 사람만 건네 줄 뿐 진(晉)나라 사람은 건네 주지 않소."

"우리가 바로 진나라 사람이오. 어서 건네 주시오!"

"당신들 혹시 효산에서 낭패본 분들 아니오?"

"맞습니다."

"공손장군의 명령으로 이곳에서 기다린지 벌써 여러 날이 되었소. 이 배는 작아서 여러 사람을 태울 수 없습니다. 앞으로 얼마쯤 더 가면 큰 배가 기다리고 있으니 빨리들 가시오."

그리고 영감은 배를 돌려 오던 쪽으로 되돌아가고 말았다. 세 사람은 급히 또 달렸다. 얼마를 가니 과연 큰 배 몇 척이 강 중간에 떠 있고, 아까 그 고깃배가 어느 사이에 강둑에 배를 대고 손을 흔들며 불렀다.

세 사람은 신을 벗고 맨발로 뛰어내렸다. 배가 미처 둑을 떠나지 않아 수레 소리에 놀라 바라보니 장군 한 사람이 급히 수레를 달리며 뒤쫓듯 오고 있었다. 그가 바로 진양공이 보낸 양처보였다.

양처보는 말을 임금이 보내주셨다며 거짓말로 뭍으로 그들을 불러 올리려 했지만 속을 리 없는 일이었다. 맹명은 배에서 양처보에게 절을 하고 말했다.

"살려 주신 은혜도 크거늘 어찌 또 말까지 받을 수 있겠습니까? 3년 뒤에 직접 찾아가 오늘의 은혜를 갚겠습니다."

양처보가 다시 말을 하려고 했을 때는 배는 이미 멀리 가 있었다. 하는 수 없이 되돌아와 임금에게 맹명이 한 말을 전하자 선진은 버럭 화를 내며,

"그것은 3년 뒤에 원수를 갚으러 오겠다는 뜻이오."

하고 여전히 분을 삭이지 못하고 있었다.

선진은 노여움이 가시자 자기가 저지른 엄청난 일을 감당할 길이

134

없었다. 임금의 얼굴에 침을 뱉고 철부지라고 호통을 쳤으니 말이다. 임금이 같이 노하며 죄를 다스리려 했다면 또 모르겠는데, 침을 닦고 정중히 사과까지 했으니 신하된 몸으로 감당하기 어려운 일이었다.

맑은 정신으로 돌아온 선진은 죽여 달라고 청했으나 그것이 나라를 사랑하기 때문이라며 들어주지 않았고, 벼슬을 그만두려 했으나 그것도 들어주지 않았다.

그러던 참에 적나라가 쳐들어왔다. 선진은 이들을 무찌르며 일부러 투구와 갑옷을 벗은 채 뛰어들어 몸에 무수한 화살을 맞고 죽었다. 자살이 아닌 자살로써 임금에 대한 죄를 씻으려 한 것이다.

노희공은 33년 겨울 12월에 죽고, 그 아들 흥(興)이 임금이 되니 이가 문공(文公)이다. 이듬해인 문공 원년에 있은 가장 큰 사건은 초성왕의 세자인 상신(商臣)이 겨울 10월에 아버지인 성왕을 죽인 사건이었다.

자식이 아비를 죽이고, 신하가 임금을 죽이는 것은 죄 중에 가장 큰 불효와 불충의 죄임에 틀림없다. 그러나 죽임을 당한 아비와 임금에게도 허물이 없지 않다고 보아야 마땅할 것이다.

초성왕은 큰아들 이름을 상신이라 했다. 성왕은 상신을 세자로 세우려고 투발에게 의견을 물었다. 투발은 사람을 보는 남다른 눈이 있었기 때문이다.

투발은 상신을 좋지 않게 보고 있었다. 일부러라도 말을 하고 싶었던 그였으므로 묻는 기회를 빌어 속에 있는 말을 그대로 해버렸다. 임금이 받아들일 줄로 안 것이다.

"초나라는 지금까지의 전례로 보아 큰아들 보다는 작은아들로 뒤를 잇게 하는 것이 유리합니다. 상신은 그 상이 벌의 눈에 표범의 소리로 그 성품이 잔인합니다. 오늘 사랑하여 세자로 세우셨다가 뒷날 다시 미워하여 폐하려 하시면 난을 일으킬 것이 틀림없습니다.”

성왕은 의견을 묻고는 듣지 않았다. 성왕은 형을 죽이고 임금의 자리를 빼앗았고, 자기 두 생질녀는 납치하여 첩을 삼기도 했었다. 그 보복과 징벌의 덫을 스스로 놓게 한 자연의 보이지 않는 힘에 의해서였는지도 모를 일이다.

성왕은 상신을 세자로 세우고, 반숭(潘崇)으로 태부를 삼았다.

상신은 투발에 대해 원한을 품지 않을 수 없었다. 투발이 말한 대로 벌과 표범의 성질을 닮은 그였다면 더욱 그랬을 것이다. 투발은 상신의 모함으로 억울한 죄명으로 자결을 하게 되고, 그것이 거짓 모함임을 알게 된 성왕은 이때부터 상신을 의심하고 미워하며 투발의 말을 듣지 않은 것을 뉘우치고 있었다.

성왕은 그 뒤 작은아들 직(職)을 사랑한 나머지 상신을 폐하고 세자로 내세울 생각을 굳히게 되었다. 그러나 상신이 투발의 말대로 반란을 일으킬까 겁이나 뒤로 미루고 있었다.

눈치 빠른 내시와 궁녀들 사이에는 임금의 속마음을 재빨리 알아채고, 짐작으로 한말이 사실인 것처럼 퍼져 밖에까지 전해지게 되었다.

상신은 설마 하면서도 불안한 마음을 떨쳐 버릴 수 없어 태부 반숭에게 물어보았다.

“그 말이 참인지 거짓인지 알아볼 수 있는 방법이 하나 있기는 합니다.”

“어떤 방법이오?”

“강(江)나라로 시집간 임금의 누이가 지금 친정에 다니러 와 있습니다. 온 지 이미 오래이니 반드시 내막을 알고 있을 겁니다. 그 고모님은 성품이 조급하기로 유명합니다. 태자께서 그 고모님을 초대하여 술을 대접하면서 일부러 성을 내게 만드는 겁니다. 성난

가운데 하는 말에는 반드시 이쪽의 불리한 내용이 들어있기 마련
입니다.”

상신은 반숭의 말에 따라 그녀를 동궁으로 초청했다. 처음엔 절하
고 맞이하는 등 지나칠 정도로 공손한 태도를 보이던 상신이 술을
석 잔 올린 뒤로는 점점 거만해지기 시작했다. 안주는 요리사를 시
켜 올리게 하고 술은 어린 계집아이들을 시켜 갖다주게 했다.

그런가 하면 시녀들과 실없는 농담을 주고받으며 그녀가 묻는 말
은 대꾸조차 하지 않았다. 가뜩이나 급한 성질에 술기운마저 곁들인
지라 그만 상을 탁 치고 발딱 일어나며 안할 욕을 마구 퍼부었다.

“네가 이런 놈인줄은 정말 몰랐다. 임금께서 너를 없애버리고 직
을 세우려는 것은 너무도 당연하다.”

상신은 짐짓 용서를 비는 척했지만 그녀는 뒤도 돌아보지 않고 수
레에 올라 가버렸다. 꾸짖는 소리는 여전히 들려왔다.

상신은 그 밤으로 반숭에게로 찾아가 있던 일을 이야기하고, 화를
벗어날 방법을 물었다. 반숭은 이렇게 되물었다.

“직을 임금으로 받들 수 있겠습니까?”

“형으로서 아우를 섬길 수야 없지요.”

“그렇다면 다른 나라로 가셔야지요.”

“받아줄 나라가 없어요. 욕을 당할 뿐이오.”

“이 두 가지 외에는 방법이 없습니다.”

“그래도 방법을 생각해 보아요.”

“무슨 방법이 있겠습니까?”

“그래도……”

“한가지 방법이 있기는 하지만 태자로선 차마 그 일을 해내지 못
할 거요.”

“죽고 사는 마당에 무슨 일인들 못하겠습니까? 어서 말해 보아
요.”

반숭은 상신의 귀에 대고 속삭였다.

"큰일을 하지 않으면 방법이 없습니다. 그 일만이 화를 복으로 돌릴 수 있습니다."

큰일이란 반란을 뜻한다. 아비를 죽이라고 한 것이다.

"도리가 없지요. 큰일을 하는 수밖에."

곧 동궁에 있는 군사를 동원하여, 대궐안에 변이 있다 핑계하고 한밤에 왕궁을 포위했다. 반숭은 칼을 빼들고 역사 몇 사람과 함께 안으로 들어가 성왕 앞에 이르렀다. 시종들은 모두 놀라 달아났다.

"이 밤에 무슨 일인가?"

하고 성왕이 묻자 반숭은 이렇게 대답했다.

"임금께서 자리에 계신지 벌써 47년이 되옵니다. 백성들은 새임금을 맞고 싶어 합니다. 바라옵건대 태자에게 자리를 물려주십시오."

성왕은 다급해졌다.

"알았소. 내 곧 자리를 물려 주겠소. 나를 살려줄 수 있겠소?"

"한 임금이 죽어야 새임금이 설 수 있지 않습니까? 어찌 한 나라에 두 임금이 있을 수 있습니까? 그렇게도 세상일에 어두우십니까?"

"내가 방금 선부에게 곰의 발바닥을 구워오라 시켰소. 그것이 익기를 기다렸다가 먹고 죽으면 죽어도 한이 없겠소."

"곰의 발바닥은 쉬 익는 것이 아니잖습니까? 시간을 끌며 도움이 오기를 기다리려는 겁니까? 바라건대 임금께서 스스로 편한 길을 택하십시오."

하고 반숭은 허리띠를 끌러 임금 앞에 던졌다. 성왕은 하늘을 우러러보며 부르짖었다.

"오오! 투발이여! 오오! 투발이여! 내가 충신의 말을 듣지 않고 스스로 화를 불렀으니 누구를 탓하리오."

그리고 반숭이 던진 허리띠를 목에 걸었다. 반숭은 데리고 온 역사들을 시켜 양쪽에서 잡아당기게 했다. 금방 숨이 끊어졌다.

상신은 아비를 죽이고 나서, 성왕이 갑작스런 병으로 세상을 뜬 것으로 나라 안팎에 알리고 임금의 자리에 올랐다. 이 상신이 목왕(穆王)이다.

목왕은 공자 직을 비롯한 의심스런 대신과 대장들을 죽이고, 숨은 야심을 품고 아첨하는 투월초를 영윤으로 앉혔다.

초성왕이 아들에 의해 죽은 소식이 진(晉)나라로 전해지자 양공은 조최의 아들 둔(盾)에게 물었다.

"하늘이 이제 아마 초나라를 미워하고 있는 거겠지?"

조둔은 이렇게 대답했다.

"하늘이 미워하는 사람일수록 더욱 미운 짓을 하기 마련입니다. 그 아비를 해쳤으니 하물며 다른 사람이겠습니까? 제후들의 화가 뒤따를 것으로 여겨집니다."

조둔이 생각한 대로 몇 해가 지나지 않아 목왕은 군대를 사방으로 보내 강(江)·육(六)·요(蓼)등 이웃 나라를 삼키고, 진(陳)나라·정나라를 치는 등 중원이 편할 날이 없었다.

황하(黃河)의 맹세(盟誓)

忠臣者務崇君之德 諂臣者務廣君之地.

"참다운 충성을 바치는 신하는 임금에게 덕 높이기를 힘쓰나,
아첨하는 신하는 임금에게 땅 넓히기만을 애쓴다."

노문공 2년 봄 2월에는 진(晉)나라가 진(秦)나라와 팽아(彭衙)에서 싸워 진(秦)나라가 크게 패한 것으로 나와 있고, 겨울에는 또 진·송·진(陳)·정 네 나라 연합군이 진(秦)나라를 친 것으로 되어 있다. 그리고 3년 여름에 진(秦)나라가 진나라를 쳤다고 실려 있다.

효산 싸움에서 패해 포로가 되었다가 요행으로 살아난 맹명 등은 효산에서의 패배를 앙갚음하기 위해 복수의 맹세를 하고 떠났던 것인데, 선진의 아들 차거(且居)에 의해 또 패하고 말았던 것이다.

효산 싸움에서 그토록 참패를 당하고도 맹명은 타고난 성격 탓으로 여전히 상대의 힘을 얕보는 한편, 자신의 재주와 용맹만을 지나치게 믿고 있었다.

겨우 2년이 지난 그 시기에 복수전을 감행한 것이다. 그것은 3년 뒤에 찾아와 인사를 올리겠다고 한 양처보에게 전한 약속을 지키는

뜻도 없지 않았다.

진목공은 마음이 내키지 않았지만 그 뜻을 장하게 여겨 허락했던 것이다. 한편 맹명 등이 언젠가는 복수전을 해올 것을 알고 있는 진양공은 잠시도 마음을 놓지 않고 대비하고 있었다.

진나라 3수가 병거 4백 승을 거느리고 동으로 떠났다는 첩보를 받자 진양공은 웃으며,

"살려 준 인사를 하러 마침내 오는구려."

하고 아버지의 뒤를 이어 도원수가 된 선차거로 하여금 나가 막게 했다.

그러나 선차거는 오기를 기다리지 않고 먼저 국경을 넘어 들어갔다. 그것이 앞에 말한 팽아(彭衙)란 곳이었다.

선차거는 아버지 선진에 버금가는 지혜와 용맹을 겸한 장수로, 선진의 유언에 의해 양공이 그를 원수에 임명했었다.

맹명 등 3수는 여기서 또 참패를 맛보아야만 했다. 마음만이 앞선 준비 없는 싸움이었으니 당연한 결과였다.

패하고 돌아오는 맹명은 이번만은 패전의 책임을 물어 살아남지 못할 것으로 생각했었다. 그러나 목공은 모든 책임은 자신에게 있다며 꾸짖거나 성내는 일조차 없었다. 건숙과 백리해의 말을 듣지 않고 정나라를 치러 보냈던 잘못을 뼈아프게 뉘우치고 있기 때문이기도 했다. 아무리 훌륭한 사람도 때로는 큰 잘못을 저지르게 된다. 그러나 그 잘못은 보다 나은 앞날을 위한 밑거름이 된다. 그럴 때 비로소 훌륭하다는 것을 알게 되는 것이다.

목공은 사람을 시켜 멀리 들밖에까지 나가 그들을 맞게 하고 위로와 격려의 말을 전한 다음, 전과 다름없이 나랏일을 맡겼다. 맹명은 부끄러움과 감격으로 몸둘 바를 몰랐다. 나랏일에 더욱 힘을 기울이고 집에 있는 재산을 있는 대로 다 내어, 싸움터에서 목숨을 잃고 몸을 상한 집과 사람들을 위로하고 보살피기를 게을리 하지 않았다.

훈련과 정신교육을 군사들에게 더욱 열심히 한 것은 말할 것도 없는 일이다.

이렇게 했던 이해 겨울에 진양공은 다시 선차거에게 명령하여 송·진·정 세 나라 군대와 함께 진(秦)나라를 치고 들어가 강(江)과 팽아 두 고을을 빼앗아 내 땅으로 만들고 돌아오게 한 다음,

"앞서의 인사에 보답한다."

는 농담까지 했다. 이제 진양공이 교만해지기 시작한 것이다. 신중하기만 하던 진양공도 연거푸 싸움에 이기자 그만 우쭐해진 것이다. 무서운 것은 산 속의 도적이 아니라 마음속의 도적이란 것을 잊지 말아야 할 일이었다.

맹명은 네 나라 연합군이 쳐들어오는데도 이를 나가 막겠다는 말을 임금에게 하지 않았다. 모든 백성들은 맹명이 겁을 먹고 있는 것으로 생각했다. 그러나 임금 목공만은 맹명의 깊은 속을 알고 신하들에게,

"맹명이 기어코 원수를 갚고 말 거요. 다만 때가 아직 이르지 않았을 뿐이오."

하고 대신 변명해 주었다.

그 이듬해 5월에 마침내 그 때가 온 것이다.

맹명은 3군의 장병이 모두 내 손발처럼 움직이게 된 것을 알자 비로소 복수의 결심을 굳히게 된 것이다.

맹명은 목공에게 직접 나가 독전해 주기를 청했다. 이번에도 복수를 못하면 살아 돌아오지 않겠다는 다짐까지 했다.

"과인도 세 번이나 거듭 패하지 않았던가? 이번에 또 헛걸음을 한다면 과인 또한 돌아올 낯이 없을 거요."

하고 목공은 병거 5백 승을 골라 떠나기로 했다.

싸움터로 나가는 군사들 집에는 나라에서 내리는 풍성한 선물들이 전달되었다. 일찍이 없었던 일이다. 먹을 것과 입을 것이 넉넉해진

장병들은 집걱정은 하지 않아도 되었다. 나라 살림도 그만큼 풍족해져 있는 것이다. 수레를 비롯해 모든 무기들도 전과는 다른 성능이 좋은 것들이었다.

관문을 빠져나와 황하를 건너자 맹명은 타고 건너온 배들을 모두 불태워 버리게 했다. 목공은 이상하게 생각하고 그 까닭을 물었다. 맹명은 이렇게 대답했다.

"군사는 기운으로 이깁니다. 여러번 꺾인 뒤라 기운이 이미 약해져 있습니다. 다행히 이긴다면 건너지 못할 것을 걱정할 거야 없지 않습니까? 패하는 날은 모두 죽게된다는 것을 보여줌으로써 약해진 기운을 떨쳐 일어나게 하기 위해서입니다."

도망갈 곳이 없으면 쥐가 고양이를 문다는 이치를 말한 것이다.

총사령관인 맹명이 선봉장이 되어 곧장 쳐들어갔다. 국경에 있는 왕관성(王官城)은 힘없이 무너지고 말았다.

급보가 이르자 진양공은 군신들을 모아놓고 군대를 내보내 적을 막을 것을 상의했다.

"이번만은 싸움을 피하는 것이 좋습니다. 복수심에 불타고 있는 저들을 당해 내기가 어렵습니다. 저들의 분을 가라앉혀 주는 것이 되풀이되는 두 나라의 싸움을 막을 수 있습니다."

하고 평화주의자인 조최가 말하자 도원수인 선차거도 이에 찬성하고 나섰다.

"약한 나라도 성이 나면 큰나라를 친다 했는데 하물며 큰나라이겠습니까? 지난 번 두 성을 빼앗기고도 말이 없던 저들이 아닙니까? 임금과 신하와 장수와 군사들이 모두 죽을 결심으로 쳐들어 온 것이 분명합니다. 왕관성이 하루아침에 무너진 것만 보아도 알 수 있습니다. 앞으로의 전쟁을 막기 위해서도 이번만은 져주어야 합니다."

양공은 각 고을에 영을 내려 굳게 지키기만 하고 나가 싸우지 말라고 일렀다.

역시 평화주의자인 유여가 진목공에게 말했다.

"이번 걸음은 복수를 위한 것이지 땅을 넓히기 위한 것은 아닙니다. 적은 우리가 두려워 싸움을 피하고 있습니다. 이 기회에 효산에 버려진 우리 군사의 뼈를 거두어 묻어준다면 그날의 부끄러움을 씻을 수 있습니다."

목공은 유여의 말에 따라 강과 나루를 건너 군대를 동효산 근처에 주둔시키고 타마애니 절명암이니 낙혼간이니 하는 곳에 흩어져 있는 뼈들을 하나하나 풀에 싸서 산골짜기 구석진 곳에 묻고, 소와 말을 잡아 크게 제상을 벌였다. 목공이 몸소 제관이 되어 흰옷차림으로 술을 따라놓고 목놓아 통곡을 했다. 맹명을 비롯한 장수들은 땅에 엎드려 일어날 줄을 몰랐다. 군사들도 눈물을 흘리지 않은 사람이 없었다. 원망과 회한을 뛰어넘은 인간본연의 엄숙한 마음으로 돌아간 순간의 모습이었으리라.

앞서 연합군에 의해 점령당한 강과 팽아 두 고을 백성들은 승리의 소식이 전해지자 성을 지키는 적국의 장수들을 내쫓고 다시 본국으로 붙었다.

승리를 거두고 돌아온 진목공은 맹명을 아경(亞卿)이란 이름으로 두 재상과 함께 나랏일을 맡게 하고 백을병과 서걸술에게도 각각 땅을 더 봉해 주었다.

한편 이 당시 서쪽에는 오랑캐의 우두머리인 적반(赤斑)이 20여 개의 작은 나라들을 거느리고 있었다. 처음엔 진목공에 눌려 움츠리고 있다가 진목공이 여러 차례 패하는 것을 보자 여러 오랑캐들을 이끌고 반기를 들었었다.

참고 있던 목공은 승리하고 돌아오자 그 군대를 이끌고 적반을 치려 했다. 그러나 평화주의자요 재상인 유여는,

"먼저 격문을 오랑캐 나라들에 보내 조공을 바치라 이르고, 말을

듣지 않는 나라를 치도록 하는 것이 좋겠습니다.”
하는 의견을 말했다. 물론 목공은 유여의 의견에 따랐다.

맹명이 승리하고 돌아온 소식을 듣고 걱정과 두려움에 싸여 있던
적반은 격문을 보자 즉시 20여 개의 오랑캐들을 이끌고 땅까지 바치
며 신하가 되기를 청하고, 진목공을 서융(西戎)의 백주(伯主)로 모
셨다. 중국을 늘 괴롭혀 오던 서쪽 오랑캐들이 이제 진목공의 품안
으로 들어온 셈이었다.

이 놀라운 소식은 곧 주나라 서울로 들어갔다. 주양왕은 재상에게
물었다.

“진·진 두 나라는 힘이 맞먹고 선세에 왕실에 공이 있었으며, 옛
날 중이가 중국의 맹주가 되었을 때 내가 후백(侯伯)을 책명했었
으니, 이번 진나라 임금 임호(任好=목공의 이름)의 강성함이 중
이에 뒤지지 않으니 역시 후백으로 책명하는 것이 좋지 않겠소?”
“그렇게 되면 한쪽의 마음을 얻는 대신 다른 한쪽의 마음을 잃게
됩니다. 그런 절차를 밟지 말고 다만 오랑캐를 정복하여 중국을
편안케 한 공을 칭찬하고 하사품을 내리시면 한쪽은 은혜에 감사
하고 다른 한쪽도 원망이 없을 것입니다.”

이리하여 주양왕은 진목공에게 재상을 보내 쇠북(金鼓)을 하사하
고 서융을 정복한 공을 축하하게 했다.

목공은 당연히 왕실로 찾아가 천자에게 인사를 드려야 옳은 일이
었다. 그러나 늙어서 움직이기가 불편하다는 핑계로 공손지를 대신
보내고 말았다.

이해에 우서장 유여가 죽자 맹명이 그 자리에 올랐다. 아버지 백
리해의 뒤를 밟은 셈이다.

진목공은 노문공 6년 봄 2월에 69살 나이로 세상을 떠났다. 39년
동안 임금의 자리에 있었다. 그 뒤를 이어 부인 목희의 몸에서 난 세
자 앵(罃)이 임금이 되니, 이가 강공(康公)이다.

진목공을 장사 지낼 때 오랑캐 풍속을 따라 산 사람을 함께 묻는 이른바 순장으로 희생된 사람이 177명이나 되었는데 그 가운데는 맹명이 천거해서 대부의 벼슬에 올라 있던 자거씨(子車氏)의 아들인 엄식(奄息)·중행(仲行)·침호(鍼虎) 3형제도 들어 있었다.

이들 3형제의 죽음을 슬퍼한 꾀꼬리(黃鳥)란 노래가 〈시경〉 진풍(秦風)에 전해지고 있다. 그들 한 사람의 죽음을 대신할 수만 있다면 보통사람 백명의 목숨도 아깝지 않거늘 그런 인재를 죽게 만든 순장이란 풍속을 슬퍼하며 임금을 원망하는 대신 하늘의 무심함을 원망하고 있다.

이해 가을 8월에는 진양공이 또 세상을 떴다. 후계자 문제로 인해 진나라는 다시 시끄러워지기 시작한다.

진양공이 일찍 죽고 어린 세자 이고(夷皐)가 나이 7살에 임금이 되니, 이가 영공(靈公)이다. 그런데 이 영공이 임금이 되는 과정이 순탄하지가 못했다.

양공은 죽을 때 어린 세자로 뒤를 잇도록 하라는 유언을 남겼다. 그 유언에 따를 것을 맹세한 이른바 고명지신인 상경 조둔이 유언을 저버리고 나이 많은 공자옹을 임금으로 모시기로 결정한 때문이었다.

상경 조둔은 덕과 지혜와 용기를 아울러 가진 어진 재상으로, 신하들과 백성들의 존경을 받는 사람이었다.

조둔은 죽은 임금의 유언보다는 나랏일을 바로잡는 것이 더 중요하다고 생각한 것이다. 양공이 죽고 그 이튿날 신하들이 어린 세자를 임금으로 받들려 하자 조둔은 이렇게 말했다.

"지금은 나라가 너무도 어려움이 많은지라 어린 임금을 세울 수는 없습니다. 지금 진(秦)나라로 나가 벼슬하고 있는 공자옹은 나이도 많고 마음도 어질고 하니 그를 맞아다가 뒤를 잇게 하는 것이 좋겠습니다. ”

너무도 뜻밖의 일이었으므로 그 누구도 좋으니 나쁘니 말을 하지 않았다. 말 한마디 함부로 했다가는 언제 무슨 변을 당할지 모르기 때문이다.

그러나 조둔과 대립관계에 있는 호언의 아들 호역고가 이에 반대하고 나섰다. 선차거가 죽고 중군원수의 자리가 비어 있을 때, 선차거의 아들 선극(先克)이 호역고를 천거해 중군원수가 되었었는데, 호역고가 너무 교만하고 겉날려 존경을 받지 못하자 조둔으로 그 자리를 바꾸고 말았다. 태부 양처보의 충고에 따라 양공이 역고의 양해도 없이 바꿨던 것이다. 속이 좁은 호역고로서는 조둔에 대한 숨은 원한이 없을 수 없었다.

공자옹이 임금이 되면 조둔의 권세가 더욱 강해질 것은 뻔한 일이다. 그래서 호역고는 진(陳)나라로 나가 벼슬하고 있는 공자 낙(樂)을 임금으로 세우는 것이 좋다는 주장을 내세웠다.

그러나 조둔의 주장과 결연한 태도에 눌려 호역고가 밀리고 말았다. 실권도 조둔이 쥐고 있었지만 그를 지지하는 사람이 많았기 때문이다.

조둔은 곧 선멸을 정사로 하고 사회(士會)를 부사로 하여 공자옹을 맞아오게 했다. 그러자 호역고는 몰래 사람을 보내 공자낙을 불러들여 조둔과 맞서 후계자 다툼을 벌이려 했다. 호역고는 아버지 호언의 공이 조최만 못지 않은데 조최의 아들인 조둔만이 권력을 독점한 데 대한 불만과 반발이 컸던 것이다.

이 소식은 곧 조둔의 귀로 들어갔다. 조둔은 심복부하를 시켜 길목을 지키고 있다가 들어오는 공자낙을 죽이고 말았다. 이에 더욱 화가 치민 호역고는 그의 아우 국거(鞫居)를 시켜 도둑의 짓인 것처럼 꾸며 밤에 담을 넘어가 책을 읽고 있는 태부 양처보를 죽이고 말았다.

이를 알고도 조둔은 모른 채 덮어두고 있었다. 조둔은 그만큼 속이 깊었던 것이다. 한 달 뒤인 10월에 양공의 장례가 끝나고 양공의 위패를 태묘에 모시고 난 그날, 조둔은 태묘에서 여러 대부들에게 말했다.

"임금의 널이 빈소에 있을 때 호국거가 고명지신인 태부를 함부로 죽였으니, 그의 죄는 용서할 수 없는 일이오."

하고 곧 국거를 잡아다가 법관에 넘겨 그의 죄를 밝힌 다음 사형에 처하게 하고, 그의 집을 뒤져 양처보의 머리를 찾아내어 실로 목을 꿰매어 붙인 다음 장례를 치르게 했다.

호역고는 자기에게도 죄가 미칠 것이 두려워 적나라로 달아났다. 적나라가 싸움에 패해 망하자 또다시 오랑캐 나라인 노(潞)나라로 들어가 풍서(酆舒)라는 대부의 집에 몸을 의지하고 있었다.

조둔은 호역고의 처자들을 노나라로 보내 주었다. 그런데 그 심부름을 맡은 사람은 조둔의 심복부하요. 군법관인 유병(臾駢)이었다. 이 유병은 호역고가 중군원수로 있으면서 너무 부하들을 거칠게 다루는 것을 보고 간하다가 호역고의 노여움을 사서 매를 맞은 일이 있었다.

조둔은 그런 것도 모르고 심부름을 시킨 것이다. 이때 유병의 부하들이 유병을 보고 말했다.

"옛날 호원수에게 충성을 다하고도 도리어 욕을 당했으니 이 원수는 갚지 않을 수 없습니다. 지금 조원수께서 그의 처자를 압송하게 한 것은 하늘이 복수의 기회를 준 것입니다. 가다가 모조리 죽여 그 한을 씻읍시다."

그러나 유병은 듣지 않았다. 자기에게 맡겨진 직책을 이용하여 그 직책에 벗어난 일로써 사사로운 원한을 풀거나 이득을 꾀하는 것은 어진 사람의 도리가 아니라는 것이었다.

나중에 호역고는 이 이야기를 전해 듣고,

"내가 어진 부하를 두고도 알지 못했으니 쫓겨나는 것이 당연하지
않은가?"
하고 탄식했다 한다.

조둔도 나중에 그런 사실을 알고 유병을 크게 쓸 뜻을 갖게 되었
다. 유병은 과연 큰일을 맡길 만한 인물이었던 것이다.

그런데 공자옹이 들어오기 전에 엉뚱한 일이 벌어졌다. 양공의 부
인 목영이 양공의 장례가 끝난 뒤로 날마다 이른 새벽이면 어린 세
자를 품에 안고 조회청에 이르러 통곡을 하며 대신들을 향해,

"이 아이는 선군의 적자입니다. 어째서 버리는 겁니까?"
하고 호소하고, 조회가 끝나면 이번에는 수레에 올라 조둔의 집으로
가서 조둔을 향해 머리를 조아리며,

"선군이 임종 때 이 아이를 경에게 부탁하며 마음을 다해 보좌하
라 이르지 않았었소? 임금은 이미 세상을 버렸어도 그 말은 아직
도 귀에 남아 있습니다. 만일 다른 사람을 세운다면 우리 모자는
죽는 길밖에 없지 않습니까?"
하고 끝도 없이 울부짖는 것이었다.

이를 듣는 사람들은 너나없이 목영을 가엾어 하며 조둔의 처사가
옳지 않다고 말했다. 조둔과 가까운 대신들도 공자옹을 맞으려 한
것이 큰 실수였다고 말했다.

조둔은 마침내 세자를 임금의 자리에 앉히고 군대를 보내 공자옹
을 호송해 오는 진나라 군사를 무찌르고 만다. 선멸과 사회는 조둔
의 배신행위에 분개하여 고향을 등지고, 공자옹은 군사들의 칼에 맞
아 죽고 말았다.

한 치 앞을 보지 못하며 부귀를 탐내 설치는 사람들의 모습을 가
만히 생각할 때, 그것은 분명 불을 보고 뛰어드는 불나방의 그것과
별로 다른 것이 없는 일이다. 공자옹과 공자낙을 비롯해 그들을 따
라 오던 사람들의 부푼 가슴이 죽음과 절망으로 바뀔 줄이야 그들

자신이 꿈엔들 생각했겠는가?

나라를 위한다는 한순간의 생각이 끝내는 하나만 알고 둘을 모른 결과로 끝나고 말자, 조둔은 그로 인해 수많은 인재를 잃고 원한만을 사게 되었다. 무심코 던진 불씨가 자꾸만 번져갔다.

조둔을 없애기로 마음을 모은 사람들이 여기저기서 반란의 음모를 꾸미고, 그로 인해 그 주동자들이 또 차례로 잡혀와 죽게 되었다. 주동자로 잡혀와 죽은 사람들 가운데는 다섯 장군도 들어 있었다. 그래서 이 사건을 오장반란(五將反亂)이라 부르고 있다.

이들 다섯은 조둔의 심복장군인 선극(先克)을 제거한 다음 반란을 일으킬 생각으로 선극을 먼저 죽였다. 선극은 선진의 손자로서 할아버지 선진의 사당으로 참배하러 떠났다가 도중에 숨어 있던 도적들에 의해 죽고 만 것이다.

그러나 그 배후세력이 누구인지는 알 수 없었다. 그러던중 주모자의 한 사람인 양익이(梁益耳)가 취중에 양홍(梁弘)에게 비밀을 이야기하고 말았다.

양홍은 양익이를 통해 멸족의 화를 입을 것이 두려워 유병에게 들은 비밀을 몰래 전했다. 유병은 곧 조둔에게 말하고 선극을 죽인 도적이 바로 선도(先都)란 것을 안 조둔은 곧 유병을 보내 선도를 잡아 옥에 가두었다. 양익이는 비밀이 샌 것을 알고 서둘러 일을 일으키기로 했다. 일을 일으킬 실체는 상군원수인 기정보(箕鄭父)였다. 중군의 실권을 쥐고 있는 선극을 없앤 다음 상군의 군대로 반란을 일으키기로 했던 것이다. 그런데 조둔은 선도가 반란을 꾀한 사실을 반란의 실체인 기정보에게 알리고 그 일을 상의하자며 조정으로 들어와 달라고 부탁했다. 기정보는 조둔이 자기를 의심하지 않는 것으로 알고 다행하게 여기며 부름에 응해 조회청으로 들어가 조둔을 만났다.

조둔은 기정보와 옆방에서 이야기를 나누며 순임보와 극결·난둔

(欒盾) 세 장군을 시켜 사곡(士縠)과 양익이와 괴득(蒯得) 세 사람
을 잡아다가 옥에 가두게 했다.

　일을 끝내고 돌아온 순임보 등 세 장군은 기정보를 보는 순간,
　"기정보도 반란 음모의 주모자 한 사람인데 어찌 옥에 들어가지
　않고 여기 앉았는가 ! "
하고 호통을 쳤다.

　병권을 쥐고 있는 것이 두려워 불러들인 것인데, 그것도 모르고
들어온 기정보는 변명을 했지만 소용없는 일이었다.

　다섯 장군이 반란에 가담했다 처형되었다는 소식을 듣자 호역고는
자기가 죽음을 면하게 된 것을 다행해 했다고 한다. 고국에 있었으
면 틀림없이 주모자의 한 사람이 될 수밖에 없는 그였기 때문이다.

　진나라의 이같은 소식이 들려오자 초목왕은 이 기회에 중원을 휘
어잡을 생각으로 정나라와 진(陳)나라를 쳐 항복을 받게 되고, 뒤늦
게 구원병을 이끌고 왔던 조둔은 그대로 돌아오고 만다.

　이때부터 진·초 두 나라는 자주 힘을 겨루게 된다.

　노문공 12년 겨울 12월에 진·진 두 나라가 하곡(河曲)에서 싸웠
다라고 경에 나와 있다. 이 하곡 싸움은 진강공에 의해서 비롯된 것
이나 그 원인은 조둔에 있었다. 공자옹을 임금으로 앉히겠다고 해서
호송해 가던 도중 세자로 임금을 앉혔다며 도로 물러가라고 하는 것
이 아니라, 책임을 물으며 치고 들어올 것이 두려워 기습공격을 가
해온 이른바 영호(令狐)의 한이란 것이 그 첫째 원인이었다.

　둘째는 조둔이 자기 실책으로 인한 반대 세력의 반란을 막는 과정
에서 많은 인재를 잃고, 그로 인한 국내사정의 불안으로 중원을 지
배할 힘을 잃게 되자, 이 시기를 틈타 초나라가 사실상 중국을 지배
하게 되었고, 조둔이 이끄는 진나라는 속수무책인 것처럼 보였기 때
문이다.

진강공은 신하들을 모아놓고 말했다.

"과인이 영호의 한을 품은 지 5년이 되었소. 지금 조둔이 또 대신들을 죽이고 대외정책을 바로잡지 못한지라 중원의 많은 나라들이 초나라를 섬기고 있는데도, 조둔은 속수무책으로 있으니 힘이 약해져 있는 것을 알 수 있소. 이 시기에 원한을 풀지 않고 어느 때를 또 기다리겠소?"

신하들도 같은 생각이었으므로 목숨을 걸고 싸울 것을 다짐했다.

이렇게 해서 황하를 건너 진(晉)나라로 쳐들어가 기마(羈馬) 성을 점령했다. 급보를 받은 조둔은 자기가 중군원수가 되어 이끌고 나가 적과 대치하게 되었다.

이때 앞서 말한 유병이 조둔의 참모로 등용되어 싸움을 승리로 이끌게 한다. 그러나 조둔의 사촌아우요, 진양공의 사위인 조천(趙穿)으로 인해 차질을 빚곤 했다. 그런데 이 싸움에서 조둔의 남다른 일면을 엿볼 수 있는 본받을 만한 사건이 하나 일어났다.

유병이 맡고 있던 군법관인 사마에 조둔은 한궐(韓厥)을 임명했었다. 한궐은 일찍 부모를 잃고 어릴 때부터 조둔의 집에서 자랐다. 자라서는 조둔의 문객으로 있었다. 그런 만큼 조둔은 한궐을 잘 알고 있던 것이다.

벼락출세를 한 한궐이 부임 즉시 일을 저지른 것이다. 나쁘게 말하면 주인의 위신을 깎아내리는 배신행위를 한 것이다.

3군이 진용을 갖추고 도성을 떠나 10리쯤 갔을 때였다. 갑자기 수레를 타고 중군으로 뛰어든 사람이 있었다. 한궐은 사람을 시켜 그가 누군지를 물었다. 그러자 말을 모는 사람이,

"조상국께서 술마시는 그릇들을 잊고 떠나신지라 급히 가져오라는 군령이 계셨으므로 그것을 가지고 급히 되돌아오는 길입니다."

한궐은 꾸짖었다.

"병거의 행렬이 이미 정해져 있는데 어떻게 수레를 타고 함부로

뛰어들 수 있단 말이냐? 군법에 의해 마땅히 참형(斬刑)에 처할 것이니라."

"이것은 상국의 명령에 의한 것입니다."

"상국께서 그릇을 가져오라 했지 수레를 타고 중군으로 뛰어들라 했단 말이냐? 사마의 직책을 가진 나는 다만 군법을 시행할 뿐이다."

한궐은 말을 몬 사람에게 죄를 물어 그의 목을 베게 하고 타고 온 수레를 부숴 버리게 했다.

이 광경을 지켜보던 장군들은 모두 크게 놀라 조둔을 보고 위로하듯 말했다.

"상국께서 한궐을 천거하여 사마로 발탁시켰는데 그 한궐이 상국의 직속사병을 죽였습니다. 이런 배은망덕한 사람은 당장 내쫓아야 옳을 것 같습니다."

조둔은 미소를 지으며 사람을 시켜 한궐을 불러오게 했다. 모든 장수들은 조둔이 반드시 한궐을 매를 때리거나 내쫓거나 해서 원한을 갚을 것으로 알고 있었다. 그러나 그것이 아니었다. 한궐이 이르자 조둔은 앉은 자리에서 내려와 정중히 머리를 숙이고 말했다.

"나는 들으니 임금을 섬기는 사람은 법을 지킬 뿐 무리에 휩쓸리지 않는다 했소. 그대가 법을 그토록 잘 집행해 주었으니 나의 천거가 헛되지 않게 되었소. 부디 힘써 주시오."

한궐이 절하고 은혜에 감사하며 물러가자 조둔은 여러 장군들을 보고 말했다.

"뒷날 이 나라의 정사를 맡게 될 사람은 바로 저 한궐일 거요. 그 자손이 번창할 것입니다."

조둔의 이 예언은 그대로 나타나게 된다. 전국시대의 한나라는 바로 이 한궐 자손의 성으로 나라 이름을 삼은 것이다. 그리고 한궐은 조둔과 그 자손을 위해 끝까지 보살펴 주고 있기도 하다.

‘법을 지킬 뿐 무리에 휩쓸리지 않는다.’
고 한 조둔의 이 말은 권력을 잡은 사람이 되새겨 들어야 할 말인 것
같다.
　마침내 하곡에 진을 치게 되자 유병이 조둔에게 꾀를 말했다.
　“적의 군사는 원한을 품고 힘을 기른지 여러 해 되었습니다. 힘으
로 맞서서는 당해내기 어려울 것입니다. 바라건대 도랑을 깊이 파
고 담을 높이 쌓아 굳게 지키며 싸움을 피하기 바랍니다. 멀리 까
지 들어온 저들은 오래 버틸 수 없어 물러가게 될 것이니 그때 치
면 완전한 승리를 거둘 수 있습니다.”
　조둔은 유병의 꾀에 따랐다. 진강공은 싸움을 하려 해도 방법이
없자 사회에게 물었다. 사회는 공자옹을 모시러 갔던 진(晉)나라의
유명한 모사였다.
　“조둔이 새로 유병이란 사람을 참모로 임명했는데 지금 그의 꾀를
받아들여 우리 군사를 지치게 만들려하고 있습니다. 조둔의 사촌
으로 진양공의 사위인 조천이 자기 사병을 이끌고 따라와 있습니
다. 조천은 자기가 상군 참모가 되려 했는데 조둔이 이를 거절하
고 대신 유병을 썼습니다. 조천은 사람이 방자한 데가 있으므로
원한을 품고 있을 것이 분명하며, 조둔이 유병의 꾀를 받아들인
것에 대해서도 불평을 품고 있습니다. 조천이 사병을 이끌고 참전
한 것도 유병의 성공을 가로채려는 생각에서일 겁니다. 만일 적은
군사로 조천이 있는 상군으로 가 싸움을 청하면 유병이 나오지 않
더라도 조천이 용맹을 믿고 뒤쫓아 올 것입니다.”
　이리하여 사회가 말한 그대로 조천이 자기 사병을 이끌고 거짓 피
해 달아나는 백을병을 뒤쫓아 깊숙이 빠져들게 된다.
　조천이 단독으로 적군을 뒤쫓는다는 급보를 받자, 조둔은
　“미친 놈이 혼자 뛰어들었으니 반드시 사로잡히고 말 것이다. 조
천은 임금의 사위가 아니냐? 그를 사로잡은 것으로 적군은 승리

한 것으로 선전하고 돌아갈 것이니, 내가 돌아가 임금께 뭐라고 변명할 수 있겠는가?"

하고 곧 전군에 명령을 내려 조천을 구하라 시켰다. 조천을 끌어들여 앞뒤에서 협공을 시도하려던 백을병과 서걸술은 조둔의 구원부대의 일제 진격에 의해 뜻을 이루지 못하고 말았다. 그러나 진강공은 이때 두려운 생각을 갖게 되었다. 약하다고 믿었던 적군이 의외로 강했기 때문이다.

사로잡힐 뻔한 것을 구해냈는데도 조천은 조둔에게 불평을 늘어놓았다. 혼자서 적을 무찌를 수 있었는데 대군이 밀어닥치며 징을 울리는 바람에 그만 뜻을 이루지 못했다는 것이다.

그런 조천을 조용히 타이르고 있는데, 적진에서 도전장을 보내왔다. 내일 결전을 하자는 내용이었다. 조둔은 이를 승낙했다. 사자가 물러가자 유병은 조둔에게 이런 말을 했다.

"적군의 사자는 말로는 싸움을 청하면서도 그 눈빛이 몹시 당황해 보였습니다. 우리가 두려워 오늘밤으로 달아날 것이 분명합니다. 강어귀에 군사를 숨겨두었다가 물을 건너려 했을 때 이를 무찌르면 완승을 거둘 수 있습니다."

조둔은 그 꾀를 받아들여 곧 명령을 내리려고 하자 이 소식을 하군 부장인 서갑(胥甲)을 통해 들은 조천이 군문앞에 이르러 큰소리로 외쳐댔다.

"여러 장병들이여! 이 조천의 말을 들으시오! 이미 싸우기로 약속을 하고 나서 강어귀에 군사를 숨겨 기습을 하겠다니, 이것이 어찌 대장부의 할 일입니까?"

조둔은 급히 조천을 불러

"나는 그럴 생각이 전혀 없다. 군심을 소란시키지 마라."

하고 타일렀다. 그러나 조천이 떠드는 소리를 첩자를 통해 전해 들은 진강공은 그 밤으로 군사를 이끌고 돌아가고 말았다. 조둔도 하는 수 없이 되돌아오고 말았다.

군사기밀을 누설한 죄로 조천을 처형하는 것은 당연했다. 그러나 임금의 사위요 또 조둔의 사촌이라 하여 그럴 수도 없는 일이므로 그 기밀을 조천에게 알린 서갑에게 모든 책임을 지워 그의 벼슬을 빼앗고 위나라로 내쫓고 말았다.

자기 직속사병을 군법으로 다스린 한궐을 칭찬한 조둔이었지만, 그 자신은 그런 용단을 내리지 못한 것이다. 대단치 않은 자기 사병 하나쯤은 군법을 살려 희생시켜도 좋았지만 법을 위해 자기 사촌을 죽이고 싶지는 않았던 것이다. 세자를 폐하고 공자옹을 임금으로 앉히려 했다가 너무도 엄청난 결과를 빚었던 조둔이었으므로 그럴 마음이 있었다 해도 그럴 용기가 나지 않았던 것이리라. 이 조전은 두고두고 조둔을 괴롭히게 된다.

서갑의 벼슬을 빼앗고 위나라로 그를 내쫓은 조둔은 주범인 조천 대신 서갑만이 몽땅 죄를 뒤집어쓴 것에 미안한 마음이 있었던 것 같다. 서갑의 아들 극(克)으로 서갑의 자리를 잇게 한 것이다.

"문공을 따라다닌 서신의 공을 저버릴 수 없다."

하는 것이 그 이유였다. 마음이 있으면 핑계는 얼마든지 있는 법이다.

유병은 진강공의 재침을 두려워 걱정하는 조둔에게 이런 말을 했다.

"이번 하곡 싸움을 획책한 것은 사회였습니다. 그가 저쪽에 있는 한 우리는 베개를 높이하고 잘 수 없습니다. 그러니 무슨 수를 써서라도 사회를 돌아오게 해야 합니다."

조둔은 곧 6경을 불러모은 다음 사회를 돌아오게 할 수 있는 방법을 상의하게 된다. 사회가 어떤 방법에 의해 돌아오게 되는지를 다음 장에서 보기로 하자.

사회를 다시 불러들이는 방법을 상의하기위해 진나라의 실권을 쥐고 있는 여섯 대신인 이른바 육경(六卿)이 별관 깊숙한 밀실에 모이게 되었다. 6경이란 조둔·극결·난둔·순임보·유병·서극이었다.

결국 꾀는 유병에게서 나왔다.

"제가 잘 아는 수여(壽餘)란 사람이 있습니다. 위(魏)고을을 식읍으로 가지고 있는 사람으로 위주의 조카입니다. 사회를 불러들이려면 그 사람이 아니고는 안 될 줄 압니다."

"그건 어떤 이유에서요?"

유병은 조둔의 귀에 대고 속삭였다. 조둔은 크게 기뻐하며 그를 불러오라 시켰다.

6경이 흩어져 돌아간 그날 저녁 유병은 수여를 그의 집으로 찾아갔다. 반겨 맞는 수여를 유병은 밀실로 데리고 가서 사회를 불러 데리고 올 계책을 말했다. 수여는 쾌히 승낙했다.

유병이 돌아와 보고하자 조둔은 다음날 영공에게 아뢰었다.

"진나라가 여러 차례 우리나라를 침범해 왔으니, 하동의 여러 고을 수령에게 일러 각각 군대를 황하 어귀에 주둔시켜 번갈아 차례로 지키도록 하고, 아울러 그곳에 식읍을 가진 사람으로 하여금 가서 그 일을 감독하게 하는 한편, 만일 적의 침략을 막지 못할 경우는 그 책임을 물어 곧 벼슬을 빼앗고 땅을 줄여 힘써 적을 막는 본보기로 삼는 것이 옳을 줄 압니다."

영공이 이를 허락하자 조둔은 또,

"위는 가장 큰 고을이니 위로 하여금 앞장서서 하도록 시키면 다른 고을은 감히 따르지 않을 수 없을 것입니다."

하고 곧 임금의 명령으로 위수여를 불러들여, 부하들을 독촉하여 군대를 이끌고 나가 지키도록 시켰다. 그러자 수여는 이에 반발하고 나섰다.

"신은 주상께서 선대의 공을 생각해 주신 은혜를 입어 큰 고을을 식읍으로 받았을 뿐, 군사에 대한 것은 전혀 알지 못합니다. 더구나 강 길이가 백리가 넘고 어느 곳이나 다 건널 수 있으므로 군사를 들판으로 내보내 고생만 시킬 뿐 적을 막아 땅을 지키는 일에는 아무 도움도 되지 않을 것으로 압니다."

조둔은 성이 나서 꾸짖었다.

"네가 감히 나라의 큰 계획을 그르칠 작정이냐? 사흘 말미를 줄 것이니 그 안에 군대 명부를 만들어 올리도록 하라. 다시 명령에 거역하면 그때는 군법에 넘기리라."

수여는 한숨만 길게 쉬며 나갔다. 집에 돌아와 혼자 몹시 고민하는 모습을 보자 그 아내가 까닭을 물었다.

수여는 조둔의 무모한 계획과 강압적인 처사를 이야기한 다음,

"나 보고 강을 지키는 일을 감독하라니, 한번 떠나면 돌아올 기약조차 없지 않겠는가? 차라리 집안 살림살이를 대충 거두어 나를 따라 함께 진(秦)나라로 가서 사회를 의지하여 살길을 찾는 것이 좋지 않겠는가?"

아내가 반대할 일은 아니었다. 곧 집안 사람들에게 일러 수레며 말이며를 준비하고 중요한 물건들을 챙겨 짐을 꾸리도록 했다.

이날밤 술을 실컷 마신 수여는 취한 김에 기분을 삭이지 못하고 안주가 정갈하지 못하다며 선부를 불러 엎어놓고 매를 쳤다.

그래도 분이 풀리지 않자 죽이고 싶다는 말까지 했다. 조둔에 대한 화풀이를 엉뚱한 요리사에게 하고 있었으니, 선부의 마음이 어떠했겠는가? 죽이고 싶다고 했으니 언제 무슨 일이 또 벌어질지 모르는 일이었다.

선부는 그날밤으로 달아나 조둔에게 모든 것을 일러바쳤다. 조둔은 곧 한궐에게 군사를 거느리고 가 수여를 잡아오게 했다.

한궐은 수여를 놓쳐버린 채 그 처자만을 잡아다가 옥에 가두었다. 수여는 그날밤으로 도망쳐 진나라로 건너가 진강공에게 호소했다.

진강공은 사회를 불러 수여의 말이 참인지 거짓인지를 물었다. 늘 속기만 한 강공이었으니 얼른 믿기가 어려웠던 것이다. 사회는 믿을 수 있는 증거를 보이라고 말했다. 수여는 소매 속에서 위고을의 땅이며 사람의 수를 자세히 적은 문서를 꺼내 강공에게 올리며 말했다.

"임금께서 이 수여를 거두어 주시면 저 식읍을 바치고 싶습니다."

강공은 또 사회에게 물었다.

"위고을을 우리가 거두어 들여도 되겠소?"

이때 수여는 사회에게 눈빛으로 말을 전하고 사회의 발을 밟아 뜻을 알렸다. 사회는 한때의 분을 못 이겨 고국을 등지기는 했으나 마음은 늘 고향을 그리워하고 있었으므로 수여의 그같은 태도를 대하는 순간 마음이 달라지게 되었다.

"이미 하동의 다섯 성도 받았지 않았습니까? 두 나라가 힘을 겨루며 서로 땅을 빼앗고 빼앗기는 일을 거듭하고 있는 중이니 위고을을 점령하여 하동으로 땅을 넓히는 발판을 삼는 것이 좋지 않겠습니까? 다만 그 고을 수령이며 관속들이 뒷일이 두려워 잘 따르지 않을까 두렵습니다."

그러자 수여가 또 말했다.

"고을 수령과 관속들은 모두 위씨의 가신들입니다. 임금께서 군대를 강 서쪽에 주둔시켜 멀리서 성원을 보내고 계시면, 신이 건너가 그들을 달래어 마음을 돌리게 하겠습니다."

진강공은 사회를 돌아보며 말했다.

"경은 그쪽 일을 환히 알고 있을 것이니 과인과 함께 가도록 해주오."

강공은 곧 서걸술을 대장으로 하고 사회를 참모장으로 하여 대군을 거느리고 떠났다. 강 어귀에 이르러 군막 치기를 다 마치자 앞에 있는 초병의 보고가 들어왔다. 강 건너 한 부대가 주둔하고 있는데 무엇 때문인지 모르겠다는 것이다.

수여가 대신 대답했다.

"위고을 사람들이 진나라 군사가 나타난 것을 듣고 방비를 하고 있는 것입니다. 저들은 신이 이쪽으로 피신해 있는 것을 아직 모르기 때문입니다. 위고을 사정에 밝은 한 사람을 신과 함께 건너가 잘 타이르고 달래면 듣지 않을 리가 없습니다."

강공은 사회를 보고 함께 다녀오라 일렀다. 사회밖에는 갈 사람이 없는 것이다. 사회는 머리를 조아리고 사양했다.

"신이 건너가 타일러서 들으면 나라의 복이 되겠으나 만일 좋지 않고 붙들어 두기라도 한다면, 임금께선 신의 무능함을 꾸짖어 신의 처자에게 죄를 더하게 되실 것입니다. 임금에게는 이로움이 없고 신의 집만 억울하게 화를 입을 것이니 뉘우친들 무슨 소용이 있겠습니까?"

강공은 사회가 거짓말을 하고 있는 것을 알지 못했다.

"마음을 다해 다녀오도록 하오. 위고을을 얻게 되면 상을 크게 내릴 것이며, 혹시 붙잡혀 돌아오지 못할 때는 처자를 보내주겠소."

하고 황하를 가리키며 맹세까지 했다.

이때 요조(繞朝)라는 대부가 간했다.

"사회는 저쪽의 둘도 없는 모사입니다. 큰 고기를 벼랑으로 내모는 것과 같은 일이므로 한번 가면 돌아오지 못할 것입니다. 임금께선 어찌하여 수여의 말을 가볍게 믿으시고 귀한 인재를 적에게 넘겨주려 하십니까?"

그러나 땅을 얻고 싶은 욕심으로 차 있는 강공에게는 요조의 말이 공연한 걱정인 것처럼 들렸다.

"이 일은 과인이 믿고 하는 것이니 경은 의심치 마오."

하고 사회를 수여와 함께 가게 했다. 두 사람이 강공에게 인사하고 떠나자 요조는 급히 수레를 달려 뒤쫓은 다음, 자기가 가지고 있는

가죽채찍을 사회에게 선물이라며 건네 주고,

"부디 이 나라에 지사가 없다고 업신여기지 마오. 주상이 내 말을 듣지 않은 것뿐이오. 이 채찍으로 말을 빨리 몰고 돌아가오. 혹시 더디면 화가 따를지도 모르는 일이니까."

라고 하며 웃어 보였다. 사회는 절하며 고맙다는 인사를 보냈다. 그리고 요조의 말대로 임금이 뉘우치고 뒤쫓을까 두려워 급히 수레를 몰며 달아났다.

사회가 강을 건너 동을 바라보고 천천히 수레를 몰며 얼마쯤 가자 한 소년장군이 한 부대를 이끌고 나타나 맞이했다. 조둔의 아들 삭(朔)이었다. 삭은 멀리 수레 위에서 인사를 건네고 가까이 오자 수레에서 내렸다.

세 사람이 같이 수레에서 내려 인사를 나눈 다음 삭은 온 까닭을 이렇게 말했다.

"아버님 명을 받들어 먼저 와 두 분을 맞이해 모시고 가려는 것입니다. 뒤에 대군이 따르고 있습니다."

그리고는 수레와 말이 바람에 구름 가듯 사회와 수여를 둘러싸고 호위하여 안내했다.

사람을 시켜 강을 사이하고 멀리 바라보게 한 강공은 이 보고를 받자 노여움이 머리끝까지 치밀었다. 번번이 속고도 또 속은 것이 너무도 분했다. 사탕발림에 속아 넘어간 어린 아이 같은 자신의 초라한 모습이 더욱 노여움을 부채질 했다.

강공은 속은 것이 분해 물을 건너 진나라를 치려 했다. 그러나 다시 저 멀리 대군이 와 있다는 보고를 받자 하는 수 없이 돌아서고 말았다.

5년 만에 고국 땅을 다시 밟는 사회는 자못 감회가 컸다. 들어와 영공 앞에 엎드려 용서를 빌었다. 세자였던 영공을 버려두고 공자옹을 맞이하러 갔었기 때문이다.

사회는 곧 6경의 서열에 끼게 되고, 수여는 후한 상을 받았다.

진강공은 사회의 처자들을 보내주며,

"내가 황하의 맹세를 저버릴 수 없다."

고 말했다.

사회는 강공의 의리에 감동하여 정성 어린 글을 올려 은혜에 감사하고 두 나라가 다 함께 군사를 쉬게 하고 백성을 보살피며 각각 자기 땅을 보존할 것을 권했다. 강공은 사회의 뜻에 따르기로 했다. 이리하여 두 나라는 수십년 동안 싸우는 일이 없이 지내게 되었다.

후세의 역사가들은 속아 넘어간 강공을 어리석다고 평하지 않았다. 어진 마음씨 때문으로 보았다. 마음이 고운 사람은 늘 교활한 사람에게 속기 마련이다. 강공이 사회의 처자에게 보복을 하지 않고 보내준 것만 보아도 알 일이다. 역시 진목공의 핏줄을 이은 것으로 볼 수 잇다.

그러나 요조의 간하는 말에도 끝내 깨닫지 못한 것은 역시 땅을 얻는다는 헛된 욕심 때문이었을 것이다.

어리석은 왕(王)들

간웅상칭 장폐주명 각아소사 영주실충
奸雄相稱 障蔽主明 各阿所私 令主失忠.
"간사한 영웅들은 서로 짜고 칭찬하여, 군주의 총명을 가리
고, 각각 사사로운 자를 편들어 군주로 하여금 충신을 잃게
한다."

　노문공 16년 겨울 11월에 송나라 사람이 그 임금 저구(杵臼)를 죽
였다라고 경문에 나와 있다.
　저구는 송나라 소공(昭公)의 이름이다. 그가 어떤 임금이기에 나
라 사람의 죽임을 당한 것일까? 물론 그 자신의 잘못도 있었다. 그
러나 그 배후에는 타고난 음탕한 욕심을 억누를 길 없는 늙은 여인
의 미친 사랑의 손길이 뻗쳐 있었던 것이다.
　소공의 할머니 양부인(襄夫人)은 주나라 양왕의 누님으로 송양공
에게로 시집와 왕신(王臣)을 낳았다. 양공이 죽고 왕신이 임금이 되
니 이가 성공(成公)이다. 성공이 임금 된지 17년 되던 해에 공손고
에 의해 죽고, 성공의 작은 아들 저구가 임금이 되었다.
　이 소공은 무척 놀기를 좋아하는 성격으로 세자로 있을 때부터 놀
이와 사냥을 즐기며 공자 앙(卬)과 어울리며 다정하게 지내고 있었

다.

임금이 되고 난 뒤에도 이들 세 사람의 말만 믿을 뿐 대신들의 간하는 말은 아예 들으려고도 하지 않았다.

뿐만 아니라 할머니인 양부인을 우습게 알며 찾아가 문안조차 드리는 일이 없었다. 어쩌면 품행이 좋지 못한 할머니가 더러워 보였던 때문일지도 모른다. 요즘으로 말하면 문제의 가정에 있어서 문제의 아이가 바로 소공이었던 것 같다. 살아 있는 동안 멋대로 실컷 즐기기나 하려는 인생관을 지닌 탓아로, 그 자신은 호걸인양 뽐내고 있었던 것 같다.

뜻있는 사람과 지혜로운 신하들은 화가 미칠까 두려워 모두 서울을 떠나거나 벼슬에서 물러나거나 했다. 수도경비 사령관인 사성(司城) 공손 수(壽)가 늙은 핑계로 벼슬에서 물러나자 소공은 그의 아들인 탕의저(蕩意諸)를 대신 그 자리에 앉혔다.

그런데 문제는 색광인 늙은 양부인에게 있었다. 아들 성공 첩의 몸에서 난 공자 포(鮑)를 짝사랑하고 있었다. 양부인은 동성연애를 즐기고 있었는데, 자기 손자인 공자 포가 곱고 아름답기가 여자보다 더한 것을 보자 엉뚱한 욕심을 품기 시작했다. 할머니의 손자에 대한 사랑이 남녀의 사랑으로 옮겨가기 시작한 것이다.

그녀는 포를 들어오게 하여 술을 취하도록 먹여 놓고는 강간하듯 하려했다. 그러나 여자가 남자를 강간할 수는 없는 일이다. 겁에 질린 포가 끝내 거절하므로 뜻을 이루지 못했다.

그러나 양부인은 포에 대한 사랑과 욕심을 버리지 못하고 기어코 뜻을 펴고 말 결심이었다. 할미를 우습게 아는 임금을 내쫓거나 죽이거나 한 다음 포를 임금으로 앉히려 한 것이다. 포가 비록 남자의 구실을 거절했다 하더라도 양부인은 여자로서의 어떤 쾌감을 느꼈을지도 모르는 일이다. 그로써 늙은 그녀는 나이 어린 손자에 대해 오래 간직했던 순정을 바친 듯한 변태심리에 사로잡혀 있었을지도 모른다. 그렇지 않고서는 뒤에 이어지는 그녀의 행동과 마음씀을 설명할 방법이 없는 것이다.

그런데 이 포는 형인 소공과는 반대로 마음씨도 착하고 예의도 발랐으므로 대신들이 다 그를 따랐다. 그는 임금이 되고 싶은 야심도 품고 있었다. 그런 그였던 만큼 할머니 양부인을 등에 업을 수밖에 없었다. 임금이 되게 해주겠다는 양부인의 꾀임에 숨은 관계가 이어지고 있었을지도 모른다. 결국 양부인의 끈질긴 요구에 응할 수밖에 없었을 것이다.

한편 할머니 양부인을 비롯해 선대의 목공과 양공의 자손들이 너무 번성한 것이 두려워진 소공은, 앞에 말한 세 사람들과 짜고 그들을 모두 국외로 추방할 계획을 세우고 있었다.

그러나 이 계획은 곧 새어나가고 만다. 그들 자신은 심복으로 알고 있었지만 악한 짓만 골라 하는 그들을 속으로 미워하는 심복도 없지 않았던 것이리라.

이들 셋은 그들 두 집안의 선제공격으로 조회청 대문에서 둘러싸여 죽게 되고, 사성인 탕의저는 자기에게도 화가 미칠까 두려워 노나라로 달아나고 말았다.

이때 공자 포가 나타나 두 집안과 화해를 주선하여 더 이상 문제를 확대시키지 않기로 하고 달아난 탕의저를 노나라에서 불러들여 사성 벼슬에 다시 앉게 했다. 임금이 시킨 일이었지만 그 죄를 그들 세 사람에게만 돌리게 하고, 두 집안이 대신을 함부로 죽인 죄는 묻지 않기로 한 것이다. 이로써 공자포의 위신은 높아지고 임금 소공은 완전히 힘을 잃게 되었다.

임금의 자리가 더욱 탐이 나기 시작한 공자포는 제나라 임금 상인(商人)의 본을 보기로 했다. 상인이 조카인 세자를 죽이고 임금이 될 수 있은 것은 재물을 흩어 민심을 샀기 때문이었다.

송소공 7년에 흉년이 들자 공자포는 자기 집 창고에 있는 곡식을 있는 대로 다 풀어 가난한 사람들에게 나눠 주었다. 그러는 한편 도성 안에 있는 일흔살 이상 노인의 집에는 다달이 곡식과 옷감을 보내주고, 맛있는 음식을 대접하는가 하면 사람을 시켜 자주 문안을 하곤 했다.

임금은 백성을 돌보지 않고 날이면 날마다 놀이만 즐기고 있는데, 임금의 아우인 공자포가 그토록 고마운 일을 계속하고 있었으니, 공자포의 도움을 받는 사람들은 그가 임금이 되기를 은근히 바랄 수밖에 없었다.

다음해인 소공 8년에는 더 큰 흉년이 들었다. 공자포의 창고는 전해에 이미 바닥이 나 있었으므로 이젠 도리가 없었다. 그러자 할머니 양부인이 궁중에 있는 값진 물건들을 모조리 꺼내 그 뒤를 도왔다. 공자포의 어진 일을 고마워하며 칭찬하지 않는 사람이 없었다.

공자포는 이제 민심이 완전히 자기에게로 돌아와 있는 것을 알자 양부인에게 말하여 임금 죽일 일을 서두르게 했다. 이때 임금 소공은 죽을 날이 멀지 않은 것을 알고 더욱 즐기기에만 바빴다. 양부인은 이렇게 말했다.

"저구가 곧 사냥을 떠나게 되어 있다. 그의 수레가 대궐을 떠나는 즉시 내가 공자 수(須)를 시켜 대궐 문을 닫게 할 것이니, 그대는 사람들을 거느리고 그를 무찌르도록 하면 될 것이다."

공자수는 공자포의 같은 어머니의 아우였다. 공자포는 양부인의 말에 따르기로 했다. 사성 탕의저도 마음은 공자포에게로 와 있었다. 그러나 도성을 지키고 임금을 보호할 책임이 있는 그였으므로 모른 체 할 수가 없었다.

"임금께서 사냥을 떠나시면 돌아오시지 못할까 두렵습니다."
하고 소공에게 귀뜸을 해주었다. 그러나 소공은 먼저 알고 있었다.

"그가 반역을 꾀한다면 도성안에 있은들 면할 수 있겠소?"

하고는 우사(右師) 화원(華元)과 좌사 공손 우(友)로 도성을 지키게 하고 대궐안에 있는 보물들을 모조리 싣고 심복과 시종들을 거느리고 11월에 사냥터인 맹저(孟諸)를 향해 떠났다.

소공의 수레가 성문을 나가기가 바쁘게 양부인은 화원과 공손우를 불러 궁중에 머물러 있게 하고, 공자수를 시켜 대궐 문을 닫게 했다.

공자포는 심복인 사마 화우(華耦)를 시켜 군중에 외치게 했다.

"양부인께서 명령이 계셨다. 오늘 공자포를 세워 임금으로 받들라고 말이다. 우리는 나라와 백성을 돌보지 않는 무도한 임금을 없애고, 다같이 어진 임금을 받들까 한다. 여러 사람의 의견은 어떤가?"

군사들은 껑충껑충 뛰며 기뻐했고 백성들도 함께 가기를 원했다. 이리하여 화우는 군사와 백성을 이끌고 소공의 뒤를 쫓았다.

소공은 가던 도중 이 소식을 들었다. 탕의저는 다른 나라로 달아나자고 권했다. 그러나 소공은,

"위로는 할머니로부터 아래로는 백성에 이르기까지 다 나를 원수로 여기고 있는데 어느 나라가 나를 받아주겠는가? 남의 나라에 가서 죽을 바엔 차라리 내 나라에서 죽으리라."

하고 곧 수레를 멈추게 한 다음 밥을 짓게 했다. 따라온 사람이 다 배불리 먹고 나자 소공은 다시 좌우에 있는 시종들을 보고 말했다.

"죄는 내게 있는데 너희들이 해를 입을 이유는 없지 않으냐? 여러 해 너희들과 함께 지내면서도 선물다운 것을 주지 못했었다. 나라 안의 귀한 보물들은 다 여기 있다. 너희들에게 다 나눠줄 것이니 각각 멀리 달아나 나와 함께 죽는 일이 없도록 하라."

그러나 시종들은 떠나려 하지 않았다. 소공은 거듭 어서 달아나라고 일렀다. 그러는 사이에 화우가 이끄는 군사가 들이닥쳤다. 소공을 둘러싸고 양부인의 명령이라며,

"다만 무도혼군만을 무찌르고 그밖의 사람의 일은 묻지 말라 하셨
소."
하고 외쳤다.

소공은 시종들을 급히 떠나라며 손을 휘저었다. 거의가 다 흩어졌
다. 그러나 탕의저만은 떠나지 않았다. 화우는 다시 양부인의 명이
라며, 탕의저만은 살아 돌아오게 하라 하셨다고 전했다.

그러나 탕의저는 남의 신하가 되어 어려움을 함께 하지 못하고 혼
자 살아 남는다면, 사는 것이 죽음만 못하다며 임금을 가로막고 싸
우다가 죽고 말았다. 맨 먼저 탕의저가 죽고, 그 다음에 소공이 죽
고, 달아나지 않은 시종들도 다 죽고 말았다.

이리하여 공자포는 임금이 되었다. 이가 문공이다.

탕의저와 소공을 죽인 사마 화우는 문공의 즉위식을 마치고 돌아
와 집에서 심장마비로 죽고 말았다. 공자포를 사랑하면서도 신하의
도리를 지키기 위해 목숨을 버린 사나이다운 기개에 양심의 가책을
받은 때문으로 여겨진다. 문공은 탕의저의 충절과 기개를 가상히
여겨 그의 아우 탕회(蕩虺)를 화우의 뒤를 이어 사마의 벼슬에 오르
게 했다. 공자수가 탕의저의 뒤를 이어 사성 벼슬에 올랐다.

진나라 재상 조둔은 공자포의 임금 죽인 죄를 물어 제후들의 연합
군을 이끌고 송나라를 치게 했다. 그러나 총사령인 순임보(荀林父)
가 송나라의 뇌물을 받고 그냥 돌아오고 말았다.

이를 보고 실망한 정나라 목공은 진나라를 등지고 초나라로 붙고
만다. 조둔은 그런 정나라를 꾸짖을 수도 없고 그럴 힘도 없었다.

송문공은 22년 동안 임금으로 있다가 세상을 뜬다.

노문공 18년 여름 5월에는 제나라 사람이 그 임금 상인(商人)을
죽였다고 경문에 나와 있다. 이 상인은 의공(懿公)의 이름이다.
앞장에서 송나라 공자포가 제나라 공자 상인의 본을 보고 재산을 풀

어 민심을 사고 그로 인해 마침내 반역에 성공했다는 이야기를 했었다.

　정치적 목적을 위해 거짓 착한 일로 민심을 사는 것은 예나 지금이나 다를 것이 없다. 봉건사회에서 무력해 보이는 백성들의 지지를 얻기 위해서도 그러했거늘, 다수결의 제도 아래에서의 이른바 매표(買票)를 위한 정치인의 일시적인 거짓 착함이야 더 말해 무엇하겠는가？

　송나라 공자포는 원래가 착한 사람으로 그런 방법을 썼지만 뒤가 순탄했다. 그러나 제나라 상인은 원래가 탐욕스럽고 거칠기 이를 데 없는 사람이었으므로 뒤가 깨끗지 못했다. 일단 목적을 달성하고는 숨겼던 본성이 힘과 더불어 걷잡을 수 없게 나타난 것이다. 그가 바란 목적은 결국 스스로 무덤을 파는 한 과정에 지나지 않았던 것이다.

　상인이 소공의 아우로 소공이 죽은 뒤 조카인 세자를 죽이고 임금이 되자 무서운 폭군으로 변했다.

　상인은 아버지 환공이 임금으로 있을 때, 대부 병원(邴原)과 식읍의 밭 경계를 놓고 다툰 일이 있었다. 환공은 관중으로 하여금 그 시비를 가리게 했다. 관중은 상인의 주장이 옳지 않다는 판결을 내렸다. 상인이 임금의 아들이라 하여 남의 땅을 빼앗을 욕심으로 억지를 부렸던 것이다.

　의공은 임금이 되자 이때 품었던 원한으로 병씨의 밭을 모조리 빼앗아들이고, 관중이 병씨의 편을 들었다 하여 관씨의 식읍을 반으로 줄이고 말았다.

　의공은 병원에 대한 원한이 그래도 가시지 않자 지나는 길에 그의 무덤을 파서 시체의 다리를 자르기도 했다. 그리고 자신을 따르고 있던 병원의 아들 병촉(邴歜)을 보고 물었다.

　"그대는 내가 하는 일이 너무 지나치다고 생각지 않는가？ 나를 원망하지 않는가?"

"신의 아비가 살아서 죽임을 면한 것도 다행이었사온데 썩은 뼈가
뭐 그리 대단한 거라고 감히 원망의 뜻을 품겠습니까?"

의공은 크게 기뻐하며,

"경은 과연 아비의 허물을 덮을 수 있는 아들이야."

하고는 빼앗았던 밭을 되돌려 주었다. 포악한 독재자들은 가끔 이런
과대망상에 사로잡히곤 했다. 묻는 것부터가 어리석은 일이었지만
그 자신은 하느님이라도 되는 것 같은 착각에 빠져 있던 것이다. 그
같은 대답을 얻어냄으로써 확신을 갖게 되어 기뻤던 것이리라.

병촉은 아비의 시체를 다시 묻을 것을 허락해 달라고 청했다. 허
락하지 않을 리는 없었다. 벼락을 때린 하늘은 곧 활짝 개기 마련이
니까.

의공은 밤낮으로 미녀들과 술과 음악으로 시간을 보냈다. 그것도
부족해서 남의 아내를 빼앗기도 했다. 누군가가 대부 염직(閻職)의
아내가 절세미인이란 말을 했다.

의공은 정월 초하루 영을 내렸다. 대부의 정실 아내들은 다 궁중
으로 들어와 임금에게 세배를 드리라는 것이었다. 염직의 아내를 보
기 위해서였다.

의공은 염직의 아내를 궁안에 머물러 있게 하고 돌려보내지 않으
며 염직을 보고 말했다.

"과인이 그대의 아내를 사랑하니 그대는 새로 장가를 들라."

염직은 노여운 기색조차 보이지 않고 물러갔다. 그의 그런 태도가
의공에게는 둘도 없는 충직한 신하로 보였다.

아비의 시체를 칼로 도막을 내는데도 이를 바라보며 임금에게 원
망하는 마음을 품지 않은 병촉과 아내를 임금에게 빼앗기고도 싫은
기색하나 보이지 않는 염직이 세상에 없는 충신이요, 심복처럼 보인
것이다. 아첨하는 무리들에 둘러싸인 독재자들의 공통된 자기도취

현상이 그런 것일지도 모른다.

　제나라 도성 서남문 밖에 신지(申池)란 곳이 있었다. 못물이 맑고 시원하기로 이름난 곳이었다. 못 옆에는 대나무 숲이 무성해 있어서 여름이면 시원하기 이를 데 없었다.

　의공 4년 여름 5월에 의공은 이 신지로 피서를 떠나면서 병촉에게 수레를 몰게 하고, 염직을 자기 옆에 타게 했다.

　이를 본 어느 신하가 의공에게 조용히 일렀다.

　"임금께서 병촉의 아비 다리를 자르시고, 염직의 아내를 빼앗지 않으셨습니까? 그들이 어찌 숨은 원한이 없겠습니까? 그런데 임금께선 그들 둘을 가까이하고 계십니다. 제나라의 그 많은 신하들을. 버려두고 굳이 그들을 가까이하실 거야 없지 않습니까?"

　"그건 그대가 모르는 소리야. 아비의 다리가 잘리는 것을 보고도 원망하는 빛을 보이지 않고, 사랑하는 아내를 임금에게 바치고도 아까워하는 기색이 없었으니 그보다 더한 충신이 또 어디에 있겠는가?"

　의공의 이 말은 바로 그의 아버지 환공이 역아와 수초를 충신으로 여긴 것과 똑같은 것이라 볼 수 있다. 임금의 입맛을 위해 어린 자기 아들을 요리해 바친 역아와 임금을 가까이 모시기 위해 스스로 병신이 되어 내시로 들어온 수초를 신임했다가 그들에 의해 굶주려 죽은 것이 제환공이었다. 그런 걸 제 눈으로 보았으면서도 같은 생각을 갖고 있었으니 한낱 핏줄 탓이었을까? 아니면 독재자의 자기 도취였을까?

　신지에 이른 의공은 먼저 술자리부터 벌였다. 실컷 마시고 취하자 몹시 덥다며 대나무 숲이 우거진 곳에 침대를 놓고, 비단 장막을 두른 다음 편안히 누워 시원한 바람을 쏘이고 있었다.

　병촉과 염직은 못으로 들어가 함께 목욕을 했다. 병촉은 의공을 죽여 원수를 갚고 싶은 생각을 잠시도 잊은 적이 없었지만 손잡고 일을 함께 할 사람이 없어 미뤄오고 있었다. 아내를 빼앗긴 염직도 임금에 대한 원한이 깊을 것으로 짐작은 하고 있었지만, 말을 함부로 꺼내기가 망설여지곤 했던 것이다.

단둘이서 목욕을 함께 하게 되자 병촉은 문득 한가지 꾀가 머리에 떠올랐다. 일부러 대나무를 꺾어 염직의 머리를 툭 쳤다.

"어째서 나를 업신여기는가?"

하고 염직이 버럭 화를 내자 병촉은 웃으며,

"아내를 빼앗기고도 성내지 않는 사람이 그 정도로 화를 내는가?"

하고 아픈 곳을 찔렀다. 자연 염직은,

"뭐가 어째? 아내를 빼앗긴 부끄러움과 아비의 시체를 잘린 원한 중 어느 쪽이 더 큰가? 아비에 대한 원한도 잊은 그대가 아내를 빼앗긴 나를 비웃다니?"

하고 되받을 수밖에 없는 일이다.

마침내 병촉은 마음에 있는 말을 털어놓았다.

"나는 속에 있는 말을 털어놓고 자네와 상의를 하고 싶었지만, 혹시 자네가 옛날 부끄러움을 잊고 있지나 않나 싶어 그럴 수가 없었던 거야."

"사람이 어찌 한번 품었던 마음을 잊을 수 있겠는가? 다만 힘이 미치지 못하는 것이 한스러울 뿐이지."

"지금 그 못된 놈이 술에 취해 대밭 속에 누워 있고, 따르는 사람이라고는 우리 둘밖에 없지 않은가? 이것은 하늘이 우리에게 원수 갚을 기회를 주신 거니 이때를 놓칠 수는 없어."

"자네가 큰일을 해내겠다면 내가 돕겠네."

두 사람은 몸을 닦고 옷을 입은 뒤 함께 대밭 속으로 들어가 보았다. 의공은 코를 드르릉거리며 깊이 잠이 들어 있고, 내시가 양쪽에 지키고 있었다.

병촉은 내시들을 보고 말했다.

"주상께서 술이 깨시면 반드시 더운 물을 찾으실 것이다. 너희는 더운 물을 준비하고 기다리고 있어라."

내시가 더운 물을 준비하러 가자, 염직은 의공의 손을 꼭 잡고, 병촉은 그 목을 꽉 누르며 차고 있던 칼날로 내리문질렀다. 머리가 땅에 툭 떨어졌다.

두 사람은 그 시체를 대숲 깊숙한 곳에 감추고 그 머리를 못속에 버렸다. 의공이 임금의 자리에 오른 지 겨우 4년이 된 때의 일이다.

내시들이 물을 가지고 오자 병촉은 그들에게 이렇게 말했다.

"상인은 임금을 죽인 역적이다. 선군께서 우리로 하여금 그를 무찌르게 한 것이다. 공자 원은 어질고 효도가 있는 사람이니, 그를 세워 임금을 삼는 것이 좋을 것이다."

모두 예예 할 뿐 감히 말 한마디 못했다. 병촉은 염직과 함께 수레를 타고 도성으로 들어와 다시 술상을 차리고 실컷 마시며 기쁨을 나누었다.

벌써 소식은 재상인 고경(高傾)과 국귀보(國歸父)에게 들어갔다. 고경이 국귀보를 보고 말했다.

"저들의 죄를 성토해야 하지 않겠소?"

"임금 죽인 역적을 우리가 무찌르지 못하고 다른 사람이 대신 무찔러 주었는데 그들에게 무슨 죄를 물을 수 있겠소?"
하는 국귀보의 말에 고경은 아무말도 더 하지 못했다.

병촉과 염직 두 사람은 술을 다 마시고 나자, 큰 수레에 살림살이를 실으라 이르고 처자를 태운 수레를 둘이 나란히 하고 남문으로 나갔다. 집사람들이 빨리 가자고 하자 병촉은 천연스레,

"상인이 죽은 것을 온 나라사람이 다 다행하게 여길 터인데 내가 무엇을 두려워하겠느냐?"
하고 천천히 수레를 몰아 염직과 함께 초나라로 갔다.

고경과 국귀보는 신하들을 모아놓고 상의한 끝에 병촉이 말한 대로 공자원을 임금으로 앉혔다. 이가 혜공(惠公)이다.

노여움과 부끄러움을 잘 참는 사람은 지혜로운 사람이다. 좋든 나쁘든 큰일을 해서 이름을 남긴 사람은 대개가 그렇다. 그런 사람을 속도 없는 멍청이로 보거나, 자신을 하늘처럼 우러러보는 것으로 착각을 하는 포악한 독재자처럼 어리석은 사람이 또 있겠는가? 제의 공 상인이 그 좋은 보기라 말할 수 있을 것 같다.

노나라 문공은 18년 봄 2월에 죽고 문공의 부인 강씨의 몸에서 난 세자 악(惡)이 그 뒤를 잇게 되었다. 그러나 이해 겨울 10월에 악은 죽임을 당하고 악의 서형인 왜(倭)가 임금이 되니, 이가 선공(宣公)이다.

문공은 제소공의 딸 강씨를 맞아 악과 시(視) 두 아들을 낳고, 진(秦)나라 딸인 경영(敬嬴)을 맞아 왜와 숙힐(叔肹) 두 아들을 낳았다. 네 아들 가운데 왜가 제일 나이가 많았다. 그러나 강씨가 적실이었기 때문에 그녀의 아들인 악이 세자가 되었다.

그런데 첩인 경영은 문공의 사랑을 업고 또 그녀의 아들 왜가 가장 나이가 많은 것을 내세워 세자를 밀어내고 왜로 임금의 뒤를 잇게 할 생각을 품고 있었다.

노장공의 서자인 공자 수(遂)는 둘째라 하여 중수(仲遂)라 부르기도 하고 그의 집이 동문에 있다 하여 동문수(東門遂)라 부르기도 했다. 항렬도 높고 나이도 많고 했으므로 노나라의 실권을 쥐고 있었다.

경영은 문공이 살아 있을 때부터 숨은 뜻을 기어코 이룰 생각으로 이 중수를 자기편으로 끌어들이고 아들 왜를 부탁하며 이렇게 말했다.

"뒷날 우리 왜가 임금이 되면 공자와 부귀를 함께 하겠소."

중수는 경영으로부터 많은 뇌물과 함께 간곡한 부탁과 약속을 받은지라 왜를 추대할 생각을 품고 당을 꾸미기 시작했다.

병권을 자주 잡은 바 있는 숙손득신(叔孫得臣)을 끌어넣는 데 성공했다. 경영이 자기에게 보내온 뇌물을 나누어 득신에게 보내주며, 이것이 영씨부인께서 자기를 통해 전하라는 것이라고 말을 전하게 했다. 득신은 뇌물 받기를 좋아하는 사람이었기 때문이다.

그리고 공자왜를 자주 득신의 집으로 보내 문안도 드리고 공손히 가르침을 청하도록 시켰다. 공자왜는 그만한 능력을 갖고 있었으므로 득신도 공자왜에게로 마음이 기울게 되었다.

그런데 세자인 악이 상주가 되어 임금의 뒤를 잇게 되자, 꿈은 깨어지고 계획은 뒤틀어지고 말았다.

그러던 참에 중수가 제나라에 사신을 다녀오며 제혜공의 도움을 약속받게 된다. 큰나라의 도움이 없이는 반역을 꾀하기가 어려웠을 뿐 아니라 세자 악이 제혜공의 생질이었기 때문이다.

그런 제혜공이 중수의 꼬이는 말에 넘어가 공자왜를 돕겠다는 승낙을 하게 되자 중수는 돌아와 경영과 짜고 끔찍한 일을 꾸미게 된다.

중수의 음모를 대신들은 대개 눈치를 채고 있었으나 설마 하는 생각과 힘이 모자란 탓으로 모른 체하고 있는 상태였다.

중수는 마구간에 용사를 숨겨 두고 마구간지기를 시켜 거짓말을 전하게 했다.

"말이 망아지를 낳았는데 기가 막히게 예쁩니다."

경영은 공자왜를 시켜 악과 시와 함께 마구간으로 망아지 구경을 하러 가게 했다.

그들이 마구간에 이르자 용사들이 뛰쳐나와 몽둥이로 악과 시를 쳐서 죽이고 대궐 밖으로 시체를 내보냈다.

대신들은 모두 중수의 하는 일이 못마땅했지만 그저 어물어물 눈치나 보는 그런 형편이었다. 가장 어질고 지혜롭다는 계손행보(季孫行父)는 미리 알고서도 막을 수가 없었다. 다만 죽은 세자의 시체를 어루만지며 목놓아 통곡하는 것으로 안타까운 마음을 드러낼 뿐이었다.

이리하여 선공이 임금이 된 것이다.

두 아들을 잃은 부인 강씨는 친정인 제나라로 돌아가며 어찌나 슬프게 울었는지 길에 있는 사람들이 함께 눈물을 흘렸다고 한다. 그래서 가엾은 강씨라 해서 애강(哀姜)이라 부르기도 하고, 친정으로 나가 살았다 하여 출강(出姜)이라 부르기도 했다.

친정으로 돌아온 출강은 역시 같은 처지에 있는 제소공 부인과 모녀간에 밤낮 울음으로 지새는지라 듣다 견디지 못한 혜공은 따로 별궁을 지어 그리로 옮겨가 살게 했다 한다.

그런데 새로 임금이 된 선공의 친아우인 숙힐은 어질고 지혜로운 사람이었으므로 선공은 그에게 나라를 맡기려 했다. 그러나 숙힐은 그의 형과 중수가 한 일을 못마땅하게 여겨 즉위식에도 나가지 않았다. 그런 그가 임금이 부른다고 나갈 리가 없었다. 벼슬을 내려도 받지 않았다.

친구가 그 까닭을 묻자 숙힐은,

"내 형을 보게 되면 불행하게 죽은 두 아우가 생각나는지라 차마 그러지 못한다."

라고 대답했다. 그럴듯한 부드러운 핑계였다.

친구가 다시,

"형이 옳지 못한 일을 했다고 생각되면 왜 다른 나라로 가지 않는가?"

하고 말하자 숙힐은,

"형이 나를 버리지 않는데 내가 어떻게 형을 버릴 수 있겠는가?"

라고 했다 한다.

176

선공이 또 사람을 시켜 문안을 하게 하고 곡식과 비단을 보내 주거나 하면,

"내가 아직 헐벗고 굶주리는 지경에 이르지 않았는데 어찌 나라의 물건을 축낼 수 있습니까?"

하고 받지 않았고, 사자가 거듭 임금의 명임을 말하자,

"모자라거나 아쉬우면 내가 달라고 청할 것이므로 지금은 감히 받을 수가 없습니다."

하고 받지 않았다.

그 친구가,

"벼슬을 하지 않는 것으로 이미 뜻을 밝혔는데 보내 주는 물건까지 받지 않는 것은 너무 지나치지 않는가?"

하고 나무라자 웃기만 하고 대답을 하지 않았다. 사자는 두고 올 수도 없어 도로 가지고 와 임금께 그대로 보고를 할 수밖에 없었다.

"내 아우는 원래가 가난하게 살았는데, 어떻게 살고 있는 것일까?"

하고 선공이 사람을 시켜 살폈다. 그는 밤이 늦도록 손수 신을 삼아 이튿날 내다 팔아 아침을 짓곤 했다.

선공은 그 말을 듣고,

"그애가 백이숙제를 배울 생각인가? 제 뜻이 그렇다면 난들 어찌겠는가?"

하고 안타까워하며 한숨만 내쉬었다 한다.

숙힐은 선공 말년까지 살다 죽었는데 형인 임금이 주는 것이면 한 치의 실도 한 알의 곡식도 집에 들여놓은 일이 없었다. 그렇다고 형을 미워하거나 욕하는 일도 없었으며 잘못을 말하는 일조차 없었다 한다.

선공은 제혜공의 딸에게 장가들고 또 혜공의 주선으로 국제모임에 나감으로써 임금 자리를 굳힐 수 있었으며, 중수가 애당초 약속한

제수(濟水) 서쪽의 땅을 바치기도 했는데, 뒤에 혜공은 노선공의 변함없는 우의에 감동되어 그 밭을 되돌려주기까지 했다.

제나라 상인이 세자를 죽이고 임금이 되던 노문공 14년에는 아버지 성왕을 죽이고 임금이 된 초나라 목왕이 임금된 지 12년에 죽고, 그의 아들 여(旅)가 임금이 되니 이가 장왕(莊王)이다. 5패의 한 사람으로 그의 활약은 두드러지며 많은 남다른 이야기들을 남기고 있다. 초장왕에 대한 이야기는 〈논어〉 1권 공자의 시대적 배경을 설명할 때 이미 언급된 바 있다.

노선공 2년 봄 2월에는 송나라 화원과 정나라 공자 귀생(歸生)이 대극(大棘)에서 싸웠고, 송나라가 크게 패하여 화원이 사로잡힌 것으로 경문에 나와 있다.

이 싸움은 실은 초장왕이 정나라 공자 귀생을 시켜 송나라를 치게 한 것이다. 이를 막아 싸운 송나라 화원이 패하고 정나라의 포로가 된 것에 관해 좌전에는 이렇게 그 직접적인 원인을 말하고 있다.

화원은 싸움을 앞두고 양을 잡아 군사들을 먹였다. 그런데 흔히 그렇듯이 가장 가까운 자기 수레를 모는 양짐(羊斟)은 잊고 먹이지 않았다. 달래서 먹을 수도 있는 일인데 푸대접하는 것으로 알고 앵돌아져 있었다.

싸움이 시작되자 양짐은 말했다.

"어제 저녁에는 당신이 마음대로 처리했지만 오늘 일은 내가 마음대로 처리하겠소."

그리고 수레를 몰고 정나라 군대 속으로 들어갔다. 그래서 싸움은 패하고 화원은 포로가 된 것이다.

이 일을 놓고 어진 사람은 이렇게 평했다.

"양짐은 사람이 아니다. 사사로운 원한으로 나라를 패하게 만들고 백성들을 죽게 만들었으니, 이보다 더 큰 죄가 어디에 있겠는가?"

　그러나 화원은 정나라에서 도망쳐 돌아와 성문 앞에 서서 돌아온 것을 말하고 들어왔다. 이때 양짐과 마주쳤다. 화원은 어질고 너그러운 사람이었다. 자기가 미처 잊고 불러 먹이지 못한 탓으로 생각하고 양짐을 용서하는 뜻에서,

　"그때 그만 자네가 몰던 말이 말을 듣지 않았던 때문에 이렇게 되었어."

라고 했다. 그러나 양짐은 엎드려 용서를 빌 생각은 않고, 화원의 그 말을 비아냥거림으로 알았던 모양이다.

　"말 탓이 아니라 바로 말 모는 사람 탓이었습니다."

하고는 곧장 달아나고 말았다.

　아마 화원이 용서를 한다 해도 사실이 밝혀진 이상 양짐은 살아남을 수 없었을 것이다.

　화원이 싸움에 패했을 당시 또 하나 색다른 일이 있었다. 송나라 대부 광교(狂狡)란 사람이 정나라 장수와 맞붙어 싸우는데 상대가 우물에 빠지고 말았다. 광교는 당당하게 싸워 승부를 결정하려는 무사정신에서였는지, 창을 거꾸로 잡고 우물에 빠진 사람에게 자루를 잡게 하여 끌어 올려 주었다.

　그런데 자루를 잡고 우물에서 올라온 상대는 잡고 있던 그 창으로 광교를 찔러 죽이고 말았다. 무사정신을 저버린 비겁한 행동으로 보아 마땅할 것 같다. 그러나 무사정신은 그런 것이 아님을 좌전은 말하고 있다. 군자(君子)의 평이라 하여 이렇게 적고 있는 것이다.

　"군중의 예법을 잃고 명령을 어기었으니 그가 죽은 것은 당연한 일이다. 싸움에서 윗사람은 과감한 결단을 분명히 하고, 아랫사람은 그 명령에 따르는 것이 지켜야 할 예법이다. 그것을 거꾸로 하였으므로 죽은 것이다."

그런데 화원은 돌아온 뒤에도 양고기를 가까운 사람에게 깜박 잊

고 주지 못한 후유증에 시달리곤 했다.

초나라의 침략이 두려워진 송나라는 화원이 돌아온 뒤 성을 더 높이 쌓게 되었다. 화원이 성 쌓는 일을 둘러보았다. 그러자 성 쌓던 사람들이 그를 빗대놓고 노래를 불렀다.

눈 큰 사람 배 큰 사람

갑옷 버리고 돌아왔네.

텁석부리 텁석부리

갑옷 버리고 다시 왔네.

화원은 어질고 너그러운 사람이었다. 사로잡혀 갔다가 도망쳐 돌아온 자신을 비웃는 백성들을 조금도 이상하게 생각지 않았다. 그런 그들이 정답게 여겨지기도 했다. 그래서 함께 수레에 타고 있던 심복을 시켜 이런 농담을 전했다.

"우리나라에는 쇠가죽도 많고 코뿔소와 들소도 많으니 또 갑옷을 만들면 되지 않겠는가? 갑옷을 버린 것이 뭐 그리 대단한 거라고 그러는가?"

그러자 일하는 사람들은 또 이렇게 대꾸했다.

"아무리 가죽이 있기로 거기에 칠할 단사(丹砂)와 옻은 어떻게 할 것인가?"

그것도 구하면 될 일이다. 그러니 그런 말장난을 더할 필요도 없었다. 화원은 심복을 보고 말했다.

"그만 가자! 저들은 입이 여럿이고 우리는 둘뿐이니 당할 수 있겠느냐?"

중구난방(衆口難防)이란 말은 이때 화원이 말한 것으로 전해지고 있다. 여러 입은 막기가 어렵다는 뜻이다. 그것이 지금은 제멋대로 여러 사람이 마구 떠들어대는 뜻으로 쓰이고 있다.

그러고 떠나버린 화원의 태도는 그를 지켜보는 사람들에게 무한한 감동을 주었다. 잘못이나 약점을 꼬집으면 부끄러움이 노여움으로 바뀌는 것이 사람의 마음이다. 한 나라의 군권을 쥐고 있는 화원이 힘없는 백성들의 비웃음을 당연한 것으로 받아들이며 농담으로 대꾸하고, 그리고는 여론 앞에는 두 손을 들 수밖에 없다는 듯이 가버리는 그가 진정한 백성들의 벗이요 지도자가 될 수 있다는 것을 느꼈던 것이다.

송나라가 뒤에 초나라의 포위를 당했을 때 성안에 먹을 것이 없어 백성들이 자식을 서로 바꿔 먹으면서도 끝내 버틴 것은 이 화원의 어진 정치와 너그러운 인품 때문이었다고 역사는 적고 있다.

초나라와 진(晉)나라는 정나라와 송나라를 서로 치고 구하고 하며 패천하를 다투게 된다. 진나라는 이때 초나라에 늘 밀리고 있었다. 재상인 조둔은 어진데 임금인 영공이 포악하고 어리석고 무능한 때문이었다.

영공은 마침내 귀찮게 구는 조둔을 죽여 없애려 들고, 조둔을 지지하는 사람들은 조둔을 위해 영공을 죽이게 된다.

이것이 같은 해인 노선공 2년 9월의 일이다.

진령공과 조둔에 대한 이야기도 〈논어〉에서 이미 했었다. 도원(桃園)에서 놀면서 구경온 백성들을 탄알로 쏘아 눈을 다치고, 귀가 떨어져 나가고, 넘어지고 하며 달아나는 백성들을 보고 즐거워하기도 하고, 곰의 발바닥을 설익혔다 하여 요리사를 토막내 죽이기도 했다.

조둔이 그럴 때마다 이를 간하고, 심지어는 놀러가는 길목을 막고 되돌아가라고 한 일까지 있었다. 그러자 도안가(屠岸賈)란 간신과 짜고 조둔을 없애기 위해 자객을 보낸 일도 있었고, 그것이 뜻대로 안 되자 조둔을 궁중으로 초청하여 술을 대접한 끝에 장막 뒤에 숨겨둔 군사로 그를 죽이려 했다.

그러나 아슬아슬한 고비를 넘기며 벗어난 조둔은 다른 나라로 달아나려 했다. 이때 사냥길에서 돌아오던 조천(趙穿)과 마주치게 되었다. 조천은 조둔의 사촌동생이라고도 하고 조카라고도 하는 군권을 잡고 있는 사람이다.

조천은 외국으로 떠나려는 조둔을 나가지 말고 기다리게 한 다음, 돌아와 교묘한 방법으로 영공과 도안가를 속여 영공을 죽이는 일에 성공하게 되었다. 자세한 이야기는 〈논어〉에서 이미 했었다.

영공이 죽은 소식을 듣자 조둔은 국경에서 서울로 돌아왔다. 죽인 것은 조천이었는데 공자는 경문에서,

'가을 9월 을축(乙丑)에 진나라 조둔이 그 임금 이고(夷皐)를 죽였다.'

라고 적고 있다.

이것은 조둔이 재상의 자리에 있었고, 임금을 죽인 조천의 죄를 묻지 않은 것으로 미루어 조둔이 시킨 거나 다름이 없다는 판단에 의한 것이다.

그런데 그같은 판단은 뒷날의 공자만이 아니라 그 당시의 사관이었던 동호(董狐)라는 사람이 이미 갖고 있었고, 그것을 기록에 그대로 적고 있는 것이다. 이를 가리켜 〈동호직필(董狐直筆)〉이라 하여, 역사를 정확히 바른 대로 기록할 책임과 의무와 권리를 가진 사람의 본보기로 삼고 있다.

언론의 자유란, 무책임하게 아무렇게나 떠들어대고 축소니 과장이니 왜곡이니 하는 그런 자유를 말하는 것이 아님을 누구도 부인하지 못할 것이다.

그런데 언론인의 참된 의무와 책임을 지키는 일 가운데 가장 어려운 것이 권력을 두려워하지 않고 바른말을 하고 바른글을 쓰는 일임은 누구나가 다 아는 일이다. 더더군다나 칼이 곧 목에 와 닿을 것을 각오하고, 권력의 비리와 횡포에 정면으로 맞선다는 것은 생각만 해도 떨리는 일이 아닐 수 없다.

조둔은 돌아오는 즉시 수레를 몰고 도원으로 가 영공의 시체 위에 엎드려 통곡을 했다. 그 슬픈 울음소리가 도원 밖에까지 들렸다.

이 울음소리를 들은 백성들은 이런 말을 주고 받았다.

"상국은 임금에 대한 충성과 사랑이 저러한데, 그 상국을 죽이려 했으니 임금은 스스로 화를 부른 것이다."

조둔은 영공의 장례를 모시게 하고 한편으로는 주나라에 가 벼슬하고 있는 문공의 막내아들 흑둔(黑臀)을 모셔오게 하여 임금으로 앉혔다. 이가 성공(成公)이다.

조천은 도안가의 죄를 물어 죽이자고 했다. 교활한 간신이 언젠가는 기회를 보아 보복을 하게 될 것이라는 염려에서였다. 그러나 임금을 죽인 죄책감을 떨쳐버릴 수 없는 조둔은,

"사람들은 너의 죄를 묻지 않는데 너는 도리어 남에게 죄를 물으려 하느냐? 우리 집안이 번성하기 때문에 원한을 품고 있다 해도 일을 꾸미지는 못할 것이다."
하고 타일렀다.

조천도 더는 말하지 않고 도안가 역시 조심스럽게 조씨들을 섬기며 죄를 받지 않으려 하고 있었으므로 조둔이 살아있는 동안은 아무 일 없이 지내게 되었다.

그러나 마음씨 착한 사람은 늘 남도 자기 같을 것으로 알고, 설사 악하다 해도 정도에 지나친 일은 하지 않을 것으로 믿기가 쉽다. 없애자는 조천의 말을 듣지 않고 자기를 몇 번이나 죽이려 한 그 도안가를 살려둠으로 해서 뒤에 그 도안가의 치밀하고 악랄한 모함으로 그 자손이 전멸을 당하게 되는 것이다.

전멸하게 된 그 속에서 조무(趙武)라는 뱃속의 아이가 뒤에 다시 복수를 하고, 조무의 자손이 전국시대의 조나라 왕이 된 이야기는 〈논어〉에서 한 바 있다.

조둔은 조천이 영공을 도원에서 죽인 이른바 도원사건이 늘 마음

에 걸린 나머지 하루는 태사인 동호를 불러 그 사건에 대한 기록을
가져오게 하여 보았다.

동호가 가져와 보인 대쪽 위에는

'가을 구월 을축에 조둔이 그 임금 이고를 도원에서 죽이다. '
라고 분명히 쓰여 있었다.

조둔은 깜짝 놀라며 동호를 바라보고 말했다.

"태사가 뭘 잘못 생각하고 계셨군요. 나는 그때 이미 도성에서 달
아나 2백리 밖인 하동에 가 있었으니, 임금을 죽이거나 하는 일을
어찌 알 수 있었겠소?"

"그건 그렇지 않습니다. 그 당시 대감께선 재상의 자리에 있었고,
비록 달아났다고는 하나 아직 국경을 넘지 않은 상태였습니다. 그
리고 도성으로 돌아온 뒤에도 역적의 죄를 다스리지 않았으니 대
감이 주모자가 아니라는 것을 어느 누가 믿겠습니까?"

"아무래도 그것은 사실과는 다르다고밖에 볼 수 없습니다. 지금
다시 고쳐쓸 수 있겠습니까?"

"그건 안 됩니다. 옳은 것을 옳다 하고, 그른 것을 그르다 하는 것
을 일러 참다운 역사라 부르는 것입니다. 내 머리가 잘려 나가는
한이 있어도 이 기록만은 고쳐 쓸 수 없습니다."

조둔은 길게 한숨을 내쉬고 말했다.

"사관의 권한이 재상보다 더 크다는 것을 오늘에야 알겠구려! 내
가 국경을 넘지 못한 것으로 인해 좋지 못한 이름을 만세에 남기
게 되었으니 이제와서 후회한들 무슨 소용이 있겠는가?"

그러나 이 기록은 단순히 나쁜 이름만을 남긴 것으로 끝나지 않는
것이다. 도안가가 복수의 모함을 계획하고 있을 때 도안가를 신임하
는 못난 임금 경공(景公)에게 조둔의 해묵은 반역죄를 다스리지 않
으면 나라의 기강을 바로잡을 수 없고, 하늘의 노여움을 달랠 길이
없다며, 지진으로 산이 무너진 것을 핑계로 삼고 사관이 보관하고

있는 이때의 기록을 증거로 하여 그 자손들을 전멸시키고 말았던 것이다.

사마천의 〈사기〉와 좌전의 기록은 연대와 사건의 줄거리가 엇갈리는 점이 많다. 이 문제와 직접 관련된 부분을 〈사기〉를 참고로 이야기하면 다음과 같은 내용이 된다.

진성공이 7년에 죽고 그 아들 거(據)가 임금이 되니, 이가 경공(景公)이다. 이 경공이 도안가의 꾀임에 빠져 영공의 옛일을 본받기 시작하며 도안가만을 신임하고 있었다.

도안가는 조씨를 무찌를 생각으로 먼저 죄인을 다스리는 사구 벼슬에 오르게 되었다. 경공 3년에 양산(梁山)이 지진도 없이 무너져 황하를 가로막아 사흘이나 강물이 흐르지 않는 재난이 있었다.

경공은 이를 하늘의 노여움으로 생각하고 그 원인이 무엇인지를 점쳐보게 했다. 도안가는 점을 치는 태사에게 뇌물을 주고 거짓말로 죄인에 대한 형벌이 제대로 행해지지 않은 때문이라고 대답하게 했다.

경공이 자신은 그런 일이 없다며 점괘가 잘못 나온 것 같다고 말했다. 그러자 도안가가 이렇게 아뢰었다.

"그것은 꼭 오늘을 두고 하는 말은 아닌 줄 압니다. 옛날 조둔이 영공을 도원에서 죽인 일은 사관의 기록에도 분명히 적혀 있습니다. 용서할 수 없는 그 죄를 성공께서 그대로 덮어두었을 뿐만 아니라 나라의 정사까지 맡겨 두었고, 그로 인해 그 역적의 자손들이 나라의 높은 자리와 권력을 독차지하고 있으니 무엇으로 나라의 기강이 바로 설 수 있습니까? 뿐만 아니라 신이 듣건대 조둔의 아들들이 막강한 세력을 믿고 반역을 꾀하고 있다 합니다. 난씨와 극씨들은 어렴풋이 짐작은 하고 있으면서도 저들 세력이 두려워 말을 못하고 참고 있을 뿐입니다. 양산이 무너진 것은 하늘이 주상으로 하여금 영공의 원혼을 위로하고 조씨의 죄를 바로잡도록 깨우쳐 주려는 것으로 아옵니다."

경공은 조동과 조괄이 군권을 한손에 쥐고 임금의 말을 고분고분 듣지 않는 것을 경험하고 있었으므로, 그들이 반역을 꾀한다는 말에 겁이 더럭 났다.

경공은 사마인 한궐에게 물었다. 한궐은 영공의 죽음은 조둔과 상관이 없는 일이라고 말하고, 조동과 조괄이 반역을 꾀한다는 것은 넘겨집고 하는 모함일 것이니 듣지 말라고 했다.

그러자 경공은 난서(欒書)와 극의(郤錡)에게 물었다. 이들 둘은 도안가의 부탁을 들은 바도 있고 조씨의 세력을 시샘하고 있었으므로 어물어물하는 대답으로 책임을 벗으려는 태도를 보였다.

이렇게 되자 경공은 도안가의 말을 믿을 수밖에 없었다. 곧 조둔의 죄를 널빤지에 써서 도안가를 주며,

"그대가 알아서 좋도록 처리하라! 다만 백성들을 놀라지 않게 조용히 일을 해주기 바란다."
하고 모든 권한을 도안가에게 맡기고 말았다.

이리하여 조둔의 자손들은 멸족의 화를 입은 것이다. 당연히 죽여야 할 도안가를 너그러운 마음으로 용서해 준 결과가 우물에 빠진 적을 살려주었다가 그 적에 의해 죽고만 광교의 꼴이 된 셈이었다.

그러나 아무튼 동호의 직필에 의한 역사의 기록이 사건의 증거로 이용되었다는 것은 붓의 힘이 얼마나 무서운가를 새삼 느끼게 하는 대목이라 말할 수 있다.

권력에 아부하거나 눌려 쓰기 싫은 거짓을 쓰는 것도 뿌리쳐야 할 일이지만, 애매한 일을 참인 것처럼 재치를 부리는 것도 글쓰는 사람이 크게 생각해야 할 일인 것 같다. 당하는 사람의 이름을 욕되게 할 뿐 아니라 그것이 미치는 바람직하지 못한 결과에 대한 도덕적 책임을 면할 수 없기 때문이다.

요녀 하희(夏姬)

一星之火 能燒萬項之薪 半句非言 誤損平生之德.
"깜박이는 한 점의 불티가 능히 넓고 넓은 숲을 태우고, 반
마디 그릇된 말이 평생의 덕(德)을 허물어뜨린다."

노선공 11년 겨울 10월에는 초나라가 진(陳)나라 하징서(夏徵舒)
를 죽였다고 경문에 나와 있다.

하징서는 하어숙(夏御叔)의 아들로 그의 어머니는 정나라 목공의
딸이었다. 시집의 성이 하(夏)였고 친정 성이 희(姬)였기 때문에 둘
을 합하여 하희(夏姬)라 불렀다.

이 하희란 여자는 남자를 유혹하는데 필요한 조건을 골고루 갖춘
여자로 이름이 나 있었다. 절세미인에다 남자를 끌어당기는 눈빛과
가슴을 열어 보이는 듯한 웃음을 한 번 대하면, 무쇠 같은 남자라도
넋을 잃고 마는 그런 여자였다. 그리고 그녀는 남자의 정기를 빨아
들여 더욱 젊어지는 이상한 재주를 가지고 있었다. 그래서 타고난
음탕한 성격으로 뭇 남자를 상대하며 그들을 병들어 죽게 만들곤 했
다. 전설에 나오는 꼬리 아홉 달린 천년 묵은 여우가 사람으로 둔갑

한 것 같은 그런 여자였다.

그녀는 시집 오기 전 친정에서 배다른 오라비인 공자 만(蠻)과 남몰래 사귀고 있었는데, 3년이 다 안 되어 만은 병들어 죽고 말았다.

뒤에 징서의 아버지 어숙에게로 시집와 징서를 낳았는데, 징서의 나이 12살 때 어숙은 병으로 죽고 말았다.

남편이 죽자 하희는 아들 징서를 스승에게로 보내 글공부를 하게 하고, 그녀 자신은 성밖에 있는 주림(株林)이란 곳에 있는 별장으로 가 살고 있었다. 남편인 하어숙은 군총사령관인 사마 벼슬에 있었으므로 집은 부자였던 것이다.

하희는 주림의 별장으로 와서도 마음에 드는 남자들과 숨은 관계를 맺고 있었다. 그러다가 그녀의 미모에 이끌린 공영(孔甯)과 의행보(儀行父) 두 대신과 함께 사귀게 되었다.

하희로서는 두 대신을 남자첩으로 알고 있었을 것이다. 그런데 공영보다는 의행보가 몸도 크고 코도 우뚝 솟고 이마도 번뜻해서 하희의 사랑을 독차지하듯 했다. 이에 질투를 일으킨 공영이 임금 영공(靈公)을 끌어들였다.

하희는 임금을 첩으로 거느린 셈이었다. 셋 가운데는 임금이 가장 모자란 편이었지만 하희는 임금을 가장 사랑하는 척했다. 임금을 알게 된 이상 두 대신들은 멀리할 수밖에 없다는 것을 그녀는 임금과의 첫날밤에 털어놓고 용서를 빌었다.

이래서 나중에는 임금과 신하 세 사람이 함께 어울려 주림으로 가 밤을 새고 오는 일이 자주 있었고, 조정에서 만나 간밤에 있었던 입에 담지 못할 이야기들을 임금과 두 대신이 즐거운 듯이 큰 소리로 주고받는 바람에 밖에까지 들리곤 했다.

밖에서 그런 이야기들을 설야(泄冶)라는 대부가 들었다. 그는 들어가 피하려는 임금의 옷자락을 잡고 사과를 받기도 하고, 밖으로 도망쳐 숨은 두 대신을 기어코 찾아내어 다시는 주림으로 가지 않겠다는 다짐을 받아내기도 했다.

순간적으로 양심이 되살아나 사과도 하고, 맹세도 했지만, 정욕에 불타고 있는 세 사람은 자객을 시켜 설야를 죽이고 말았다.

설야가 죽은 뒤로는 거리낄 것이 없었으므로 그들 세 사람의 발길은 더욱 잦아지게 되었다. 이때 징서는 주림으로 와 어머니와 같이 지내는 날이 많았다. 어머니의 하는 일이 견딜 수 없을 정도였지만 도리가 없었다. 그저 그들이 찾아오는 즉시 다른 핑계로 피할 뿐이었다.

그럭저럭 징서의 나이 18살이 되었다. 조상의 핏줄을 이어받은 그는 당당한 몸매에 힘도 세고 무예도 뛰어났다. 하희의 마음을 즐겁게 하기 위해 임금 영공은 징서를, 아버지의 옛날 벼슬연 사마에 임명하여 병권을 쥐게 해주었다.

징서는 벼슬에 오른 뒤 그의 집에서 잔치를 벌이고 찾아온 임금을 대접하게 되었다. 의행보와 공영도 함께 왔다.

술이 반쯤 오르자 세 사람은 옛날 버릇이 되살아나 징서가 옆에 있는 것도 잊은 채 손짓 발짓을 해가며 농담을 주고받곤 했다.

징서는 너무도 보기가 꼴사나와 자리에서 물러나 병풍 뒤로 가 있었다. 징서가 자리를 뜨자 그들은 더욱 거리낄 것 없이 입에 담지 못할 농담을 주고 받았다.

임금이 의행보를 보고 말했다.

"징서의 큰 몸집은 꼭 그대를 닮았어, 그대가 낳은 아들이 아닌가?"

그러자 의행보는 이렇게 받았다.

"두 눈이 빛나는 것은 꼭 주상을 닮았습니다. 혹시 주상의 아들이 아닌지요?"

이번에는 공영이 끼어들었다.

"주상과 공대감은 나이로 따져 보아 그럴 수는 없습니다. 하부인

자신도 상대한 남자를 이루 다 헤아릴 수 없다고 하니 많은 아비
의 피가 합친 잡종으로 보아야겠지요."

공영의 재치 있는 이 농담에 세 사람은 즐거운 듯이 손뼉을 치며
껄껄거리고 웃었다. 꼴이 보기 싫어 병풍 뒤로 피하고는 있었지만,
귀로 들어오는 소리만은 어쩔 수가 없었다.

참고 견뎌온 분노에 한 번 불이 당겨지자 징서는 마음을 걷잡을
수 없었다. 가만히 일어나 어머니 하희를 먼저 안방에 가두었다. 이
날은 아들이 주인 행세를 했기 때문에 하희는 혼자 안방에 있은 것
이다.

그리고 샛문으로 빠져나가 데리고 온 군사들에 일러, 집을 둘러싸
고 아무도 도망치지 못하도록 한 다음 자신은 칼을 들고 들어갔다.
심복 몇 사람도 뒤를 따랐다. 임금은 부르짖는 소리에 놀라 하희의
방으로 가 숨으려 했으나 방문이 채워져 있었다. 후원으로, 마구간으
로 피해 다니다가 징서가 쏜 화살에 맞아 죽고 말았다.

공영과 의행보는 임금과는 반대방향으로 달아나 개구멍으로 빠져
나가 목숨을 건졌다. 집에도 들르지 못하고 초나라로 달아났다. 그
들은 그들의 잘못은 숨긴 채 징서가 반란을 일으켜 임금을 죽인 것
으로만 이야기했다.

초장왕은 중국의 제후들을 손아귀에 넣고 패천하를 꾀하려던 참이
었으므로 곧 군대를 이끌고 진나라로 들어와 하징서를 무찌르게 된
다.

징서는 어머니 하희를 모시고 외가인 정나라로 달아날 생각으로
서둘러 짐을 챙기고 있었다. 그러나 한 순간이 늦어 초나라 군사에
잡혀 몸이 찢기는 죽음을 당했다. 하희를 탐내는 사람이 너무 많자,
장왕은 마침 홀아비가 된 늙은 양로(襄老)의 후실로 그녀를 주어 싸
움을 말렸다.

초장왕을 부추겨 진나라를 치게 한 것은 굴무(屈巫)였다. 굴무는

하희를 차지할 욕심으로 그랬던 것이다. 경쟁자가 많아 뜻을 이루지 못한 굴무는 양로가 죽은 뒤 하희와 만나 진(晋)나라로 가 살게 되고, 그에게 하희를 빼앗기게 된 지난날의 경쟁자였던 초나라 귀족들은 굴무를 반역으로 몰아 초나라에 남아 있는 그의 가족들을 모조리 죽이고 말았다.

굴무는 다시 그 보복으로 오나라를 움직여 초나라를 치게 만들고, 그가 말했듯이 그의 원수들은 오나라와의 전쟁에 시달리는 수난을 겪게 된다.

하희라는 여자 하나로 인해 수많은 사람이 병들어 죽고, 그녀의 유혹에 이끌려 몸을 망친 사람이 한둘이 아니었으며, 그녀를 둘러싼 사랑 싸움으로 전쟁까지 이어지고 있었으니 요물 치고는 정말 무서운 요물이었다.

초장왕은 진나라를 무찔러 하징서를 역적으로 처형한 다음, 진나라를 초나라 고을로 만들고 공자 영제(嬰齊)를 진공(陳公)에 임명하여 지키게 했다. 결국 하희로 인해 나라가 망하고 만 것이다.

장왕이 나라로 돌아오자 모든 신하들과 각 고을의 수령들이 다 들어와 축하의 인사를 올렸다. 그런데 대부 신숙시(申叔時)만이 축하 인사에 빠져 있었다. 제나라 혜공이 죽고 세자 무야(無野)가 뒤를 이었기 때문에 조문과 축하를 겸한 사절로 제나라에 가 있었기 때문이다.

장왕이 돌아온 사흘 뒤에 신숙시는 돌아왔다. 제나라에 다녀온 보고를 마친 신숙시는 축하의 말 한 마디 없이 그냥 물러가고 말았다.

장왕은 내시를 보내 이렇게 꾸짖는 말을 전했다.

"하징서가 그 임금을 죽인지라 과인이 그 죄를 물어 처벌하고 그 땅을 거두어 들임으로서 의로운 이름이 천하에 떨치게 되었다. 여러 임금들과 신하들과 수령들이 다 축하의 인사를 올렸는데 그대만이 말 한 마디 없으니 과인의 진나라 친 일을 옳지 않다고 여기는 건가?”

신숙시는 내시를 따라 들어와 하고픈 말을 다하게 해 달라고 청했다. 장왕이 허락하자 신숙시는 이렇게 물었다.

“임금께선 혜전탈우(蹊田奪牛)의 이야기를 들으셨습니까?”

“못 들었는 걸.”

“여기 어느 한 사람이 소를 끌고 남의 밭을 가로질러 가다가 심은 곡식을 짓밟게 되었습니다. 이에 화가 난 밭임자가 소를 앗고 말았습니다. 소임자와 밭임자 사이에 시비가 붙었습니다. 이 시비를 임금께서 바로잡으신다면 어떻게 판결을 내리시겠습니까?”

“소를 끌고 가 밭을 밟은 거라면 곡식이 그리 많이 상하지는 않았을 것이니, 소를 앗는 것은 너무 지나치다 해야겠지. 내가 만일 판결을 내린다면, 소를 끌고 간 사람을 가볍게 꾸짖고 소를 돌려주라 하겠어. 그대의 생각은 어떠한가?”

“임금께서는 송사에는 그토록 밝으시면서 어찌하여 진나라에 대한 판단은 그토록 어두우십니까? 징서의 죄는 임금을 죽인 것에 지나지 않습니다. 나라를 빼앗길 죄를 지은 것은 아닙니다. 임금께서는 역적의 죄를 다스리는 것으로 족합니다. 그런데 그 나라까지 앗고 말았습니다. 밭을 밟았다 해서 소를 앗은 것과 무엇이 다릅니까? 축하할 것이 무엇이 있습니까?”

장왕은 발을 구르며 말했다.

“과인이 미처 그걸 깨닫지 못했소. 나도 모르는 사이에 그만 실수를 했구려.”

“임금께서 신의 말을 옳다 여기셨으면 어찌하여 소를 돌려주는 일을 본받지 않습니까?”

“이르다뿐이오.”

하고 장왕은 즉시 함께 데리고 왔던 진나라의 어진 대부인 원파(轅頗)를 불러 진나라 임금이 지금 어디에 있느냐고 물었다.

192

진나라 임금이란 징서가 영공을 죽이고 뒤를 잇게 한 세자 오(午)인 성공(成公)을 말한 것이다. 성공은 징서의 강요로 진(晋)나라로 조회를 가 있었다.

"앞서 진나라로 갔었는데 지금은 어디에 있는지 알지 못합니다."
하고 원파는 눈물을 흘렸다. 초장왕도 슬픈 생각이 들었다.

"내가 다시 나라를 돌려줄 것이니 그대는 임금을 맞아들이고 대대로 초나라 편이 되어 과인의 호의를 저버리지 말라."
하고, 또 공영과 의행보를 불러 함께 돌아가 임금을 잘 받들라고 일렀다.

원파는 나라를 망친 그들을 데리고 돌아가고 싶지 않았다. 그러나 초왕 앞에서 그런 말을 할 수는 없었다.

그들 셋이 초나라 경계를 넘어섰을 때, 진나라로 갔던 성공이 나라가 없어진 것을 알고 초나라 왕을 만나러 오고 있던 참이었다.

공영이 돌아와 한 달도 채 되지 않아 대낮에 징서가 나타나서는 원수를 갚겠다고 위협했다. 공영은 그길로 미쳐 스스로 못으로 들어가 죽고 말았다. 의행보는 징서와 영공과 공영 세 사람이 나타나 그를 끌고 하느님 앞으로 가 고발하는 꿈을 꾸었는데, 꿈을 깬 그는 그날로 죽고 말았다. 이리하여 하희와 관계된 사람은 다 죽고 말았다.

진나라를 차지했다가 신숙시의 진언에 금방 잘못을 깨닫고, 그 잘못을 바로잡은 초장왕을 제후들은 좋게 보았다. 신숙시의 그같은 깨우침은 장왕의 마음 한 구석에 오랜 교훈으로 남아 있었다. 뒤에 정나라를 무찔러 점령하자 모든 장수들은 정나라를 다 차지하자고 했다. 그러나 장왕은

"신숙시가 여기 있다면, 밭을 가로질러 갔다 해서 소를 앗은 비유로 나를 간하겠지."
하고 듣지 않았다.

그래서 '혜전탈우'라는 말은 두고 두고 비유로 쓰이게 되고, 신숙시의 이름은 이 비유로 인해 길이 전해지게 되었다.

초장왕 같은 속이 밝고 마음이 어진 사람도 깨우쳐 주는 사람이 없으면 순간적인 욕심으로 크게 뉘우쳐지는 잘못을 저질렀으니 그렇지 못한 사람이야 말해 무엇하겠는가?

힘을 가진 사람이 하찮은 이유를 구실로 삼아 남의 재물을 가로채거나 하는 것을 가리켜 혜전탈우라고 말한다. 억지라는 뜻의 강(强)을 넣어 혜전강탈우라 말하기도 한다.

명분과 실리(實利)

廢一善則衆善衰 賞一惡則衆惡歸.
"한 착한 이를 폐하면 많은 선인이 쇠퇴하고 한 악인을 상주
면 많은 악인이 모여든다."

송나라와 정나라는 초나라와 진나라 사이에서 번갈아 시달림을 받
았다. 그러다가 후에 정나라는 초나라에 붙고 송나라는 진나라에 붙
게 되었다.

그래서 정나라가 진나라의 침략을 받게 되면 초나라는 정나라를
돕는 간접적인 방법으로 송나라를 치기도 했다. 정나라를 치던 진나
라 군사를 송나라로 오게 하기 위해서였다.

이 당시의 큰 나라들은 영토에는 별로 관심이 없으면서도 명분을
위한 싸움에는 좀체로 양보하려 하지 않았다.

진나라의 중군원수인 순임보는 초나라와의 싸움에서 자주 패하곤
했었다. 그러다가 초나라 영윤 손숙오(孫叔敖)가 죽은 소식이 들려
오자 전날 패한 앙갚음으로 정나라를 치고 들어가 들에 있는 곡식을
모조리 거두어 싣고 돌아왔다.

다른 장수들은 정나라 도성을 포위하여 항복을 받자고 했다. 그러나 순임보는 초나라 구원병과의 충돌이 두려워 그냥 돌아오며 이런 말을 했다.

"이 정도로 해두면 겁이 나서 찾아오게 될 거야."

순임보란 사람은 생각이 얕고 감정이 앞서는 사람으로 일단 화풀이만 하고는 뒤가 두려워 이런 핑계로 돌아오고 말았다. 그러나 정나라가 두려워 한 것만은 틀림이 없었으나 그것은 진나라로 와 붙는 것이 아니라 초나라로 가 매달리게 되었다.

초장왕은 신하들과 상의 끝에 송나라를 치기로 했다. 가까운 송나라를 구원하는 일에 진나라를 시달리게 만들어 초나라와 정나라를 놓고 겨룰 생각을 갖지 못하도록 하려는 것이었다.

그러나 송나라를 까닭없이 칠 수는 없는 일이다. 그래서 없는 트집을 만들기 위해 제나라로 사신을 보내며, 지나가게 해 달라는 문서 없이 송나라를 지나가도록 했다. 게다가 송나라에 원한이 있는 신무외(申無畏)를 일부러 골라 보낸 것이다. 허가신청서도 없이 남의 나라를 지나가는 것도 무례한 태도인데, 그 사람이 바로 원수진 사람이었으니 보복을 당할 것은 뻔한 일이었다.

그 신무외는 죽을 줄을 알고 가지 않으려 했으나, 그와 숨은 원한이 있었던 것으로 짐작되는 공자 영제의 추천에 의해 끝내 그를 보내게 되었다.

이리하여 신무외는 송나라에서 죽게 되고, 초나라는 그것을 핑계로 마침내 송나라 도성을 포위하게 되었다.

초나라 군사는 성 높이와 같은 다락수레(樓車)를 만들어 사면에서 성을 공격했다. 지나가지 못하게 하는 것만으로 구실을 삼으려 했던 것인데 사신을 죽이기까지 했으므로 단단히 화가 났던 것이다.

이때 송나라에는 앞에서 말한 바 있는 화원이 재상으로 있으면서 군대와 백성들을 거느리고 성을 돌며 지키고 있었다. 물론 진나라로 급히 사람을 보내 구원을 청해 두었다.

진경공은 급히 군대를 보내려 했다. 그러나 번번이 초나라에 패하기만 한 진나라로서는 선뜻 마음이 내키지 않았다. 그래서 지혜가 있는 것으로 알려진 백종(伯宗)이 임금을 보고 이렇게 말했다.

"초나라와 송나라는 거리가 2천 리나 됩니다. 몇 달만 견뎌내면 양식이 떨어져 돌아가게 될 것입니다. 그러니 한 사신을 송나라로 보내, 곧 진나라 대군이 이르게 될 것이니 굳게 지키고 있으라고 하면 초나라를 상대로 싸우지 않고도 송나라를 구해내는 공을 거둘 수 있습니다."

경공은 그 꾀를 쓰기로 하고 보낼 사람을 물었다. 대부 해양(解揚)이 가기를 자원했다. 해양은 말재주와 용기를 아울러 가진 믿음직한 사람이기도 했다.

해양은 보통 옷차림을 하고 갔다. 그러나 초나라 감시병의 심문검색에 걸려 초장왕 앞으로 끌려갔다. 초장왕은 그가 진나라 장군 해양이란 것을 곧 알았다.

"너는 무슨 일로 온 거냐?"

하고 묻자 해양은 사실 그대로 말했다.

"앞서 북림(北林) 싸움에서 우리 장군 위가에 의해 사로잡혔을 때, 과인이 너를 죽이지 않고 돌려보내 주었지 않느냐? 그런데 또 제발로 그물에 뛰어들었으니 어찌 살기를 바랄 수 있겠느냐?"

"진나라 초나라는 원수 사이다. 원수에게 잡혀 죽는 것은 당연한 일인데 더 무슨 말이 필요하겠는가?"

장왕은 해양의 몸을 뒤져 숨겨둔 문서를 찾아내어 읽고난 다음 이렇게 말했다.

"송나라 성은 곧 함락된다. 너는 이 글속에 있는 말을 뒤집어 말할 수 있을 것이다. 나라 안에 일이 있어 도울 수 없는지라 이를 말로서 알리고자 왔노라고 말이다. 그러면 송나라가 나와 항복하

게 될 것이다. 두 나라 인민들의 공연한 죽음의 참사를 덜 수 있
는 일이니 이 또한 좋은 일이 아닌가? 일이 이루어지는 날 너를
고을 장관으로 봉하여 초나라에 벼슬하게 해줄 것이다."
　해양은 머리를 숙인 채 대답하지 않았다. 그러자 장왕은 죽이겠다
고 위협했다. 해양은 마지못한 듯이 그러마고 거짓 승낙을 했다.
　장왕은 해양을 다락수레 위로 오르게 한 다음, 사람을 시켜 옆에
서 독촉하게 했다. 해양은 목소리를 가다듬고 성안을 향해 외쳤다.
　"나는 진나라 사신 해양이다. 초나라 군사에 잡힌 바 되어 여기로
올라오게 되었다. 절대로 항복은 하지 마라. 우리 임금께서 대군
을 이끌고 곧 이르게 될 것이다."
　장왕은 급히 끌어내리게 하여 꾸짖었다.
　"너는 약속을 하고 또 저버렸다. 신의를 잃었으니 그 죄 죽어 마
땅하다."
　그리고는 옆에 있는 무장들을 보고 끌고나가 목을 베고 와 보고하
라 일렀다.
　해양은 전혀 두려운 빛이 없이 조용한 목소리로 대답했다.
　"나는 신의를 잃은 일은 없습니다. 내가 만일 초나라와의 약속을
지킨다면 이는 곧 진나라와의 약속을 저버리는 일입니다. 초나라
신하가 자기 임금과의 약속을 등지고 다른 나라의 뇌물을 받는다
면 임금께선 그것을 신의라 하겠습니까? 나는 내 죽음으로 인해
초나라의 신의는 안에 있지 않고 밖에 있다는 것을 밝히겠습니
다."
　장왕은 감격한 듯이
　"충신은 죽음을 두려워하지 않는다는 것이 바로 그대를 두고 한
말이로다."
하고 놓아 돌아가게 해주었다. 해양도 놀라운 사람이었지만 초장왕
또한 어질다 말하지 않을 수 없을 것 같다.

그러나 이 해양의 신의로 인해 송나라 도성 백성들은 엄청난 고통과 희생을 치르게 된다. 결국 해양의 신의는 한낱 임금에 대한 신의일 뿐 그 자체가 하나의 속임수였으므로 공정하게 말하여 그것은 잘못된 신의로서 꾸중을 들어 마땅할 것 같다.

송나라 화원은 해양의 외치는 소리를 듣고 더욱 성을 굳게 지켰다.

초나라 총사령인 공자 측(側)은 성밖에 흙을 높이 쌓고 감시탑을 세운 다음, 그곳을 사령부로 쓰며 직접 성안의 일거일동을 감시하고 있었다.

그러자 화원도 성안에 똑같은 감시탑을 세우고 초나라의 움직임을 감시했다.

가을 9월에서 이듬해 5월까지 아홉달 동안을 이렇게 대치하고 있었다. 석 달이 다 안 가서 철수할 것으로 본 진나라 예상은 물론이요, 곧 항복할 것으로 안 초나라의 예상도 한낱 기대에 지나지 않았다.

송나라 성안에는 양식도 땔감도 떨어진 지 오래였다. 굶주려 죽는 사람이 날로 늘어났다. 백성들은 화원의 격려에 감동되어 적을 미워할 뿐 임금이나 화원을 원망하지는 않았다. 심지어 자식을 바꾸어 먹으며 목숨을 부지하고, 뼈를 주워 밥을 지어먹으면서도 마음이 바뀌지 않았다.

초장왕도 도리가 없었다. 오늘 내일 하며 성안에서 반란이라도 일어나기를 기대했지만 그럴 기미는 전혀 보이지 않았다. 마침내 다급한 보고가 올라왔다.

"군영 안에는 이래 양식밖에 남지 않았습니다."
하는 보고였다.

장왕은 직접 수레를 타고 둘러보았다. 성을 지키는 군사들은 한치의 흐트림도 없이 옛모습 그대로였다. 장왕은 길게 한숨을 내쉬고는 공자 측을 불러 철수할 일을 상의했다.

그러자 전쟁 구실을 얻기 위해 희생당한 신무외의 아들 서(犀)가 수레 앞에 엎드려 울며 말했다.

"신의 아비가 죽음으로서 임금의 명을 받들었사온데, 신의 아비에 대한 약속을 잊으셨습니까?"

약속이란, 뜻하지 않게 잡혀 죽거나 하면 대신 원수를 갚아주겠다고 하고 신무외를 떠나보낸 것을 말한 것이다. 장왕은 부끄러운 빛을 감추지 못했다. 약속이니 맹세니 하는 것은 함부로 하는 것이 아님을 새삼 느꼈던 것이다.

이때 장왕의 수레를 몰고 있던 신숙시가 꾀를 말했다.

"송나라가 항복하지 않는 것은 우리가 쉬 돌아가리라는 기대 때문입니다. 군사들을 시켜 집을 짓고 밭을 갈게 하여 오래 있을 것처럼 보이면, 송나라가 반드시 겁을 먹게 될 것입니다."

당황한 것은 화원이었다. 초나라 군사의 그같은 모습을 본 화원은 임금 문공을 보고 말했다.

"초나라는 돌아갈 뜻이 없고 진나라의 구원은 오지 않으니 어쩌면 좋습니까? 신이 초나라 군영으로 들어가 공자측을 위협해서 화해를 할까 합니다. 요행히 성공하면 나라의 복이요. 실패하면 신의 불행입니다. 항복을 하지 않고 적을 물러가게 하는 방법은 그밖에는 없습니다."

화원은 이미 치밀한 계획과 준비를 해두고 있었다. 공자 측이 감시탑 안에서 자고 있는 것과, 임금을 모시고 있는 사람들의 성명은 물론이요, 그밖의 모든 것을 하나하나 다 알고 있었다. 대치한 상태에서 간첩과 정보원의 활동이 계속되고 있는 것이다.

한밤중에 화원은 성위에서 줄을 타고 내려갔다. 화원은 초나라 알자(謁者)의 모습으로 꾸미고 있었다. 알자란 임금의 명령을 전달하는 비서 같은 직책이다.

곧장 감시탑 아래로 갔다. 순라군이 딱딱이를 치며 오고 있었다. 그에게 물었다.

"원수께선 위에 계신가?"

"계십니다."

"잠자리에 드셨는가?"

"대왕께서 술을 한 통 보내주신지라 그걸 마시고 이미 잠자리에 드셨습니다."

화원은 감시탑으로 올라갔다. 감시탑을 지키는 군사가 앞을 막았다.

"나는 알자 용료(庸僚)다. 대왕께서 긴요한 기밀에 관한 지시를 원수에게 내리시려 하나, 방금 술을 내려주신지라, 혹시 취해 자지 않나 싶어, 특별히 나를 보내 직접 이르도록 하셨다. 곧 돌아갈 것이다."

옷차림이며 앞뒤가 맞는 이야기였으므로 군사는 참인 줄 알고 올라가게 해 주었다.

공자 측은 등불을 환히 밝힌 채 옷을 입은 그대로 잠이 들어 누워 있었다.

화원은 침상으로 올라가 가볍게 손으로 밀었다. 공자측은 잠이 깨어 몸을 돌리려 했다. 그순간 화원이 그의 두 소매를 꽉 잡았다.

"넌 누구냐?"

"놀라지 마십시오. 나는 송나라 원수 화원이오. 우리 임금의 명을 받들어 화해를 위해 찾아왔습니다. 우리의 요구를 들어주시면 두 나라의 복이요. 그렇지 않으면 나와 원수의 목숨은 오늘밤으로 끝입니다."

그리고는 소매 속에서 비수를 꺼냈다. 눈처럼 흰 칼날이 등불 아래 더욱 빛나고 있었다. 공자 측은 다급해졌다.

"함께 상의합시다. 이렇게 성급하게 굴 일이 아니잖소?"

화원은 비수를 거두었다.

"죽을 죄를 지은 것을 이상하게 생각지 마십시오. 일이 급한지라 조용할 수가 없는 거요."

"당신 나라는 지금 어떤 상태요?"

"자식을 바꾸어 먹고 뼈를 주워 밥을 지어먹는 형편이오."

공자 측은 놀랐다.

"송나라가 그토록 고통을 받고 있을 줄이야! 전쟁에서는 어려울 수록 허세를 보인다 했는데 어찌하여 그런 실정을 내게 말하는 거요?"

"군자는 남의 어려움을 가엾게 여기고, 소인은 남의 재난을 다행으로 여긴다 했습니다. 원수가 군자임을 아는지라 숨길 수가 없는 겁니다."

"그럼 어째서 항복하지 않는 거요?"

"몸은 고달파도 마음만은 고달프지 않기 때문입니다. 임금과 백성이 다 같이 성과 함께 부숴질 결심으로 있으니 어찌 즐겨 성아래서의 항복을 하겠습니까? 군사를 20리 밖으로 물리면 길이 초나라를 따를 것을 맹세하겠습니다."

"나도 사실대로 말하겠소. 군중에는 이래 양식밖에 없습니다. 이래를 기다렸다 성이 함락되지 않으면 돌아갈 참이었어요. 집을 짓고 밭을 갈게 한 것은 두렵게 만들기 위한 방법이었을 뿐이오. 내일 임금께 아뢰어 군사를 30리 물러가게 할 것이니 그쪽에서도 오늘 약속을 어기어서는 안 되오."

"나는 초나라에 인질로 가기를 원합니다. 원수와 함께 약속을 어기거나 뉘우치거나 하는 일이 없다는 것을 맹세합시다."

공자 측은 화원과 맹세를 마치자 다시 형제의 의를 맺기까지 했다. 어려움 속에서 인간의 참모습을 발견한 때문이었으리라.

이튿날 공자 측은 장왕에게 간밤에 벌어졌던 일을 남김없이 말했다. 장왕은 양식이 바닥난 그러한 군사기밀을 말했다며 버럭 화를 냈다.

"하찮은 송나라에도 남을 속이지 않는 신하가 있는데, 초나라에 어찌 그같은 신하가 없을 수 있겠습니까? 그래서 신도 있는 대로 말했던 것입니다."

한 마디로 천냥 빚을 갚는다는 것이 이런 것이리라. 장왕은 금새 밝은 모습으로

"장군의 말이 옳소."

하고 군사를 30리 밖으로 물러나게 했다.

공자 측은 화원을 따라 성안으로 들어와 송나라 문공과 화친의 맹약을 맺고 화원은 대신 인질이 되어 공자 측과 함께 초나라로 갔다.

화원은 초나라에 6년 동안 머물러 있다가 문공이 죽고 아들 공공(共公)이 임금이 되었을 때 돌아오게 된다. 초나라와 진나라의 화해를 꾀했으나 뜻을 이루지 못했다.

도둑을 없애는 법

登歲無荒田 治世無亂賊.
"풍년에는 거친 밭이 없고, 다스려지는 세상에는 난적이 없다."

　노선공 16년 봄 정월에는 진(晋)나라가 붉은오랑캐(赤狄)인 갑씨(甲氏)와 유우(留吁)와 탁신(鐸辰)을 없앴다 라고 경문에 나와 있다. 그리고 좌전은 이에 덧붙여 그 세 나라를 무찌른 사람이 사회(士會)라는 것과 그렇게 성공하고 돌아온 사회를 중군원수에 임명하고 또 태부의 벼슬을 겸하게 하자, 그때까지 극성을 부리던 도둑들이 이웃 진(秦)나라로 다 달아나고 말았다고 설명하고 있다.

　여기서는 사회와 도둑과의 관계가 어떤 것이었는지를 설명하려 한다.

　사회가 중군원수가 되기 전까지는, 앞에서 무능한 사람으로 자주 지적되었던 순임보가 그 자리를 지키고 있었다. 진나라에서는 중군원수가 국내의 치안까지를 담당하고 있었다. 임금의 비위만 잘 맞출 뿐 통솔력과 판단력이 부족한 순임보는 국방에서 뿐 아니라 치안에 있어서도 실수를 거듭하고 있었다.

그런 판에 흉년까지 들었다. 전부터 끊이지 않던 도둑에다 배고픈 백성들까지 어울리게 되었으므로 나라 안은 걷잡을 수 없는 상태로 치닫고 있었다.

순임보는 도둑 잘 잡는 사람을 모집했다. 모집에 응해 온 사람 가운데 극옹(郤雍)이란 독특한 사람이 하나 있었다. 사람을 한 번 보기만 하면 도둑인 것을 금방 알아내곤 하는 것이다.

시장바닥을 지나가다가 어느 한 사람을 가리키며 '저놈이 도둑이다'라고 하면 어김없는 도둑이었던 것이다. 순임보가 어떻게 아느냐고 묻자 극옹은

"시장바닥의 물건을 보고 탐내는 빛을 띠기도 하고, 사람들을 보고 부끄러워 하는 빛을 보이기도 하며 내가 온다는 말을 듣고 두려운 빛을 갖기도 하므로 그가 도둑인 것을 알 수 있습니다."

라고 대답했다.

그런데 그 극옹이 하루에도 수십 명의 도둑을 그런 식으로 잡아들이는데도 도둑이 줄기는커녕 더 늘어나기만 했다. 극옹이 나타났다하면 시장바닥 사람들은 두려운 마음으로 웅성거리기만 했다. 자기도 극옹의 지적을 받아 도둑으로 몰릴까 두려웠기 때문이다. 맛있는 것을 보면 먹고 싶고 좋은 것을 보면 갖고 싶은 것은 가난한 사람의 공통된 심리다. 그런 눈빛을 갖는다고 도둑으로 몰리게 되고 매를 맞으면 숨겨도 좋을 하찮은 것까지 다 불어대야만 할 판이니 겁이 났던 것이다.

양설직(羊舌職)이란 어진 대부가 순임보를 보고 말했다.

"원수께서 극옹에게 도둑잡는 일을 맡겨 두었지만 도둑을 다 잡기 전에 극옹이 먼저 죽을 겁니다."

"아니? 그건 어째서요?"

"속담에 이런 말이 있습니다. 남의 숨은 것을 잘 알아내는 사람은

제 명에 죽지 못한다고 말입니다. 잡는 사람은 하나인데 잡아야 할 도둑은 수도 없이 많으니 많은 도둑이 극옹을 내버려둘 리가 없지 않습니까?"

과연 며칠이 안 가서 극옹은 도둑에게 죽고 말았다. 그리고 순임보는 울화병으로 뒤이어 죽었다.

진경공은 이 말을 전해 듣자 양설직을 불러 물었다.

"경이 극옹의 죽음을 짐작한 것은 그대로 맞았소. 그러면 어떤 방법으로 도둑을 없앨 수 있겠소?"

"돌로 풀을 누르면 풀은 옆으로 비집고 나오고, 돌로 돌을 치면 함께 부숴지게 됩니다. 도둑은 힘으로 막아서는 안 됩니다. 그 마음을 바꿔놓아야 합니다. 배고픔을 달래주고 부끄러움을 알게 해야 합니다."

"그 방법이 어떤 것이오?"

"백성들이 마음속으로 존경하는 어진 사람을 뽑아 높은 벼슬에 올려놓게 되면 가난한 백성들은 희망을 갖게 되고 착하지 못한 백성들은 부끄러움을 알게 됩니다. 그러면 자연 착하지 못한 짓을 하지 않게 될 것이니, 도둑은 걱정하지 않아도 되지 않겠습니까?"

"그럼 누가 좋은지를 말해 주구려."

"사회만한 사람이 없습니다. 그의 하는 말은 백성들이 참인 줄로 알고, 그가 하는 일은 옳은 것인 줄 압니다. 그는 부드러우면서 아첨하는 일이 없고, 깨끗하면서도 모나지 않으며, 정직하면서도 남의 마음을 거스르는 일이 없고, 위엄은 있으되 사납지가 않습니다."

경공은 사회가 돌아오자 그를 상경에 임명하여 순임보의 뒤를 이어 중군원수의 일을 맡게 하고, 또 태부의 벼슬까지 얹어 주고 범(范)이란 큰 고을을 식읍으로 주었다. 늘 국경을 시끄럽게 하던 오랑캐 나라를 완전 정복했다는 공로란 것이 밖에 드러난 이유였지만 도둑을 없애고 싶은 절박한 심정에서 양설직의 청을 받아들인 것이다.

사회는 도둑 잡는 복잡하고 까다로운 법조문들을 모조리 없애버리고, 대신 교육과 감화로써 잘못을 타이르고 착한 일을 권하곤 했다.

가난한 백성들은 새로운 희망으로 어려움을 견디며, 부지런히 일하고 아껴 먹고 아껴 쓰게 되고, 도둑질이 몸에 배인 직업적인 도둑들은 모두 강을 건너 이웃 나라인 진나라로 들어 가고 말았다.

이리하여 도둑이라고는 단 한 사람도 생겨나지 않게 되었다. 단순한 교화만이 아니고 배고프고 헐벗는 사람이 없는 과감한 정책을 폈기 때문이다.

나라가 이렇게 새 모습으로 부강해지자 경공은 다시 패천하의 뜻을 품게 되었다. 그래서 먼저 제나라와 노나라를 내편으로 끌어들이기 위해 사회의 뒤를 이어 상군원수로 승진한 극극(郤克)을 시켜 노나라와 제나라를 다녀오게 했다.

그런데 여기에 생각지도 않은 엉뚱한 일이 벌어져, 본래의 목적과는 상반되는 분쟁을 빚고 만다.

지나친 효심(孝心)

人道敏政 地道敏樹 夫政也者 蒲蘆也.
"사람의 도는 정치에 신속히 작용하고, 땅의 도(道)는 나무에
신속히 작용한다. 정치란 창포나 갈대처럼 빨리 자랄 수 있는
것이다."

진경공이 패천하의 뜻을 품고 그 첫 단계로 제나라와 노나라를 끌
어들이기 위해 상군원수인 극극을 특사로 떠나보냈다는 이야기는
앞에서 했다.

극극은 먼저 노나라에 들렀다. 일을 끝내고 제나라로 떠나려 하
자, 노선공은 상경인 계손행보를 함께 제나라로 가도록 했다.

두 사람이 제나라로 들어서자 마침 위나라 상경 손양보(孫良父)와
조나라 대부 공자 수(首)도 제나라에 친선사절로 막 들어오는 참이
었다.

네 사람은 서로 인사를 나누고 오게 된 목적을 말하자 금방 친해
지게 되어 함께 객관에 들었다.

다음날 조회청으로 들어가 각각 자기 나라 임금의 뜻을 전하고 예
를 마쳤다.

이때가 제경공 7년의 일이다. 경공은 효자로 이름이 나 있었다. 그 경공이 네 사신들을 대하는 순간 속으로 신기한 느낌이 들며 엉뚱한 생각을 품게 되었다.

신기한 느낌이란 이런 것이다. 진나라 극극은 한쪽 눈이 없는 애꾸눈이었고, 노나라의 계손행보는 머리털 하나 없는 대머리였으며, 위나라 손양보는 심한 절름발이였고, 조나라 공자 수는 아래만 바라보는 곱사등이였던 것이다.

엉뚱한 생각이란, 일부러 하려 해도 되기 어려운 병신전람회 같은 광경을, 어머니 소부인(蕭夫人)에게 보여 주어 한 때의 구경거리로 만들려 했던 것이다.

소부인은 소(蕭)나라 임금의 딸로 혜공에게로 시집와 경공을 낳았는데 남편 혜공이 죽자 밤낮으로 슬퍼하며 울곤 했다. 다정다감한 여인으로 남편 혜공과의 정이 남달리 두터웠던 모양이다.

경공은 효자로 그런 어머니의 슬픈 마음을 달래주기 위해 있는 방법을 다 썼다. 심지어 그 자신이 거리의 어릿광대 흉내를 내기까지 하며 어머니의 웃는 얼굴을 보려 애쓰고 있었다.

네 사신을 잠시 공관으로 돌아가게 한 다음 곧 환영잔치를 벌이게 되었다. 그 잔치에 앞서 어머니 앞에 나타난 경공은 억지로 웃음을 참으며 그 까닭을 말하지 않았다. 그것도 어머니와 즐거운 시간을 보내기 위한 한 방법이었을 것이다.

"아니, 왜 자꾸 웃기만 하느냐? 밖에 무슨 즐거운 일이 있었기에? 그토록 웃음을 참지 못하고……."

"즐거운 일은 없었습니다. 이상한 일을 보았기 때문입니다."

"어떤 이상한 일이기에?"

"지금 진·노·위·조 네 나라에서 각각 대신들을 보냈사온데 한 사람은 애꾸눈이요, 한 사람은 머리털이 하나도 없는 알머리요, 한 사람은 절름발이요, 또 한 사람은 곱사등이였습니다. 몸이 온 전치 못한 병신이야 어디서나 볼 수 있는 일이지만 각각 서로 다른 한 가지 병을 지닌 다른 나라 대신들이 같은 때 우리나라 조회청에 모였으니 어찌 우습지 않겠습니까?"

"이 어미를 웃길려고 거짓말하는 건 아니겠지? 나도 한 번 보고 싶은데 그럴 수 있겠니?"

"어려울 것도 없지요. 사신이 나라에 오면 공석에서의 환영잔치가 끝난 뒤에 으레 사석에서의 환영잔치가 있기 마련입니다. 내일 제가 후원에서 자리를 베풀도록 시키겠습니다. 잔치에 모이는 사람들은 반드시 종대(宗臺) 아래로 지나가야 합니다. 어머님께서 대 위로 오르시어 장막을 치고 내려다보시면 되지 않겠습니까?"

이렇게 해서 소부인은 대 위로 올라가 장막 안에 자리를 잡고 네 나라 사신은 그 아래로 지나가게 되었다.

그런데 이때 소부인은 뜻하지 않은 또 다른 광경을 보게 된다. 그것은 경공이 어머니를 더욱 즐겁게 해 주기 위해 생각해 낸 결과였다.

다른 나라에서 사신이 오면, 수레며 말이며 시중드는 하인까지 주인된 나라에서 다 대주는 것이 예인 걸로 되어 있었다. 찾아온 손님을 편안히 쉬도록 하기 위해서다.

경공은 어머니를 즐겁게 웃게 해드리려는 생각에서 몰래 사람을 시켜 사신과 똑 같은 병신을 골라 수레를 몰게 했다. 이를 안 상경 국좌(國佐)가 말렸으나 경공은 듣지 않았다.

이 기묘하고 괴상한 광경을 보는 순간 소부인은 그만 자기도 모르게 깔깔웃음을 터뜨리고 말았다. 옆에 있던 시녀들도 입을 가린 채 킬킬거렸다. 그 소리는 밖에까지 크게 들렸다.

극극은 처음 수레 모는 사람이 애꾸눈인 것을 보고도 우연으로만 알고 있었다. 막상 대 위로부터 웃음소리가 들려오자 더럭 의심이 났다.

술을 몇 잔 들고는 이내 일어나 관사로 돌아오자, 사람을 시켜 대위에 있었던 사람이 누구였는지를 캐묻게 했다. 곧 그것이 바로 임금의 어머니 소부인이란 것을 알았다.

극극은 다른 세 나라 사신들과 원수를 갚고 말 것을 맹세한 다음 제나라 임금은 만나지도 않고 이튿날 새벽 일찍 떠나고 말았다.

경공은 이때의 한 번 실수로 연거푸 노나라 위나라와 싸움을 해야 했고, 나중에는 진·위·노 연합군과의 싸움에서 크게 패해 사로잡히게 되었다. 그러나 경공의 수레를 몰던 봉추보(逢丑父)가 임금의 옷을 바꾸어 입고 대신 잡혀가는 바람에 무사할 수 있었다.

봉추보가 대신 잡히는 장면이 재미있다. 경공과 봉추보가 옷을 막 바꾸어입고 나자 진나라 장군 한궐이 군사를 이끌고 와 둘러쌌다.

한궐은 옷차림만을 보고 봉추보를 임금인 줄로 알았다. 한궐은 말 고삐를 잡고 두 번 절한 다음 말했다.

"우리 임금께서 노·위 두 나라 청을 뿌리칠 수 없어 소장들로 하여금 귀국에 죄를 묻게 되었습니다. 바라옵건대 신의 나라로 욕된 걸음을 해주시기 바랍니다."

봉추보는 목이 타서 말을 할 수 없다는 시늉을 해보이고는 표주박을 경공에게 주며 말했다.

"가서 마실 물을 좀 떠오라."

경공은 수레에서 내려와 샘물을 떠오는 척했으나 그것은 흐려서 먹을 수 없는 물이었다. 봉추보는 다시 깨끗한 물을 떠오라 시켰다. 경공은 깨끗한 물을 뜨러 가는 척하며 산을 돌아 달아나고 말았다.

제나라 임금이 사로잡혔다는 말을 듣고 기뻐 급히 달려온 극극은 또 한 번 속은 것을 알자 당장 묶어 끌고 나가 목을 베라 일렀다.

봉추보는 큰 소리로 외쳤다.

"진나라 임금께선 내 말을 들으시오. 앞으로는 임금을 위해 어려움을 대신하는 신하가 없을 거요. 이 봉추보는 임금에게 충성을 바치고 죽음을 당하게 되었소."

극극은 봉추보의 묶음을 풀고 뒷수레에 태우게 했다.

이 일련의 사건을 놓고 뒤엣사람은 이렇게 평하고 있다.

"정중히 대해야 할 귀한 손님을 욕되게 했으니 경공은 싸움에 패하고 사로잡히는 보복을 당해 마땅하다. 그러나 그것이 잘못된 효성일 망정 효성으로 인해 빚어진 일이었기 때문에 무사했던 것이리라."

남의 신체적 결함을 지적하는 것은 듣는 사람으로서는 참기 어려운 일이다. 더구나 그런 결함을 웃음거리로 삼는다는 것은 생각조차 할 수 없는 일이다. 한 나라의 임금이란 사람과 어머니란 여자가 그런 체통에 벗어난 짓을 서슴지 않았으니 나라나 사람에 있어서 예를 지키는 일이 얼마나 소중한가를 새삼 느끼게 하는 사건이라 할 수 있을 것 같다.

병입고황(病入膏肓)

用人固富以德行爲先 而文藝爲後.
"사람을 쓰는 방법은 마땅히 그 덕행을 앞세우고, 그 재주를
뒤로 돌려야 한다."

　노선공은 18년 겨울 10월에 죽고 그 아들 흑굉(黑肱)이 뒤를 이었
다. 이가 성공(成公)이다.
　노성공 10년은 진경공 19년이다. 이해 6월에 경공은 죽었다. 이 경
공의 죽음에 얽힌 이상한 일들이 많이 전해지고 있다.
　좌전에는 이렇게 적고 있다.
　경공은 꿈을 꾸었다. 키가 큰 귀신이 머리털을 땅에 닿을 정도로
길게 늘어뜨리고 가슴을 치고 발을 구르며 말했다. "내 자손을 죽인
것은 옳지 못하다. 나는 상제에게 창하여 허락을 얻었다." 하고 대
문과 침문을 부수고 들어왔다. 경공은 두려워 방으로 들어왔다. 그
러자 또 방문을 부수었다.
　경공은 꿈을 깨자 상전(桑田)에 사는 무당을 불렀다. 무당의 말도
꿈과 같았다. "어떻게 될까?"라고 말하자 "햇보리를 자시지 못할

것입니다"라고 했다. 그뒤 경공의 병이 위독하여 진(秦)나라에 의원을 청했다. 완(緩)을 보내주었다. 아직 이르지 않아 경공이 꿈을 꾸었다. 두 어린아이가 말했다. "그는 훌륭한 의원이다. 우리를 해칠까 두렵다. 어디로 도망칠까?" "황(肓)위 고(膏) 아래에 있으면 우리를 어쩌겠는가?" 의원이 와서 말했다. "병이 황 위 고 아래에 있어 어쩔 도리가 없습니다." "훌륭한 의원이다"하고 후히 사례하여 돌아가게 했다.

6월 병오(丙午)에 햇보리를 바치게 하여 밥을 지어 먹게 되자 상전 무당을 불러 보이고 죽였다. 먹으려고 하자 배가 아파 변소로 갔다가 빠져 죽고 말았다. 작은 신하가 새벽에 임금을 업고 하늘로 오르는 꿈을 꾸었는데, 이날 낮에 임금을 업고 변소에서 나온지라 마침내 순장하게 되었다.

좌전의 이 간략한 기록의 자세한 내용은 다음과 같다.

도안가에 의해 조둔의 자손들이 처형되고 난 몇 해 뒤에 진경공은 신전(新田)이란 곳으로 서울을 옮기고 신강(新絳)이라 불렀다. 백관들의 하례를 받고 내전에 잔치를 벌여 신하들을 대접했다. 해가 기울자 시종들이 촛불을 밝히려 했다.

이때 갑자기 회오리바람이 불어닥치며 찬기운이 사람을 덮쳤다. 모두 놀라 떨었다. 금방 바람은 지나가고 경공만이 이상한 것을 보게 되었다. 키가 열 자도 넘는 큰 귀신이 머리를 땅에까지 닿게 늘어뜨리고 밖으로부터 들어와 팔을 뽐내며 꾸짖었다.

"원통하다! 내 자손이 무슨 죄가 있기에 네가 죽였느냐? 나는 이미 상제께 아뢰었다. 너의 목숨을 앗으러 왔다!"

말을 마치자 구리망치를 들고 와 경공을 쳤다. 경공은 사람 살리라고 소리를 지르며 칼을 뽑아 그 귀신을 베려 했다. 귀신을 벤다는 것이 자기 손가락을 베고 말았다. 신하들은 무슨 영문인지를 몰라 황급히 칼을 빼앗았다. 경공은 피를 내 뿜으며 까무러쳐 넘어지고 말았다.

경공은 침전으로 옮긴 얼마 뒤에야 깨어났다. 신하들은 다 흩어져 돌아가고 경공은 몸져 눕게 되었다. 시신들은 상문(桑門)에 사는 큰 무당이 대낮에도 귀신을 본다며 불러오자고 했다.

임금의 부름을 받고 온 무당은 침문에 들어서기가 무섭게 귀신이 있다고 했다.

"귀신의 모양이 어떠하냐?"

하고 경공이 묻자 무당은 경공이 본 것과 똑 같은 귀신의 모습을 말해 주었다.

"과인이 본 것과 똑 같다. 내가 그 자손을 억울하게 죽였다고 하는데 이 귀신이 누구인지 모르겠구나."

"선세에 공이 있는 신하로서 그 자손이 가장 참혹한 화를 입은 사람입니다."

경공은 깜짝 놀라며

"혹시 조씨의 조상은 아닐까?"

하고 옆에 있는 도안가를 바라보았다.

"그럴 리가 있습니까? 이 무당은 조둔의 사람인지라 조씨를 위해 꾸며서 그런 말을 하는 것이니, 임금께선 무당의 말에 현혹되지 마십시오."

하는 도안가의 말에 경공은 잠자코 있다가 무당에게 또 물었다.

"귀신을 빌어서 달랠 수 있겠는가?"

"너무도 노여워하고 있는지라 빌어도 소용이 없을 것 같습니다."

"과인의 명이 언제까지일 것 같으냐?"

"죽음을 무릅쓰고 바른 말을 하겠습니다. 임금의 병이 햇보리를 맛보시지 못할까 두렵습니다."

도안가가 또 말했다.

"보리가 한 달 안에 익게 되어 있는데 어찌 그럴 수 있겠느냐?

네 말이 맞지 않으면 그때는 죽을 줄 알아라.”
하고 경공의 허락도 없이 무당을 내쫓고 말았다.

무당이 가고난 뒤로 경공의 병은 더욱 깊어졌다. 나라안의 용하다
는 의원이 다 와서 병을 보았건만 무슨 병인지를 알 수 없어 감히 약
을 쓰지 못했다.

대부 위상(魏相)이 진(秦)나라로 가 태의(太醫) 완(緩)을 데리고
왔다. 고화(高和) 고완(高緩)은 같은 형제로 편작의 의술을 전해 받
은 명의였다.

위상과 고완이 아직 와 닿지 않았을 때 경공은 또 꿈을 꾸었다.
두 어린아이가 콧구멍으로 뛰어나오자 한 아이가 말했다.

“진나라 고완은 당대의 명의야. 그가 와서 약을 쓰면 우리가 상처
를 입게 될 터인데 어떻게 피하지?”
그러자 다른 아이가 말했다.

“가로막(肓)위 염통(膏)아래에 피해 있으면 고완인들 우리를 어찌
겠는가?”

그 순간 경공은 염통과 가로막 사이가 갑자기 아파와 견딜 수가
없었다. 앉았다 누웠다 하며 안절부절 못하고 있는데 위상이 고완을
데리고 들어왔다.

진맥을 마치자 고완은 말했다.
“이 병은 어째볼 수가 없습니다.”
“어째서요?”
“이 병은 가로막 위 염통 아래에 있는지라 뜸으로도 다스릴 수 없
고 침도 닿을 수 없으며, 약의 힘도 거기까지는 미치지 못합니다.
아마 천명인 것 같습니다.”
“지금 한 말은 바로 내 꿈과 맞는구려. 참으로 훌륭한 의원이요.”
하고 경공은 후한 예로서 고완을 돌려보냈다.

이래서 병입고황(病入膏肓)이란 말이 생겨났다. ‘고’는 염통을 말

하고 '황'은 가로막을 뜻한다. 병이 거기로 들어가 있다는 것은 고칠 수 없다는 뜻이다.

이때 작은 내시 강충(江忠)이 경공을 밤낮 모시며 고생을 하고 있었다. 고단한 나머지 아침에 앉은 채 깜박 졸며 꿈을 꾸었다. 임금을 업고 하늘 위로 날아오르는 꿈이었다.

꿈을 깨고는 신기해서 옆에 있는 사람들에게 그대로 이야기를 했다. 도안가가 마침 들어왔다가 꿈 이야기를 듣고는 임금에게 축하의 인사를 올렸다.

"하늘은 밝은 것이고 병은 어두운 것입니다. 날아 하늘에 올랐으니 이는 어둠을 떠나 밝은 곳으로 나아간 것입니다. 임금의 병은 틀림없이 차츰 좋아질 것입니다."

도안가의 아첨하는 말을 듣는 순간 경공도 가슴아픈 것이 좀 덜한 것 같았다. 행여나 하는 기대에서 마음이 마냥 기쁘기만 했다.

이때 제사에 쓰는 곡식을 가꾸는 밭을 맡은 사람이 햇보리를 바쳤다. 경공은 갑자기 햇보리쌀이 먹고 싶었다. 곧 바친 햇보리를 반만 찧어 가루를 만들어 죽을 끓이라 일렀다.

도안가는 무당이 조씨의 원혼이라고 말한 것이 괘씸한지라, 경공을 보고 말했다.

"앞서 무당은 주상께서 햇보리를 맛보실 수 없다고 했습니다. 그 말이 지금 맞지 않았으니 불러와 보이는 것이 옳을 것 같습니다."

무당이 불려 들어오자, 경공도 무당의 말이 몹시 귀에 거슬렸던 만큼 도안가를 시켜 이렇게 꾸짖게 했다.

"햇보리가 여기 이렇게 놓여 있는데도 맛볼 수 없겠느냐?"

그러자 무당은 아직 알 수 없는 일이라고 했다. 경공의 얼굴빛이 싹 변했다. 그러자 도안가는,

"못된 백성이 감히 임금을 저주하고 있으니 목을 베어 마땅한 줄로 압니다."

하고는 끌고 나가 목을 베어 바치라고 했다. 무당은 끌려나가며 말했다.

"내가 작은 재주로 인해 스스로 몸을 죽게 만들었으니 어찌 슬프지 않으냐?"

작은 재주로 죽었다기보다 입을 가볍게 놀려 죽은 것이다.

이때 햇보리쌀로 끓인 죽이 들어왔다. 해는 이미 한낮이었다. 경공이 숟갈을 들려고 하자 갑자기 배가 아파오며 금방 변소가 가고 싶었다. 강충을 불러 그의 등에 업혀 변소로 갔다. 강충이 내려놓는 순간 갑자기 가슴이 치받히는 바람에 몸을 가누지 못하고 아래로 빠지고 말았다.

강충이 더러운 것도 돌아보지 않고 안아 일으켰을 때는 벌써 숨이 끊어져 있었다. 무당의 말은 정확히 맞았다. 이 광경을 환상으로 보고 있는 것일지도 모른다. 그러나 자기 재주를 돋보이기 위해 남의 불행을 말하기 좋아하는 사람은 신명의 미움을 받는 이치를 그는 모르고 있었던 것이다.

경공이 죽고 그 아들 주포(州蒲)가 임금이 되니 이가 여공(厲公)이다.

강충은 임금을 업고 하늘로 오르는 꿈을 꾸었다 하여 경공의 무덤 속에 함께 묻히게 되었다. 말을 하지 않는 것이 좋다는 것을 이로서도 알 수 있을 것 같다.

양유기와 원숭이

상 자 권 유 공 야　형 자 징 유 죄 야
賞者勸有功也　刑者懲有罪也.
“상은 공(功)을 권장하기 위한 것이요, 형벌을 죄를 경계하기
위한 것이다.”

　노성공 16년은 진여공 6년이었고, 초공왕 16년이었다. 여공은 삼
극(三郤)으로 불리는 신하들의 모함으로 충신이요 모사였던 백종(伯
宗)을 죽이고 도안가 같은 간신들을 가까이하며 사치와 음란에 빠져
있었으며, 초공왕은 나름대로 좋은 임금이었으나 초나라 세력은 점
점 기울기 시작했다.
　앞에서 말한 바 있는 송나라 화원은, 진·초 두 나라 사이에 끼
어, 송나라가 번갈아 이유없는 전란을 겪어야만 했기 때문에 진·초
두 나라가 서로 패권싸움을 버리고 화해를 할 것을 자주 제의하곤
했었다.
　경공이 죽고 여공이 임금이 되자 송공공은 상경 화원을 진나라로
보내 죽은 임금에 대한 조문과 함께 새 임금에 대한 하례를 하고 오
게 했다.

초나라에 인질로 가 있을 당시 영윤인 공자 영제와 초·진 두 나라의 화해를 상의한 적이 있는 화원은, 진나라 중군원수인 난서(欒書)와 상의한 끝에 그의 아들 난침(欒鍼)과 함께 초나라로 갔다.

이리하여 마침내 송나라 서문(西門) 밖에서 진나라 사섭(士燮)과 초나라 공자 피(罷)가 각각 임금을 대신해 맹약을 하기에 이르렀다. 맹약의 내용은

'각각 자기 나라 경계를 지키고 백성을 편안히 하기로 약속한다. 이 약속을 어기고 전쟁을 일으키는 사람은 귀신의 벌을 받는다.'

라는 것이었다.

그런데 전부터 평화회담을 반대해 왔던 초나라 군사령관인 공자측이 자기와는 아무런 상의도 없이 그 맹약이 이루어진 것에 대해 크게 반발했다.

공자 측은 영윤 영제의 화해맹약을 깨뜨리기 위해 그럴 듯한 이유로 공왕을 부추겨 진나라에 붙은 정나라를 치기에 이르렀다. 이것이 노성공 15년의 일이다.

진여공은 초나라가 먼저 맹약을 깨뜨리고 정나라를 친 것과, 그 정나라가 진나라에 구원을 청하는 일도 없이 다시 초나라로 붙고 만 것에 대해 크게 성이 났다. 그래서 정나라를 무찔러 초나라와 다시 패권싸움을 벌이게 되었다.

평화주의자인 사섭은 적극 반대했고, 중군원수인 난서는 중립적이었지만, 백종을 모함해 죽인 실권자들인 극의(克錡)와 극주(克犫)와 극지(郤至)의 주장을 여공이 받아들인 때문이었다.

정나라는 급히 초나라에 구원을 청했다. 초공왕과 영윤 영제는 서문의 맹약이 마음에 걸려 구원병을 보내지 않으려 했다. 그러나 공자측이 승리를 장담하며 부추기는 바람에 공왕은 공자 측을 중군원수에 임명하고 직접 대군을 거느리고 정나라로 향하게 되었다. 공자 측

은 솜씨를 자랑하듯 30리 행군을 백리 행군으로 달렸다.

탐색병에 의해 이 보고는 즉시 진나라 중군으로 들어왔다. 이때 사섭은 난서를 보고 말했다.

"지금 임금은 나이 어려 나라 일을 알지 못하니 거짓 초나라를 두 려워하며 싸움을 피하고 물러가는 것이 좋을 것 같습니다. 임금 으로 하여금 깨우치고 조심하게 하여 나라 일에 힘쓰도록 하는 계 기를 만들었으면 합니다."

그러나 그것은 먼 앞날을 내다보는 사섭의 속깊은 생각일 뿐이었 다. 사섭은 물러나와 혼자 탄식했다.

"이번 걸음에 패하면 다행이지만 만일에 이기기라도 한다면, 밖이 조용한 대신 안이 어지러워질까 두렵다."

이때 초나라 군사는 벌써 언릉(鄢陵)을 지나고 있었다. 진나라 군 사는 앞으로 나아갈 수 없어 언릉 북쪽에 있는 팽조강(彭祖岡)이란 곳에 진을 치게 되었다. 다음날은 6월 그믐이었다. 그믐날은 전쟁을 피하는 것으로 되어 있기 때문에 진나라는 아무 준비도 하지 않고 있었다.

밤이 지나고 날이 채 밝지도 않아 갑자기 진지 밖에 함성이 요란 하게 울렸다. 초나라가 갑자기 들이닥쳐 진을 치고 있은 것이다. 작 전상 기습을 한 것이었지만 이쪽을 얕잡아본 교만에서 나온 것이기 도 했다.

난서는 크게 놀라며 말했다.

"저들은 벌써 우리를 누르고 진을 치고 있는데, 우리는 제대로 준 비도 하지 않는 상태이니 이대로 싸우게 되면 불리할 것이다. 우 선 진지를 굳게 지키게 하고 조용히 계획을 세운 다음에 무찌르도 록 해야 할 것이다."

각군 지휘자들은 의론이 분분했다. 정예군을 뽑아 돌격을 하자는 사람, 군사를 뒤로 물리치자는 사람으로 두 패가 갈라진 상태였다.

이때 사섭의 아들 사개(士匄)가 나이 이제 16살이었는데 의론만 분분하고 결정을 못 내리고 있다는 말을 듣자 중군으로 달려 들어가 난서를 보고 말했다.

"원수께선 싸울 땅이 없는 것을 걱정하십니까? 이건 아주 쉬운 일입니다."

"어떤 방법이 있다는 건가?"

"영문을 굳게 지키게 하고 진지 안에서 몰래 아궁이 흙을 다 깎아 내어 판판하게 만들고 우물을 널빤지로 덮으면 금방 진을 치고도 땅이 남습니다. 그런 다음 진문을 열고 적을 맞게 되면 저들이 우리를 어찌 하겠습니까?"

"우물과 아궁이가 없으면 어떻게 밥을 지어먹을 수 있겠는가?"

"먼저 마른 양식과 깨끗한 물을 준비하게 한 다음, 늙고 어린 군사들로 진영 뒤쪽에 새로 아궁이를 만들고 우물을 파게 하는 겁니다."

초공왕은 진나라 진영이 갑자기 낭패한 모습을 나타낼 것으로 기대했었다. 그런데 조용하기만 했다. 태재 백주리(佰州犂)에게 물었다. 백주리는 백종의 아들로 극씨들의 모함에 의해 백종이 죽자 화를 피해 초나라로 도망쳐 나와 태재 벼슬에 올라 있었던 것이다.

백주리는 소거(巢車)에 올라 바라볼 것을 청했다. 소거는 새둥지처럼 생긴 수레란 뜻으로 다락수레 가운데 가장 높은 것을 말한다. 소거에 오른 공왕은 옆에 있는 주리에게 물었다.

"진나라 군사가 이쪽 저쪽으로 말을 달리며 왔다갔다 하는 것은 무엇 때문이오?"

"군리(軍吏)를 부르는 것입니다."

"지금 여럿이 또 중군에 모여 있는 것은?"

"함께 의논하는 것입니다."

"갑자기 장막을 치는 것은 무엇 때문인가?"

"조상의 영전에 보고를 하는 것입니다."

"이제 장막을 또 걷는 것은?"

"곧 군령을 내리려는 것입니다."

"군중이 어째서 저리 시끌시끌하고 먼지가 날아오르는 걸까?"

"우물을 막고 아궁이를 없애어 싸움터를 만들려는 것입니다."

"수레에 말을 멍에하고 장수와 장교들이 수레에 올랐군."

"진을 맺으려는 것입니다."

"수레에 탔던 사람이 다시 내리는 것은?"

"싸움을 앞두고 신명에 비는 것입니다."

"중군의 기세가 대단한 것 같은데 임금이 중군에 있는 건가?"

"난씨와 사씨들이 임금을 끼고 진을 치고 있습니다. 가볍게 상대
해서는 안 될 줄 압니다."

그런가 하면 초나라에서 진나라로 항복해 온 장수 묘분황(苗賁皇)
은 또 진여공 옆에 모시고 있으면서 여공의 물음에 대답하고 있었
다. 묘분황은 반란을 일으켰다 패해 죽은 투월초의 아들이었다.

"초나라가 우리를 업신여기고 있는 것 같은데……."

"영윤 손숙오가 죽고난 뒤로 군의 통솔이 제대로 이루어지지 않고
있습니다. 정예부대로 알려져 있는 양광(兩廣)의 군사도 오래동안
바꾸지 않아 싸움을 제대로 할 수 없는 늙은이들이 많습니다. 게
다가 각군의 원수들이 뜻이 맞지 않아 서로 시샘하고 있으므로 이
번 싸움은 초나라가 패할 것으로 봅니다."

전쟁에 있어서 가장 무서운 것은 장수들끼리 마음이 맞지 않는 것
이다. 그 다음으로 무서운 것은 적을 가볍게 보는 교만이다. 초나라
는 이런 결점을 지니고 있는 것이다.

이날 양쪽 군대가 각각 진을 굳게 지키며 아직 싸우지 않고 있을
때 초나라 장수 반당(潘黨)은 진영 뒤쪽에서 활솜씨를 자랑하고 있

었다.

반당은 과녁 한가운데 있는 홍심(紅心)을 연거푸 세 번을 쏘아 맞추었다. 구경하던 장수들은 왁자지껄하며 칭찬해 마지 않았다. 그러자 양유기가 마침 그리로 찾아왔다.

"신전이 오신다!"

하고 반당을 칭찬하던 장수들이 일제히 몸을 돌려 양유기를 맞이했다. 이에 화가 난 반당이 양유기가 들으라는 듯이 말했다.

"내가 어찌 유기만 못하겠는가?"

양유기가 반당을 보고 말했다.

"홍심을 맞추는 거야 뭐 그리 신기할 것도 없는 일이잖은가? 나는 백보 밖에서 버들잎을 뚫을 수 있다."

백보 밖에서 활로 버들잎을 맞히는 것을 백보천양(百步穿楊)이라고 한다. 활솜씨의 뛰어난 것을 가리켜 옛부터 전해온 말이었다.

그 백보천양이 어떤 것이냐며 한 번 시험해 보여 달라고 하자 양유기는 쾌히 승낙했다. 그것은 검정을 칠한 버들잎을 버들가지 위에 붙여 두고 백보 밖에서 활을 쏘아 버들 잎을 맞힌 화살이 버들가지에 그대로 꽂혀 있음으로 해서 확인할 수 있는 것이다.

양유기가 그런 솜씨를 확인시켜 보이자 반당은 속으로 놀라면서도 이렇게 말했다.

"그거야 어쩌다가 한 번 맞힐 수도 있는 일이지. 내가 세 잎을 차례로 표시를 해 둘 것이니 그것을 차례로 맞힌다면 그때는 내가 항복하겠다."

양유기는 짐짓 겸손을 부리며,

"글쎄. 그건 어려울 것 같은데. 어디 한번 시험해 보지."

반당은 버들잎 셋에 번호를 적은 다음 높고 낮은 것이 같지 않게 버드나무 위에 붙여 두고 쏘게 했다. 양유기는 번호 차례로 활을 쏘아 한 푼도 틀리지 않게 한가운데를 맞혔다.

양유기는 반란을 일으킨 투월초와 강을 사이하고 활솜씨를 겨룬 끝에 신전으로 자칭하는 투월초를 단 한 번에 정통으로 머리를 맞혀 죽게 했었다. 그 솜씨를 오늘 자랑해 보인 것이다.

또 이런 이야기도 전해지고 있다. 초나라 임금이 사냥을 갔었는데 산 위의 원숭이 하나가 활을 쏘는 대로 화살을 받곤 했다.

몇 겹으로 둘러싸고 여러 사람이 활을 쏘아도 끝내 맞히지를 못했다. 그래서 양유기를 불러오라 시켰다. 원숭이는 양유기란 말을 듣자 무슨 영감이 통했든지 슬피 울기 시작했다. 곧 원숭이는 양유기의 첫 화살에 염통을 맞고 말았다는 것이다.

반당과 양유기는 여러 장수들의 청에 의해 갖가지 재주를 겨뤄보이기도 했다. 반당은 힘이 세어 갑옷 일곱을 포개 놓고 쏘아 꿰뚫기도 하고, 양유기는 반당의 그 화살을 맞추어 밖으로 밀어내는 재주를 보여 주기도 했다.

여러 장수들은 그 갑옷을 들고가 임금에게 보이며 있었던 일을 설명하고,

"우리나라에 이런 명궁과 신전이 있으니 진나라 군사 백만인들 무슨 걱정이 있겠습니까?"
하고 자랑스러워 했다.

백주리의 설명을 듣고 두려운 생각이 들기도 한 공왕은, 공자측의 부추김에 넘어간 듯한 느낌마저 없지 않았으므로 진나라를 가볍게 보는 그들의 태도가 몹시 비위에 거슬렸다. 공왕은 양유기를 보며 꾸짖었다.

"장수란 꾀로서 적을 이기는 것인데 어찌하여 한낱 화살의 요행을 바란단 말인가? 용맹만 믿는 사람은 용맹으로 죽고 재주만 믿는 사람은 재주로 죽는다는 말을 듣지 못했는가?"
그리고는 양유기의 화살을 거두고 다시 쏘지 못하게 했다. 양유기

는 칭찬 대신 부끄럼만 당하고 말았다.

이튿날 싸움에서 초나라는 패하고 말았다. 위기(魏錡)가 쏜 화살을 맞아 공왕은 왼쪽 눈알이 화살촉과 함께 뽑혀나오는 변을 당하기까지 했다.

성이 난 공왕은 그때서야 급히 양유기를 불렀다. 양유기는 황급히 달려왔으나 화살이라고는 단 한 개도 가진 게 없었다. 활을 쏘지 말라고 한 임금의 명령에 따른 것이다. 공왕은 자기 화살 두 개를 주며

"나를 쏜 장수는 초록색 전포에 용의 수염을 하고 있었다. 장군은
  과인의 원수를 갚아 달라."
하고 부탁했다.

양유기는 위기를 찾아내어 목 아래를 쏘아 죽게 만들고 남은 화살하나를 공왕에게 도로 갖다 주었다. 공왕은 크게 기뻐하며 입고 있던 전포를 벗어 양유기에게 주고, 늑대 이빨로 화살촉을 만든 화살 백 개를 주었다.

사람의 하는 일이란 이렇게 변덕스럽고 얄궂은 것일까? 양유기도 재주만 뽐내 보이지 않았으면 활을 못 쏘는 일은 없었을 것이며, 공왕도 그런 양유기가 못마땅해 멀리만 하지 않았어도 눈을 맞는 일은 없었을 것이다.

첫 싸움에서 패한 초왕에게 또 놀라운 소식이 들려왔다. 노나라와 위나라의 응원병이 20리 밖에 와 있다는 것이었다.

"진나라 군사만도 감당하기 어려운데 노·위 두 나라 군사까지 합
  친다면 무슨 힘으로 막겠는가?"
하고 곧 중군원수를 불러 상의하게 했다. 그런데 중군원수인 공자측은 술에 취해 깨워도 일어나지 않았다.

이 공자측은 술을 좋아해서 한 번 마시기 시작하면 끝이 없었고, 한 번 취했다 하면 온 종일 깨지 않는 그런 사람이었다. 그래서 싸

움터로 나갈 때는 술을 입에 대지 말라는 특명이 내려졌고, 공자측 자신도 술을 입에 대려 하지 않았다.

첫날 싸움에 화살을 맞고 돌아와 부끄러움과 노여움을 띠고 있는 공왕을 공자측은 이렇게 위로했다.

"양쪽 군이 다 지쳐 있으니 내일 하루는 우선 쉬는 수밖에 없습니다. 신이 익히 생각하여 이 부끄러움을 꼭 씻고 말겠습니다."

위로겸 큰소리를 치고는 돌아왔으나 좋은 꾀가 떠오를 리 없었다. 밤이 깊도록 잠을 이루지 못하고 앉아 있자, 곡양(穀陽)이라는 심부름하는 아이가 술 한 병을 데어 들고 와 올렸다.

공자측은 냄새를 맡고 깜짝 놀랐다.

"술이 아니냐?"

"술이 아니라 초탕(椒湯)입니다."

영리한 곡양은 주인이 마시고는 싶어도 말이 새어나갈까 두려워 참고 있는 것으로 짐작하고 이렇게 술을 초탕이라고 한 것이다. 절간에 있는 스님들에게 술을 권하며

"이것은 술이 아니라 곡차(穀茶)올시다."

라고 한다는 것과 같은 것이다.

공자측은 곧 알아채고 단숨에 쭈욱 들이켰다. 그렇게 향긋하고 맛이 좋을 수가 없었다. 한 번 맛을 보자 더는 참을 수가 없었다.

"초탕 더 있느냐?"

"네에, 더 있습니다."

이렇게 해서 수도 없이 연거푸 마셨다. 끝내는 자리에 넘어져 잠이 들고 말았는데 바로 이때 임금의 부르는 명령이 전달되었다. 그러나 공자 측은 아무리 흔들어 깨워야 소용이 없었다.

공왕은 하는 수 없이 영윤 영제를 불러 상의했다. 영제는 원래 출군을 반대했었고 공자측과 사이가 나빠 은근히 성공 못하기를 바라고 있었으므로,

“다시 싸워 더 패하게 될지도 모르는 일이니, 밤에 빨리 돌아가는 것이 상책일 것 같습니다.”

공왕은 양유기를 불러 공자측을 보호해 오라 이르고, 전군에 돌아갈 것을 명령했다.

양유기는 하는 수 없이 공자측을 수레에 싣고 가죽띠로 단단히 수레에 붙들어맨 다음 앞 부대를 뒤쫓아 천천히 수레를 몰았다.

공자측은 50리를 와서야 겨우 술이 깨었다. 자세한 이야기를 들은 공자측은 통곡을 하며

“어린 것이 나를 죽였다.”

하고 곡양을 찾았으나 곡양은 벌써 달아나고 없었다.

초공왕은 2백 리를 가서야 마음이 놓였다. 진나라 군사는 모르고 있는 것이 분명했다. 그러나 공자측이 죄가 두려워 스스로 목숨을 끊을까 걱정이 되었다.

사람을 보내 죄를 용서한다 이르고 살아남아 원수를 갚도록 하라는 부탁을 하게 했다. 그러나 그를 미워하고 있던 영윤 영제가 사람을 보내,

“임금이 차마 죽이지 않는다 해도 무슨 낯으로 다시 초나라 군사를 거느릴 수 있겠느냐?”

하는 말을 전하자 스스로 목을 매어 죽고 말았다.

이렇다할 지혜도 꾀도 없으면서 전쟁만을 즐겨 한 당연한 결과였는지도 모른다.

초나라를 크게 이기고 돌아온 진여공은 사섭이 걱정한 대로 우쭐해진 나머지 사치와 방탕을 일삼으며 간신들의 농간에 놀아나던 끝에 2년 뒤인 노성공 18년에 대신들 손에 죽고 만다.

여공의 뒤를 이어 양공의 손자 주(周)가 임금이 되니 이가 도공(悼公)이다. 진나라는 도공에 의해 다시 힘을 뻗게 된다.

이름만이 임금일 뿐

<ruby>一菊之羅<rt>일 국 지 나</rt></ruby> <ruby>不可以得鳥<rt>불 가 이 득 조</rt></ruby> <ruby>無餌之釣<rt>무 이 지 조</rt></ruby> <ruby>不可以得魚<rt>불 가 이 득 어</rt></ruby> <ruby>遇士無禮<rt>우 사 무 례</rt></ruby> <ruby>不可以得賢<rt>불 가 이 득 현</rt></ruby>.

"한줌의 그물로는 새를 잡지 못하고, 먹이 없는 낚시로는 고기를 낚지 못하며, 선비를 보고 예우할 줄 모르면 현명한 인재를 얻지 못한다."

진여공이 죽고 도공이 임금이 된 경위는 다음과 같다.

앞에서 말한 대로 초나라를 이기고 돌아온 여공은, 자신을 천하에 제일가는 영웅으로 생각하며 타고난 성격의 사치와 방탕과 음락에 더욱 열을 올리기 시작했다.

이 당시의 귀족들은 대개 안으로는 여자를 사랑하고 밖으로는 소년을 사랑하곤 했는데 여공은 그 정도가 심한 사람으로 알려져 있었다.

여공이 사랑하는 소년에는 서동(胥童)과 장어교(長魚矯) 이양오(夷羊五) 장려씨(匠麗氏) 네 사람이 있었다. 이 가운데 서동이 가장 영리하고 교활하며 용맹과 권모술수가 뛰어나 있었고 나머지 세 사람도 스스로는 호걸로 자처하고 있었다.

나라의 앞일을 염려하던 사섭은 임금의 그 같은 모습을 보자 울화

병으로 죽고 말았다. 그 뒤를 초나라를 이기는데 한 몫을 했던 어린 나이의 아들 사개가 이었다. 사개의 할아버지 사회가 범(范)이란 곳을 식읍으로 가지고 있었으므로 이때부터 범개라 불렀다.

여공은 서동을 사랑하고 신임한 나머지 그를 대신에 임명하려 했다. 그러나 자리가 비어 있지 않아 기회만을 기다리는 상태였다. 자연 서동은 그 자리를 만드는 일이 무엇보다 급한 것으로 여겨질 수밖에 없었다.

서동은 조용한 틈을 타 여공에게 말했다.

"지금 삼극(三郤)이 병권을 잡고 있고 그 집안이 번성하여 하는 일들이 방자하기 이를 데 없으니, 머지 않아 반란을 일으키게 될 것입니다. 미리 없애야만 뒷 걱정을 덜 수 있습니다. 극씨들을 제거하면 자리가 많이 비지 않겠습니까? 그때 주상께서 마음에 드는 사람을 골라 그 자리에 앉게 하시면 되지 않겠습니까?"

"증거가 밝혀지지 않은 상태에서 그들을 무찌르면 신하들이 가만 있겠는가?"

"언릉 싸움에서 극지(郤至)는 정나라 임금을 둘러싸고 있었는데, 둘이 수레를 나란히 하고 오래 속삭인 끝에 풀어 놓아주고 말았습니다. 필시 초나라와 내통한 무슨 비밀이 있었던 것으로 짐작됩니다. 사로잡혀 와 있는 초나라 공자 웅패(熊茷)를 불러 물어보시면 사실을 알 수 있을 것 같습니다."

여공은 곧 서동을 시켜 웅패를 불러오게 했다. 웅패는 초왕의 어린 아들로 언릉싸움에서 진나라 여공을 사로잡겠다고 뛰어들었다가 도리어 사로잡히고 만 소년장군이었다.

서동은 웅패를 보고 말했다.

"공자는 초나라로 돌아가고 싶은가?"

"돌아가고 싶다 뿐이겠습니까?"

"내가 시킨 대로만 하면 돌려보내 주지."

"시키는 대로 하겠습니다."

서동은 웅패의 귀에 대고 속삭였다. 웅패는 연방 고개를 끄덕인 뒤 서동을 따라 들어왔다.

여공은 좌우의 사람들을 물리친 뒤 웅패에게 물었다.

"극지가 일찍이 초나라와 사사로이 통한 사실을 알고 있는가? 바른 대로 말하면 너를 돌려보내 주겠다."

"무슨 말을 해도 죄를 주지 않겠다는 허락을 받은 뒤에라야 감히 사실을 말씀드리겠습니다."

"내가 바라는 것이 사실인데 무슨 죄가 있겠는가?"

"극씨는 우리나라 영윤 영제와 일찍부터 친하게 사귀어온 사이였습니다. 자주 편지내왕도 있곤 했는데, 대개가 임금께서 대신들을 믿지 않고 음락에만 빠져 있는지라 백성들의 원망이 날로 깊어만 가고 있으니 아무래도 임금을 갈아치워야만 될 것 같다는 내용이었습니다."

"그럴 수가! 그래 누구를 대신 세운다는 건지 알고 있는가?"

"양공의 손자 주(周)가 지금 주나라 서울에 있으니, 이 다음 두 나라가 혹시 싸워 진나라가 다행히 패하게 되면 그때 양공의 손자 주를 받들어 임금으로 세우고 초나라와 사이좋게 지내고 싶다고 했습니다. 제가 아는 것은 그런 내용뿐으로 그밖의 것은 잘 모릅니다."

웅패의 말이 채 끝나지도 않아 서동이 가로채듯 말을 받았다.

"어쩐지 이상하다 했더니 그 때문이었구나. 앞서 언릉 싸움에서 극주(郤犨)는 영제와 대진하고 있으면서 화살 하나 쏘아보내지 않았었습니다. 극지가 정나라 임금을 일부러 놓아보낸 것이 이로서 분명해졌는데 무엇을 또 의심하겠습니까? 주상께서 믿어지지 않으신다면 극지를 주나라로 보내 천자께 초나라 무찌른 보고를 올리게 하고 사람을 시켜 그의 동정을 엿보게 하시면 되지 않겠습니까? 과연 사사로이 꾀하는 일이 있으면 양공의 손자 주를 만날 것이기 때문입니다.”

“그거 아주 좋은 생각이다.”

하고 여공은 곧 극지를 주나라로 보내고 사람을 시켜 엿보게 했다.

서동은 몰래 사람을 시켜 주에게 일렀다.

“진나라 권한이 반 이상 극씨의 손에 있으니 이번 기회에 극지를 만나보시는 것이 뒷날을 위해 많은 도움이 되지 않겠습니까?”

주는 좋은 뜻으로 받아들이고 극지를 공관으로 찾아가 만났다. 자연 고국의 일을 묻게 되고 극지는 있는 그대로 자세히 이야기했다. 초면이 구면으로 반나절이나 이야기를 주고 받은 뒤에 돌아왔다.

보고를 들은 여공은 웅패의 말이 사실이란 생각이 들며 극씨를 제거할 뜻을 갖게 되었다. 그러나 섯불리 서두를 수도 없는 일이었다.

그러던 어느날 여공이 궁중에서 여자들과 술을 마시며 사슴고기 안주를 만들어 오라 시켰다.

내관 맹장(孟張)이 장터로 사슴을 구하러 갔으나 마침 사슴이 없었다. 이때 극지가 성밖에서 사슴을 한 마리 수레에 싣고 들어와 장터를 지나가고 있었다. 맹장은 임금의 명령이란 생각과 급한 마음에 극지의 승낙도 없이 빼앗듯이 가지고 가버렸다. 뒤따라오던 극지는 크게 성이 나서 활을 쏘아 맹장을 죽이고 사슴을 도로 빼앗아갔다. 권력에 도취된 사람들 사이에 흔히 있을 수 있는 일이기도 했으나 극지의 그같은 행동은 자기 신분을 잊은 방자함을 잘 나타낸 것이었다.

소식을 전해들은 여공은 마침내 서동과 이양오들을 불러 극지를 죽이는 일을 상의하기에 이르렀다.

서동이 말했다.

“극지를 죽이면 극기와 극주가 반란을 일으키게 됩니다. 함께 없애버려야만 합니다.”

232

이양오가 말했다.

"궁중에 있는 군사가 8백 명쯤 되니 임금의 명령으로 밤에 기습을 하면 이길 수 있습니다."

이번엔 장어교가 말했다.

"삼극의 사병이 궁중의 배나 되는데 싸워서 이기지 못하면 뒷일을 어떻게 감당할 것인가? 방금 극지는 사구의 벼슬을 겸하고 있고, 극주는 사사(士師)의 벼슬을 겸하고 있으니 거짓 송사를 꾸며 틈을 엿보아 찌르면 간단히 해치울 수 있지 않겠는가? 그대들은 밖에 군사를 대기시켜 두고 있다가 쳐들어오면 될 것이다."

"그거 참 묘한 방법이다."

하고 여공은 역시 청비퇴(淸沸魋)를 시켜 그들을 돕게 했다.

장어교는 삼극이 이날 강무당(講武堂)에서 일을 의논하고 있다는 것을 알고, 청비퇴와 함께 얼굴에 닭피를 발라 서로 죽이려 한 것처럼 꾸미고 각각 칼을 숨긴 채 오라줄에 묶이어 강무당으로 끌려 들어왔다.

극주는 아래로 내려와 누가 옳고 그른 것을 들으려 했다. 청비퇴는 말을 아뢰려는 듯이 가까이 다가서며 칼을 뽑아 극주를 찔렀다. 극기가 급히 칼을 뽑아 청비퇴를 내리쳤다. 그러나 장어교가 이를 받았다. 극주와 극기는 그들 손에 죽고 극지만이 그들 위를 뛰어넘어 밖으로 달려나가 수레를 타고 도망쳤다. 그러나 밖에 대기하고 있던 군사에 길이 막혀 끝내 죽고 말았다.

밖에 있던 중군원수 난서와 상군 부사령관인 순언(荀偃)이 소식을 듣고 급히 대궐로 달려오자 그들도 서동에게 공모자란 이름으로 잡히게 되었다. 그러나 여공은 두 사람은 관련이 없다며 풀어주고, 그 직책에 그대로 눌러 있게 했다.

장어교는 두 사람까지 마저 죽여야만 뒷걱정을 덜 수 있다며 달래고 또 달랬으나 여공은 끝내 듣지 않았다.

서동은 그의 원대로 극기의 뒤를 이어 상군원수가 되고, 이양오는 극주의 뒤를 이어 신군(新軍)원수가 되고, 청비퇴는 신군 부사령이 되었다. 그러나 장어교만은 뒷일이 두렵다며 오랑캐 나라로 달아나고 말았다. 난서와 순언이 가만있지 않을 것을 알고 있었기 때문이다.

난서와 순언은 서동의 무리와 함께 나라일을 의논하는 것이 부끄러워 병을 핑계하고 나가지 않았다. 서동은 대수롭게 여기지 않았다.

그러던 어느날 여공은 서동과 함께 장려씨의 집으로 놀러갔다. 집은 서울에서 20리 떨어진 곳이었다. 사흘이 지나도 돌아올 줄 몰랐다.

이때 난서와 순언은 임금을 없애고 새 임금을 맞아들이기로 결정을 보았다. 난서는 병이 나았다 말하고 임금을 뵙고 의논할 일이 있다며 임금이 있는 곳으로 찾아갔다.

심복부하 정활(程滑)에게 군사 3백을 주어 길목인 산 양쪽에 숨어 있다가 일을 해치우도록 일렀다.

난서와 순언은 장려씨의 집으로 찾아가 여공을 뵙고 궁중을 오래 비워 두어서는 안 된다며 함께 돌아갈 것을 간청했다. 여공은 하는 수 없이 길을 떠났다.

오던 도중 목을 지키던 복병에 의해 서동이 먼저 죽고 여공은 군중에 갇히게 되었다.

난서는 범개와 한궐이 뒤에 딴 말을 할지도 모른다며 임금의 명령으로 그 둘을 부르자고 했다. 그러나 그들은 벌써 짐작을 하고 병을 핑계로 오지 않았다.

난서와 순언은 정활을 시켜 그날 밤 여공에게 독을 탄 술을 먹여 죽게 만들었다. 범개와 한궐도 임금이 어떻게 죽었는가는 밝히려 하지 않았다. 속으로는 다행으로 알고 있는 것이다.

234

　장례를 간단히 끝낸 뒤 난서는 신하들을 모아놓고 임금 세울 일을 상의했다. 순언이 말했다.

　"삼극을 모함해 죽이며 서동은 그들이 양공의 손자 주를 세우려 했다고 했소. 이것이 바로 하늘이 사람의 입을 빌어 앞일을 알리는 참(讖)이란 것이 아니겠소?"

　신하들은 순언의 말을 듣고 모두 기뻐했다. 난서는 곧 순앵(荀罃)을 주나라로 보내 주를 맞아오게 했다.

　이때 주의 나이 14살이었다. 날 때부터 남달리 총명하고 무게가 있고 뜻이 컸다. 게다가 유명한 선양공(單襄公)이란 스승밑에서 공부를 하고 있었다.

　순앵으로부터 자세한 이야기를 듣자 곧 스승을 하직하고 순앵과 함께 진나라로 들어오게 되었다. 청원(淸原)이란 곳에 이르자 난서, 순언, 범개, 한궐을 비롯한 대신과 고관들이 영접을 했다. 주는 그들을 보고 입을 열어 말했다.

　"나는 다른 나라에 얹혀 있던 사람으로 고국으로 돌아올 생각도 갖지 않았었는데 어찌 임금 되기를 바랐겠소. 그러나 임금이 임금 다우려면 모든 명령이 임금으로부터 나가야 하는 것은 다 아는 일이 아니오? 만일 이름만이 임금일 뿐 그 명령을 따르지 않는다면 임금이 없는 것만 못하지 않겠소? 경들이 과인의 명령을 기꺼이 따르려면 모르거니와, 그렇지 못할 것 같으면 다른 사람을 세우는 것이 옳을 거요. 나는 헛이름으로 빈 자리를 지키며 전 임금의 뒤를 이을 수는 없소."

　난서들은 몸을 떨며 절하고 말했다.

　"신들은 어진 임금을 얻어 섬기기를 원하고 있아옵니다. 어찌 감히 명령에 따르지 않겠습니까?"

　난서는 물러나와 여러 신하들을 보고 말했다.

　"새 임금은 옛날 임금에 견줄 수 없으니 우리 모두 조심해서 섬겨야 할 것 같소이다.”

　도공은 이렇게 해서 서울로 들어와 태묘에 아뢰고 임금이 되었다.
　정식으로 임금의 자리에 오른 도공은 다음날 즉시 이양오와 청비
퇴를 불러 임금을 부추긴 죄를 물어 목을 베게 하고 그 집안들을 모
조리 나라 밖으로 내쫓았다. 그리고 여공의 죽음에 대해 그 죄를 정
활에게 물어 시장바닥에 못박아 죽이게 했다. 주모자인 난서와 순언
의 죄를 물을 수는 없었지만 그들의 죄를 밝힌 거나 다름이 없었다.
　난서는 두려운 마음으로 밤내내 잠을 이루지 못하고 이튿날 늙은
핑계로 벼슬을 내놓으며 대신 한궐을 천거했다. 그리고 놀라는 병을
얻어 곧 죽고 말았다.
　도공은 한궐이 어진 것을 일찍부터 듣고 있었으므로 그를 중군원
수에 임명하여 난서의 자리를 대신하게 했다.
　한궐은 도공에게, 조둔의 아들들이 억울한 역적의 이름으로 죽은
일과, 조삭의 유복자인 조무(趙武)가 살아 있다는 것을 알리고 조둔
을 모함한 도안가의 죄를 다스릴 것을 청했다.
　이리하여 도안가는 멸족의 화를 입게 되고 조무는 15살 나이로 신
군원수의 자리에 오르게 되며, 그 자손이 전국시대로 들어와 조나라
임금이 되었다. 이 이야기는 〈논어〉 2권에 자세히 나와 있기 때문에
여기서는 약하기로 했다.
　이 도공에 의해 진나라는 다시 크게 일어서게 된다.

기해(祁奚)와 위강(魏絳)

知危識險 終無罹綱之門 擧善薦賢 自有安身之路.
"위태함을 알고 험함을 알면 내내 덫은 없을 것이요, 착한 이를 천거하고 어진 사람을 추천하면 저절로 안신(安身)의 길이 있다."

진도공은 14살 어린 나이로 오랜 객지 생활에서 돌아와 하루아침에 임금의 자리에 앉았으나, 임금된 그 이튿날부터 상벌이 분명하고 어진 사람을 알아 일을 맡긴지라, 진나라의 국세는 하루가 다르게 신장되어 갔다. 이로서 진문공 이후로 진나라는 다시 초나라를 누르고 천하를 호령하기에 이르렀다.

이 진도공 시대에 뒷날의 좋은 본보기가 되는 일이 한 두 가지가 아니었다. 여기서는 그 중 몇가지만 소개하기로 하겠다.

도공은 신하든 누구든 이치에 맞는 말을 하면 금방 깨우치고 그것을 그대로 받아들이는 것으로 이름이 나 있었다.

초나라와 진나라 사이에 있는 정나라는 아침에는 초나라에 붙었다 저녁에는 진나라에 붙었다 했다. 급한 대로 우선 고통을 벗고 보자는 생각에서였다.

도공이 그 정나라를 항복받기 위해 노양공(魯襄公) 2년 7월 위나라 척(戚)이란 곳에서 여러 나라 군사를 모아 의논하게 되었다.

"정나라는 우리가 오면 항복했다가 떠나면 또 배반하고 하니 어떻게 하면 좋겠습니까?"

하고 도공이 묻자 노나라 사령관인 중손멸(仲孫蔑)이 이런 의견을 말했다.

"정나라 땅 가운데 가장 험한 곳이 호노(虎牢)입니다. 그곳에 성을 쌓고 관문을 만들어 군대를 주둔시켜 두면 정나라가 다시는 배신하지 못할 것입니다."

그러자 이번에는 초나라에서 항복해 온 무신(巫臣)이 또 의견을 말했다.

"초나라와 오나라는 같은 강물을 오르내리며 내왕하고 있습니다. 오나라로 사신을 보내 초나라를 치도록 하면, 초나라는 동쪽의 오나라가 두려워 북쪽으로 우리와 겨룰 겨를이 없게 될 것입니다."

도공은 두 의견을 다 받아들여 함께 시행했다. 하나는 노나라 사령관의 의견이었고 하나는 항복해 온 초나라 장수의 의견이었다. 그리하여 정나라를 싸우지 않고 항복받게 되고 초나라는 오나라와의 싸움에 자주 패하는 바람에 점점 힘을 잃기 시작했다.

이때가 진도공 16살 때였다. 정나라 호노에 성을 쌓고 정나라의 항복을 받고 돌아올 때 중군위(中軍尉)란 요직에 있는 기해(祁奚)가 나이 이미 일흔이 넘은지라 늙었다는 이유로 벼슬을 내놓게 되었다.

도공은 그 기해를 보고 물었다.

"누구를 경 대신 그 자리에 앉게 하면 좋겠소?"

"해호(解狐)만한 사람이 없을 것 같습니다."

도공은 뜻밖이었다. 기해와 해호는 다 아는 원수 사이였기 때문이다.

"해호는 경의 원수라고 들었는데 어떻게 원수를 천거하오?"

“임금께서는 누가 적임이냐고 물으셨을 뿐 누구를 좋아하느냐고는 묻지 않으셨습니다.”

도공은 사심이 없는 기해의 말에 감탄하며 곧 해호를 불렀다. 그런데 그 해호는 취임도 하기 전에 갑작스런 병으로 죽고 말았다. 도공은 또 기해에게 물었다.

“해호 외에는 누가 가장 좋겠소?”

“그 다음은 오(午)가 가장 나을 것 같습니다.”

이번도 도공에게는 뜻밖이었다. 오는 바로 기해의 아들이었기 때문이다.

“오는 경의 아들이 아닌가?”

“임금께선 누가 좋으냐고만 물으셨지 신의 자식은 빼라고는 말씀하시지 않았습니다.”

이건 아주 역사적으로 유명한 이야기로 전해지고 있다. 모든 벼슬아치들이 이 기해의 마음을 조금이라도 본받는다면 그 나라가 잘 다스려질 것이다.

도공은 또 물었다.

“지금 중군의 부위(副尉) 양설직이 또 죽었소. 그 후임으로 누가 좋겠소?”

“직의 아들에 적(赤)과 힐(肹) 둘이 있습니다. 둘이 다 훌륭하니 골라 쓰시기 바랍니다.”

도공은 기해가 천거한 대로 그의 아들 기오를 중군위에 임명하고 양설직의 아들 양설적을 부위에 임명했다. 기해의 천거도 천거려니와 그것을 그대로 받아들인 도공의 처사에 대해 모든 신하들은 기뻐마지 않았다.

그런데 도공은 임금된 15년에 죽고 만다. 그리하여 도공의 뒤를 이어 평공(平公)이 임금이 되었는데 그후 진나라에 반란사건이 생겼다. 이 반란의 주모자가 양설직의 첩의 몸에서 난 숙호(叔虎)였다.

비록 배다른 형제이기는 하지만 공범이란 이름으로 양설직의 두 아들은 감옥에 갇히게 되었다. 이때 범개 같은 어진 신하가 재상으로 있었건만 양설적과 양설힐 두 형제를 구해 낼 생각을 못했었다.

그런데 서울에서 멀리 떨어진 자기 식읍에 가 살고 있던 기해가 늙은 몸을 끌고 와 두 사람을 구해 냈다. 기해의 말 한 마디에 범개도 임금도 크게 깨닫고 그들 형제를 풀어주고 벼슬에 그대로 있게 했다. 기해가 얼마나 나라 위한 정성이 지극했으며 사람 보는 눈이 높았던가를 알수 있다. 그런 그를 믿고 그의 말을 따라 사람을 쓴 도공이 있었기에 그 전통이 평공에까지 미친 것이리라.

당시 산융(山戎)이 북쪽에서 자주 중국을 침범하곤 했었는데 도공의 위엄이 두려워 무종국 임금을 통해 화친할 것을 청해 왔다.

도공은 이 문제를 놓고 신하들의 의견을 물었다. 모두가 제환공의 옛 일을 본받아 먼저 산융을 평정한 뒤에 초나라를 치는 것이 옳다고 했다.

그러나 위강(魏絳)만이 반대했다.

"그건 안 됩니다. 지금 제후들이 처음 모이게 되었을 뿐 아직 패업이 이뤄지지 않은 상태입니다. 만일 군사를 일으켜 오랑캐와 초나라를 함께 치게 되면 나라가 안으로 병들게 되고 밖으로 제후들을 잃게 됩니다."

"오랑캐들과 화친을 하는 것이 좋다는 이야기오?"

하고 도공이 묻자 위강은 이렇게 대답했다.

"오랑캐와 화친하게 되면 다섯 가지 이로움을 얻게 됩니다. 그들은 우리나라와 이웃하고 있어, 그 땅은 넓고 물건은 귀합니다. 우리가 그들이 원하는 물건을 주고 땅과 바꾸면 영토를 넓힐 수 있는 것이 그 첫째요. 그들이 필요한 물건을 얻고저 침략해 오는 일이 없으므로 변경의 백성들이 마음편히 농사를 지을 수 있으니 그것이 둘째요, 덕으로서 먼 곳에 있는 사람을 품안에 넣음으로써 전쟁으로 백성을 시달리게 하는 일이 없을 것이니 그것이 세째요, 오랑캐가 우리를 섬기게 되면 모든 이웃이 우리를 우러러볼 것이니 그것이 네째요. 북쪽의 근심이 없어짐으로 해서 남쪽만을 상대하게 되는 것이 그 다섯째입니다.”

여기서 우리가 유의할 것은 넓은 영토를 가지고 있으면서 먹고 입고 쓸 것이 모자라 약탈을 위하여 자주 침범해 오는 그들에게 필요한 물자를 주고 그들의 남아도는 땅과 바꾸는 평화적이고 경제적인 정책으로 충돌을 피하고 땅을 넓혀간다는 아주 간단하면서 그 당시로서는 매우 기발한 착상을 한 것이라 볼 수 있다.

도공은 위강의 이 정책으로 여러 오랑캐들과 화친을 맺고 남는 물자를 주고 땅을 넓혀가며 국익을 도모할 수 있었다.

이 위강이 중군사마로 있으면서 임금의 아우 양간(楊干)이 군법을 어기고 멋대로 행동했다 하여 수레를 몬 사람을 대신 잡아 목을 벤 일이 있었다.

양간은 19살 나이로 임금의 친동생이라 하여 선봉에서 적을 무찌르겠다고 하는 것을 중군원수인 순앵이 허락을 하지 않자 제멋대로 행동을 했던 것이다.

양간은 원래가 교만하고 성질이 거칠었으므로 분을 못참고 곧장 임금인 형에게로 달려가 울며 위강의 무례함을 호소했다.

도공도 사람인지라 노여움이 머리끝까지 치밀었다.

“위강이 과인의 아우를 욕되게 했으니 이는 과인을 업신여긴 것이다.”

하고 중군부위인 양설직을 불러 위강을 잡아오라 시켰다.

불려온 양설직은 도공을 보고 말했다.

“위강은 뜻이 굳세고 예절을 아는 선비옵니다. 그는 자기 직책을 다하는 일이면 죽음도 두려워 하지 않습니다. 그러나 그가 부득이 저지른 죄를 알고 있으므로 스스로 와 죄를 빌게 될 것입니다.”

위강은 임금의 아우인 양간을 군법으로 다스릴 수밖에 없는 충정을 아뢰는 글을 올리고 대궐 문밖에 엎드려 있었다.

도공은 그 글을 받아 읽자 소스라쳐 놀라며 버선발로 달려나가 위강을 안아 일으키고 용서를 빌었다. 이 얼마나 놀라운 일인가?

그리고 양간을 불러 펄펄 뛰며 꾸짖었다.

"네놈이 법과 예를 알지 못하고 방자한 짓을 한지라, 하마트면 내가 어진 장군을 죽이는 큰 죄를 지을 뻔하지 않았느냐!"

하고 내시를 시켜 양간을 죄인처럼 함거에 싣고 공족(公族)대신인 한무기(韓無忌)에게로 보내 석 달 동안 예법을 배운 뒤에 돌아오게 했다.

그러니 어느 누가 감이 법을 어기며, 임금의 친인척이라 해서 함부로 교만을 떨거나 불법을 자행할 수 있었겠는가?

도공은 또 중군원수인 순앵의 의견을 받아들여 군을 셋으로 나누고 차례로 번갈아 가며 초나라와 겨루었다. 이쪽은 3분의 1만이 나가는데 초나라는 전군을 동원시켰다. 초나라가 오면 슬그머니 피해 물러나고 초나라가 물러가면 이번에는 다음 차례인 다른 3분의 1이 또 나갔다. 초나라 군사는 싸워 보지도 못하고 길거리에서 지치고만 것이다.

이 진도공 때 핍양(偪陽)이란 나라가 초나라의 길잡이가 되어 자주 진나라의 우방인 송나라를 침범하곤 했다. 초나라가 송나라를 치려면 반드시 이 핍양을 거쳐야 했으므로 초나라의 속국처럼 행동하고 있는 핍양을 손에 넣으면 초나라는 먼 길을 돌아야만 송나라를 칠 수 있었다.

그래서 이 핍양을 손에 넣기로 했다. 그러나 성이 높고 단단했으며 날씨마저 좋지 않아 숱한 고생을 한 끝에 겨우 점령하게 되었다. 이 핍양성을 함락시키는 데 있어서 공자의 아버지 숙량흘을 비롯한 노나라 세 장군이 용맹을 떨친 이야기는 〈논어〉에서 이미 한 바 있으므로 여기서는 약하기로 하겠다.

진도공 10년에는 열한 나라를 불러모아 정나라를 치게 되었다. 진도공이 정나라를 친 것이 세 번이었는데 이것이 마지막이었다. 정나라는 앞에서 말한 대로 어느 나라든 치고 들어오면 항복부터 하고 보았으므로 자연 두 나라의 노여움을 살 수밖에 없었다. 노여움을 산다 해도 우선 발등의 불부터 꺼야만 했던 것이다.

그러나 초나라는 순앵의 전략에 의해 군사가 완전히 지치고 말았다. 진나라는 세 번 왔다 해도 올 때마다 3분의 1만이 왔기 때문에 사실은 한 번 밖에 오지 않은 셈이다. 초나라는 그것도 모르고 있는 군사를 모조리 이끌고 나가 진나라와 결판을 내려 했다. 그러나 진나라는 싸움을 피해 돌아오곤 했다.

이 세번째에는 정나라가 진나라에 완전히 붙을 생각으로, 사신을 초나라로 보내 진나라와 싸워 달라는 청을 하며 이렇게 말했다.

"진나라가 또 정나라로 오고 있습니다. 이번에는 진나라 외에 열한 나라가 합세하고 있습니다. 바라옵건데 저들을 내몰아 주십시오. 그렇지 못하면 힘이 없는 저희로서는 나라를 진나라에 맡길 수밖에 없습니다."

말은 공손했으나 절교나 다름없었다. 초나라가 싸울 만한 힘이 없는 것을 뻔히 알고 진나라와 싸울 자신이 없거든 다시는 뒷말을 하지 말라는 뜻이었다.

초공왕은 성이 나 공자 정(貞)을 불러 의논했다. 공자정도 도리가 없었다.

"우리 군사는 방금 돌아와 가쁜 숨도 아직 가라앉지 않은 상태입니다. 어떻게 또 싸움터로 향할 수 있겠습니까? 잠시 정나라를 진나라에 양보해 두었다가 뒷날 다시 꾀하는 것이 좋겠습니다."

초공왕은 노여움을 달랠 길이 없어 정나라 임금이 보낸 두 사신을 가두어 두었다.

이리하여 정나라는 초나라에 사전통고를 끝낸 상태에서 진나라에 항복했다. 형식은 화친의 맹약이었지만 다시 초나라에 붙지 않겠다고 맹세한 것이다.

진도공은 찾아온 정나라 간공(簡公)에게 이렇게 말했다.

"과인은 정나라가 양쪽 군사에 의해 오래 시달려 온 것을 모르는 바 아니오. 과인도 이제 더는 괴롭히고 싶지 않소. 앞으로 진나라에 붙든 초나라에 붙든 임금 좋을 대로 하시오. 과인은 더는 강요하지 않겠소."

정나라가 다시는 배신할 수 없을 것을 내다보고 하는 말이었지만, 듣는 정간공으로서는 감격할 수밖에 없었다. 고마운 눈물까지 흘렸다. 다시 맹약을 하겠다고 했으나 진도공은 이렇게 말했다.

"앞에 이미 맹약을 했는데 또 무슨 맹약이 필요하겠소."

정간공은 악사와 여악과 악기와 병거와 무기를 예물로 바쳤다. 그러자 도공은 그 가운데서 여악 8명과 악기 열둘을 위강에게 주며,

"경은 과인으로 하여금 모든 오랑캐들과 화친을 맺도록 했소. 그 결과 모든 오랑캐들과 중국의 모든 나라들이 우리 진나라를 기쁜 마음으로 따르게 되었소. 이것으로 경과 함께 태평을 즐기고 싶소."

라고 하고, 또 정나라가 바친 병거의 3분의 1을 순앵에게 주며,

"장군은 과인으로 하여금 군사를 나누어 초나라를 지치게 만들었소. 그 결과 지금 정나라가 완전히 우리편이 되었소. 이 모두가 장군의 공이오."

라고 했다.

그리고 제후들의 반대를 뿌리치고 정나라 호노성을 정나라에 돌려주었다. 정나라를 감시하기 위해 연합국이 힘을 모아 성을 싸고 연합군이 지키고 있던 곳이다. 모든 것을 정나라의 자유의사에 맡기겠

다고 한 약속을 지킨 것이다. 정나라도 다시는 진나라를 배신하는 일이 없었다. 그것은 초나라가 진나라와 힘을 겨룰 수 없었기 때문이다.

그러나 도공은 임금된 15년 뒤 30살의 아까운 나이로 세상을 뜨고 말았다.

어지러운 제나라

견 현 불 능 양　불 가 여 존 위
見賢不能讓 不可與尊位.
“자기보다 슬기로운 사람을 보고도 양보할 줄 모르는 자에게
높은 지위를 주어서는 안된다.”

　노양공 18년은 진도공의 뒤를 이은 도공의 아들 평공 3년이었고
제나라 영공(靈公) 27년이었다.

　〈춘추〉 경문에는, ‘가을에 제나라 군사가 노나라 북쪽지방을 쳤
다.’라고 하고, 이어 ‘겨울 10월에는 노양공이 진·송·위·정 등
열한 나라 임금들과 모여 제나라를 포위했다.’라고 나와 있다.

　제나라가 노나라를 치고, 노나라가 다시 연합군과 모여 제나라를
포위하게 된 앞뒤 사연을 이야기하면 다음과 같다.

　진도공이 죽기 1년 전인 진도공 14년에 위나라 헌공이 신하들에
의해 쫓겨나고 공자 표(剽)가 임금이 되니 이가 상공(殤公)이다.

　이때 진도공은 중군원수인 순언을 불러,

　“위나라 사람들이 임금을 내쫓고 다른 임금을 세웠으니 이를 그
냥 내버려 둘 수는 없지 않겠소?”

246

하고 묻자 순언은 이렇게 대답했다.

"위나라 간(衎=헌공의 이름)이 무도한 것은 온 천하가 다 아는 일입니다. 모든 신하와 백성들이 원해서 그렇게 된 것이니 간섭하지 않는 것이 옳을 것 같습니다."

도공은 순언의 의견을 받아들여 문제를 삼지 않고 내버려두었다.

이 소식을 들은 제영공은 엉뚱한 야심을 품게 되었다. 제환공의 패업을 자기가 이어 보려 한 것이다. 진나라에 못지 않은 영토와 백성을 거느리고 있으면서, 늘 진나라에 눌려 지내온 것을 부끄럽게 생각하고 있던 영공은,

"위나라의 손임보(孫林父)와 영식(寧殖)이 신하로서 임금을 멋대로 갈아치운 것을 보고도 그 죄를 묻지 않았으니 진나라 임금도 이제 마음이 게을러진 것이다. 이때를 타서 패천하를 꾀하지 않고 다시 어느 때를 기다리겠는가?"

하고 곧 군사를 거느리고 노나라 북쪽 국경에 있는 성(郕)이란 고을로 치고 들어가서 성을 포위하고 있다가 함락은 시키지 못하고 들판에 있는 곡식을 모조리 거두어 수레에 싣고 돌아왔다.

패업을 꾀한다며 왜 노나라를 이유없이 침략한 것일까? 영공은 28년 동안 임금의 자리에 있으면서 좋지 못한 일만을 거듭해온 임금이었다. 시호로 영(靈)을 얻은 임금은 거의가 제 명에 죽지 못한 임금이다.

이런 이야기도 있다.

초성왕이 자기 아들에 의해 목이 졸려 죽은 뒤 눈을 감지 않았다. 비명에 죽었다 하여 시호를 영왕이라고 붙인 때문은 아닌가? 하고, 시호를 성공했다는 성(成)으로 고치자 그제사 눈을 감았다는 것이다

제영공이 노나라를 친 것은 패천하를 위해서가 아니라 진도공의 게을러진 틈을 타서 자기 복잡한 집안 일을 끝마무리 짓기 위해서였다.

영공은 첫부인으로 노나라 공주 안희(顏姬)를 맞이했었다. 안희는 아들이 없고 함께 안희를 따라 시집온 종희의 몸에서 아들 광(光)을 얻자 광을 세자로 봉했다.

그뒤 사랑하는 첩 융자(戎子)를 맞아들였다. 융자는 아들이 없고 함께 시집온 동생 중자(仲子)의 몸에서 아들 아(牙)를 얻자 융자가 아를 자기 아들로 삼았다.

융자는 임금의 사랑을 믿고 광 대신 아를 세자로 봉할 것을 영공에게 말했다. 영공은 쉽게 허락했다. 그러자 아의 생모인 중자가 말렸다.

"광이 세자가 된 지 이미 오래였고, 또 제후들과 자주 모임을 갖곤 했는데, 정당한 이유 없이 이를 폐하면 나라사람들이 복종하지 않을 것입니다. 임금을 위해서나 아를 위해서나 바람직한 일이 아닙니다. 뒤에 반드시 후회가 따를 것입니다."

중자는 분수를 알고 앞을 보는 눈을 가진 보기드문 현명한 여자였다. 그러나 사랑에 빠져 있는 영공은 이렇게 말했다.

"세자를 폐하고 세우고 하는 일은 임금의 마음에 달렸거늘 어느 누가 감히 복종하지 않겠는가?"

그리고는 세자 광을 제나라 제2의 서울로 불리우는 즉묵(卽墨)을 나가 지키게 하고, 광이 떠난 뒤 즉시 광을 폐하고 아를 세자로 세웠다. 그리고 상경인 고후(高厚)를 태부로 삼고, 용맹과 지혜가 있는 것으로 알려진 내관인 숙사위(夙沙衛)로 소부를 삼았다.

노양공은 노나라 외손인 광이 이유없이 세자의 자리를 빼앗긴 것에 대해 불만을 품고 사신을 보내 그 까닭을 물었다. 그러나 영공은 대답을 못했다. 비로소 일이 꼬이기 시작한 것을 깨달았던 것이다

영공은 노나라가 앞으로 광을 도와 임금자리를 다투게 될까 두려웠다. 그래서 먼저 힘으로 노나라를 위협한 다음 광을 죽여 없애려 했던 것이다. 작은 잘못을 덮기 위해 보다 큰 잘못을 저지르는 것이

악하고 어리석은 사람들이 하는 짓이다.

노나라는 급히 진나라에 구원을 청했다. 이때 진도공이 병으로 누워 있었으므로 노나라를 도울 수 없었다.

그리고 이 해 겨울에 도공은 죽고 세자표(彪)가 임금이 되니 이가 평공이다. 노나라는 사신을 보내 조문과 하례를 하고 또 제나라의 침략을 호소했다.

순언은 노나라 사신을 대해 이렇게 말했다.

"명년 봄에 제후들을 모으게 될 것이니 그때 제나라 임금이 오면 타일러 그런 일이 없도록 하겠습니다. 만일 오지 않는다면 그때 쳐도 늦지 않을 것입니다."

다음해인 진평공 원년에 제후들은 취량(湨梁)이란 곳에 모두 모이게 되었다. 제령공은 오지 않고 상경 고후가 대신 왔다. 순언은 크게 노하여 고후를 모임이 끝나는 즉시 잡아 가두려 했다.

이에 놀란 고후는 모임이 끝나지도 않아 먼저 도망쳐 돌아오고 말았다. 그리고 다시 군사를 이끌고 노나라 북쪽 국경을 치고 들어가 방(防)이란 고을 성을 포위하고 수령인 장견(臧堅)을 죽였다.

노나라가 다시 진나라에 구원을 청해 왔으므로 진평공은 중군원수 순언에 명령하여 제후들의 군사를 모아 함께 제나라를 치게 했다.

순언은 제나라로 떠날 군대를 점검하고 돌아온 그날 밤 이상한 꿈을 꾸었다.

꿈에 노랑 옷을 입은 사자가 나타나 손에 든 문서와 맞는지를 물어본 다음 따라오라 하는 것이었다.

순언이 사자를 따라 큰 궁전에 이르자 위에 면류갓과 곤룡포를 입은 임금이 앉아 있다가 사자로 하여금 순언을 붉은 섬뜰 아래 꿇어 엎드리게 했다.

순언은 함께 엎드려 있는 사람을 보았다. 죽은 진려공과 난서와 정활과 서동과 장어교와 삼극들이었다. 순언은 속으로 놀랍고도 이상한 느낌이 들었다. 진려공을 둘러싸고 서로 죽이고 죽이고 한 사람들이 지금 상제 앞에서 재판을 받고 있는 것이다.

서동과 서동의 손에 죽은 삼극들이 서로 다투며 변론을 하고 있었으나 자세한 내용은 알아들을 수가 없었다.

그들은 곧 옥졸에 의해 끌려나가고, 여공과 난서와 순언 자신과 정활 네 사람만이 남게 되었다.

먼저 여공이 역적의 손에 죽은 억울함을 호소하며 자세한 사연을 말했다. 그러자 난서는

"직접 여공을 죽인 사람은 정활 입니다."

하고 변명했다. 그러자 정활은

"주모자는 난서로서 이 정활은 명령에 따랐을 뿐입니다."

하고 반박했다.

그러자 전 위에 있는 임금은 이렇게 판결을 내렸다.

"당시 난서는 재상으로 있었으니 주모자로서의 벌을 받아 마땅하다. 5년 안에 그 자손이 끊어 없어지리라."

그리고 난서를 부추긴 순언에 대해서는 아무 말도 없었다. 그러자 여공이 화를 내며

"난서를 부추긴 순언이 어찌 죄를 면할 수 있으랴?"

하고 벌떡 일어나 창으로 순언의 목을 탁 쳤다. 목이 뚝 떨어져 바닥에 굴렀다. 순언은 얼른 바닥에 떨어진 머리를 집어올려 목에 붙였다. 그리고 급히 달려 궁전 문을 나왔다.

오던 도중 경양(梗陽)이란 곳에 사는 무당인 영고(靈皐)를 만났다. 영고는 순언을 보자.

"장군 머리가 왜 비뚤어졌습니까?"

하고는 대신 바로잡아 주었다. 바로잡는 순간 어찌나 아픈지 그만

깨고 말았다.

순언은 불길한 예감을 떨쳐버릴 수가 없었다. 그리고 밤이 지난 이튿날 조회에 들어가던 도중 꿈에 본 무당 영고를 만나게 되었다. 순언은 영고를 수레에 타게 한 다음 꿈 이야기를 자세히 들려 주었다. 영고는 꿈풀이를 이렇게 했다.

"사람이 죽고 사는 것은 하늘에 매어 있습니다. 원한을 품은 귀신도 하늘의 명이 다된 때에만 보복을 할 수 있습니다. 원한을 품은 귀신이 나타났으니 장군의 명도 그리 오래지는 않을 것으로 여겨집니다."

"지금 내가 제나라를 치려 하는데, 그 일은 끝낼 수 있겠는가?"

"지금 동쪽에는 악살 기운이 너무도 무겁습니다. 싸우면 반드시 이기게 될 것입니다."

"제나라를 무찌를 수만 있다면 죽은들 무슨 한이 있겠는가? 장수는 싸우다가 죽는 것이 또한 당연하지 않은가?"

무당의 꿈풀이로 순언은 용기와 자신을 가지고 제나라를 치게 되었다. 제나라를 치기 위한 연합군은 진·송·노·위·정 등 모두 열두 나라였다.

제령공은 상경 고후로 세자 아를 도와 나라를 지키게 하고, 직접 군사를 거느리고 평음(平陰)성으로 나가 주둔해 있었다. 성 남쪽에 방어선인 토성이 둑처럼 길게 가로막고 있고 그곳에 성문이 있는데 이를 방문(防門)이라 했다.

방문 밖에 깊은 참호를 파 두었는데 그 너비가 1리(里)나 되었다. 그곳을 선발된 정예부대가 지키며 적을 막고 있었다. 이 방문의 수비는 석귀보(析歸父)란 대장이 맡고 있었다.

이때 내시 숙사위가 영공을 보고 말했다.

"열두 나라의 마음이 같을 리 없으니 저들이 처음 이르렀을 때 어느 한 나라 군사를 기습해 패하게 만들면 남은 군사들도 싸울 마음을 잃게 될 것입니다. 만일 나가 싸우지 않으려면 험한 곳을 골라 지켜야만 합니다. 하찮은 방문의 참호를 지키고 있어서는 대군을 상대하기 어려울 것입니다.”

그러나 영공의 생각은 단순했다.

“이런 깊고 넓은 참호가 있는데 저들이 어떻게 날아 건널 수 있겠는가?”

순언은 제나라가 참호를 파서 지키고 있다는 말을 듣자 웃으며 말했다.

“제나라는 우리를 두려워 하고 있다. 꾀로서 깨뜨리고 말리라.”

그리고는 노·위 두 나라 군사를 수구(須句)란 곳을 거쳐 제나라 서울로 들어가게 하고, 주·거 두 나라 군사를 성양(城陽)을 거쳐 서울로 향하게 하고, 나머지 대군은 제나라가 지키고 있는 평음성을 점령한 다음 서울로 들어가기로 했다.

네 나라가 먼저 길을 떠나자 순언은 사마 장군신(張君臣)을 시켜 산과 들판 험한 곳에 거짓 깃발을 세워 허세를 보이고, 산골짜기에는 풀로 사람을 만들어 옷과 갑옷을 입힌 다음 빈 수레 위에 세워 두고 수레 멍에에 자른 나무를 묶어 수레가 가면 나무가 움직여 먼지를 일으키게 했다. 그런 다음 힘센 사람으로 큰 기를 잡고 산골짜기를 수레를 이끌고 왔다갔다 하며 적의 눈을 속이게 했다.

순언은 범개와 함께 중군과 송·정 두 나라 군사를 거느리고 중앙에 있고, 조무와 한기(韓起)는 상군을 거느리고 등·설 군사와 함께 오른쪽에 있고, 위강과 난영(欒盈)은 하군을 거느리고 조·기·소주의 군사와 왼쪽에 있었다.

각 수레에는 나무와 돌이 실려 있고, 보병들은 각각 흙주머니 하나씩을 지니고 있었다. 일제히 나아가 방문 참호 앞에 이르자 세 곳에서 대포소리가 마주 울리며 수레에 있는 나무와 돌을 참호 속에 던지고 그 위에 수만 개의 흙주머니로 참호를 메우자 금방 평지로 변했다.

그런 다음 물밀듯 치고 나가자 제나라 군사는 힘없이 무너지고 말았다. 군사는 거의 죽거나 사로잡히고 대장 석귀보만이 겨우 도망쳐 평음성으로 들어갔다.

여공은 그제야 두려운 빛을 띠며 산으로 올라가 적군을 바라보았다. 산과 들 험한 곳과 중요한 길목은 온통 깃발로 덮여 있고 수레와 말들이 쉴새없이 달리고 있었다. 영공은 크게 놀라며,

"제후들 군사가 어찌도 저리 많은가? 피하는 도리밖에 없다."
하고 장수들을 돌아보며,

"누가 뒤를 지키겠는가?"
하고 물었다. 그러자 내시 숙사위가 말했다.

"소인이 한 부대를 이끌고 뒤를 이으며 주상을 보호하겠습니다."
영공이 기뻐하며 승낙하려 하자 식작(殖綽)과 곽최(郭最) 두 대장이 함께 나와 말했다.

"제나라에 어찌 용사가 없어 내시로 뒤를 지키게 할 수 있습니까? 소장들이 임금의 뒤를 지키겠습니다. 숙사위는 먼저 가게 하옵소서."

이 두 장군은 혼자 만 명을 당하는 용장으로 이름이 나 있었다. 숙사위 따위는 비교도 될 수 없는 일이다. 영공은 더욱 기뻐하며,

"두 장군이 뒤를 지킨다면 과인은 뒤를 돌아볼 걱정이 없겠소."
라고 말했다. 숙사위는 얼굴을 붉히며 물러갔다. 내시라는 모욕을 당한데다가 임금마저 자기를 버렸으므로 분하고 부끄러울 수밖에 없는 일이다.

숙사위는 물러나와 오로지 임금을 따라갈 수밖에 없었다. 약 20리쯤 가서 석문산(石門山)에 이르렀다. 큰 바위가 양쪽에 절벽을 이루고 서 있는 좁은 산골짜기로 수레 하나가 겨우 지나갈 수 있다해서 생긴 이름이다.

숙사위는 식작과 곽최에 대한 원한을 품고 있었으므로 이 길을 막아 적에게 붙잡히게 만들 생각을 하게 된다.

숙사위는 데리고 오던 말을 수십 마리 죽여 길을 막고 또 큰 수레를 맞붙여 성처럼 만들어 두었다. 그것들을 치우려면 많은 시간이 걸릴 수밖에 없다.

두 장군은 마침내 여기서 길이 막혔다. 군사들로 죽은 말을 치우게 하고 수레를 밖으로 끌어내게 했다. 말이고 수레고 한꺼번에 여러 개를 치울 수는 없었다. 하나를 석문 밖까지 끌고 나온 다음에 다시 들어가 하나를 끌어내야만 했다.

두 장군은 여기서 하는 수 없이 붙잡혀 항복을 하고 말았다. 순언은 그들의 용맹을 아는지라 죽이지 않고 우선 가두어 두었다. 진나라 사람을 만들 생각에서였다.

열두 나라의 군사는 마침내 제나라 도성을 포위하게 되었다. 당황한 영공은 몰래 동문을 열고 달아나려 했다. 큰소리 치는 사람은 겁이 많은 것이다.

이를 안 고후가 영공이 탄 수레를 뒤쫓아가 칼로 말고삐를 자르고 울며 말렸다.

"주상이 떠나시면 성을 지킬 수는 없습니다. 다시 열흘만 더 머물러 주십시오. 그때 가서 힘이 다하면 얼마든지 일없이 성을 빠져 나갈 수 있습니다."

영공은 고후의 말에 따라 열흘을 더 머물러 있기로 했다.

그러던 엿새만에 정나라에서 급한 보고가 정간공에게 들어왔다. 나라를 지키라고 맡겨둔 공자 가(嘉)가 반역을 꾀하며 초나라와 내통한지라 초나라 군사가 벌서 어릉(魚陵)에까지 와 있다는 급한 보고였다.

진평공은 그 편지를 보자 순언을 불러 상의했다. 순언은 이렇게 말했다.

"정나라에 반란이 있게 되면 그 책임은 진나라에 떨어지고 맙니
다. 포위를 풀고 정나라를 구할 수밖에 없습니다. 비록 제나라의
항복을 받지는 못했으나, 제나라 임금이 다시는 노나라를 침범하
지 못할 것입니다."

진평공은 순언의 말에 따라 포위를 풀고, 정나라로 향했다. 정간
공은 먼저 돌아가고 남은 군사들은 뒤를 따랐다. 대군이 축아(祝阿)
라는 제나라 땅에 이르러 밤을 쉬게 되었다. 평공은 초나라가 걱정
이 되어 제후들과 술을 마시면서도 마음이 즐거울 수가 없었다. 이
때 악사장인 사광(師曠)이 평공에게 말했다.

"초나라와의 승부를 신이 소리로서 점을 쳐보겠습니다."
하고는 피리로 먼저 남풍을 불고 다음에 북풍을 불었다. 남풍은 남
쪽의 초나라를 뜻하고 북풍은 북쪽의 진나라를 뜻하는 것이다.

북풍은 화평해서 듣기가 좋았고 남풍은 소리가 가라앉은 가운데
살기를 많이 띠고 있었다. 사광은 평공에게 아뢰었다.

"남풍은 그 소리가 죽음에 가깝습니다. 온 보람이 없을 뿐아니라
스스로 화를 부를 것 같습니다. 사흘이 지나지 않아 좋은 소식이
전해질 것 같습니다."

사광은 자를 자야(子野)라고 했다. 당시 진나라의 첫째 가는 악사
로서 뒤에는 중국 최고의 악성으로 일컬어지기도 했다.

어릴 때부터 음악을 좋아했으나 공부가 뜻대로 되지 않자. 정신이
헷갈리기 때문이라며 쑥으로 눈을 태워 앞을 볼 수 없게 만들었다.
그뒤로 음악만을 전공하게 되어 소리만 듣고 모든 것을 알기에 이르
렀다 한다. 바람소리와 새소리를 듣고도 그것이 무엇을 뜻하는 것이
며 그것이 어떤 결과와 관련이 있는지를 알 수 있었다.

진나라 태사 장악관으로 있으면서 진나라 임금의 깊은 신임을 받
고 있는지라 행군할 때도 꼭꼭 임금을 따르고 있었다.

사광의 말을 들은 평공은 더 행군을 하지 않고 좋은 소식을 기다리며 사람을 시켜 멀리 나가 알아보게 했다.

과연 사흘 되던 날 탐색을 나갔던 사람이 정나라 공손채(公孫蠆)와 함께 와 보고를 올렸다.

"정나라 공자가가 초나라와 내통하여, 초나라 군사가 이르는 날 거짓 적을 맞아 싸운다 말하고 성을 나가 초나라 영윤과 만날 계획이었으나, 이를 미리 알고 있는 공손 사지(舍之)와 공손 하(夏)가 그의 출입을 감시하며 나가지 못하게 한지라. 초나라 영윤은 공자 가의 내응소식을 기다리며 군사를 도중에 주둔시켜 두고 있었는데, 갑자기 큰 눈비가 사흘을 계속 내린지라. 군영이 모두 물 속에 잠겨 군사들은 높은 곳으로 피해 있다가 추위를 이기지 못해 죽은 사람이 반이 넘고 사병들의 원망이 날로 더해 가는지라 돌아가고 말았습니다. 임금께선 이미 공자가를 반역죄로 다스려 처형했습니다. 그래서 군사들의 공연한 수고를 덜어드리기 위해 밤낮으로 달려오는 중이었습니다."

보고를 들은 진평공은

"자야는 참으로 음악에 있어서는 성인이로다."

하고 각 나라에 초나라가 얻은 것 없이 돌아간 것을 알리고 각각 본국으로 돌아가게 되었다.

이것이 노양공 18년 겨울 12월의 일이었다. 진나라 군사가 황하를 건넜을 때는 벌서 19년 봄이었다. 중군원수 순언은 도중에 머리에 종기가 나 아파 견딜수 없는지라 잠시 머물러 있다가 종기가 터지며 두 눈알이 튀어나와 죽고 말았다.

무당의 꿈풀이가 맞은 셈이다. 범개는 순언의 아들 오(午)와 함께 순언의 초상을 맞아 돌아오고, 범개가 순언의 뒤를 이어 중군원수가 되었다.

갇혀 있던 식작과 곽최 두 대장은 이 틈을 타 함거를 부수고 나와 도망쳐 제나라로 돌아왔다.

이해 5월에 제령공이 병으로 눕게 되자 최저(崔杼)와 경봉(慶封) 두 대신이 상의한 끝에 몰래 전 세자 광을 즉묵에서 서울로 맞아들인 다음, 태부인 고후를 잡아 죽이고 세자 광과 함께 궁중으로 들어가 먼저 아의 어머니 융자를 죽이고 그 다음 아를 죽였다.

영공은 이 소식을 듣고 놀라 피를 토하고는 바로 숨이 끊어지고 말았다.

아의 생모인 중자가 간하는 말만 들었으면 이런 부자형제의 살상은 없었을 것이다. 이 세자 광이 임금이 되니 이가 장공(莊公)이다.

숙사위는 식구들을 데리고 도망쳤다가 그곳에서 잡혀와 죽게 된다.

범개는 다시 대군을 이끌고 제나라를 치러 오다가 황하를 건너 제나라 임금이 죽은 소식을 듣자 군사를 돌리고 말았다. 이를 고맙게 여긴 제나라는 대부 안영(晏嬰)의 의견을 받아들여 사신을 진나라로 보내 용서를 빌고 맹약을 맺은 다음 돌아오게 했다.

이 장공 때 들어와서 제나라는 다시 어지러워지기 시작한다. 그 이야기는 다음에 하기로 한다.

난씨(欒氏) 집안의 몰락

일령역칙백령실 일악시칙백악결
一令逆則百令失 一惡施則百惡結.
"하나의 명령이 도리에 어긋나면, 백의 명령이 잇따라 잘못되
고, 하나의 악정을 베풀면 백의 악정이 연달아 일어난다."

노양공 21년 가을에는 진나라 난영(欒盈)이 초나라로 달아났다고
경문에 나와 있다. 난영이 반란을 꾀하다가 실패한 때문이었다.

이 사건은 상당히 뿌리가 깊은 것이었고 권력다툼과 교양이 모자
란 감정싸움 및 남녀의 애정관계가 뒤얽힌 복잡성을 띠고 있다. 앞
에 이야기한 기해(祁奚)의 충직성과 순언의 꿈 이야기와도 관련이
있는 것이다.

진공평 3년 진나라가 연합군으로 제나라 서울을 포위했다가, 정
나라의 내란음모와 초나라의 병력출동으로 인하여 중단하고 돌아오
던 도중, 중군원수 순언이 죽자 그 뒤를 이어 범개가 중군원수가 된
것은 앞에서 말했다.

그리고 3년이 지난 진평공 6년인 노양공 21년에 범씨와의 권력경
쟁자였던 난씨들이 몰락하게 된다.

노양공 11년은 진도공 11년으로, 이해 진경공(秦景公)은 진도공의 정나라 정복을 방해하기 위해 구원병을 정나라로 보내 력(櫟)이란 곳에서 진(晉)나라 군사와 싸워 이긴 일이 있었다. 그러나 그것은 한 때의 부분적인 싸움으로 정나라가 이미 항복한 것을 알자 돌아오고 말았었다.

그러나 진도공은 진경공이 초나라에 편들어 뒤를 기습한 것에 대한 보복으로 3년 뒤인 노양공 14년에 연합군을 이끌고 진(秦)나라 국경을 넘어 역림(棫林)이란 곳에 주둔하게 되었다.

이때 중군원수 순언이 옅은 생각에서 실수를 하게 된다. 단순한 기밀유지라는 생각에서 각군 사령관과 상의도 없이 각 군에 명령을 내린 것이다.

'각 군은 오늘 밤 첫닭이 울거든 수레를 타고 내 말머리가 향하
    는 곳을 보고 행군하라 !'
하는 영을 내린 것이다.

그러자 하군원수인 난염(欒黶)이 반발하고 나섰다. 그는 전부터 순언을 못마땅해 하고 있었다. 진도공이 나이 많은 순언을 제쳐두고 젊은 범개를 중군원수에 임명하려 했을 때, 범개가 굳이 순언에게 양보함으로서 중군원수에 오르게 된 것만 보아도 순언의 통솔력에 약간 문제가 있었던 것 같다. 난염은 버럭 화를 내며,

"군사에 대한 일은 여러 장수의 의견을 들은 다음 결정하는 것이
    어늘 순언이 독단으로 결정을 내리다니? 또 설사 독단으로 지시
    를 내린다 해도 분명한 목표를 밝히고 나아가든 물러가든 해야 할
    것인데, 자기 말머리를 보고 따르라니 10만 대군이 어떻게 그의
    말머리만 보고 행군할 수 있겠는가? 나 또한 하군 원수가 아닌
    가? 내 말머리는 동쪽으로 향하려 한다."
하고는 군사를 이끌고 돌아가기로 했다.

이건 분명 명령불복종의 범죄행위로 군법재판을 받아 마땅한 일이

었다. 그러나 난염이 그런 행동을 할 수 있은 것은 믿는 데가 있었기 때문이다. 난씨들의 세력이 막강하니 순언이 감히 어쩌겠느냐? 하는 교만이라 볼 수 있다.

하군 부사령인 위강은 난염의 그같은 태도가 마음에 들지 않았지만 부사령인 직책상 난염의 결정에 따를 수밖에 없었다.

이 보고를 들은 순언은 그런 난염의 하극상 태도를 꾸짖는 대신,

"명령전달이 분명치 못했던 것은 내 잘못이 틀림없다. 내 명령이 이미 제대로 행해지지 않고 있으니 어찌 성공을 바랄 수 있겠는가?"

하고 각 나라에 본국으로 회군할 것을 명령하고 진나라 군사에도 다시 돌아간다는 명령을 내렸다.

이때 도공은 국경을 넘지 않고 소식만을 기다리고 있었다. 3군의 사령관 사이의 불화와 반목으로 이런 국제적 추태까지 빚고 말았으니 반드시 그 책임을 밝혔어야 했을 것이다. 그런데도 도공이 그러지 못한 것만 보아도 난씨들의 세력이 상당히 컸던 것을 알 수 있다.

그런데 윗물이 맑아야 아랫물이 맑다는 말처럼 난염의 그같은 반발에 또 반발하는 부하가 있었다. 그것이 바로 난염의 아우 난침(欒鍼)이었다. 난침은 하군의 융우(戎右)로 있는 젊은 용장이었다.

난침은 중군 부사령인 범개의 아들 범앙(范鞅)을 보고 말했다.

"이번 싸움은 원래 진(秦)나라에 받은 부끄러움을 갚아주기 위해서가 아니었던가? 우리 형제가 함께 왔다가 싸우지도 않고 함께 돌아갈 수 있겠는가? 그대가 나와 함께 적진으로 들어가 진나라에 용장이 있음을 보여주지 않겠는가?"

"그대가 나라의 부끄러움을 씻겠다고 하는데 내 어찌 이를 마다할 수 있는가?"

하고 각각 자기 소속부대를 이끌고 적진으로 뛰어들었다. 물론 전군

이 회군하기 전의 일이다.

그러나 난침은 용감히 싸운 끝에 화살을 일곱이나 맞고 죽고 범앙은 혼자 도망쳐 돌아왔다.

난염은 늦게 소식을 듣고 초조해 하던 끝에 범앙 혼자 돌아오는 것을 보자.

"내 아우는 어디 있느냐?"

하고 물었다.

"이미 적군 속에 빠져들고 말았습니다."

난염은 버럭 화를 내며 창을 들고 범앙을 찌르려 했다. 범앙은 감히 맞겨룰 수가 없어 달아나 중군으로 들어갔다. 난염은 끝까지 따라왔다. 범앙은 피해 숨고 대신 그의 아버지 범개가 난염을 맞으며,

"우리 사위가 어째서 그렇게 노여워 하는가?"

라고 하자 난염은 상대가 장인이란 것도 잊고 마구 화난 소리를 퍼부었다.

"너의 아들이 내 아우를 꾀여 적진으로 들어갔다. 내 아우는 죽고 네 아들만 돌아왔으니 네 아들이 내 아우를 죽인 것이다. 네가 앙을 내쫓으면 용서할 수 있지만 그렇지 못하면 내가 기어코 앙을 죽이고 말 것이다."

"그 일은 이 늙은이는 모르는 일이야. 그런 일이 있다면 당연히 내쫓아야 하겠지."

하고 범개는 난염을 달래어 돌려보냈다.

범앙은 숨어서 엿듣고 있다가 장막 뒤로 빠져나가 그길로 진(秦)나라로 달아났다.

진경공은 범앙에게 찾아온 뜻을 듣고는 크게 기뻐하며 그를 객경의 예로 대우했다.

범앙은 인물과 용맹과 지혜와 학식을 겸한 유능한 인재였다. 진경

공과 범앙과의 대화가 유명하다. 어느 날 경공은 범앙에게 물었다.

"진(晉)나라 임금은 어떤 사람이오?"

"어진 임금입니다. 사람을 바로 알고 그를 믿고 잘 씁니다."

"대신들 가운데는 누가 가장 훌륭하오?"

"훌륭한 사람이 여럿입니다. 조무는 문덕(文德)이 있고, 위강은 용기가 있어도 어지럽지 않으며, 양설힐은 역사와 그 이치에 밝고 장로(張老)는 믿음이 두텁고 지혜가 있으며. 기오는 큰일을 앞에 두고도 흔들리지 않고 신의 아비 개는 대체(大體)를 압니다. 그밖의 대신들도 다 법령에 밝고 맡은 일을 잘 하고 있으나 그 특색을 가볍게 들어 말할 수는 없습니다."

"대신들 가운데 어느 집이 먼저 망할 것 같습니까?"

진나라 대신들의 불화와 반목이 그 뿌리가 깊다는 것을 잘 알고 있었으므로 묻는 말이었다.

"난씨가 먼저 망하게 될 것입니다."

"교만과 사치 때문일까요?"

"난염도 사치와 교만이 심하지만 그래도 그 자신은 무사할 것입니다. 그러나 그의 아들 영은 화를 면하지 못할 것입니다."

"무슨 까닭일까요?"

"난서는 백성들을 잘 보살피고 선비들을 사랑했으므로 비록 임금을 죽인 잘못이 있어도 그를 허물하는 사람이 없었습니다. 그가 어진 때문이었습니다. 그러므로 난서의 은덕이 그의 아들 염에게까지는 미칠 수 있습니다. 그러나 염이 죽으면 영의 착한 것이 사람에게 미치지 못하고 난서의 덕이 이미 오랜지라. 난염에게 원한을 품은 사람들이 그 원한을 갚는 것은 바로 이때일 것입니다."

경공은 범앙의 앞을 내다보는 조리정연한 설명에 새삼 그를 존경하게 되었다. 이리하여 먼저 범앙을 사이에 넣어 범개와 뜻을 통한 다음 재상 무(武)를 보내 화친을 맺고, 다시 범앙을 옛 벼슬에 앉도록 해줄 것을 청했다.

이리하여 범앙이 다시 돌아오자 도공은 범앙과 난영을 함께 대부에 임명하고, 난염에게 일러 묵은 원한을 잊도록 만들었다. 범앙이 난염에 쫓기어 달아난 것이 인연이 되어 두 나라는 뒤로 백년 가까이 다투는 일이 없게 되었다.

범개의 딸은 난염의 재취부인으로 아들을 낳지 못했던 것이 아니었던가 싶다. 자기 아들인 난영을 죽이고 시집을 쑥밭으로 만든 것이 그녀였기 때문이다.

난염이 죽고 아들 난영이 하군 부사령이 되어, 진평공 3년 제나라를 치러 나갔다가 돌아오자 홀로 된 어머니 난기(欒祁)가 주빈(州賓)이란 젊은 가신과 남의 눈도 꺼리지 않고 부부처럼 지나고 있었다는 것을 알게 되었다.

범개의 딸 난기는 벌써 몇 해 전 남편이 세상을 뜬 후부터 주빈과 남몰래 정을 통하며 지내온 사이였는데, 아들 난영이 집을 비우자 추행을 거듭하는 가운데 죄의식이 무디어져 차츰 대담해졌던 것이리라.

난영은 어머니 난기의 체면에 걸리는 일이므로 주빈을 벌할 수는 없었다. 다른 일을 핑계로 안팎 대문을 지키는 소임들을 매로 다스리고, 가신들의 부중출입을 단속하고 감시하게 했다.

고분지통(鼓盆之痛)이라는 전설이 말해주듯, 사랑에 빠진 여자는 모든 것을 다 잊고 마는 것일까? 난기는 부끄러움이 노여움으로 변하는 한편, 음탕한 욕심을 누를 길이 없고, 아들 난영이 주빈을 죽일까 두려운 나머지 마침내 아들과 시집을 버리기로 결심하기에 이른다.

친정 아버지 생일이 돌아오자, 친정으로 찾아와 아버지 범개에게 있는 말 없는 말로 난영을 모함하기 시작했다. 난영이 해묵은 원한과 감정을 입버릇처럼 되뇌이며,

 "지금 범개와 범앙 부자가 나라 일을 멋대로 주무르며 난씨 집안
을 점점 궁지로 내몰고 있으니, 내 차라리 죽었으면 죽었지 범씨
와 한 하늘 밑에 서 있을 수는 없다."
하고 밤이고 낮이고 심복들과 밀실에 모여 앉아 대신들을 모조리 내
쫓고 그들 무리를 그 자리에 앉히려 궁리하고 있다는 것이다.
 그리고 자기 추행은 덮어둔 채,
 "혹시 내가 말을 새게 할까 두려워 문지키는 소임들에게 엄명을
내리어 외가와의 내왕을 금지시키고 있습니다. 오늘만은 억지를
써서 이렇게 여기까지 오게 되었습니다."
 범앙도 옆에서 거들었다.
 "소자도 역시 그런 말을 들은 지는 오래였습니다. 설마 했더니 그
것이 헛소문이 아니었군요. 저들의 무리가 수없이 많으니 미리 막
지 않으면 안되겠습니다."
 아들과 딸이 번갈아가며 같은 말을 그럴듯하게 거듭하고 있었으므
로 범개도 열 번 찍은 나무처럼 넘어가고 말았다.
 범개는 평공에게 몰래 아뢰어 난씨들을 내쫓도록 해줄 것을 청했
다.
 평공은 중립적이고 공정한 사람으로 알고 있은 양필(陽畢)에게 조
용히 범개가 한 말을 물어 보았다. 그런데 이 양필도 속으로는 난씨
들을 미워하고 범씨들을 좋게 보고 있은 것이다. 그만큼 난염과 난
영의 하는 일들이 남의 눈에 거슬렸기 때문이다.
 "난서가 사실은 여공을 죽였습니다. 난염과 난영은 조상의 덕을
등에 업고 남의 눈에 거슬리는 일을 계속하고 있습니다. 난씨들을
내쫓아 임금 죽인 죄를 밝히고 임금의 위엄을 세우는 일은 나라의
앞날을 위해 다행한 일입니다."
 "난서는 선군을 받들어세운 공신이 아니오? 그의 손자인 난영의
죄가 아직 드러나지 않았는데 그를 내쫓는 것은 명분이 서지 않을

것 같은데……."

"난서가 선군을 받들어세운 것은 그로서 자기 죄를 덮은 것입니다. 선군께서 나라의 원수를 잊고 사사로운 덕을 베푸셨는데, 임금께서 또 저들의 방자함을 그대로 내버려두신다면 그 해가 더욱 커지게 될 것입니다. 난영의 죄악이 아직 드러나지 않았다면 그의 파당만을 없애버리고 난영을 용서하여 다른 나라로 나가 살게 하는 것이 좋을 것 같습니다. 그가 만일 말을 듣지 않는다면 죄를 주어 마땅하지 않겠습니까?"

평공은 범개를 불러 그 일을 의논했다. 범개의 생각은 달랐다.

"난영을 그대로 두고 그 무리를 없앤다면 이는 서둘러 반란을 일으키게 하는 것이 됩니다. 난영을 저읍(著邑)으로 보내 성을 쌓게 하십시오. 영이 떠나면 그 무리는 쉽게 다스릴 수 있습니다."

난영이 임금의 명령으로 길을 떠나려 하자 가신들은 가지 말라고 말렸다. 그러나 난영은 임금의 명령은 거역할 수 없다며 길을 떠났다.

난영이 떠난 사흘 뒤, 평공은 조회에 나가 여러 대부들에게 말했다.

"난서의 임금 죽인 죄가 아직 바로잡히지 않은 채, 그 자손들이 조정에 그대로 남아 있는 것을 과인은 부끄럽게 여기고 있소. 이를 어떻게 하는 것이 좋겠소?"

모두 서로 이야기가 되어 있는 듯,

"난서의 죄를 밝히고 그 자손들을 모조리 내쫓아야 할 줄 압니다."

라고 대답했다.

곧 난서의 죄상을 선포하는 글을 성문에 내걸고 양필에게 군사를 주어 난영을 국외로 추방하라 시켰다. 그러나 난영은 저읍에 이르기 전에 이미 소식을 듣고, 초나라로 달아나다가 다시 제나라로 들어가게 된다.

난씨들과 그 일당들은 전부 쫓겨 나가게 되었는데, 이때 난영의 심복부하들이 난을 일으키려다가 공모한 사람의 고발에 의해 다 잡히고 만다.

그 가운데 양설직의 첩의 아들 숙호가 끼어 있어, 형제라는 이유로 양설직과 양설힐이 함께 옥에 갇히게 되고 그것을 기해가 구해낸 이야기는 앞에서 이미 했었다.

아들과 시집을 망하게 한 난기는 주빈과 계속 정을 통하고 있었는데, 이를 안 아버지 범개가 자객을 보내 주빈을 죽이고 말았다.

그런데 억울하게 쫓겨난 난영이 제나라 임금 장공의 도움을 빌어 진나라로 쳐들어와 나라 안을 발칵 뒤집어놓게 된다. 그러나 끝내는 싸움에 패해 난영을 비롯한 난씨가 거의 다 죽고 만다. 그 이야기는 다음 장에서 하기로 한다.

독융(督戎)과 비표(斐豹)

군자고궁 소인궁사남의
君子固窮 小人窮斯濫矣.
"군자는 곤궁한 처지에 빠져도 마음이 흔들리지 않는다. 그러나 소인(小人)은 곤궁하게 되면 난폭한 생각을 한다."

난영은 아버지 난염과는 그 성격이 달랐다. 어떤 다른 숨은 뜻이 있어서였는지도 모른다. 그는 어릴 때부터 겸손하고 공손했으며 남의 어려움을 잘 보살펴주곤 했으므로 호걸로 자처하는 사람들이 그의 밑으로 많이 모여들었었다.

그 당시 세도 있는 집안은 거의가 다 그러했지만 특히 난영에게는 이름난 무장과 용사들이 많았다. 이들 대부분은 난영을 따라 제나라에 함께 와 있었다.

난영의 가신 가운데는 신유(辛俞)라는 용기와 지혜와 지조를 가진 사람이 있었다. 난영이 이 신유의 힘을 입어 제나라로 무사히 오게 되었고, 신유의 간하는 말을 듣지 않고 헛된 야망을 고집하다가 신유를 스스로 죽게 만들고 그 자신도 화를 입고 말았다. 실패를 하고 나서야 신유의 간하는 말을 듣지 않은 것을 후회했지만 무슨 소용이 있겠는가.

범개는 난씨들을 내쫓은 다음, 난씨의 가신들이 난영을 따라가지 못하게 했다. 난영을 따라가는 사람은 반역죄로 다스린다는 영을 내리기까지 했다. 그 누구도 감히 그럴 생각을 품지 못했다.

신유는 난영이 초나라에 있다는 말을 듣고 중요한 물건들을 거두어 여러 수레에 싣고 성을 나섰다.

신유는 성문에서 검색을 받고 금령을 위반한 죄인으로 붙잡혀 임금 앞에까지 끌려오게 되었다. 그만큼 이름이 알려져 있었기 때문이다. 평공은 신유를 보고 말했다.

"너는 어찌하여 과인의 금령을 어기었는가?"

신유는 두 번 절하고 말했다.

"신은 너무도 어리석은지라 임금께서 그같은 금령을 내리신 까닭을 알 수 없습니다."

"난씨를 쫓는 사람은 임금을 저바린 것이 되기 때문이다."

"그렇다면 신은 죄를 받지 않을 줄로 아옵니다. 신이 듣건데 3대에 걸쳐 섬긴 주인은 곧 임금이 된다 했습니다. 신은 할아버지 때부터 난씨 집을 섬기며 그 녹을 먹고 살아 왔습니다. 난씨가 곧 신의 임금입니다. 신은 감히 임금을 저바릴 수 없는지라 난씨를 따르려 한 것입니다. 임금께서 난영을 죽이지 않고 내쫓은 것도 선세의 공을 생각하시어 명대로 살다 죽게 하려는 어진 마음에서가 아니옵니까? 난영이 지금 객지에서 먹고 입고 쓰는 것이 모자라 거리에서 죽게 된다면 임금님의 어지신 마음이 끝을 맺지 못하는 것이 되옵니다. 신이 난영을 따라가는 것은 신하의 의리를 다하고 임금님의 어지심을 이루는 것이 되옵니다. 또 나라사람들이 이를 들었을 때, 임금은 비록 위태롭고 어려운 처지에 있더라도 이를 버려서는 안 된다는 것을 알게 될 것이니, 임금을 저바리는 사람을 벌하는 뜻이 더욱 커질 것으로 아옵니다."

신유의 이 말은 평공의 마음을 기쁘게 했다. 평공은 이렇게 말했다.

"그대가 이곳에 머물러 과인을 섬긴다면 과인이 장차 난씨의 녹을 그대에게 주리라."

"신은 방금 말했었습니다. 한 임금을 버리고 또한 임금을 섬긴다면 금령을 내리신 뜻이 없어지게 됩니다. 신을 기어코 머물러 있게 하신다면 신은 죽음을 바라겠습니다."

"그대의 뜻에 따르리라. 과인이 어찌 뜻이 높은 선비를 죽게 할 수 있겠는가."

이리하여 신유는 짐을 실은 수레를 거느리고 강주성을 떠나 초나라로 향했다.

그러나 난영이 초나라로 갔다는 것은 당초의 계획에서 전해진 소문이었을 뿐, 그는 초나라 국경에서 몇 달을 묵으며 망설이고 있었다. 초나라와 진나라는 서로가 원수진 사이였고, 특히 할아버지 난서에 대한 원한이 깊을 것이므로 두려운 생각이 든 때문이었다.

그래서 생각을 바꾸어 제나라로 가기로 했으나, 그만 노비가 다 되어 오도가도 못하고 있게 되었다. 바로 그런 때 신유가 많은 짐을 싣고 찾아온 것이다.

〈춘추〉에는 난영이 노양공 21년 가을에 초나라로 달아난 것으로 실려 있다. 그 난영이 제나라로 들어온 것은 다음 해인 노양공 22년으로 이 해는 바로 공자가 태어난 해이기도 하다.

난영이 찾아온 제나라는 어떤 상태였던가. 이 해는 사실상 반란을 일으켜 임금이 된 장공 3년이었다. 장공은 아버지 영공의 성격을 많이 닮아 있었다. 용맹을 좋아하며 힘에 의한 패천하를 꿈꾸고 있은 것이다. 아버지 영공이 죽고 그가 임금이 되었을 때, 진나라의 힘에 눌려 화친을 맺기는 했으나, 진나라가 이끄는 연합군에 의해 도성을 포위당한 치욕을 기어코 씻고 말겠다는 생각은 잠시도 잊지 못했다.

장공은 용맹과 힘이 있는 사람을 널리 찾아 모아서, 그로서 한 부대를 만들어 직접 거느리고 천하를 횡행해 보겠다는 엉뚱한 생각으로 들떠 있었다.

그래서 경과 대부의 문관 벼슬 외에 용작(勇爵)이란 벼슬을 따로 만들어두고 그 녹을 대부와 같게 했다. 이 용작에 뽑히려면 힘은 천근 무게를 들고, 활을 쏘아 갑옷 일곱을 꿰뚫어야만 했다.

맨먼저 앞에 나온 바 있는 식작과 곽최가 여기에 뽑히었고, 그 다음에 가거(賈擧) 병사(邴師) 공손오(公孫敖) 봉구(封具) 탁보(鐸甫) 양윤(襄尹) 누인(僂堙)으로 모두 아홉이었다.

장공은 날이면 날마다 이들을 궁중으로 불러들여 서로 말달리기, 활쏘기, 칼로 치기, 창으로 찌르기를 겨루며, 그것으로 웃고 즐기고 했다.

그러던 어느날, 진나라 난영이 쫓기어 제나라로 망명해 왔다는 보고가 들어왔다. 장공은 기쁨을 감추지 못했다.

"과인이 진나라 원한을 갚으려 하고 있을 때, 진나라 세신(世臣)이 망명해 왔으니 과인의 뜻이 이루어지게 되었다."

하고 곧 사람을 보내 맞아들이려 했다.

이때 대부 안영이 이를 말렸다.

"진나라와 화친을 약속해 두고, 쫓겨난 신하를 맞아들이는 것은 옳지 못합니다. 진나라가 우리보다 힘이 강한데 그것을 이유로 트집을 잡으면 어찌 하시겠습니까?"

장공은 껄껄 웃었다.

"한 때 내가 굽혔다고 해서 진나라가 끝내 강할 수는 없지 않은가? 내가 트집을 잡기 전에 그쪽에서 트집을 잡아온다면 다행한 일이지."

난영이 들어와 절하고 울며 억울하게 쫓겨난 사연을 말하자, 장공

은 좋은 말로 위로한 다음,

"과인이 경을 도와 다시 진나라에 돌아가게 해주겠소."

하고 약속한 다음, 큰 집을 난영에게 주고 크게 환영잔치를 벌였다.

이때 진나라 장수 주작과 형괴(邢蒯)가 난영 옆에 모시고 서 있었다. 장공은 그들이 몸이 크고 얼굴이 잘 생긴 것을 보자 누구냐고 물었다. 두 사람은 사실대로 말할 수 밖에 없었다.

"평음 싸움에서 우리 식작과 곽최를 사로잡은 것이 그대들이 아니었던가?"

두 사람은 머리를 조아리며 용서를 빌었다. 장공은

"과인이 그대들을 사모한 지 오래였소."

하고 술과 음식을 주라 시킨 다음 난영을 보고 말했다.

"과인이 경에게 바라는 것이 있소. 경은 사양하지 말기 바라오."

"임금의 명에 응할 수 있는 것이면 몸인들 어찌 아까와 하겠습니까?"

"과인은 다른 것을 원하지 않습니다. 잠시 저 두 용사를 빌어 함께 있고 싶을 뿐입니다."

난영은 거절할 수 없어 승낙은 했으나 분을 삭이지 못하며 수레에 오르자 이렇게 한숨지어 말했다.

"다행히 그가 독융(督戎)을 보지 못했기에 망정이지, 그렇지 않았으면 역시 빼앗길 뻔했다."

이 독융이란 사람은 난영이 가장 아끼는 용사로 힘은 3만 근을 들고 두 창을 양손에 잡고 찌르면 목표한 곳에 맞지 않는 일이 없었다. 난영은 이 독융을 그림자처럼 따르게 하고 있었는데 이날은 요행히도 데리고 가지 않았던 것이다.

제장공은 주작과 형괴 두 장수를 용작에 임명하고 아홉 사람 다음에 앉게 했다. 두 사람은 끝자리에 앉게 된 것을 못마땅해 하고 있었다.

그러던 어느날 식작 곽최와 함께 장공 옆에 모시고 서 있게 되었다. 주작과 형괴는 짐짓 놀라는 척하며 식작과 곽최를 가리키며 말했다.

"우리나라에 갇혀 있는 사람이 어떻게 여기에 있지?"

"우리는 옛날 내시의 덫에 걸려 불행을 겪기는 했어도 너희들처럼 남의 뒤를 따라 도망다니지는 않는다."

"너는 내 입안에 든 고깃덩이었는데 감히 함부로 팔딱이는 거냐?"

"너는 오늘 우리나라에 와 있으니 밥상 위에 놓인 고기가 아니냐?"

"그렇다면 우리는 우리 주인에게로 돌아가겠다. 내가 여기 있고 싶어서 있는 줄 아느냐?"

"제나라에 너희 같은 사람이 없어서 와 있게 한 줄 아느냐?"

이렇게 네 사람이 서로 얼굴을 붉히고 막된 말을 주고받으며 차고 있던 칼을 어루만지기까지 하자. 장공은 좋은 말로 말리고 술로 위로한 다음,

"과인은 처음부터 두 분이 제나라 사람밑에 있는 것을 달가와 하지 않을 줄 알고 있었소."

하고는 용작이란 이름을 바꾸어 용작(龍爵) 호작(虎爵) 둘로 나누기로 했다. 이른바 사람을 위해 벼슬자리를 만든 것이다.

용작에는 주작과 형괴가 머리에 앉고 다시 제나라에서 노포계(盧蒲癸)와 왕하(王何) 두 사람을 더 뽑아 그 아래 있게 했다. 식작과 곽최 이하 일곱 사람은 전처럼 호작에 있게 되었다. 다들 영광으로 알고 있었지만 앞서의 그 네 사람만은 서로 사이가 좋아질 수 없었다.

그런데 여기에 또 여자의 관계가 끼어들게 된다.

앞에서 본 대로 최저와 경봉은 장공을 받들어세운 공이 있으므로

벼슬이 상경에 올라 함께 국정을 맡고 있었다. 장공은 자주 이들 집으로 찾아가 술도 마시고 음악도 듣고 했으며, 때로는 칼춤을 추기도 하고 활솜씨를 겨루기도 하며, 임금과 신하의 예절 같은 것은 아랑곳하지 않았다.

이 최저의 아내 당강(棠姜)이 임금 장공과 간통을 하기에 이른다. 최저의 전처는 아들 둘을 낳고 일찍 죽고, 당강을 재취로 맞아들인 것이었는데, 이 당강을 맞아들이게 된 것이 또 떳떳치가 못했다.

이 당강은 동곽언(東郭偃)의 누이로 당공(棠公)에게로 시집가서 무구(無咎)라는 아들을 낳은 뒤 당공이 일찍 죽고 말았다. 최저는 당공의 초상에 갔다가 당강의 미모에 반해 재취로 맞아들인 것이다.

당강이 최저에게로 다시 시집와 아들까지 낳은 뒤의 어느날, 제장공은 최저의 집에서 술을 마시게 되었다. 이때 최저가 당강을 불러내어 임금에게 술을 올리게 했다.

장공은 최저가 그러 했듯이 당강의 미모에 그만 반하고 말았다. 그래서 최저의 가신으로 들어와 있는 그녀의 오라비 동곽언에게 후한 뇌물을 주어 사모하는 뜻을 전하게 하고 최저가 없는 틈을 타서 몰래 어울리곤 했다.

차츰 대담해지며 같은 일이 되풀이 되자 자연 최저의 귀로 들어가게 되었다. 최저는 당강을 다그치며 캐물었다. 당강은 바른대로 말했다.

"그런 일이 있었습니다. 저가 임금의 위세로 강요해 오므로 한 여자로서는 거역할 수가 없었습니다."

"그럼 왜 말하지 않았는가?"

"죄가 무거운 것을 알고 있었으므로 감히 말할 수가 없었습니다."

최저는 말없이 한참 있다가,

"이 일은 너와 상관없는 일이다."

하고 더는 추궁하지 않았다. 이 말 속에는 장공을 죽이겠다는 뜻이

들어 있은 것이다.

그런 일이 있은 다음 해, 진평공은 오나라로 딸을 시집보내게 되었다. 이 소식을 들은 제장공은 최저를 보고 물었다.

"과인이 난영을 다시 진나라로 들여보내주겠다고 약속을 했는데도 기회가 없었는데, 진나라 곡옥 성주가 난영의 심복이라니 잉첩(滕妾)을 보내준다는 이름으로 난영을 몰래 곡옥으로 들여보내 진나라를 덮치게 하고 싶은데 경의 생각은 어떻소?"

최저는 장공에 대한 원한이 깊은지라 한 술 더 떠 이렇게 권했다.

"곡옥 사람들이 아무리 난씨를 위한다 해도 성공하기 어려울 것 같습니다. 주상께서 직접 한 부대를 이끌고 그 뒤를 이어야 할 줄 압니다. 난영이 곡옥에서 서울로 쳐들어갔을 때 주장께서는 위나라를 친다고 하고는 남쪽에서 북쪽으로 방향을 돌려 안팎에서 공격을 하면 진나라가 버티지 못할 것입니다."

용맹만을 좋아하며 모든 일을 쉽게 여기는 장공인지라 최저의 말이 과연 그럴 것만 같았다. 최저는 그 죄를 물어 진나라가 쳐들어오면 그 책임을 임금에게로 돌려 죽이려는 계획에서 한 말이었다.

장공이 난영에게 계획을 일러주자 난영은 무척 기뻐했다. 그러나 앞에 말한 신유가 반대했다. 그러나 난영은 들으려 하지 않았다. 그러자 신유는

"이번에 가면 화를 면할 수 없습니다. 죽음으로 하직인사를 올립니다."

하고 차고 있던 칼을 뽑아 스스로 목을 쳐 죽고 말았다.

난영은 잉첩을 보내는 일행 속에 끼어 심복들과 함께 곡옥으로 지나가게 되었다. 이때 주작과 형괴도 난영을 따라가려 했으나 장공은 그들이 돌아오지 않을 것 같았으므로 식작과 곽최를 대신 보냈다.

난영은 일행이 곡옥을 지나가게 되었을 때 옷을 바꾸어 입고 성안

으로 들어가 성주 서오(胥午)를 만나고, 서오의 도움으로 곡옥의 군사를 이끌고 강주성을 쳐들어가게 되었다.

곡옥에서 강주성까지는 60리 남짓밖에 되지 않았다. 서오가 동원한 병력은 병거만도 220승이나 되었다.

난영이 총사령이 되고 독융이 선봉장이 되어, 식작과 난락(欒樂)은 오른쪽에서 곽최와 난방(欒魴)은 왼쪽에서 일제히 치고 나갔다. 목적이 기습에 있었으므로 하룻밤 사이에 60리를 달려 바깥성을 허물고 들어가 곧바로 남문에 와 닿았다.

그런데도 성안 사람들은 모르고 잠만 자고 있었다. 성문만을 안으로 걸어두었을 뿐 성루에는 방비에 필요한 장비는 물론이오 군사조차 두지 않았었다.

3만 근을 든다는 독융의 도끼에 맞아 성문은 금방 부숴지고 말았다. 난영이 이끄는 군사는 무인지경 들어가듯 성안으로 들어갔다.

재상이오 중군원수인 범개는, 막 아침상을 물렸을 때 숨을 헐덕이며 달래온 악왕부(樂王鮒)에게서 비로소 이 소식을 듣게 되었다.

범개는 악왕부의 의견에 따라 임금 평공을 모시고 고궁(固宮)이란 곳으로 들어갔다. 고궁은 진문공이 여극의 무리들이 난을 일으켜 대궐을 불사른 일이 있은지라, 만일의 사태에 대비해 본궁 동쪽에 따로 이 집을 지어 두었던 것이다. 둘레가 10리나 되고, 곡식도 많고 지키는 군사 3천 명도 힘과 용맹이 뛰어나 있었다. 성 높이도 몇 길이나 되고 정밖의 참호도 깊이 파져 있었으므로 단단한 집이란 뜻으로 고궁이라 이름한 것이다.

범개는 난영과 가까운 사이인 위서(魏舒)가 내통할 위험이 있다 하여 범앙을 시켜 임금의 명령으로 먼저 불러들였다. 위서는 난영과 이미 내통이 되어 있는 상태였으나 범앙이 임금의 명령으로 다그치는 바람에 할 수 없이 끌려오고 말았다.

그밖의 각 대신들은 모두 자기 집에 딸린 병력을 이끌고 고궁으로 들어왔다. 병력에 있어서는 난영보다 우세한 편이었다.

고궁에는 앞뒤로 문이 둘뿐이었는데 문이 두 겹으로 되어 있었다. 범개는 조씨와 순씨 두 집 군사로 앞문을 지키게 하고, 한씨의 형제 무기(無忌)와 기(起)로 뒷문을 지키게 하는 한편 남은 장수들은 둘레를 돌며 적의 동태를 살피게 했다.

성안으로 들어온 난영은 독용의 등을 어루만지며 격려했다.

"조심해서 고궁을 가 치라. 부귀는 그대와 함께 하리라."

그러자 독용은 이렇게 말했다.

"저는 군사 반을 이끌고 혼자 남문을 공격하겠습니다. 장군께선 여러 장수들을 거느리고 북문을 공격하십시오. 누가 먼저 들어가는가 보겠습니다."

이때 옆에 있던 식작과 곽최는 서로 눈짓을 보냈다. 난영과 독용의 태도가 자기들은 필요없는 사람으로 여기는 것 같았기 때문이다.

독용은 혼자 손에 도끼 둘을 나눠 잡고 수레에 올라 고궁으로 달려갔다. 남문 밖에 이르자 담을 바라보며 이리 달렸다 저리 달렸다 했다. 위풍이 늠름하고 살기가 등등한 모습은 정말 하늘에서 마왕이 내려와 있는 것 같았다.

그의 이름을 듣고 있던 군사들은 그의 그런 모습을 보는 순간 모두 가슴이 철렁 내려앉는 것 같았다. 조무도 칭찬을 아끼지 않으며 못내 부러운 표정이었다.

조무의 부하에 이름이 알려진 용장으로 해옹(解雍)과 해숙(解肅) 형제가 있었다. 조무가 독용을 칭찬하며 부러워 하는 것을 보자 둘이 나가 독용을 사로잡아 오겠다고 큰소리 쳤다.

그러나 그들 둘은 독용의 도끼에 말이 죽고 수레가 부숴지는 바람에 해옹은 크게 다치고 해숙은 겨우 도망쳐 북문으로 와 줄을 타고 담안으로 들어왔다. 달아나는 해숙을 뒤쫓던 독용이 해옹을 사로잡으려 되돌아왔을 때는 해옹은 이미 안으로 들어가고 없었다. 해옹은 이날 밤 피를 많이 흘려 죽고 말았다.

해숙은 다음날 다시 나가 형의 원수를 갚겠다고 별렀다. 조무는 순오(荀吳)가 말하는 용장 모강(牟剛)과 모경(牟勁) 형제를 불러와 셋이 함께 나가 독융을 상대해 싸우게 했다. 그러나 세 장수가 함께 나가 싸워도 독융 하나를 당해내지 못하고 쫓기어 돌아오고 말았다.

독융은 참호를 메우고 성문을 공격하기 시작했다. 그러나 성문 위에서 화살이 비오듯 하는지라 물러가고 말았다.

조무와 순오는 연거푸 두 번을 패하자 급히 이를 범개에게 보고했다.

"독융 하나도 이기지 못하면서 어떻게 난씨의 많은 무리를 이길 수 있겠는가?"

하고 범개는 혼자 촛불을 밝힌 채 근심에 싸여 앉아 있었다.

이때 하인 하나가 옆에 모시고 있다가 머리를 조아리고 물었다.

"원수께서 걱정하고 계신 것은 독융 때문이 아니십니까?"

범개가 보니 비표(斐豹)였다. 비표는 도안가의 부하 용장이었던 비성(斐成)의 아들로 도안가의 무리라 하여 관의 노예가 되어 중군에서 일을 하고 있었다.

범개는 그의 말이 이상한지라,

"네가 만일 독융을 없앨 수만 있다면 큰 상을 내리겠다."

하고 속을 떠보았다.

"소인은 이름이 죄인명부(丹書)에 실려 있습니다. 하늘을 날고 싶은 뜻이 있어도 뜻을 펼 수가 없습니다. 원수께서 소인의 이름을 죄인명부에서 빼주신다면 소인이 독융을 무찔러 은혜에 보답하겠습니다."

"네가 만일 독융을 죽이기만 한다면, 임금께 아뢰어 죄인명부를 모조리 불태워 없애고, 너를 거두어 중군의 아장(牙將)을 삼으리라."

"원수께서 약속을 지키셔야 합니다."

"내가 약속을 지키지 않으면 저 해와 같이 곧 기울고 말 것이다. 다만 수레와 군사가 얼마나 필요하냐?"

"독용은 소인과 어릴 때부터 아는 사이였습니다. 내기씨름을 하면 서로 이기고 지곤 했습니다. 그러나 독용은 성질이 조급해서 함부로 덤비는 버릇이 있는지라 제 꾀에 넘어가곤 합니다. 소인은 혼자 관문을 내려가 독용을 사로잡을 수 있습니다."

"혹시 가고 돌아오지 않으려는 것은 아니냐?"

"소인은 78살의 늙은 어미가 있고 어린 자식과 사랑하는 아내가 있습니다. 어떻게 그런 불충불효한 일을 할 수 있겠습니까? 소인도 해를 두고 맹세하겠습니다."

범개는 크게 기뻐하며 술과 음식으로 위로하고 코뿔소 갑옷 한 벌을 상으로 주었다.

비표는 다음날 그 갑옷을 속에 입고 밖에는 비단 전포를 차려 입은 다음, 머리에는 가죽고깔을 쓰고 발에는 삼신을 신었다. 그리고 허리에는 비수를 감추고 손에는 구리망치를 들고 있었다. 그 구리망치는 무게가 52근이나 되었다.

범개를 하직하며 비표는 이렇게 말했다.

"소인이 이번에 가면 독용을 죽이고 돌아오겠습니다. 그렇지 못하면 독용의 손에 죽습니다. 둘이 함께 살아남는 일은 절대로 있을 수 없습니다."

"내가 직접 가서 그대의 싸우는 모습을 구경하리라."

하고 범개는 비표를 자기 수레에 태우고 함께 남관으로 갔다.

조금 있노라니 벌써 독용이 관문 아래에 나타나 싸움을 청했다.

비표는 관문 위에서 외쳤다.

"독군 오랜만이다. 이 비표를 알아보겠는가?"

"너 아직도 살아 있었구나? 감히 내게 싸움을 청할거냐?"

“다른 사람은 너를 겁내지만 나는 너를 무서워하지 않는다. 서로 군사와 수레를 물리치고 단 둘이 땅바닥에서 싸우자. 똑같은 손과 발, 똑 같은 무기만으로 싸우자. 네가 죽고 내가 살지 않으면 용사의 이름을 뒤에 전할 수 없다.”

“너의 그 생각은 바로 내 뜻과 같다.”

하고 독융은 군사들을 뒤로 물러나게 했다.

관문 앞에서 곧 두 사람만의 싸움이 시작되었다. 20여 차례 치고 받고 했으나 승부를 가릴 수 없었다.

그러다가 비표가 갑자기 엉뚱한 소리를 했다.

“나 속이 급해서 그러니 잠시만 쉬었다 하자.”

“네놈이 도망칠 궁리를 하는구나.”

독융이 말을 듣지 않자 비표는 혼자 급한 듯이 빈터가 있는 쪽으로 달려갔다. 비표는 이미 작전계획을 세워두고 있은 것이다. 그 빈터에는 길게 띠처럼 두른 낮은 담이 있은 것이다.

비표가 달아나는 것을 보자 성질 급한 독융은,

“네놈이 어디로 달아날거냐!”

하고 호통을 치며 뒤를 쫓았다. 이 광경을 지켜보던 범개는 온몸에 식은 땀이 흘렀다. 그것이 어찌 범개뿐이었겠는가?

비표는 담 가까이 가자 훌쩍 담을 뛰어 넘었다. 독융도 뒤따라 담을 넘었다. 비표는 이때 담을 뛰어넘으며 미리 보아둔 큰 나무 뒤에 몸을 숨기고 있었다. 그것도 모르고 독융은 앞만 보고 달렸다.

비표는 52근 구리망치로 독융의 뒷머리를 쳤다. 독융의 머리가 깨지고 골이 밖으로 튀어나오며 앞으로 넘어졌다. 넘어지면서도 발로 차서 비표의 갑옷 한 조각을 날려보냈다.

비표는 허리에 숨겨둔 칼을 뽑아 독융의 머리를 잘라 손에 들고 다시 담을 넘어 밖으로 나왔다.

비표의 손에 피가 뚝뚝 떨어지는 사람의 머리가 들려 있는 것을 보자, 관문이 활짝 열리며 해숙과 모강이 군사를 이끌고 물밀듯 치고 나왔다. 난영의 군사 반은 죽고 반은 잡히고 달아난 군사는 몇 명 되지 않았다.

범개는 손수 술을 따라 비표를 주고 함께 임금에게로 갔다. 평공은 병거 한대를 상으로 주고 비표의 공을 제일이라 기록하게 했다.

난영은 결국 싸움에 패하고 곡옥으로 돌아오고 말았다. 곡옥성이 함락되는 날 서오는 자결하고 난영은 잡히어 강주성으로 끌려왔다. 이때서야 난영은 신유의 간하는 말을 듣지 않은 것을 후회했다.

난영이 그러고도 잡혀 끌려온 것은 살고 싶은 욕심에서였다. 그러나 범개는 그를 살려두려 하지 않았다. 임금이 난영의 죄를 용서하기 전에 사람을 시켜 난영을 목을 졸라 죽게 하고 나머지 난씨들도 모조리 다 죽이고 말았다. 난방 하나만이 도망쳐 송나라로 달아났다.

범개는 약속한 대로 죄인명부를 모조리 불태워 없애고 비표를 중군 아장에 임명했다. 비표로 인해 죄인명부에서 풀려난 사람이 20여 집의 수천 명에 이르렀다 한다. 그래서 영웅은 세상이 시끄러워지기를 바라는 것이리라.

범개는 곧 벼슬에서 물러나고 그 뒤를 이어 조무가 나라를 맡게 된다.

제장공은 진나라 국경을 넘기까지 했으나 난영의 실패소식을 듣고 철수하고 만다. 그러나 뒤쫓는 진나라 군사에 의해 많은 군사를 잃기까지 했다.

그 제장공이 조금도 뉘우치는 일이 없이 진나라에 대한 분풀이로 엉뚱한 작은 나라를 괴롭히는가 하면, 돌아온 뒤에도 도리에 벗어난 일을 계속하다가 3년 뒤에 신하의 손에 죽고 만다.

숯불도랑

使義士不以財 故義者不爲不仁者死.
"의로운 선비를 부릴 경우엔 의로써 해야 하며, 재물로써 부
릴 수는 없다. 그러므로 의로운 사람은 어질지 못한 사람을 위
하여 힘을 다하지 않는다."

노양공 23년 겨울, 진나라에서 쫓겨 돌아오던 제장공은 그냥 아무
보람 없이 나라 안으로 들어오기가 싫었다. 남에게 지기 싫은 사람
은 큰 거리에서 뺨을 얻어맞고 뒷골목으로 들어와 눈을 흘긴다는
그런 심정이었던 것이다.
"옛날 평음 싸움 때 거나라가 편들었으니 이 원수를 갚지 않을 수
없다."
하고 거나라를 치려 했다.
이때 가거가 화주(華周)와 기량(杞梁)의 용맹을 칭찬하자 장공은
그들을 불러오게 했다.
두 사람이 장공을 와 뵙자 장공은 그들에게 수레 하나를 주어 함
께 타라 이르고, 싸움터로 나가 공을 세울 것을 부탁했다.
화주는 물러나와 밥도 먹지 않으며 기량을 보고 말했다.

"가거니 주작이니 하는 사람들은 수레를 다섯씩이나 가지고 있지 않은가? 우리는 둘이서 한 수레를 갖게 되었으니 이는 우리를 욕되게 하는 것이 아니고 무엇인가? 같은 용사로서 어찌 차별대우를 받으며 일을 할 수 있겠는가? 이를 사양하고 다른 곳으로 가는 것이 어떻겠는가?"

"집에 늙은 어머님이 계시니 말씀을 드리고 가야 하지 않겠는가?"

기량이 어머니에게 말하자 어머니는 이렇게 타일렀다.

"살아서 바르게 살지 못하고 죽어서도 이름을 남기지 못하면, 다섯 수레를 가진다 해도 사람들은 비웃지 않겠느냐? 임금의 명령은 피할 수 없는 일이다. 부디 있는 힘을 다해 나라에 충성하기 바란다."

기량이 어머니의 말을 화주에게 전하자, 화주는

"부인도 임금의 명령을 잊지 않거늘 내가 어떻게 잊을 수 있겠는가?"

하고 기량과 함께 같은 수레에 올라 장공을 모시게 되었다.

,장공은 군사를 며칠 쉬게 한뒤 곧 영을 내려 왕손휘(王孫揮)로 하여금 대군을 거느리고 국경에 머물러 있게 하고, 병거 다섯과 정예군 3천명 만을 이끌고 소리없이 거나라를 습격하기로 했다.

화주와 기량은 선봉이 되기를 자청했다.

"군사와 수레가 얼마나 필요한가?"

하고 장공이 묻자 두 사람은 이렇게 대답했다.

"신들은 홀몸으로 와 임금을 뵈었으니 역시 홀몸으로 가기를 원합니다. 임금께서 주신 수레 하나만으로 넉넉합니다."

장공은 그들의 용맹을 시험하고 싶은 마음에서 웃으며 허락했다.

화주와 기량은 서로 번갈아가며 수레를 몰기로 약속하고 떠날 임시에 이르러

"다시 한 사람을 얻어 융우(戎右)를 삼으면 한 부대를 당할 수 있
을 텐데……"
하고 아쉬운 표정을 지었다.
그러자 뒤에 있던 병졸 하나가 앞으로 쑥 나와 말했다.
"소인이 두 장군을 따라 함께 가고 싶은데 소인의 청을 들어주시
겠습니까?"
"너는 이름이 무엇이냐?"
"저는 제나라 사람으로 습후중(濕侯重)이라 합니다. 두 장군님의
의리와 용기에 감동되어 목숨바쳐 따르려 합니다."
이리하여 세 사람은 같은 수레에 올라 기 하나 북 하나를 세우고
바람처럼 달려갔다. 거나라 성 가까운 들판에 이르자 한데서 하룻밤
을 지냈다.
밤이 지나고 아침이 밝아오자 거나라 임금 여비공(黎比公)이 제나
라 군사가 곧 이른다는 것을 알고, 군사 3백을 거느리고 성밖 들판
을 돌고 있었다.
화주와 기량의 수레를 보자 수상하게 여기고 캐물으려 했다. 두
장군은 눈을 부릅뜨고 호통을 쳤다.
"우리 둘은 제나라 장군이다. 누가 감히 우리와 겨루어 싸울 테
냐?"
여비공은 깜짝 놀랐으나 뒤를 잇는 군사가 없는 것을 보자 군사들
을 시켜 그들을 겹겹이 둘러싸게 했다.
화주와 기량은 습후중을 보며
"너는 우리를 위해 쉬지 말고 북을 울려라."
하고 각각 긴 창을 들고 수레에서 뛰어내려와 이리 치고 저리 닫고
했다. 창이 움직이는 대로 사람은 죽어 넘어졌다.
여비공이 이끌고 온 3백 명 군사는 반 이상 죽거나 상하거나 했
다. 여비공은 급히 포위를 풀게 하고 말했다.

"과인은 이미 두 장군의 용맹을 알았소. 더 이상 싸우기를 원하지 않소. 과인은 장군들과 부귀를 함께 하고 싶소."

화주와 기량은 소리를 함께 하여 대답했다.

"자기 나라를 버리고 적에게로 돌아가는 것은 충성이 아니요, 명령을 받고 이를 저버리는 것은 신의가 아니며, 적진으로 깊이 뛰어들어 적을 많이 무찌르는 것은 장수가 할 일이다."

말을 마치자 창을 휘둘러 다시 싸우기 시작했다. 여비공은 군사를 이끌고 달아나기가 바빴다.

제장공의 대부대가 이르러 혼자 싸워 이긴 것을 알자, 장공은 곧 사람을 시켜 돌아오게 하며 이렇게 말을 전했다.

"과인은 이미 두 장군의 용맹을 알았소. 다시 싸울 것은 없소, 장군들과 나라 일을 함께 하고 싶소."

그러나 두 사람은 명예만을 생각할 뿐 부귀 같은 것은 마음에 없었다.

"임금이 다른 용사에겐 5승의 수레를 주고 우리는 거기에 끼우지 않았으니 이는 우리의 용맹을 적게 여긴 것이며, 이제 또 부귀로서 우리를 달래는 것은 우리의 하는 일을 더럽히는 것이요, 적진에 깊이 뛰어들어 적을 많이 무찌르는 것은 장수가 해야 할 일이다. 제나라의 이로움 같은 것은 신들의 알 바 아니요."

하고 사자를 하직한 다음 수레를 버리고 걸어서 곧장 거나라 성문인 차우문(且于門)으로 다가갔다.

여비공은 차우문으로 들어오는 좁은 길에 도량을 파고 숯불을 피워 들어오지 못하게 만들어 두었다.

숯불도랑 앞에 이르자 습후중이 말했다.

"뜻있는 사람이 뒤에 이름을 남긴 것은 기꺼이 목숨을 버린 때문으로 알고 있습니다. 소인이 두 장군으로 하여금 이 도량을 뛰어넘게 하리다."

그리고는 방패를 들고 숯불 위를 몸으로 덮었다. 몸으로 불속의 징검다리를 놓은 것이다. 화주와 기량이 그 위를 밟고 건너뛰었다. 건너가 돌아보니 습후중은 벌써 바삭 타 있었다.

두 사람은 바라보고 울부짖으며 울었다. 기량이 먼저 눈물을 거두고 울음을 그쳤다. 그러나 화주는 여전히 소리내 울고 있었다.

"그대는 죽음을 두려워 하는가? 어찌 그리도 오래 우는가?" 하고 기량이 말하자 화주는 이렇게 대답했다.

"내가 어찌 죽음을 두려워 하겠는가? 이 사람의 용맹이 우리와 같거늘 우리보다 먼저 죽은지라 그래서 슬퍼하는 걸세."

여비공은 두 장수가 이미 불도랑을 넘어 온 것을 보자 활쏘는 군사 백 명을 성문 좌우에 숨겨두고 그들이 가까이 오는 즉시 활을 쏘라 시켰다.

화주와 기량이 성문을 앗으려 들어가자 백 개의 화살이 한꺼번에 날아왔다. 그 화살을 무릅쓰고 들어가 활잡이군사 27명을 무찔렀다. 그러자 이번에는 성문 위에서 또 화살이 비오듯 했다.

기량은 먼저 죽고 화주는 수십 개의 화살을 맞고 더는 싸울 힘이 없어 적에게 잡히고 말았다. 뒤에 살아 돌아오기는 하나 곧 죽고 만다.

한편 제장공은 돌아온 사자의 보고를 받자 그들이 기어코 죽을 결심인 것을 알고 곧 대군을 이끌고 앞으로 나아갔다.

차우문에 이르러 세 사람이 이미 죽은 것을 알자 장공은 크게 노하여 성을 공격하려 했다.

여비공은 사신을 제나라 군중으로 보내 용서를 빌며 말했다.

"저의 임금은 다만 수레 하나만을 보았을 뿐 대국에서 보내신 것인 줄은 알지 못했습니다. 또 대국의 죽은 사람은 셋뿐이온데 우리는 죽은 사람이 백명이 넘습니다. 저들은 스스로 죽음을 바란 것일 뿐 우리로 인해 죽은 것은 아니었습니다. 저희 임금은 임금님의 위엄을 두려워 하여 특히 신으로 하여금 백배사죄를 드리고 해마다 조공을 바치고 다시는 두 마음을 먹지 않을 것을 맹세하옵니다."

장공의 노여움은 그런 사과만으로 풀어질 수는 없었다. 화주와 기량의 죽음은 장공 자신에 대한 반발로 볼 수밖에 없었기 때문이다. 그들 두 사람을 위한 복수가 필요했던 것이다.

거절을 당한 여비공은 다시 사신을 보내왔다. 사로잡힌 화주와 죽은 기량의 시체를 보내주겠다는 약속과 함께 금품과 비단을 몇 수레 싣고 와 바쳤다.

장공은 여전히 여비공의 청을 받아들이지 않고 나라를 차지할 뜻을 비쳤다. 그러나 이때 대군을 국경에 주둔시켜두고 있던 총사령인 왕손휘로부터 급한 보고가 들어왔다.

"진나라 임금이 송·노·위·정 각 나라 임금과 위나라 땅 이의 (夷儀)에 모여 제나라 치는 일을 꾀하고 있다 합니다. 빨리 군사를 거두어 돌아오시기 바랍니다."

하는 내용이었다.

장공은 하는 수 없이 거나라의 화친을 받아들였다. 여비공은 곧 화주와 기량의 시체를 보내주었다. 습후중의 시체만은 숯불 속에 재가 되어 있었으므로 도리가 없었다. 한낱 이름없는 졸병이었던 습후중이 역사에 이름을 남기게 되었으니 그가 말한 대로 기꺼이 죽음을 버린 용기 때문이라 볼 수 있다.

장공은 그날로 군사를 돌이켜 나라로 돌아오며, 기량의 빈소를 제나라 성밖에 차리도록 명령했다.

장공이 성밖에 이르자 기량의 아내 맹강(孟姜)이 나와 남편의 시신을 맞이했다. 장공은 수레를 멈추게 하고 사람을 시켜 조상을 하게 했다. 그러자 맹강은 임금의 사자에게 두 번 절하고 말했다.

"저의 지아비가 죄가 있다면 감히 임금의 조상을 욕되게 할 수 없으며 만일 죄가 없다면 죽은 사람이 살던 집이 있으니 들판은 조상을 받는 곳이 아니므로 감히 사양합니다."

이 말을 들은 장공은 크게 부끄러 하며,

"이는 과인의 잘못이었다."

하고 곧 기량의 집으로 가서 조상을 했다.

맹강은 남편 기량의 널을 성밖에 묻기에 앞서, 사흘을 꼬박 한데서 이슬을 맞아가며 널을 부둥켜안고 통곡을 계속했다. 눈물이 마르자 뒤를 이어 피가 흘러나왔다.

이때 갑자기 제나라 성이 몇 자나 무너졌다. 남편의 죽음에 대한 원한과 슬픔이 하늘에까지 사무친 때문이라고 사람들은 말했다.

뒷날 진시황 때 범기량(范杞梁)이 만리장성을 쌓으려 끌려나가 죽었을 때, 그것도 모르고 남편의 겨울옷을 가지고 온 그의 아내 맹강녀(孟姜女)가 남편의 죽은 것을 듣고 성밑에서 통곡을 하자 성이 갑자기 무너졌다는 이야기가 전해지고 있다.

이것이 바로 여기 나와 있는 기량과 그의 아내 맹강의 이야기가 잘못 전해져 내려온 것으로 보고 있다.

앞에서 말한 대로 화주는 상처가 무거워 집에 돌아온 후 바로 죽고 말았다. 이 화주의 아내 또한 기량의 아내만큼이나 슬피 울었다 한다.

맹자는 〈맹자〉에서

"화주와 기량의 아내가 그 남편의 죽음을 남달리 슬퍼하며 소리내 울은지라 제나라의 풍속을 바꾸고 말았다."

라고 한 것도 바로 이를 두고 한 말이었다.

진나라가 제나라를 치려 했던 계획은 이해 큰 장마가 져서 황하가 넘치는 바람에 중단되고 말았다.

임금 장공에게 원한을 품고 있는 재상 최저는 진나라가 쳐들어오기를 기다렸다가 장공을 죽일 결심을 하고 우경(右卿) 경봉과 계획까지 짜두고 있었다.

그러나 진나라가 큰물로 인해 쳐들어오지 않게 되자 적잖이 실망하게 된다. 그러나 그의 복수심과 권력욕은 그로서 멈춰질리는 없었다.

장공(莊公)의 값없는 죽음

_{수 목 지 귀 근 이 후 지 화 악 지 엽 지 도 영}
樹木至歸根而後 知華萼枝葉之徒榮.
_{인 사 지 개 관 이 후 지 자 녀 옥 백 지 무 익}
人事至蓋棺而後 知子女玉帛之無益.
"나무는 가을되어 잎이 떨어진 뒤라야 꽃피던 가지와 무성하
던 잎이 다 헛된 영화였음을 알고, 사람은 죽어서 관 뚜껑을
닫기에 이르러서야 자손과 재화가 쓸데없음을 안다."

노양공 25년 5월에 제나라 최저가 그 임금 광(光)을 죽였다고 경
문엔 나와 있다. 이때가 제장공 6년이었다.

진나라가 쳐들어오기를 기다리던 최저는 진나라가 큰물로 인해
오지 않게 되자, 진나라가 오기를 기다리지 않고 임금 죽일 숨은 계
획을 추진하고 있었다.

최저는 임금의 동정을 살피기 위해 가수(賈竪)라는 내시를 내 사
람으로 만들었다. 이 가수는 하찮은 일로 매를 백 대나 맞은 일이
있었다.

권력을 잡은 사람이나 지위가 높은 사람은 그 자신은 아무렇게나
행동해도 괜찮은 것으로 알기 쉽다. 사람이 벼락을 맞으면 하늘을
더 무서워 할 뿐 원망은 하지 않는다는 그런 생각을 하게 되는 것이
다.

그러나 지렁이도 밟으면 꿈틀한다는 말이 있듯이, 억울하게 당한 사람의 원한은, 당한 사람의 성격과 판단이 각기 다를 뿐 지위에 따라 달라지는 것은 아니다. 맹자도 말했듯이, 임금이 신하를 지푸라기처럼 여기면 신하는 임금을 원수로 알게 되는 것이다.

제장공은 마치 귀여운 매라도 때린 듯이 그 가수를 충성스런 심복으로 알고 옆에 가까이 두고 있은 것이다.

최저는 그 가수가 겉과 속이 다른 무서운 사람이란 것을 알고, 많은 돈을 들여가며 내 사람을 만들고, 임금 장공의 일거일동을 살펴 그때그때 보고하게 했다.

그러는 가운데 거나라 여비공이 약속한 대로 몸소 제나라에 조회를 들어왔다. 장공은 크게 기뻐하며 북곽(北郭)에서 환영잔치를 베풀게 했다.

최저의 집이 바로 이 북곽에 있었다. 장공이 그것을 생각에 두고 장소를 북곽으로 정한 것인지도 모르는 일이다. 최저는 그런 장공을 유인해 들일 생각으로 감기몸살이라 핑계하고 환영잔치에 나가지 않았다.

대부들이 하나 빠짐없이 다 와 있었는데 최저만이 나가지 않았다. 그리고 심복을 시켜 가수에게 소식을 물어오게 했다. 가수는 비밀보고를 보내왔다.

"주상께서는 잔치가 끝나기를 기다려 상국의 문병을 가신다 하옵니다."

라는 내용이었다.

최저는 웃으며,

"임금이 어찌 내 병을 걱정하겠는가? 바로 내 병을 좋은 기회로 삼아 염치없는 짓을 하려는 거지."

하고 그의 아내 당강을 보고 말했다.

"내 오늘 이 무도한 임금을 없애고 말겠다. 네가 내 시키는 대로

만 하면, 너의 잘못을 덮어주고 네가 낳은 아들로 내 뒤를 잇게
하겠다. 내 말을 따르지 않으면 먼저 네 모자의 목부터 자를 것이
다."

"아내는 남편을 따르는 것인데 어찌 시키는 일을 거역하겠습니
까?"

최저는 당강의 전남편 소생인 당무구(棠無咎)를 시켜 무장한 군사
백 명을 안방 좌우에 숨겨두게 하고, 그의 아들 성(成)과 강(疆)을
시켜 대문 안에 군사를 숨겨두게 했다. 그리고 당강의 아우 동곽언
에게는 대문 밖에 군사를 숨겨 두게 했다.

이렇게 모든 배치를 끝내두고 다시 사람을 가수에게로 보내, 임금
이 오게 되면 이러이러 하라는 자세한 지시를 전했다.

장공은 당강의 아름다움에 반해 자나깨나 그녀를 잊을 수 없었지
만 최저의 감시가 전보다 엄밀해서 자주 오기가 힘들었다. 그러던
판에 이날 최저가 병으로 오지 않는 것을 보자, 음탕한 마음에 불이
붙으며 넋은 벌써 당강에게로 빠져 있었다.

환영잔치가 끝나기가 무섭게 최저의 집으로 수레를 몰았다. 대문
에서 온 뜻을 말하자 문지기는 거짓으로 대답했다.

"병이 매우 심해서 방금 약을 들고 누워 계십니다."

"어느 곳에 누어 있느냐?"

"바깥 침실에 누어 계십니다."

장공은 바란 대로 된지라 기뻐하며 곧장 안방으로 들어갔다.

이때 주작과 가거 공손오 누인 네 사람이 장공을 따르고 있었다.
가수가 그들을 보고 말했다.

"임금의 하시는 일을 장군들은 알고 계시지 않습니까? 밖에서 기
다리고 계십시오. 여럿이 들어가 상국을 놀라게 하는 일이 있어서
는 안 될 것입니다."

과연 그럴 것 같았으므로 모두 대문 밖으로 나왔다. 그러나 가거

만은

"한 사람은 머물러 있어도 괜찮겠지."

하고 혼자 대청 위에 앉아 있었다.

가수는 안으로 들어가며 중문을 닫아 걸었다. 대문지기는 대문을 닫고 빗장을 지른 뒤 자물쇠까지 채웠다.

장공이 안방에 이르자 당강이 곱게 꾸미고 나와 맞았다. 임금과 단 한 마디도 말을 건네지 않아서 시녀가 와서 당강에게 전했다.

"상국께서 입안이 타신다며 꿀물을 드시고 싶어 하십니다."

당강은 시녀와 함께 옆문으로 바쁜듯이 나가버렸다. 최저는 혹시나 하는 생각에서 당강과 임금이 말을 주고받지 못하도록 해두었던 것이다.

장공은 난간을 의지하고 기다렸다. 기다려도 오지 않자 그녀를 그리워 하는 노래를 불렀다.

노래를 막 끝냈을 때 대청마루 아래에서 칼과 창 부딪는 소리가 들려왔다.

"이 곳에 어떻게 군사가 있느냐?"

하고 가수를 불렀다.

그러나 가수는 대답도 없고 보이지도 않앗다. 다음 순간 좌우에 숨어 있던 무장한 군사가 한꺼번에 밀어닥쳤다.

크게 놀란 장공은 그제야 변이 생긴 것을 알고 급히 뒷문으로 달려갔다. 뒷문은 이미 잠겨 있었다. 힘이 센 장공은 문을 부수고 나가 가까이 있는 다락집으로 올라갔다.

당무구가 군사를 이끌고 다락을 둘러쌌다.

"상국의 명령을 받들어 음탕한 도적을 잡으러 왔다. 어서 내려라!"

남의 아내를 간통하러 왔으니 그것은 임금이 아니라 한낱 음탕한 도적에 지나지 않는 것이다. 그러나 장공은 난간을 의지하고 타이르

듯 말했다. 마치 임금은 무슨 짓을 해도 상관없다는 듯이,

　"나는 너의 임금이다. 내가 나가게끔 해다오."

　"상국의 명령이라 내 마음대로는 하지 못합니다."

　"상국은 지금 어디에 있느냐? 맹세를 하고 싶다. 서로 해치지 않겠다고 말이다."

　"우리는 간음한 사람을 잡을 뿐 그밖의 것은 모릅니다."

　"과인은 내 죄를 알았다. 태묘에 가서 자결하겠다."

　"죄를 알고 자결할 결심을 했으면 지금 당장 자결하시기 바랍니다. 태묘를 욕되게 할 일도 아니며 우리 손에 욕된 죽음을 당할 것도 없지 않습니까?"

　장공은 시간을 끌며 호위하는 용장들의 구원을 기다렸지만 아무 기미도 보이지 않자 다락 창문으로 뛰어나가 화단으로 올라가 담을 넘으려 했다.

　당무구가 활을 쏘아 화살이 왼쪽 넓적다리에 박히자 담위에서 아래로 떨어졌다. 순간 군사들이 일제히 달려들어 임금을 창으로 찔러 죽이고 말았다. 음탕한 짓을 즐겨 하는 사람 쳐놓고 깨끗이 죽은 사람이 거의 없다. 장공의 죽음도 그 한 보기였다.

　당무구는 사람을 시켜 종을 울리게 했다. 미리 약속해둔 신호를 보낸 것이다.

　이때는 초저녁의 어둠이 깔리기 시작한 때였다. 대청방에 혼자 앉아 있던 가거는 종소리에 놀라 귀를 기울이고 엿들었다. 갑자기 문이 열리더니 가수가 촛불을 들고 나타났다.

　"방안에 도적이 있어 주상께서 장군들을 부르십니다. 가장군은 먼저 들어가십시오. 나는 주장군들에게 보고하겠습니다."

　"그 촛불은 나를 다오."

　"그러시지요."

하고 촛불을 건네주던 가수가 그만 촛불을 놓치는 바람에 불이 꺼지

고 말았다.

가거는 하는 수 없이 칼을 짚고 더듬어가며 중문으로 들어갔다. 들어가다가 줄에 발이 걸려 넘어졌다. 넘어지기가 무섭게 숨어 있던 최강이 옆에서 뛰쳐나와 칼로 쳐서 죽였다.

주작과 공손오 누인 세 사람은 대문 밖에 있었으므로 대문 안의 일은 전혀 알지 못했다. 동곽언이 거짓 친목을 꾀하는 척하며 옆집 안으로 맞아들여, 촛불을 밝히고 술과 고기를 대접하며 칼을 끌러놓고 즐거운 마음으로 들라고 권했다.

칼을 풀라는 것부터가 수상쩍은 일이었지만 힘만 믿는 그들은 그것을 좋은 뜻으로 받아들였다. 동곽언은 따라온 사람들까지 골고루 술을 마시게 했다.

술을 들고 있는데 안에서 종소리가 들렸다. 그러자 동곽언이 말했다.

"주상께서 지금 술을 드시고 계십니다."

"상국이 마음에 걸리시지 않는걸까?"

"상국은 지금 병이 깊어 아무것도 모르는데 걸릴 게 뭐 있습니까?"

조금 있자 두 번째 종소리가 울렸다. 그러자 동곽언이 일어나,

"내가 들어가 보아야겠습니다."

하고 나가버렸다.

동곽언이 나가버리자 숨겨둔 무장병들이 확 몰려들었다. 세 사람은 급히 일어나 칼을 찾았으나 보이지 않았다. 동곽언이 벌써 사람을 시켜 몰래 가져간 것이다.

성난 주작은 수레 탈 때 올라서는 대문 앞에 있는 네모난 큰 돌을 번쩍 들어 덤벼드는 적에게 던졌다. 그런데 그 돌이 엉뚱하게 마침 달리며 지나가던 누인의 한쪽 다리에 맞았다. 누인은 다리가 부러지면서 겁에 질려 달아났다.

294

공손오는 말 매는 기둥을 뽑아들고 춤을 추며 적과 싸웠다. 많은 군사들이 그 기둥에 맞아 죽고 상하고 했다. 사람들은 횃불을 가지고 그들을 공격했다. 공손오들은 머리와 수염이 모조리 타버렸다.

이때 대문이 활짝 열리며 최성과 최강이 군사를 거느리고 안에서 나왔다. 공손오는 손으로 최성의 팔을 꺾었다. 그 순간 최강의 긴 창이 공손오를 찔렀고 그는 금방 죽고 말았다. 다리가 부러진 누인도 최강의 창에 죽었다.

주작은 적의 창을 앗아들고 다시 와 싸우려 했는데 이때 공곽언이 크게 외쳤다.

"간음무도한 혼군은 이미 죽었다. 그밖의 사람이야 무슨 죄가 있는가? 살아남아 새 임금을 섬기는 것이 도리가 아닌가?"

주작은 창을 버린 채,

"내 망명해 온 몸으로 제나라 임금의 사랑을 받아왔는데 어찌 구차하게 살아남아 세상의 웃음거리가 될 수 있겠는가?"

하고 머리로 돌담을 들이받았다. 돌이 서너개 깨지며 머리도 깨져 죽고 말았다.

병사는 장공이 죽었다는 말을 듣자 조회청 대문 밖에서 스스로 목을 쳐 죽고, 봉구는 집에서 목매어 죽었다. 탁보와 양윤은 장공의 시체를 찾아가 울기로 약속하고 함께 가다가 다른 용사들이 다 죽은 것을 알자 역시 자살하고 말았다.

장공이 그토록 사랑하고 아끼던 용사들은 이렇게 거의가 다 죽고 말았다. 그러나 왕하와 노포계만은 죽지 않았다. 왕하가 노포계를 보고 함께 죽자고 하자, 노포계는

"도망가서 뒷일을 꾀하는 것이 옳다. 다행히 우리 둘 가운데 한 사람이 나라로 돌아오게 되거든 서로 끌어주기로 하자."

"좋다. 그럼 맹세를 하자."

맹세를 마친 다음 왕하는 거나라로 달아나고 노포계는 진나라로

달아났다. 노포계는 길을 떠나며 그의 아우 노포폐(盧蒲嫳)에게 이렇게 일렀다.

"임금이 우리를 그토록 아끼고 사랑한 것은 자신을 보호하기 위해서였다. 임금과 함께 죽는 것이 죽은 임금에게 무슨 뜻이 있겠는가? 내가 가거든 너는 최씨와 경씨를 섬기며 나를 돌아오도록 만들어야 한다. 나는 임금의 원수를 갚으려 한다. 뜻을 이루면 다행이요, 실패하더라도 헛된 죽음은 아닐 것이다."

"알았습니다. 염려 마십시오."

노포폐는 경봉을 섬겨 그의 가신이 되고 뒤에 노포계와 왕하는 돌아와 그들의 뜻을 이루게 된다. 그 이야기는 뒤로 미루기로 하고, 여기서는 권력의 위협도 아랑곳하지 않고 자기 뜻대로 행한 안영과 사관(史官)들의 이야기만을 하기로 한다.

제나라 대부들은 최저가 난을 꾸몄다는 말을 듣자 모두 대문을 닫은 채 다음 소식을 기다릴 뿐, 임금의 시신이 있는 최저의 집으로는 감히 갈 생각조차 못했다. 단 한 사람 안영만이 소식을 듣기가 바쁘게 최저의 집으로 가 임금의 시신이 있는 방으로 들어갔다.

안영은 장공의 다리를 베고 목놓아 크게 울었다. 울기를 마치자 일어나 세 번 펄떡펄떡 뛴 다음 바쁜 걸음으로 나가버렸다.

이를 지켜본 당무구가 최저를 보고 말했다.

"저 안영을 죽여 없애야만 사람들의 비방하는 소리를 막을 수 있습니다."

"그건 안 된다. 안영은 세상이 다 아는 어진 사람이다. 그를 죽이면 인심을 잃게 된다."

안영은 돌아오자 진수무(陳須無)를 보고 말했다.

"임금이 죽었으니 새 임금을 세워야 하지 않겠소?"

"책임은 고씨 국씨에게 있고, 권세는 최씨 경씨에게 있으니 내가 무얼 바랄 수 있겠소?”

안영이 물러가자 진수무는

“역적의 무리와 어떻게 한 조정에서 벼슬할 수 있겠는가?”
하고 수레를 몰고 송나라로 가버렸다.

이 진수무는 죽은 뒤에 시호를 문자(文子)라 불렀다. 〈논어〉에서
공자는 그를 깨끗한 사람이라고 했다.

안영은 상경이요 원로대신인 고지(高止)와 국하(國夏)를 찾아가
같은 말을 했다. 모두 최저와 경봉이 알아서 할 일이므로 자기들은
주장할 능력이 없다며 사양했다.

얼마 안 있어 경봉은 그의 아들 경사(慶舍)를 시켜 장공의 편으로
여겨지는 사람들을 모조리 죽이거나 내쫓거나 한다음 수레로 최저를
맞아 조정에 들게 한 다음, 고지와 국하를 불러 새 임금 세우는 일
을 상의했다.

고지와 국하는 그 일을 최저와 경봉에게 사양했다. 경봉은 또 최
저에게 모든 것을 사양했다. 그러자 최저는 말했다.

“영공의 작은아들 저구(杵臼)는 그 어머니가 노나라 세도재상 숙
손의 딸입니다. 그를 세우면 노나라와 가깝게 지낼 수 있습니다.”

최저는 나이 어린 임금을 세우고 독재를 하려는 것이다. 다른 사
람들은 그저 예예 할 뿐이었다.

곧 공자 저구를 맞아 임금으로 받드니 이가 경공(景公)이다. 경공
은 나이가 어렸으므로 최저는 모든 것을 자기 마음대로 할 수 있었
다. 그 자신은 우상이 되고 경봉은 좌상이 되었다. 장공을 죽이기로
상의하던 그날부터의 약속을 지킨 것이다.

그리고 모든 신하들과 태묘에서 맹세를 하게 되었다. 최저는 맹세
말을 이렇게 했다.

“여러분 가운데 최저와 경봉과 마음을 같이하지 않는 사람은 저
해가 있는 것과 같다.”

해는 하루면 지기 때문에 곧 죽는다는 뜻이다. 경봉이 뒤를 잇고 고지와 국하도 그 맹세에 따랐다. 차례가 안영에게로 돌아왔다. 안영은 그들이 한 맹세에 따르지 않고 하늘을 우러러보며 말했다.

"여러분이 임금에게 충성하고 나라를 위해 이로운 일을 하는데, 이 안영이 뜻을 같이하지 않는다면 하늘의 벌을 받을 것이다."

최저와 경봉의 얼굴빛이 싹 변했다. 고지와 국하가 얼른 뒤를 이어 말했다.

"두 상국의 오늘 하는 일이 바로 임금에게 충성하고 나라를 이롭게 하기 위해서입니다."

최저와 경봉은 그제야 얼굴빛을 다시 바꾸며 즐거워 했다.

최저는 당무구를 시켜 주작과 가거들의 시체를 거두어 장공과 함께 북곽에 묻게 한 다음, 태사 백(伯)에게 명령하여 임금이 병으로 죽었다고 기록하라 일렀다.

그러나 태사 백은 시킨 대로 쓰지 않고 대쪽에다 이렇게 썼다.

'여름 5월 을해(乙亥)에 최저가 그 임금 광을·죽였다.'

이것이 〈춘추〉 경문에 실려 있는 바로 그대로다. 이를 본 최저는 크게 노하여 태사를 죽이고 말았다. 그리고 그 다음 아우를 불러 다시 시킨 대로 쓰라 일렀다. 둘째인 중(仲)도 형 백과 똑같이 썼다. 최저는 그마저 죽이고 말았다. 세째인 숙(叔)도 역시 굽히지 않고 똑같이 썼다. 그 역시 죽고 말았다. 이제 제일 막내인 계(季)가 쓸 차례였다.

최저는 대쪽을 들고 계에게 일렀다.

"너의 세 형이 죽었다. 너까지 죽어서야 되겠느냐? 만일 그 말을 바꾸어 쓰면 너는 살 수 있다."

"일이 있으면 사실대로 쓰는 것이 사관의 직책입니다. 맡은 직책을 버리고 살아남는 것은 직책을 다하고 죽는 것만 못합니다. 옛날 진령공은 조천의 손에 죽었습니다. 그러나 태사 동호는 조둔이 죽였다고 썼습니다. 조둔이 재상으로 있으면서 조천의 죄를 다스리지 않은 때문이었습니다. 조둔이 그것을 이상하게 여기지 않는 것은 사관의 직책을 알고 있기 때문입니다. 제가 쓰지 않는다 해도 바른 대로 쓰는 사람이 있을 것이니 그로서 상국의 허물이 가려지는 것은 아닙니다. 한낱 아는 사람의 웃음을 가져올 뿐입니다. 그래서 저는 죽음을 아끼지 않는 것이니 상국의 처분만 바랄 뿐입니다.”

“나는 나라가 망하는 것이 두려워 마지 못해 그같은 일을 했으니 설사 바른 대로 쓴다 해도 사람들은 내 참뜻을 알아 줄 것이다.”

하고 최저는 들고 있던 대쪽을 계에게로 던져 주었다.

태사 계는 그 대쪽을 받들고 사관(史官)으로 가던 도중 남사씨(南史氏)와 마주쳤다.

“무슨 일로 어디로 가시는 길입니까?”

“그대 형제들이 다 죽었다는 말을 듣고, 혹시 5월 을해의 일이 기록에 남지 않을까 싶어 대쪽을 들고 오는 길일세.”

남사씨는 나이 늙어 벼슬에서 물러나 있는 사관이었다. 계가 쓰여 있는 대쪽을 보이자 남사씨는 곧 하직하고 돌아갔다.

이 일을 놓고 뒤엣 사람은 이렇게 글을 읊었다.

　역적이 활개를 쳐도 벌은 더해지지 않는데
　붓으로 이를 무찌르며 죽음도 마다하지 않았네.
　푸르고 흰 그 마음 간웅의 넋을 앗았다.
　아첨하는 사람들아 부끄러운 줄을 알라.

최저는 부끄러운 마음을 달랠 길이 없자 실컷 이용한 내시 가수에게 죄를 씌워 죽이고 말았다. 그러나 최저 자신도 비참하게 죽고 만다.

최저(崔杼)와 경봉(慶封)의 최후

신 언 불 미　미 언 불 신　선 자 불 변　변 자 불 선
信言不美 美言不信 善者不辯 辯者不善.
"신의 있는 말은 아름답지 않고, 아름다운 말엔 신의가 없다.
착한 사람은 말에 능하지 않고, 말에 능한 사람은 착하지 않
다."

　노양공 24년에 임금 장공을 죽인 제나라 최저는, 나어린 새 임금 경공을 꼭두각시로 앉혀놓고 전권을 휘두르기는 했으나 이를 시기한 경봉의 술책에 말려들어 온가족과 함께 죽고 만다. 그것이 2년 뒤의 일이다. 최저를 죽이고 전권을 휘두르던 경봉은 한 해 뒤에 장공의 심복 용장이었던 노포계에게 쫓겨나 오나라로 달아나게 된다.
　권력을 휘두르며 향락만을 일삼는 무리들의 처참한 광경들이 생생하게 우리의 마음을 두렵게 하기도 한다.
　장공을 죽이고 경공을 세운 최저의 권세가 제나라를 뒤덮게 되자, 좌상인 경봉은 스스로 따돌림을 당하는 것 같은 느낌을 떨쳐버리지 못했다. 원래가 술을 좋아하고 놀기를 즐기는 경봉인지라 나라일은 최저에게 맡기다시피 하고 늘 밖에 나돌고 있었다.
　최저는 경봉의 그런 속도 모르고 완전히 그를 무시한 채 모든 일

을 혼자 결정하고 혼자 처리하곤 했다. 자연 최저에 대한 경봉의 시기심은 날로 더해갈 수밖에 없었다. 그러나 최저보다 더 엉큼한 경봉은 그런 티를 조금도 내보이지 않았다.

그런데 최저는 집안 문제로 골치를 앓게 되었다. 당강의 미색에 빠진 최저는 그녀의 환심을 사기 위해 전실의 두 아들을 제쳐두고 당강의 몸에서 난 명(明)으로 그의 뒤를 잇게 해주겠다는 약속을 했었다.

그러나 큰아들 성이 공손오에 의해 팔이 부러지게 되자 가엾은 생각이 들어 차마 그 일을 입밖에 내지 못했다.

최성은 최저의 그런 눈치를 알아채자 자진해서 이렇게 말했다.

"아버님의 뒤를 잇는 일은 명에게 사양하겠습니다. 그 대신 최(崔)고을을 저에게 주십시오."

최고을을 식읍으로 가졌다 해서 성을 최씨로 한 것이다. 그러므로 최고을은 최씨의 본거지가 된다. 영리한 최성은 호주라는 이름만을 주고 재산만은 자기가 차지할 생각이었던 것이다.

최저는 다행스럽기도 하고 고맙기도 하므로 별 생각없이 승낙하고 말았으나 동곽언과 당무구의 생각은 그것이 아니었다.

"최고을은 최씨의 본거지가 아닙니까? 뒤를 이은 아들이 당연히 차지해야 됩니다. 본거지 성을 내주고 어떻게 종손 구실을 할 수 있습니까?"

하는 말을 듣자 최저의 마음은 또 흔들리게 되었다. 최저는 성을 보고 사정하듯 말했다.

"나는 원래 최고을을 너에게 주고 싶었는데 언과 무구가 말을 듣지 않으니 어쩌면 좋으냐?"

최성은 그의 아우 최강에게 아버지가 한 말을 전했다. 그러자 최강은 펄쩍 뛰었다.

"종손의 자리마저 양보해 주었는데 한 고을이 아까와서 그것마저

주지 않겠다니 말이 되지 않습니다. 아버님이 살아 계신데도 저들이 그러하거늘, 아버님이 세상을 뜨시게 되면 우리는 종살이조차 할 수 없을 겁니다.”

“우리 힘으로는 어찌 할 수 없는 일이니 좌상에게 부탁해서 우리를 대신해 아버님의 마음을 돌리게 하는 것이 좋지 않느냐?”

“그게 좋을 것 같습니다.”

이리하여 최성 최강 형제는 경봉을 찾아가 부탁을 했다. 경봉은 이들을 이렇게 부추겼다.

“너의 아버님은 동곽언과 당무구 말만 듣는데 내가 권한다고 될 일이 아니다. 뒷날 너의 아버님에게도 해를 끼칠지 모르는 일이니 일찍 없애버리지 그러느냐?”

“저희들도 그럴 마음이 없지는 않습니다. 그러나 힘이 모자라 성사하기 어려울 것 같습니다.”

“그렇겠다. 더좀 두고 방법을 생각해 보자.”

형제가 돌아가자 경봉은 노포폐를 불러 그들의 이야기를 들려주고 의견을 물었다. 노포폐는 이렇게 말했다.

“최씨 집안이 어지러워지는 것은 경씨 집안의 다행일 수도 있지 않습니까?”

경봉은 속에 잠자고 있던 생각이 문득 떠오르며 앞으로 벌어질 일이 환히 내다보이는 것 같았다.

며칠이 지나 최성과 최강이 또 찾아와 동곽언과 당무구의 악한 일들을 말했다. 경봉은,

“너희들이 일을 일으킨다면 내가 갑옷과 무기를 도와주겠다.”
하고 좋은 갑옷 백 벌과 같은 수의 병기를 주었다.

최강은 그것으로 자기 부하들을 무장시켜 집 가까운 곳에 여기저기 흩어져 숨어 있게 했다.

동곽언과 당무구는 날마다 꼭꼭 최저를 찾아와 문안을　드리곤

했었다. 이윽고 그들이 대문으로 들어오자 기다리며 숨어 있던 군사들은 뛰쳐나와 둘을 마구 찔러 죽였다.

변이 일어난 것을 듣고 최저는 크게 노하여 급히 사람을 불러 수레를 대기시키라 일렀다. 그러나 수레를 맡은 하인들은 모두 도망쳐 숨어버렸고 마구간지기 하나만이 마구간에 있었다.

그 마구간지기를 시켜 수레에 말을 멍에하게 하고, 심부름하는 아이를 시켜 말을 몰게 한 다음 경봉의 집으로 찾아갔다.

최저가 경봉에게 울며 자식들이 난을 일으킨 것을 호소하자, 경봉은 뜻밖이라는 듯이 놀라며 이렇게 말했다.

"최씨와 경씨가 비록 성은 다르지만 실상 한 집안이나 다름없는데 어린것들이 감히 그같은 무엄한 짓을 하다니! 상국이 만일 그들을 무찌르려 한다면 내가 있는 힘을 다해 도우리다."

최저는 경봉의 말이 참인 것으로 믿고 고마워 하며,

"좌상이 만일 반역한 두 자식을 없애고 우리 집을 편안히 해 주신다면 내 명을 시켜 좌상을 아버지처럼 섬기게 하리다."

하는 약속까지 했다.

경봉은 집에 있는 하인들을 모두 무장시켜 노포폐를 불러 거느리게 하고 이러이러 하라 지시를 내렸다.

노포폐가 군사를 거느리고 오자 최성과 최강은 대문을 닫고 지키려 했다. 노포폐는 그들을 달랬다.

"나는 좌상의 명령을 받들고 왔소. 그대들을 이롭게 하기 위한 것일 뿐 해롭게 하려는 것은 아니오."

그러자 최성이 최강을 보고 말했다.

"첩의 자식 명을 없애려는 것이 아닐까?"

"어쩌면 그럴지도 몰라."

형제는 곧 대문을 열어 노포폐를 들어오게 했다. 노포폐가 들어오자 무장한 병사까지 한꺼번에 들이닥쳤다. 형제는 막으려 했으나 막을 길이 없었다. 그래서 노포폐에게 물었다.

"좌상의 명령은 어떤 것이오?"

"좌상께서는 너의 아버님의 청을 받아들여 너희 두 놈의 목을 잘라 오라 이르셨다."

하고 곧 군사들에게 빨리 손을 쓰라 호령했다. 최성과 최강은 미처 대답할 틈도 없이 머리가 땅에 떨어졌다.

노포폐는 군사들을 풀어 집안을 샅샅이 뒤져 쓸만한 물건들을 모조리 가져가라 이른 다음, 방문까지 닥치는 대로 부수고 말았다.

당강은 놀라 스스로 방안에서 목을 매고, 최명만은 마침 밖에 있어서 난을 당하지 않았다.

노포폐는 최성과 최강의 머리를 수레에 매달고 돌아와 최저에게 보고했다. 최저는 두 아들의 머리를 보자 분노와 슬픔을 참지 못하며 물었다.

"혹시 집사람을 놀라게 하지는 않았던가?"

"부인께서는 베개를 높이 하고 그대로 누워 계셨습니다."

최저는 기쁜 빛을 띠며 경봉을 보고 말했다. 이미 반쯤 넋이 나간 상태였으리라.

"나 돌아가고 싶은데 아이놈이 말을 제대로 몰지 못하니 말을 모는 사람 하나를 빌려줄 수 없겠소?"

그러자 노포폐가 자기가 모셔다 드리겠다고 했다. 최저는 경봉을 향해 거듭 고맙다는 인사를 하고 수레에 올랐다.

집에 이르니 무거운 대문이 활짝 열린 채 사람 하나 보이지 않았다. 중문으로 들어가 안방을 바라보니 방문과 창문만이 남고 안은 텅텅 비어 있었다. 당강은 들보에 목을 맨 채 그대로 축 늘어져 있었다.

최저는 완전히 넋을 잃은 채 노포폐에게 물으려 했다. 그러나 그는 벌써 간다는 말도 없이 사라지고 보이지 않았다. 하나 남은 아들

최명을 찾아보았으나 그마저 보이지 않았다.

최저는 목놓아 통곡을 하며,

"내가 경봉이란 놈에게 속아 집을 잃고 말았다. 내가 살아 무엇하라!"

하고 울부짖고는 스스로 목을 매어 죽고 말았다.

경봉은 경공에게 아뢰었다.

"선군을 죽인 것은 바로 최저였습니다. 그의 죄를 물어 무찌르지 않을 수 없었습니다."

경공은 그저 예예 할 뿐이었다. 이로서 경봉은 혼자 국상의 자리를 차지하고 마음껏 권력을 휘두르며 사치와 방탕을 일삼게 되었다.

그러던 어느날 경봉은 노포폐의 집에서 술을 마시게 되었다. 노포폐는 그의 아내를 불러내어 경봉에게 술을 권하게 했다. 경봉은 그녀의 아름다움에 이끌려 술취한 것을 핑계로 농을 걸곤 했다. 노포폐도 맞장구를 치며 같이 희희덕거렸다.

노포폐는 경봉의 마음을 사기 위해 그가 하는 일이면 무엇이고 떠받든 것이다. 형 노포계를 불러들여 장공에 대한 복수를 하려 했던 것이다. 주범인 최저는 이미 멸문의 화를 입었으니 이제 남은 것은 공범인 경봉의 차례라고 생각한 것이다.

경봉은 노포폐의 말없는 허락속에 그의 아내와의 간통을 즐기고 있었다. 그러던 끝에 경봉은 차츰 미친 생각이 들었다. 혼음을 생각해 낸 것이다.

상국 자리는 그의 아들 경사(慶舍)에게 물려주고 그 자신은 아내와 첩과 필요한 물건들을 모조리 노포폐의 집으로 옮겼다. 그리고는 둘이 서로 바꾸어가며 아내와 첩들을 상대로 짐승보다 더한 더러운 짓들을 부끄럼없이 하고 있었다.

나중에는 사내와 계집애들이 한 자리에서 술을 마시며 희희덕거리고, 술이 취하면 상을 두들기며 노래도 부르고 일어나 춤도 추었다. 옆에 모시고 있는 사람들이 입을 가리고 웃어도 그들 자신은 아무렇지도 않았다.

그러던 어느날 노포폐는 그의 형 노포계를 불러오게 해달라고 청했다. 둘도 없는 심복이요 동지인 노포폐의 청이므로 경봉은 첫말에 승낙했다.

노포계가 돌아오자 경봉은 그로 하여금 자기 아들 경사를 섬기게 했다.

경사는 힘이 역사였다. 노포계는 용장이면서 아첨을 잘했다. 원래 아첨 받기를 좋아하는 경사는 노포계를 사랑한 나머지 그의 딸 경강(慶姜)을 아내로 주었다.

장인 사위하고 부르며 더욱 가까와질 수밖에 없었다. 그러나 노포계는 모든 것을 복수를 위한 수단이요 방법으로 알 뿐이었다. 그 노포계에 필요한 것은 뜻을 같이하는 사람이었다.

노포계는 경사와 함께 사냥을 나간 기회를 빌어 왕하의 용맹을 칭찬하며 자랑했다.

"그 왕하가 지금 어디에 있는가?"

"거나라에 있습니다."

경사는 곧 왕하를 불러들였다. 왕하 역시 뜻을 잘 받들었으므로 경사의 사랑과 신임을 받게 되었다.

경사는 장공을 죽인 뒤로 누가 혹시 해치지나 않을까? 하는 두려움에서 나고들 때면 반드시 친근한 장사에게 창을 들려 앞뒤를 호위하게 하고 다녔다. 이제 노포계와 왕하를 신임하게 되자 이들 둘만이 창을 잡고 호위할 뿐 다른 사람은 일체 가까이 오지 못하게 했다.

바로 이럴즈음 어떤 하찮은 일이 빌미가 되어 그 결과가 점점 꼬이며 커지기 시작했다.

임금 경공은 닭고기를 좋아 했고, 그 가운데서도 닭의 발바닥을 특히 즐겨 먹었다. 그 결과 한 끼에 수십 마리 닭을 잡아야 했다.

임금이 그러자 대신과 고관들도 따라서 닭요리를 첫째로 알게 되었다. 나중에는 귀한 사람의 밥상에는 닭 두 마리가 오르는 것이 차림표에 빼놓을 수 없는 것으로 굳어지고 말았다.

이렇게 해서 닭값이 날이 다르게 오르기 시작하자 임금의 수라상을 차리는 수라청의 비용이 달릴 수밖에 없었다. 수라청에서 사람을 보내 경사에게 수라청 비용을 올려달라고 청했다.

노포폐는 경사의 결점을 드러나게 할 생각으로 수라청의 청을 들어주지 말라 권하고 대신 이렇게 말했다.

"수라상을 차리는 것은 너의 책임이 아니냐? 정해진 비용 외에 요구하는 것은 옳지 않다. 꼭 값비싼 닭을 쓸 것도 없는 일이 아니냐?"

수라청에서는 하는 수 없이 임금 이외의 상차림에는 닭 대신 오리를 쓰게 되었다. 그런데 수라청에 드나드는 하인들이 상에 오를 오리고기를 훔쳐 먹었다. 오리 고기는 큰 상에 오를 리가 없다 싶어서였다.

이 날 대부 고채(高蠆)와 난조(欒竈)가 경공을 모시고 밥을 먹게 되었다. 반찬에 닭고기는 없고 닭뼈만이 있었다. 이에 화가 치민 두 사람은 먹지 않고 나가버렸다. 사실은 닭뼈가 아닌 오리뼈였던 것이다. 두 사람은 혜공의 손자로 귀족대신이었으므로 더욱 노여움이 클 수밖에 없었다.

그것이 수라청의 요구를 경사가 거절한데서 비롯된 것임을 알자 고채는 경봉을 찾아가 꾸짖으려 했으나 난조가 권해서 그만두게 되었다. 그러나 그 소식만은 재빨리 경봉의 귀로 들어갔다.

경봉은 노포폐를 불러 물었다.

"고채와 난조가 내게 노여움을 품고 있으니 어떻게 하면 좋은

가?"

"반감을 품은 사람은 죽이면 그만인데 뭘 두려워 하십니까?"

하고 노포폐는 곧 노포계에게 소식을 전했다. 노포계는 왕하를 보고 말했다.

"고씨 난씨 두 집에 경사와 틈이 생겼으니 이 기회를 빌어 도움을 받을 수 있을 것이다."

왕하는 그날 밤에 고채를 찾아가

"경씨가 고씨 난씨 두 집을 치려 합니다."

하고 거짓말로 부추겼다. 고채는 원래 성질이 급한 사람이라 금방 부추김에 끌려들었다.

"경봉이란 놈도 사실은 최저와 함께 임금을 죽인 놈이다. 지금 최씨는 이미 없어지고 경씨만이 남았다. 우리는 당연히 선군을 위해 원수를 갚아야 할 것이다."

"그것이 이 왕하의 뜻이옵니다. 대감님을 도와 안의 일을 꾀하겠습니다."

고채는 몰래 난조와 상의하여 틈을 보아 함께 움직이기로 하고 있었다. 그러나 치밀하지 못한 그들이 하는 일이라 대신들은 대개 알고 있었으나 경씨의 횡포를 미워하고 있었으므로 비밀을 지켜주고 있었다.

노포계는 왕하와 함께 경씨 치는 일을 점쳤다. 점치는 사람이

'어미 호랑이가 굴을 떠나니 새끼 호랑이가 피를 본다.'

하는 점말을 올렸다.

노포계는 일부러 이 점말을 경사에게 보이며

"원수진 사람의 집을 치려 하는데 이런 점말이 나왔습니다. 좋고 나쁜 것을 말씀해 주십시오."

하고 청했다.

"틀림없이 뜻을 이루겠다. 어미가 떠나고 새끼가 피를 보니 이기

지 않고 어쩌겠는가? 원수진 사람이 누구인가?”
“시골에 사는 보통사람입니다.”
경사는 조금도 의심하지 않았다.

이 해 가을 8월이 되자 경봉은 자기 집안 사람들을 데리고 사냥을
떠났다. 점말대로 어미 호랑이가 굴을 떠난 것이다.
일을 일으키는 것은 태묘에서 가을제사 지내는 날로 정해 두고 있
었다. 이 날이 되자 임금을 비롯해서 모든 대부들이 다 제사에 참여
하게 되었다.
경사는 상국으로 제사를 주관하고 같은 집안인 경승(慶繩)은 술잔
올리는 일을 맡고 있었다. 경씨 집 군사들은 사당을 둘러싸고 지키
고 있고, 노포계와 왕하는 창을 잡고 경사 양쪽에 서 있으면서 잠시
도 옆을 떠나지 않았다.
이때 태묘 가까운 큰거리에서는 놀이판이 벌어져 있었다. 노는 날
이라 사람들이 많이 모였을 것은 물론이다. 그런데 공교롭게도 경씨
의 수레를 매고 온 말들이 놀라 달아났다. 태묘를 둘러싸고 있던 군
사들은 말을 찾아 이리저리 달려가야만 했다
말들을 찾자 다시 달아나지 못하게 모두 붙들어매었다. 그러는 동
안 마음이 게을러지고 말았다. 갑옷을 벗고 무기를 놓아둔 채 큰거
리로 나가 연극구경을 하게 되었다. 태묘에서의 피를 흘리는 것이
싫어 귀신이 시킨 것처럼 보였다.
대신 고씨 난씨 진씨 집 군사들이 태묘 정문 밖에 모여 있었다.
이때 안에 있던 노포계가 변소에 간다 핑계하고 밖으로 나왔다. 태
묘를 빈틈없이 둘러싸고 있으라고 당부하기 위해서였다.
노포계는 다시 들어와 경사 뒤에 서자, 창을 거꾸로 잡고 고채에
게 보였다. 고채는 알아채고 다른 사람을 시켜 대문짝을 세번 소리
나게 때렸다. 그 소리를 신호로 밖에 있던 무장병들이 벌떼처럼 몰

려들었다.

경사는 놀라 자리에서 벌떡 일어났다. 순간 노포계가 등뒤에서 칼로 찔렀다. 칼이 경사의 갈비로 들어갔다. 왕하는 창으로 경사의 왼쪽 어깨를 내리쳤고 어깨는 부러졌다.

경사는 눈을 흘겨 왕하를 보며

"난을 일으킨 것이 네놈들이냐?"

하고 오른손으로 옆에 있는 병을 집어 왕하에게 던졌다. 왕하는 골이 맞아 그 자리에서 죽고 말았다.

노포계는 경승부터 먼저 잡아 죽이게 했다. 경사는 상처가 무거워 아파 견딜 수 없자 한쪽 손으로 기둥을 끌어안고 흔들었다. 대들보가 마구 흔들렸다. 크게 소리를 한 번 지르고는 경사는 숨이 끊어졌다.

경공은 크게 놀라 피하려 했다. 그러나 안영의 귓속말을 듣고 제복을 벗은 뒤 수레에 올라 내전으로 들어갔다.

노포계가 앞장을 서고 모인 군사들과 함께 경씨의 일당을 다 죽여 없앤 다음 성문을 굳게 지키며 경봉을 들어오지 못하게 했다.

경봉은 성문을 공격하다 뜻대로 되지 않자 노나라로 달아났다. 노나라에서 그를 잡아 제나라로 보내려 하자 다시 오나라로 달아났으나 그곳에서 결국 멸족하게 된다.

노포폐는 음란죄를 물어 북연(北燕)으로 귀양을 떠나게 되고, 노포계도 그를 따라 형제가 함께 갔다.

제나라는 경봉 부자가 죽은 다음 여전히 권력싸움이 계속되고 있었다. 그런데 제나라 이야기는 뒤로 미루고 정나라에 대한 이야기부터 하기로 한다.

자산(子産)의 언행일치

居官 有二語 曰惟公則生明 惟廉則生威
居家 有二語 曰惟恕則情平 惟儉則用足.
"관직에 있는 이를 위한 두 마디 말이 있으니, 오직 공정하면
밝음이 생기고, 오직 청렴하면 위엄이 생긴다함이 그것이다.
집에 있는 이를 위한 두 마디 말이 있느니, 오직 너그러우면
불평이 없으며, 오직 검소하면 모자람이 없다함이 그것이다."

공자가 당시의 정치인 가운데 칭찬을 아끼지 않고 마음으로 존경
한 사람은 정나라의 자산(子産)과 제나라의 안영 두 사람뿐이었다.
노양공은 30년 가을에 정나라 사람이 양소(良霄)를 죽였다고 경
에는 나와 있다. 이 양소가 죽고 그 뒤를 이은 것이 자산이다.
자산은 정나라 공자 발(發)의 아들로 그 이름이 교(僑)였으므로
공손교라 불렀다. 그러나 그가 백성들의 존경을 받음으로 자산으로
부르게 된 것이다. 그 당시는 자(字)를 부르는 것이 존경하는 뜻이
되었기 때문이다.
양소는 정나라 공자 거질(去疾)의 손자요 공손 첩(輒)의 아들로
벼슬이 상경에 올라 정권을 잡고 있었다.
이 양소는 성질이 교만하고 또 사치를 좋아했는데 특히 술을 즐겼
다.

술을 마시기 시작하면 밤을 새는 것이 보통이었고, 술을 마시는 동안은 다른 사람을 대하길 싫어했고, 다른 이야기를 듣기도 싫어했다.

그래서 땅을 파서 깊숙히 방을 만들어두고, 그 안에 필요한 기구며 악기를 벌여 놓은 채 밤이 깊은 줄도 날이 밝는 줄도 모르고 지내는 것이 그에게는 다시 없는 즐거움이요 삶의 보람이었다.

세상을 등진 호걸이라면 멋으로도 보아줄 수 있는 일이었다. 그러나 나라의 정치를 맡은 재상으로서는 있을 수 없는 일이다.

그가 한 번 지하실로 들어가 술상을 대하게 되면 아무리 심복 가신이 찾아와도 만나주지 않았고, 전하는 말도 들으려 하지 않았다.

날이 밝아 낮이 가까와서야 조정에 나가 일을 보는 것이 그의 특권처럼 되어 있었다. 다른 신하들도 임금도 그것을 탓하거나 바로잡을 생각을 하지 못했다.

이때는 정나라가 진·초 두 나라와 다 가까이 지내고 있었다. 양소는 공손 흑(黑)을 친선사절로 초나라에 보내기로 하고 임금 간공의 허락까지 받아두고 있었다.

공손흑은 공자 사(駟)의 아들로 아버지의 이름을 성으로 쓰고 있었으므로 사흑이라 부르기도 했다. 그런데 이 사흑은 초나라로 떠날 수 없는 숨은 사정이 있었다. 공손 초(楚)와 둘이서 서오범(徐吾犯)의 누이를 서로 아내로 삼으려는 삼각관계에 있던 것이다.

그래서 사흑은 초나라로 가는 일을 뒤로 미루거나 다른 사람으로 대신해 줄 것을 부탁하기 위에 밤에 양소의 집을 찾아갔다.

밤도 깊지 않았는데 문지기가 대문도 열지 않은 채,

"대감께서는 벌써 굴방으로 들어가 계시므로 감히 아뢸 수가 없습니다."

하고 매정하게 거절했다.

그러면 다음날도 있고 또 그 다음날도 있으므로 참고 기다리면 될

312

일이었다. 사흑은 문전박대를 받은 것에 화가 머리끝까지 치밀어 그
밤을 멀다 하고 반란을 일으키고 말았다.

겉에 드러난 것은 돌발적인 사건 같지만 그 뿌리와 동기는 깊고
오래였던 것이다. 좌전에는 다음과 같은 기록이 실려 있다.

자산이 정나라 임금을 모시고 진나라로 가자 숙향(叔向)이 정나라
정치에 대해 물었다. 그러자 자산이 대답했다.

"내가 앞을 내다볼 수 있는 것은 올해 안이 될 것 같습니다. 사씨
와 양씨가 지금 권력을 다투고 있는데 그 결과는 알 수 없습니다.
판가름이 나면 그때는 앞을 내다볼 수 있을 것입니다."

"아직도 화해가 되지 않았군요."

"양소는 교만하고 강퍅하며 사흑은 남의 밑에 있기를 싫어하므로
서로 굽힐 수가 없습니다. 겉으로는 화해를 해도 속에는 여전히
원한이 쌓여 있습니다. 악한 것이 끝날 날도 멀지 않았습니다."

이 기록으로 보아 사흑이 반란을 일으킨 것은 우연도 아니었고 돌
발도 아니었다. 벼르고 있던 끝에 좋은 구실을 찾은 것뿐이다. 문전
박대를 당할 것을 뻔히 알고 찾아간 것이다. 만난다 해도 청을 들어
주지 않을 것은 뻔한 일이었다.

자산이 말한 악한 것이란 바로 양소의 독재와 횡포를 말한 것이
며, 양소가 곧 사흑에 의해 쫓겨나고 말 것을 알고 있은 것이다.

사흑이 자기 집 사병을 이끌고 양소의 집을 둘러싼 다음 집에다
불을 질렀다.

양소는 벌써 술이 취해 있었으므로 여러 사람이 붙들어 수레에 태
우고 옹량(雍梁)이란 곳으로 피난해 갔다. 그때서야 양소는 깨어났
다.

며칠이 지나자 양소의 가신들이 차례로 다 모여들었다. 가신들의
말로는 국씨(國氏)와 한씨(罕氏)만을 빼고 모두 사씨의 편이라는 것
이다. 절망적인 상태를 알리는 것이었는데도 양소는 기뻐하며,

"두 집이 나를 도울 것이다."

하고 되돌아가 정나라 북문을 공격했다. 그러나 싸움에 패해 도살장으로 도망쳤다가 군사들에 의해 죽었다. 양소의 가신들도 다 죽었다.

양소의 죽음을 다행으로 아는 사람이 많았고, 설사 그의 죽음을 가엾어 하는 사람이 있다 해도 그런 티를 낼 수 없는 형편이었다. 하룻밤 사이에 세상이 바뀌고 말았기 때문이다.

속으로 누구 못지 않게 양소를 미워하고 있던 자산이었지만, 그 자산만이 양소의 죽은 소식을 듣자 그의 시신이 있는 옹양으로 달려가 양소의 시체를 어루만지며,

"같은 집안 형제끼리 서로 죽이다니? 오오 하늘이여 너무도 끔찍하여이다!"

하고 울었다.

그리고 가신들의 시체까지 다 거두어 양소와 함께 두성(斗城) 마을에다 묻어주었다.

이 소식을 들은 사혹은 크게 성을 내며,

"자산이 양씨를 편든단 말인가?"

하고 자산의 집을 공격하려 했다. 그러나 상경인 한호(罕虎)가 이를 말렸다. 한호는 어느 편에도 붙지 않았으나 양소를 미워하고 있던 사람이다.

"자산은 이미 힘을 잃은 죽은 사람에게도 예를 지키지 않았는가? 하물며 살아 있는 사람이겠는가? 그는 누구의 편을 드는 것이 아니라 같은 신하로서의 예를 지킨 것뿐이야. 예는 나라의 기둥이 아닌가? 예를 아는 사람을 죽이는 것은 상서로운 일이 아니야."

한호의 말에 사혹은 마음이 수구러들었다.

한호는 정나라를 슬기롭게 이끌어 온 공손 사지의 아들로 자를 자피(子皮)라 불렀다. 모든 사람들의 존경을 받고 있었다. 양소와 사

혹의 어느 쪽과도 손잡기 싫어 한 것만 보아도 알 일이다.

정간공은 여러 대신들의 의견에 따라 한호에게 나라를 맡기려 했다. 그러나 한호는 이를 사양하고 자산을 천거했다. 그래서 자산이 재상으로 앉은 것이다.

자산이 진나라로 갔을 때 숙향에게 한 말로 미루어보아 양소가 사혹에 의해 물러나면 자피가 재상이 되거나 아니면 자신이 그 자리에 앉게 될 것을 내다보고 있은 것이다.

자산이 정권을 잡자 맨 처음 시작한 것이 사치를 추방하는 일이었다. 사치를 추방하는 일은 예를 지키는 것에서부터 비롯된다. 예란 형식을 갖춘 제도다. 정해진 제도에 따라 각자가 분수를 지키는 것이 예다. 그것은 권력과 지위와 부를 누리고 있는 사람의 생활에서부터 새 바람을 일으키는 일이기도 했다.

벼슬아치들은 일정한 제도에 맞추어 그 이상의 사치스런 수레나 옷따위를 가질 수 없게 되었다. 수레를 보고 옷 입은 것을 보면 그의 신분을 알 수 있었다. 그것을 어기었을 때는 그 정도에 따라 벌도 받고 꾸중도 들어야만 했다.

직업에 따라 각각 그 직업에 맞는 옷차림을 하고 분수에 맞는 생활을 하게끔 일정한 한계를 정해 두었다. 이렇게 되자 벼슬아치에서부터 백성들에 이르기까지 사치라든가 낭비 같은 풍습이 말끔히 사라지고 말았다.

다음엔 논밭의 경계를 바로잡는 일이었다. 힘이 있고 배경이 좋은 사람이 그렇지 못한 사람의 논밭을 앗거나 침범하는 일이 많았고, 도랑이니 길이니 하는 것이 엉망으로 되어 있는 곳이 많았기 때문이다. 요즘으로 말하면 농지개량사업과 새마을 운동 같은 것이었다고 볼 수 있다.

그리고 고을과 마을에 학교를 세워 글을 가르치고 바른 일을 하도록 일깨웠다. 이 향교로 인해 글을 아는 사람이 늘어나고 그 지식을 바탕으로 나라의 정치를 잘하느니 못하느니 하고 평하는 일도 없지 않았다.

권력을 잡은 사람이 가장 싫어하는 것이 언론의 자유다. 언론의 자유는 비판세력을 키우는 결과를 가져오게 되고, 그것이 권력의 밑둥을 허물게도 하기 때문이다.

그 언론의 자유는 향교를 중심으로 일기 시작했다. 처음에는 관리들의 부정과 부패를 토론의 대상으로 삼고 있었으나 나중에는 나라의 큰정치까지 마구 헐뜯곤 했다.

향교의 선비들을 눈의 가시처럼 보고 있던 지방 수령이나 조정의 벼슬아치들은 이 향교를 없애는 것이 좋겠다는 의견을 자주 자산에게 말하곤 했다. 그러나 자산은 향교의 그같은 현상을 좋게 보고 있었다. 요즘으로 말하면 학생운동을 하나의 좋은 약으로 알고 정치의 참고자료로 삼으려 했던 것이다.

자산은 향교를 없애자는 사람에게 늘 이런 말을 했다.

"잘하는 일을 못한다고 하는 것은 더욱 잘하라는 뜻으로 알면 되고, 잘못하는 것을 올바로 지적한다면 그보다 더 도움되는 일이 또 어디에 있겠는가? 정치가 어지러워지고 나라가 망하는 것은 잘못하는 것을 잘한다고 하는 아첨에서부터 비롯된다는 것을 모르는가? 듣기좋은 소리를 멀리하고 듣기 싫은 소리에 귀를 기울이는 것이 어진 사람의 도리가 아닌가?"

자산은 백성들이 지켜야 할 법을 쇠로 부어 거리에 세웠다. 그것은 법을 지키는 것과 함께 관리들의 횡포를 막기 위한 것이었다. 힘 있는 사람도 법을 어기면 법에 따라 벌을 받아야 하며, 법에 없는 횡포에 대한 고발정신을 일깨우기 위한 것이었다.

자산은 법의 존엄성을 보여주기 위해 사흑을 죽이기까지 했다. 문전박대를 했다 해서 양소를 무찌른 그 사흑이다. 자산이 그 양소의 죽음을 슬퍼했다고 해서 죽여 없애려고 했던 그 사흑이다.

자산이 바른 정치로 나라를 올바로 이끌어가는 것을 보자 공연히 시기가 더해져 갔고, 원래가 사치와 방탕을 좋아하는 사흑이였으므로 자산이 정한 제도나 법 같은 것은 아애 생각에도 두지 않고 있었다. 참고 견디며 지켜보고 있던 자산은 더 이상 내버려 둘 수 없다고 생각되자, 그를 잡아들여 그 죄를 낱낱이 밝힌 다음 죽이고 말았다.

좀 뒤의 일이지만 정나라 사람들은 자산을 기리는 노래를 이렇게 지어 부르기도 했다 한다.

내 아들과 아우를
자산이 가르쳐 주었네.
내 논과 밭을
자산이 가꾸어 주었네.
자산이 죽으면
누가 이를 이을 것인가?

자산이 재상이 되고 오래지 않은 어느날, 정나라 어느 사람이 북문을 나가다 꿈인지 생신지 죽은 양소를 보게 되었다. 양소는 갑옷차림으로 창을 들고 가며 혼자 중얼 거렸다.

"사대(駟帶)와 인단(印段)이란 놈이 나를 해쳤다. 내 기어코 죽이고 말테다."

사대는 사흑의 조카였고 인단은 공자 풍(豊)의 아들로, 이 둘은 북문에서 양소를 맞아 싸운 끝에 그를 죽게 만들었던 것이다.

헛것을 본 그 사람은 집에 돌아와 본 그대로를 다른 사람에게 이야기하고는 그길로 앓기 시작했다. 원래 악한 귀신이란 속이 허한 사람에게만 보이는 것이다. 속이 허한 그가 그런걸 보고 더욱 놀랐을 것이니 병을 앓는 것은 당연한 결과라 할 수 있다.

그런데 이 소문이 한 번 퍼지자 죽은 양소가 원귀가 되어 나타났다며 사람들은 술렁거리기 시작했다. 양소의 원귀가 금방 나타날 것 만 같은 생각에서 공연히 겁을 먹고 있은 것이다.

며칠이 안 되어 사대가 병으로 죽고, 다시 며칠이 안 되어 인단마 저 죽었다. 두 사람이 죽었으면 그것으로 그만일텐데, 사람들은 공 연히 두려워 하며 밤낮으로 불안에 떨고 있었다. 누가 앓기만 해도 양소의 원귀 탓으로 돌리고, 이상한 사건만 생겨도 양소의 심술로 돌리곤 했다.

자산은 임금에게 말하여 양소의 아들 양지(良止)에게 대부의 벼슬 을 내리고, 그로 하여금 양씨의 제사를 받들게 하고 반란을 꾀하다 죽은 공자 가의 아들 공손 설(洩)에게도 같은 은전을 베풀게 했다.

그러자 나라안의 그런 헛소문이 씻은 듯이 사라지고 말았다.

외무장관인 행인(行人) 벼슬에 있는 유길(遊吉)이 자산을 보고 물 었다.

"자손에 벼슬을 내리고 제사를 받들게 하자 헛소문이 금방 사라지 는 것은 무엇 때문이오?"

"악한 사람이 참혹하게 죽으면 그 넋이 흩어지지 않아 산 사람을 헤치게도 되는 거요. 그 넋이 의지할 곳을 얻게 되면 다시 그런 일이 없지 않겠소?"

"그럼 양소면 될 터인데 공자가까지 뒤를 세운 것은 무엇 때문이 오? 공자가도 원귀가 될까 두려워서요?"

"양소는 죄인이므로 뒤를 세울 수 없는 일이오. 원귀로 인해 뒤를 세우게 되면 사람들이 모두 귀신이란 것에 마음이 빠지게 되지 않 겠소? 그 폐단은 이루 다 말할 수 없는 일이오. 그래서 나는 목 공의 아들 7형제 가운데 뒤가 끊어진 집을 다시 세워 준다는 뜻에 서 양소와 공자가의 제사를 받들도록 해준거요."

유길은 자산의 깊은 생각에 감탄했다.

자산은 사람들이 떳떳한 일에 힘쓰지 않고 귀신을 두려워 하거나 귀신에게 복을 빌거나 하는 것의 폐단이 얼마나 큰 것인가를 늘 생각에 두고 있은 것이다. 대개 미개한 사람일수록 귀신에게 매달리는 경향이 많은데, 문명했다는 중국에서도 이 정나라는 미신이 어느 나라보다 뿌리가 깊었기 때문이다.

뒷날 이야기지만 자산 때 정나라에는 유명한 무당이 있었다. 앞날을 환히 내다보고 있어서 남의 좋고 나쁜 것을 말해주면 백발백중 맞는 것으로 사람들은 믿고 있었다.

그 무당이 어느 해 사람을 통해 자산에게 이런 말을 했다.

"큰 화재가 도성에 일어날 것이니 하늘에 빌어서 막도록 하시오."

그러나 자산은 믿으려 하지 않았다. 무당이 말한 대로 큰불이 났으나 자산은 언제나 화재에 대한 대비를 철저히 하고 있었으므로 피해가 그리 크지는 않았다.

자산이 무당의 말에 따라 하늘에 빌었으면 화재를 막을 수 있었을 텐데 하고 아쉬워 하는 사람이 적지 않았다. 그러자 자산은 이렇게 말했다.

"설사 무당의 말이 맞는다 하더라도, 사람의 할 일보다 하늘이나 귀신에 비는 일을 더 소중히 알게 되면, 그로 인한 폐단과 해악은 자연의 재난보다 몇 배나 더 크다는 것을 알기 때문이요."

이 자산이 재상으로 있었던 40년 동안은 초나라와 진나라의 침략을 받지 않았다. 나라의 정치가 바로 서고 백성들의 생활이 안정되면 자주외교의 힘이 자연 생기기 마련이며, 탐욕스런 강대국들에게 침략의 구실을 만들어주는 일이 없기 때문이다.

이 자산을 공자는 이렇게 평했다.

"자산은 군자로서 갖춰야 할 네 가지를 가지고 있었다. 몸가짐은 항상 공손했고, 윗사람 섬기는 일은 공경을 바탕으로 했으며, 백성들은 은혜와 사랑으로 길렀고, 백성들을 부리는 일은 옳은 것을 바탕으로 했다."

자산이 첫겨울 수레를 타고 가다가 보니 맨발을 벗고 냇물을 건너려는 사람이 있자 그들을 자기 수레에 태워 건네준 일이 있었다.

이것은 하나의 보기일 뿐, 모든 정치의 목표를 백성을 위하는 것에 두고 있은 것이다.

노양공은 31년 여름 6월에 죽고 겨울 10월에 장사를 지낸 것으로 나와 있다. 그런데 양공이 죽던 6월에 자산이 정나라 임금을 모시고 진나라로 갔을 때의 이야기를 좌전은 길게 적고 있다.

자산의 자주외교의 바탕이 어떤 것인가를 알 수 있는 내용으로 그 요점만 간추리면 다음과 같다.

진나라 임금은 노나라의 국상을 핑계로 바로 만나주지 않았다. 그러자 자산은 정나라 임금과 신하가 묵고 있는 객관의 담을 헐고 수레와 말을 안으로 들여놓았다. 객관의 대문이 낮고 좁아 수레와 말이 마음대로 드나들 수 없었기 때문이다.

그러자 진나라는 사문백(士文伯)을 보내 좋은 말로 빗대어 놓고 꾸짖었다.

"우리나라는 정치가 잘못되어 도둑이 많습니다. 정나라의 경우는 따르는 사람이 많아 도둑을 지킬 수도 있겠지만 다른 나라가 왔을 때는 어찌 하겠습니까?"

자산은 이렇게 대답했다.

"우리나라는 작은 나라로서 큰 나라 사이에 끼어 있습니다. 큰 나라에서 우리나라에 요구하는 것이 때도 철도 없는지라 편안할 날이 없습니다. 없는 힘을 다해 조회에 오면 일보는 사람이 바쁘다 하여 만나주지도 않고, 임금의 명령도 받지 못하므로 뵈올 때도 알지 못합니다. 애써 마련해온 공물도 바로 바칠수 없는지라 밖에 그대로 놓아두면, 비와 이슬을 맞거나 햇빛을 받아서 벌레가 꼬여 쓸 수 없게 됩니다. 옛날 문공 때는 임금이 계시는 궁궐은 낮고,

찾아오는 제후들이 있는 집은 크고 높았다 합니다. 또 찾아온 제후나 사신들을 오래 기다리게 하는 일도 없었다 합니다. 그런데 지금 진나라가 임금이 계시는 궁궐은 둘레가 몇리나 되는데 외국 사신이 묵는 이 집은 대문이 낮고 좁아 수레와 말들이 마음대로 드나들 수도 없습니다. 그렇다고 짐을 밖에 그대로 오래 두면 버리게 되므로 하는 수 없이 담을 헐고 들여놓은 것입니다. 빨리 일을 마치면 돌아가기에 앞서 담을 본래대로 고쳐 놓을 것이니 그런 걱정은 마시기 바랍니다."

사문백이 그대로 보고하자 조문자(趙文子)가 말했다.

"맞는 말이다. 우리가 옳지 못했다. 하인들이 살만한 집으로 제후들의 객관을 삼았으니 이는 우리의 잘못이다."

하고 사문백을 시켜 다시 가 사죄하게 했다.

진나라 임금은 정나라 임금을 대할 때 전보다 더 정중히 대하고, 잔치도 더 훌륭히 차려 대접하여 돌아가게 한 다음, 곧 제후들의 객관을 새로 짓게 했다.

자산이 떠난 뒤 숙향이 이렇게 말했다.

"말의 중요함이 이와 같도다. 자산의 말로 인해 제후들이 다 그 힘을 입게 되었다. 그러니 어찌 그런 좋은 말을 버릴 수 있겠는가?"

초령왕(楚靈王)과 장화궁(章華宮)

단 경 불 가 이 급 심 기 소 불 가 이 성 대　비 기 임 야
短綆不可以汲深 器小不可以盛大 非其任也.
"짧은 두레박으로는 깊은 물을 푸지 못하고, 작은 그릇으로는
많이 담지 못한다. 제힘에 겹기 때문이다."

노양공이 31년에 죽고 그 아들 주(禂)가 임금이 되니 이가 소공(昭
公)이다. 그 이듬해인 소공 원년에는 초나라 영윤 위(圍)가 그 임금
을 죽이고 스스로 임금이 되었다. 이가 초령왕(楚靈王)이다.

초나라는 장왕의 뒤를 이어 그 아들 공왕이 진나라와 패권을 겨루
고 있었고, 공왕이 31년으로 죽자 그의 아들 강왕(康王)이 뒤를 이
었는데 이때부터 초나라는 차츰 힘을 잃기 시작했다.

강왕이 15년에 죽고 그 아들 균(麇)이 임금이 되었다. 이를 겹오
(郟敖)라 불렀다. 오(敖)는 임금 노릇을 제대로 못한 사람이란 뜻으
로 그를 겹(郟)이란 곳에 장사지냈기 때문에 붙인 이름이다.

공자위는 강왕의 아우로서 겹오에게는 작은 아버지가 된다. 겹오
3년에 공자 위는 초나라 영윤이 되어 정권과 함께 병권까지 잡게 되
었다. 자기 능력 이상으로 야심이 큰 그는 이때부터 임금을 없애고

자기가 왕이 될 생각으로 있었다. 솔직하고 대담하기도 한 그는 마음에 있는 것을 곧잘 그대로 나타내보이곤 했다.

영윤이 된 그 해에 공자위는 충직한 대부 원엄(薳掩)을 반역으로 몰아 죽이고 대부 원파(薳罷)와 오거(伍擧)를 심복으로 삼은 뒤 반역을 꾀하기 시작했다.

성질이 급하고 거칠은 그는 임금이 되기도 전에 임금 행세를 곧잘 하곤 했다. 조카인 겹오를 꼭두각시로 보고 있었던 때문이다. 성밖으로 나갈 때는 임금만이 쓰는 깃발을 앞세우고 행차를 하기도 했다.

노소공 원년에는 괵나라에서 제2차 국제평화회의가 있었다. 진나라와 초나라의 패권싸움으로 실익이 없는 명분을 위한 싸움이 거의 해마다 계속되던 끝에 이에 싫증을 일으킨 국제 여론과 당사국인 진·초 두 나라의 국내사정이 맞물려 진·초를 포함한 여러 나라가 송나라에 모여 제1차 평화회의를 가졌었다. 이번이 그 두번째였다.

괵나라로 떠날 즈음해서 공자위는 임금 겹오에게 이렇게 청했다. "괵나라로 가기 전에 정나라 풍씨(豊氏)의 딸을 아내로 맞을까 합니다. 그리고 초나라는 이미 왕(王)으로서 제후들 위에 있은 지 오래이니, 바라옵건데 신으로 하여금 제후의 옷차림을 할 수 있게 하여 주십시오. 열국으로 하여금 초나라가 높다는 것을 알 수 있게 하기 위해서입니다."

겹오는 청을 받아들일 수밖에 없었다. 공자위는 수레며 깃발이며 옷차림 모두 제후들과 똑같게 하고 두 무사가 창을 잡고 앞을 인도하게 했다.

공자위의 일행이 정나라로 들어오자 이를 본 정나라 사람들은 초나라 왕이 온 줄 알고 크게 놀라 급히 나라에 보고했다. 더욱 놀란 것은 정나라 조정이었다. 임금과 대신들이 허둥지둥 달려나가 맞이했다.

막상 만나고 보니 뜻밖에도 공자위였다. 정나라 재상 자산은 공자위의 그같은 행동이 몹시 비위에 거슬렸고, 그의 태도로 미루어보아 어떤 뜻하지 않은 일을 저지를지도 모른다는 생각이 들었다.

자산은 유길을 보내 이렇게 전했다.

"성안에 있는 공관이 무너져 있고 아직 수리가 되지 않았으니 성밖에 머무르셔야 하겠습니다."

공자위는 오거를 성안으로 들여보내 풍씨딸과 혼인할 것을 청했다. 간공이 허락하자 폐백과 혼수품을 들여보냈다.

신부를 맞이하러 들어갈 때 공자위는 갑자기 엉뚱한 생각이 들었다. 정나라를 삼키고 싶었던 것이다. 신부를 맞이하는 행차를 무장한 수레와 군사로 하여 성을 점령하고 임금을 납치하려 한 것이다.

그러나 자산은 벌써 이를 짐작하고 있었다. 공자위를 도둑의 우두머리 같은 사람으로 알고 있기 때문이다. 유길을 보내 많은 사람이 성안으로 들어오지 못하도록 하라 일렀다.

"들으니 영윤께서는 많은 무리를 거느리고 신부를 맞이하려 하신다고 합니다. 우리나라는 작은 나라라서 많은 사람을 성안으로 들어오게 할 수 없으니 성밖에서 맞이하시기 바랍니다."

하고 유길이 말하자 공자위는 이렇게 반박했다.

"임금께서 혼인을 허락해 주시고 들밖에서 맞이하라 하시면 어떻게 예를 갖출 수 있습니까?"

"나라와 나라 사이에는 군대의 모습을 갖추고는 성안으로 들어가지 않는 것이 예인 걸로 되어 있습니다. 하물며 혼인하는 마당이겠습니까? 만일 많은 무리로서 보는 사람의 눈을 즐겁게 하시려는 것이면 무장과 병기를 버리시기 바랍니다."

오거가 공자위에게 귓속말을 보냈다.

"정나라는 이미 알고서 하는 말이니 병기를 버리는 것만 같지 못합니다."

　이리하여 무장을 하지 않은 군사를 이끌고 들어가 신부를 맞아 관사로 들어온 다음 곧 괵나라로 떠났다.

　괵나라에는 진나라 조무를 비롯한 송·노·제·위·진(陳)·채·정·허 각 나라 대표들은 이미 먼저 와 있었다.

　공자위는 사람을 시켜 진나라에 말했다.

　"이번 평화회의는 다시 맹약서를 쓰고 거듭 피를 흘리는 일을 되풀이하지 말고 송나라에서 맹약한 옛 조약을 그대로 한 번 읽고 그것을 각각 잊지 말도록 하는 것으로 충분합니다."

　이 말을 들은 기오가 조무를 보고 말했다.

　"초나라의 그같은 말은 진나라가 이름을 먼저 올리자고 할까 두렵기 때문이요. 지난번엔 초나라의 이름이 먼저였으니 이번에는 진나라가 먼저 있어야 하지 않겠소?"

　그러나 조무는 그런 걸 가지고 싸울 생각은 없었다.

　"초나라 영윤은 초왕과 다름없는 모양을 하고 있지 않소? 그의 생각은 평화에 있지 않고 반역에 있는 겁니다. 그가 하자는 대로 들어주어 그의 마음을 더욱 교만하게 만드는 것이 옳아요."

　조무는 공자위가 말을 들을 것 같지 않아서 하는 말이었다. 기오는 다시 말했다.

　"먼저번 모임에는 초나라 굴건(屈建)이 속에 갑옷을 입고 모임에 왔었습니다. 다행히 일을 벌이지 않고 돌아가기는 했으나 이번에는 그때보다 더 심하니 미리 대비해야 할 거요."

　"이번 모임은 싸우지 말자는 모임이 아니오? 나는 약속을 지킬 뿐 그밖의 것은 모르오."

　이리하여 괵나라에서의 모임에는 옛날 조약서를 다시 읽는 것으로 끝났다.

　공자위는 절차를 마치자 무슨 급한 일이라도 생긴 듯이 부랴부랴

돌아가고 말았다. 모인 사람들은 그가 돌아가는 즉시 초나라 임금이
될 것으로 알고 있었다.

조무는 초나라의 청을 받아들여 옥신각신없이 일을 끝내기는 했으
나 마음이 개운치는 않았다. 초나라 이름을 계속 첫머리에 둔다는
것은 패권을 초나라에 넘겨준 것이 되기 때문이다. 그래서 만나는
사람마다 필요없는 변명을 되풀이하곤 했다.

노나라 대표로 왔던 숙손표(叔孫豹)가 정나라 대표 한호를 보고
말했다.

"조무는 아마 곧 죽게 될 거요. 나이 쉰도 안 된 사람이 여든 늙은
이 같은 말만 되풀이하고 있었으니……"

과연 조무는 돌아가 오래지 않아 죽고 말았다. 조무가 죽은 뒤엔
한기(韓起)가 상국이 되었다.

한편 공자위는 나라로 돌아오자 때마침 임금 겹오가 병으로 누워
있었다. 문병을 위해 침전으로 들어가자 기밀에 관한 보고를 아뢰겠
다며 내시와 시녀들을 다 멀리 물리치게 한 다음, 갓끈을 풀어 겹오
의 목을 졸라 죽이고 말았다.

겹오의 두 아들이 이 소식을 듣고 급히 달려와 그를 죽이려 했지
만, 도리어 그의 손에 죽고 말았다.

이렇게 해서 임금이 된 영왕은 더욱 교만해지고 방자해지기 시작
했다. 중원의 패권을 독차지할 생각으로 오거를 진나라로 보냈다.
초나라를 위해 진나라가 대신 제후들을 모이게 해 달라는 청을 하기
위해서였다. 뿐만 아니라 정나라 공족의 딸로 왕후를 삼을 수는 없
는 일이니 진나라 공주를 부인으로 맞고 싶다며 청을 들어달라 부탁
하려 한 것이다.

진평공은 조무까지 잃은 뒤라 초나라의 횡포가 더욱 두려웠다. 두
가지 청을 다 받아들였다.

이리하여 노소공 4년 여름에 송나라 신(申)이란 곳에서 제후들의

모임을 갖게 되었다. 진·제·노·위 네 나라만이 빠지고 거의 다 왔다. 이때는 오랑캐로 불리우는 나라들이 많이 모였다.

초령왕은 오거에게 물었다.

"과인이 제환공을 본받고 싶은데 어느 나라를 먼저 치는 것이 좋겠소?"

"제나라 경봉이 그 임금을 죽이고 오나라로 달아나자, 오나라가 그의 죄를 묻지 않고 도리어 그의 용맹을 사랑하여 주방(朱方)이란 곳에 살게 한지라 그 겨레붙이들이 모여 전보다 더 호화스럽게 살고 있습니다. 제나라 사람들이 모두 분해 하며 원망한다 합니다. 오나라는 우리의 원수이기도 하니 만일 군사를 이끌고 오나라를 치며 경봉을 무찌르는 것으로 명분을 삼으면 곧 일거양득이 될 수 있습니다."

초령왕은 대부 굴신(屈申)을 시켜 제후들의 군사를 거느리고 오나라를 치게 했다. 굴신은 주방을 포위하여 제나라 경봉을 사로잡고 그 겨레붙이들을 모조리 죽이고 말았다.

굴신은 더 깊숙히 들어가려 했으나 오나라에서 이미 대비하고 있는 것을 알고 군사를 돌린 다음 경봉만을 바쳤다.

영왕은 제후들이 보는 앞에서 경봉의 죄를 밝히고 죽이려 했다. 그래야만 위엄도 서고 자랑도 될 것 같아서였다. 그러나 오거는 생각이 달랐다.

"옛 글에 말하기를 흠이 없는 사람만이 사람을 죽일 수 있다 했습니다. 만일 경봉의 죄를 묻고 그를 죽이려 하면, 혹시 반항할까 두렵습니다."

하고 조용히 죽여 없애라고 권했다. 그러나 생각이 옅은 영왕은 오거의 숨은 뜻이 무엇인지를 깨닫지 못했다.

곧 사람을 시켜 경봉의 목에 칼을 얹고 경봉 스스로 자기 죄를 밝혀

"각 나라 대신들은 들으시오! 이 제나라 경봉처럼 그 임금을 죽이고 어린 임금을 억누르며 대부들을 맹세하게 하는 일이 없도록 하시오!"

하고 외치라 협박했다.

그러자 경봉은 시킨 말을 이렇게 고쳐 큰 소리로 부르짖었다.

"각 나라 대부들은 들으시오! 초나라 공왕의 첩의 자식 위가 그 임금이요 형의 아들인 균을 죽이고 대신 그 자리에 앉아 제후들과 맹세하는 일이 없도록 하시오!"

바라보는 사람들은 모두 입을 가리고 웃었다. 영왕은 얼굴이 붉어지며 빨리 죽이라 시켰다.

경봉이 오나라로 달아나 제나라에서보다 더 호화로운 생활을 한다는 말이 들리자 노나라 대부 자복하(子服何)가 숙손표를 보고 말했다.

"아마 하늘이 음란한 사람에게 복을 내린 거겠지요?"

그러자 숙손표는 이렇게 대답했다.

"착한 사람이 잘사는 것을 상이라 말하고 악한 사람이 잘사는 것을 화라 이르는 거요. 잘못을 뉘우치고 숨어 살아야 할 경봉이 오나라에서도 그러고 있으니 곧 재앙이 이르게 될 거요."

숙손표가 말한 대로 8년 뒤에 경봉은 그 겨레붙이와 함께 참혹한 죽음을 당하고 만 것이다.

초령왕의 횡포는 날로 더해갔다. 굴신이 오나라 깊숙히 쳐들어가지 않고 돌아온 것을 가지고, 그가 혹시 오나라와 내통한 것은 아닐까? 하고 증거도 없이 죽이고 말았다.

이 해 겨울에 오나라가 주방에 대한 보복으로 초나라 동쪽의 세 고을을 친 일이 있었고, 이에 화가 난 초령왕은 또 오나라를 쳤다. 초령왕은 오나라 깊숙히 들어가려 했으나 오나라의 방비가 완벽해서 뜻을 이루지 못하고 돌아왔다.

이때서야 굴신을 의심하고 죽인 자신의 경솔했음을 깨닫고 아쉬어했다 한다. 신하를 한낱 의심만으로 죽인 것은 자기 이외 사람은 마음대로 죽여도 상관없다는 독재자의 포학성을 말해주는 것이다.

초령왕은 오나라에서 뜻을 얻지 못하고 돌아오자 토목공사에 열을 올리기 시작했다. 힘으로 남을 억누르려는 정복욕과 사치로서 자기를 돋보이려는 과시욕은 그 뿌리를 같이하기 때문이다.

초령왕은 둘레가 40리나 되는 장화궁(章華宮)을 지었다. 장화궁 한가운데에 높이 3백 자의 대를 짓고 이를 장화대라 불렀다. 하도 높아 세 번 쉬어야만 꼭대기에 오른다 해서 삼휴대(三休臺)라 부르기도 했다.

다른 궁전들도 수없이 많았고 그 웅장하고 화려함은 말할 것도 없는 일이다. 장화궁 둘레에는 백성들이 사는 집으로 둘러쌌다. 왕궁을 중심으로 새 도시를 건설한 것이다. 그 많은 궁전들을 텅텅 비워둘 수는 없는 일이므로 죄를 짓고 도망간 사람들을 모두 불러들여 그 안에서 일도 보고 심부름도 하고 집을 지키게도 했다. 죄인의 수용소 겸 해방촌이 된 것이다.

그러니 그 궁전을 짓는데 얼마나 많은 물자가 들고, 백성들의 노력동원이 얼마나 계속되었겠는가? 그리고 그 안에 있는 궁녀며 지키고 심부름하는 사람이 모자라 죄짓고 도망간 사람까지 불러들였다니 그들의 뒤치닥거리를 위한 세금은 또 얼마나 불어났겠는가?

그런데 이 초령왕은 허리 가는 여자를 좋아한 것으로 유명했다. 여자만이 아니고 남자들마저도 허리가 굵은 사람은 눈의 가시처럼 여겼다고 한다. 높은 자리에 있는 사람일수록 무엇을 특히 좋아하고 싫어하는 지를 남이 알지 못하도록 해야 한다는 것이 하나의 교훈으로 전해지고 있는 것으로 보아, 이 초령왕은 분명 위에 앉아 있을 사람으로서는 결점만을 지닌 사람이라 말할 수 있을 것 같다.

장화궁이 다 지어지자 허리 가는 미녀들을 골라 그 안에 살게 했으므로 세요궁(細腰宮)이라 부르기도 했다. 임금의 눈에 들고 싶고 임금의 사랑을 받고 싶은 나머지 궁녀들 가운데는 굶주린 끝에 병들어 죽는 사람까지 있었다 한다.

윗사람이 좋아하면 아랫사람도 따라서 좋아하는 것은 예나 지금이나 다를 것이 없다. 초나라의 모든 사람들이 뚱뚱하거나 허리 굵은 사람을 점점 보기 싫어하게 되었으므로 배부르게 먹는 일이 없어지고 밖에 나갈 때는 부드러운 띠로 허리를 졸라매곤 했다 한다.

초령왕은 허리 가는 궁녀들 속에서 밤낮으로 술을 마시고 음악을 즐기며 신하들도 그곳으로 찾아가 보고를 올리고 지시를 받곤 했다.

초령왕은 장화궁이 완성되자 각 나라에 사신을 보내 함께 와서 낙성을 축하해 달라고 청했다. 그러나 모두 속으로 초령왕의 어리석음을 비웃을 뿐 낙성을 축하하러 온 임금은 없었다. 모두 신하들을 보냈다.

그런데 유독 노소공만이 왔다. 사신으로 간 원계강(遠啓彊)의 강권에 못이겨 온 것이다. 먼저번 모임에도 노나라만이 빠졌으므로 거듭 거절하기가 어려웠던 것이다.

아무 나라에서도 오지 않았는데 예의의 나라로 알려진 노나라 임금이 찾아왔으므로 초령왕은 기쁠 수밖에 없었다. 영왕은 소공과 함께 장화대로 올라가 실컷 자랑도 하고 대접도 융숭하게 한 끝에 술이 크게 취해 헤어지며 대굴궁(大屈弓)이라는 활을 선물로 주었다. 초나라에 옛날부터 전해져 내려온 보물이었다.

이튿날 술이 깨자 영왕은 그 활을 준 것이 아까워 견딜 수 없었다. 술에 취하면 마음이 부풀어올라 말도 함부로 하고 행동도 함부로 하는 것이 보통이다. 그래서 술자리에서의 말은 숨겨진 말이기 쉽고 술자리에서의 약속은 믿지 말라고 한 것이다.

영왕은 원계강에게 그런 말을 했다. 원계강은 도로 찾게 해주겠다고 하고 노소공을 찾아갔다. 아무것도 모르는 척하며 물었다.

"어제 환영잔치 때 우리 임금께서 어떤 것을 선사하셨나요?"

소공은 활을 꺼내 보였다. 그러자 원계강은 활을 보고 두 번 절한 다음 축하의 인사를 했다. 노소공은 대단한 물건으로도 여기지 않고 있었으므로

"활 하나를 가지고 축하까지 할 거야 없지 않습니까?"

하고 물었다.

"이 활은 천하에 이름이 알려진 보물입니다. 제나라 진나라 월나라가 사람을 보내 청하는 것을 하나밖에 없는 보물을 누구는 주고 누구는 안 줄 수 없어 거절하고 말았던 것인데, 그것이 노나라로 돌아갔으니 어찌 하례를 드리지 않을 수 있겠습니까? 그러나 앞으로 저들 세 나라가 알면 노나라에 끈질기게 청해올 것이니 남이 알지 못하게 하셔야 할 것입니다."

노소공은 금방 알아챌 수 있었다.

"과인은 이 활이 그토록 큰 보물인 줄은 몰랐습니다. 주신 뜻은 고마우나 감히 받을 수가 없으니 사양하겠습니다."

하고 되돌려 주었다.

노소공의 마음이 편할 리가 없었다. 곧 하직하고 돌아왔다.

이 소식을 전해 들은 오거가 탄식하며 말했다.

"우리 임금께서 오래지 못할까 두렵다. 낙성을 위해 제후들을 청했는데도 아무도 오지 않았고, 노나라만이 왔는데도 활 하나가 아까워 신의를 잃었으니, 그런 일이 되풀이되면 원망이 날로 더해질 것이며 그 원망이 깊어지는 날 어찌 뜻하지 않은 일이 밀어닥치지 않겠는가?"

오거가 걱정한 대로 초령왕은 5년 뒤에 쫓겨나 길거리에서 죽고 만다. 그 이야기는 뒤로 미루고, 이 초령왕을 부러워 한 진평공의 이야기를 알아보기로 하자.

거문고와 외다리괴물

明賞不費 明刑不暴 賞罰明 則德之至高也.
"정당한 상은 낭비가 아니고, 정당한 형벌은 포학이 아니다.
신상필벌이야말로 바로 최고의 덕치이다."

노소공 10년 가을 7월에 진평공은 죽었다. 이 해는 진평공 26년이었다. 초나라와 힘으로 겨루다가 결국 초나라에 밀리고 만 평공은, 이번에는 사치로서 겨루려 했다. 정신적으로 열세에 있는 사람은 그것을 물질로 보충하려 한다. 지식이 모자라는 사람일수록 힘을 뽐내보려는 것과 같다.

초령왕이 장화궁을 짓고 제후들을 낙성식에 초청하려 한다는 말을 듣자, 진평공은 여러 대부들을 보고 말했다.

"초나라는 오랑캐 나라인데도 오히려 궁전의 아름다움으로 제후들에게 자랑해보이려 하는데 어찌 진나라로서 초나라만 못할 수 있겠는가?"

대부 양설힐이 앞으로 나와 말했다.

"패자가 제후들을 따르게 하는 것은 하는 일이 어질기 때문입니다. 궁전의 아름다움으로서 한다는 말은 일찌기 들어 본 적이 없습니다. 초나라가 장화궁을 지은 것은 스스로 망하는 길을 걷고 있는 것입니다. 임금께서 어찌하여 그것을 본받으려 하십니까?"

평공은 이미 마음이 사치로 치닫고 있었으므로 바른 말이 귀로 들어올 리 없었다.

곧 곡옥 분수(汾水) 옆에 초나라 장화궁을 본따 새 궁전을 지었다. 크고 넓은 것은 미치지 못했으나 정교하고 아름다운 것은 앞서 있었다. 이름을 사기궁(虒祁宮)이라 불렀다.

역시 각 나라에 알리고 낙성식에 와줄 것을 청했다. 이 초청을 받는 임금들은 누구나가 속으로 웃었다. 초령왕의 흉내를 내는 것이 더욱 우스웠던 것이다.

그러나 초청을 받았으니 안 갈 수도 없는 일이다. 초나라의 초청 때와 같이 대개가 임금대신 사신들을 보내왔다.

유독 두 임금만이 왔다. 정나라 간공은 초령왕의 모임에만 가고 진나라에 찾아온 일이 없었기 때문이었고, 위나라 영공(靈公)은 새로 임금의 자리에 올랐기 때문에 신임인사를 겸해 온 것이다.

두 임금 가운데 위령공이 며칠 먼저 진나라로 향했다. 복수(濮水)에 이르자 날이 저물어 역사에서 묵게 되었다.

밤이 깊도록 잠을 이루지 못하고 있는데 문득 귀속에서 거문고 소리가 울리는 것 같았다. 일어나 베개에 기대앉아 귀를 기울였다. 아주 가느다란 소리였지만 가락은 똑똑히 분간할 수 있었다.

음악을 즐기는 영공은 새 곡 듣기를 좋아해서 각 나라의 신곡을 모아 듣곤 했는데 여지껏 들어보지 못한 곡이었다. 그야말로 참다운 신곡이었던 것이다.

따라온 시종들을 불러 물어보았으나 모두 듣지 못했다고 했다. 그 순간에도 영공의 귀에는 들리고 있는데 다른 사람의 귀에는 들리지 않는다는 것이다.

음악을 좋아하는 영공은 늘 악사를 거느렸다. 이때도 악사장인 태사 연(涓)을 데리고 왔다. 태사 연이라 해서 보통 사연(師涓)으로 불리우는 이 사람은 신곡을 잘 만들어내는 것으로 영공의 사랑을 받고 있었다.

영공은 곧 사연을 불러오게 했다. 그가 왔을 때도 아직 소리는 계속 들려오고 있었다.

"그대가 한 번 들어보게. 아마도 귀신의 것인 것 같아."

사연이 가만히 듣고 있자 얼마 뒤에 소리는 그쳤다.

"신이 그 대강은 알 수 있습니다. 다시 하룻밤을 묵고 그 소리를 처음부터 끝까지 듣고 나면 신이 그 곡을 그대로 옮길 수 있을 것 같습니다."

이래서 영공은 다시 하룻밤을 더 묵게 되었다. 밤중이 되자 과연 그 소리는 다시 들려왔다. 사연은 거문고를 타며 그 소리를 익혔다. 같은 곡이 여러 번 되풀이되고 있었으므로 음악의 천재인 사연은 완전히 옮길 수 있었다.

위령공이 진나라에 이르자 평공은 사기궁에서 환영잔치를 벌였다. 술이 반쯤 오르자 평공은 영공에게 물었다.

"위나라 사연이란 사람이 소리에 능하다는 말을 들었는데 이번에 함께 데리고 오셨습니까?"

"네, 지금 대 아래에 있습니다."

"과인을 위해 불러 주시지요."

영공이 사연을 불러 대로 오르게 하자 평공은 또 사광을 불렀다.

돕는 사람이 각각 부축해 대 위로 올라오자 두 사람은 뜰 아래에서 절을 했다.

평공은 위로 오르게 하여 앉게 했다. 사연은 사광과 나란히 앉아 있었다.

평공은 사연에게 물었다.

"최근의 새로운 소리로는 어떤 것이 있소?"

"네에. 오다가 마침 들은 곡이 있으니 거문고를 얻어 그대로 옮겨 보았으면 하옵니다."

평공은 곧 거문고를 사연 앞에 가져다 놓게 했다. 사연은 먼저 일곱 줄의 가락을 맞춘 다음 타기 시작했다.

평공은 겨우 몇 소리를 듣자 칭찬해 마지 않았다. 그러나 그 곡을 반도 채 타지 않아서 사광이 갑자기 손으로 거문고를 누르고 말했다.

"그만……. 이것은 나라를 망하게 한 소리입니다. 아뢰서는 안 됩니다."

"무엇으로 그것을 아는가?"

하고 평공이 묻자 사광은 이렇게 대답했다.

"은나라가 망할 무렵 악사 연(延)이란 사람이 있었습니다. 주임금을 위해 음란하고 방탕한 음악을 만들어 아뢰었고, 주임금은 그 음악을 들으며 밤이 깊는 것도 날이 밝는 것도 모르고 지냈습니다. 방금 탄 곡이 바로 그런 것 가운데 하나입니다.

무왕이 주를 무찔렀을 때 사연은 거문고를 안고 동쪽으로 달아났다가 뒤에 복수에 스스로 몸을 던져 죽고 말았습니다. 음악을 좋아하는 사람이 그곳을 지나게 되면 문득 물속에서 그 소리가 울려나오곤 합니다. 지금 위나라 악사가 도중에 들었다고 했는데 틀림없이 복수 위에서였을 겁니다."

위령공은 속으로 놀라며 신기해 마지 않았다. 평공은 또 물었다.

"이것은 이미 5백년이 지난 옛날 음악이니 들은들 무슨 상관이 있겠는가?"

"주임금이 바르지 못한 음악으로 인해 천하를 잃었습니다. 바르지 못한 음악은 듣는 사람의 마음을 바르지 못한 곳으로 이끌게 됩니다. 이는 상서롭지 못한 소리이므로 아뢰어서는 안 되는 것입니다.”

그러나 평공은 듣지 않고는 견딜 수 없었다. 사연에게 다시 타라 시켰다.

사연이 다시 줄을 고르고 타기 시작하자 그 오르내리며   굽이쳐 흐르고 고비를 넘는 대목대목이 사람의 간장을 녹일 것처럼 슬프고 애절했다.

평공은 크게 기뻐하며 사광에게 물었다.

“이 곡은 무슨 조(調)라 하는가?”

“이것이 이른바 청상(淸商)이란 것입니다.”

“청상이 가장 슬픈 건가?”

“청상이 슬프기는 하지만 청치(淸徵)만 같지 못합니다.”

“청치를 얻어 들을 수 있겠는가?”

“안되옵니다. 옛날 청치를 들은 사람은 모두 덕이 높은 임금이었습니다. 그렇지 못한 사람이 이 곡을 듣는 것은 마땅치 않습니다.”

“과인이 비록 덕은 없지만 새 곡 듣기를 몹시 좋아하니 그대는 사양치 마오.”

사광은 하는 수 없이 거문고를 당겨 타기 시작했다.

한 번 타자 검은 두루미 한 떼가 남쪽으로부터 날아와 궁문 지붕 마루에 앉아 있었다. 세어 보니 모두 8쌍이었다.

두번째 타자 그 두루미들이 날아올라 울어대며 차례로 대 뜰 아래에 내려앉았다. 양쪽으로 각각 4쌍의 8마리였다.

세번째 타자 두루미는 목을 늘이고 울며 나래를 펴고 춤을 추었다. 그 가락은 궁(宮)과 상(商)에 맞고 그 소리는 하늘에까지 닿는 것 같았다.

평공은 손바닥을 치며 기뻐했고 자리에 있은 모든 사람들은 누가 옆에 있는 것도 잊은 채 마냥 즐거워 했다. 대 위와 아래에서 구경

336

하는 사람들은 껑충껑충 뛰며 소리를 지르기도 했다.

평공은 흰 옥잔에 술을 가득 부어 손수 사광에게 주어 마시게 했다.

평공은 감탄해 하며 또 말했다.

"음악은 청치에 이르면 더는 더할 것이 없겠구려!"

사광은 잠자코 있어도 좋았을 터인데 음악의 전문인으로서 그러고 싶지는 않았을 것이다.

"청치도 청각(淸角)에는 미치지 못합니다."

평공은 크게 놀랐다.

"청치보다 더한 것이 있단 말인가? 그것마저 들려줄 수 없겠소?"

"청각은 청치와는 그 성격이 다릅니다. 옛날 황제(黃帝)께서 귀신을 태산에 모으고 코끼리로 수레를 끌게 했습니다. 바람 맡은 귀신은 앞에서 먼지를 쓸고, 비 맡은 귀신은 비로서 길바닥을 씻었으며, 호랑이는 앞에서 길을 인도하고 귀신들은 뒤에서 수레를 따랐습니다. 그때 황제께서 청각을 지은 것입니다. 황제 같은 임금이 아니고서는 이 곡을 들을 수 없습니다. 귀신과 사람이 서로 떨어져 사는 지금 만일 이 곡을 타면 귀신이 다 모이게 될 것이므로 화가 있을 뿐 복될 것이 없습니다."

"과인은 이미 늙었으니 죽은들 무슨 한이 있겠는가? 어서 들려주구려."

사광은 끝내 사양했다. 그러자 평공이 일어나 거듭 윽박질렀다. 사광은 하는 수 없이 다시 거문고를 타기 시작했다.

한 번 타자 시커먼 구름이 서쪽에서부터 일기 시작했다. 두번째 타자 미친 바람이 일며 발과 장막을 찢고 상위의 그릇을 깨뜨리는가 하면, 지붕의 기왓장이 어지럽게 날고 회랑의 기둥까지 흔들렸다.

조금 있자 벼락치는 소리와 함께 비가 물동이를 기울인 듯이 쏟아

져내려 금방 대 아래에 물이 몇 자 깊이로 차올랐다. 대 안에 있는 사람들도 들이치는 비로 옷이 모두 젖어 놀라 흩어져 달아나고. 평공도 겁을 먹고 영공과 함께 회랑 방 사이에 엎드려 있었다.

얼마를 지나 바람이 그치고 비가 멎자 다른 사람들이 차츰 모여 두 임금을 부축해 내려갔다.

이날 밤 평공은 놀란 나머지 가슴 뛰는 병을 얻었다. 무엇에 쫓기는 사람처럼 불안해 했다.

그러던 끝에 문득 잠이 들며 놀라운 꿈을 꾸었다. 누런 빛을 띤 수레바퀴 만한 큰 물건이 절둑거리며 가까이 오더니 곧장 침전 대문으로 들어왔다. 자세히 살펴보니 자라처럼 생겼는데 앞다리는 둘이고 뒷다리는 하나뿐이었다. 그 괴물이 오는 대로 물이 콸콸 치솟고 있었다.

"이상한 일도 다 있다!"
하고 크게 소리를 지르고 꿈에서 깨니 가슴이 방망이질을 하듯 마구 뛰었다.

날이 밝아 백관들이 침문에 이르러 문안을 드리자 평공은 꿈에 본 것을 이야기하고 무엇인지를 물었다. 꿈에 본 헛것을 물으니 알 턱이 없었다.

조금 뒤 역관에서 보고를 올렸다. 정나라 임금이 조회와 하례를 위해 역관에 도착해 있다는 것이다. 평공은 양설힐을 보내 위로하게 했다.

양설힐은 기뻐하며 임금의 꿈을 밝힐 수 있다고 했다. 사람들이 그 까닭을 묻자 양설힐은 이렇게 말했다.

"내 들으니 정나라 자산은 널리 배우고 들은 것이 많다고 하는데. 정나라 임금이 틀림없이 그를 데리고 왔을 것이기에 하는 말이오."

양설힐이 역관에 이르자 과연 자산이 와 있었다. 양설힐은 인사를 마치고 임금의 뜻을 전했다. 병으로 만나볼 수 없게 되어 미안하다고 한 것이다.

위령공도 놀라 가벼운 병을 얻었으므로 하직하고 돌아갔고 정간공 역시 하직하고 돌아갔다. 자산만을 머물러 있게 하여 병문안을 하게 했다.

양설힐이 자산을 보고 물었다.

"우리 임금께서 꿈에 누런 몸뚱이에 발이 셋인 자라처럼 생긴 물건이 침문으로 들어오는 것을 보았는데 그것이 헛것입니까? 무슨 귀신입니까?"

"내가 들은 바로는 발이 셋인 자라는 그 이름을 내(能)라고 합니다. 옛날 우임금의 아버지 곤이 물을 다스려 공이 없자, 순임금이 섭정으로 있으면서 곤을 동해 우산(羽山)에서 죽였습니다. 그때 그의 한쪽 다리를 자른지라 그 귀신이 황내(黃能)가 되어 우산 못으로 들어갔다 합니다. 우임금이 천자가 되자 그 귀신을 들에서 제사지내게 되었고, 그 제사가 주나라에까지 이어지고 있었습니다. 지금 주나라 왕실이 힘이 없어 천자의 일을 맹주(盟主)가 대신하고 있는데 혹시 임금께서 그 제사를 지내지 않은 것은 아닌지요?"

양설힐이 자산의 말을 그대로 평공에게 아뢰자 평공은 재상인 한기를 시켜 들에서 곤의 제사를 지내게 했다. 그러자 평공의 병이 훨씬 가라앉게 되었다.

평공은 기쁨을 감추지 못하며,

"자산은 참으로 두루 아는 어진 사람이로다."

하고 거나라에서 바친 네모난 솥을 선물로 주었다.

자산은 돌아갈 즈음해서 조용히 양설힐에게 이렇게 말했다.

"임금이 백성의 숨은 고통을 아랑곳하지 않고 초나라의 사치를 본

받았으니 그 마음이 이미 병든 지 오래입니다. 병이 다시 도지면 어떻게 할 수가 없을 겁니다. 내가 대답한 것은 마음에 뿌리내린 의심을 풀어주기 위해 임시로 꾸며서 한 것일 뿐입니다.”

자산이 떠난 뒤 어느 사람이 위유(魏楡)라는 지방을 새벽 일찍 지나가게 되었다. 문득 산밑에서 몇 사람인가가 수군거리는 소리가 들렸다. 걸음을 멈추고 귀를 기울이자 나라 일을 의논하는 것 같았다.

가까이 가서 보니 사람은 없고 큰 돌만이 여나믄 개 서 있었다. 잘못 들었나 하고 그곳을 지나자 또 아까처럼 소리가 들렸다. 얼른 뒤돌아보자 그 소리는 돌에서 나오고 있었다.

크게 놀라 그곳 사람에게 그 이야기를 하자. 자기들도 며칠 전부터 듣고 있었다는 것이었다.

그 소문은 곧 서울로 들어와 평공의 귀에까지 들어오게 되었다. 평공은 사광을 불러 물었다.

“돌이 어떻게 말을 할 수 있는가?”

“돌은 말을 할 수 없습니다. 귀신이 돌을 의지하고 있는 것입니다. 귀신은 백성을 의지해 있습니다. 원망하는 기운이 백성에게 쌓이게 되면 귀신도 따라서 불안해지게 됩니다. 귀신이 불안해지면 갖가지 요괴스런 일이 생겨나게 됩니다. 지금 임금께서 궁전을 새로 세우고 아름답게 꾸미느라 백성들의 재물과 힘을 다하게 했으니, 돌이 말을 하게 된 원인이 여기에 있는 줄로 아옵니다.”

평공은 눈을 감으며 아무 말도 하지 않았다. 뉘우친들 무슨 소용이 있었겠는가?

사광은 물러나와 양설힐을 보고 말했다.

“귀신이 노하고 백성이 원망하니 임금은 오래지 못할 것입니다. 사치하는 마음은 실상 초나라에서 일어난 것이니 초나라 임금의 화도 머지 않았습니다.”

한 달 남짓 지난 뒤에 평공의 병은 다시 심해져 끝내 일어나지 못했다. 사기궁을 짓기 시작한 지 3년이 다 차지 않아 죽고 말았다. 그나마 줄곧 병으로 누워 있곤 했다. 그 부질없는 허욕으로 애꿎은 백성들만 고통을 겪었으니 그보다 더 어리석고 슬픈 일이 또 어디에 있겠는가?

평공이 죽고 세자 이(夷)가 뒤를 이으니 이가 소공(昭公)이다. 다음은 제나라 이야기로 넘어가자. 최저와 경봉으로 이어진 제나라의 어지러운 상황은, 그들에게 눌려 숨을 죽이고 있던 귀족들이 그들이 없어진 뒤의 권력싸움으로 다시 얼룩지게 된다.

원하면 주거라

기 정 한 한 기 민 순 순 기 정 찰 찰 기 민 앙 앙
其政閑閑 其民淳淳 其政察察 其民軮軮.
"그 정치가 대범하면 그 백성이 순박하고, 그 정치가 지나치
게 밝으면 그 백성이 간교해진다."

앞에서 최저와 경봉이 제장공을 죽였을 때나, 경봉이 최저를 죽이
고 정권을 독점했을 때나, 그 경봉이 심복으로 믿고 있던 노포계 형
제와 왕하에 의해 쫓겨나기까지 제나라에는 세가(世家)로 불리우는
집안이 넷이 있었다. 난씨(欒氏) 고씨(高氏) 진씨(陳氏) 포씨(鮑氏)
였다.

노포계 형제와 왕하가 경봉과 그 아들 경사를 죽인 것은 죽은 장
공의 원수를 갚는 것에 목적이 있었을 뿐 정권 같은 것에는 생각마
저 없었다. 앞에 말한 네 세가와 잠시 손을 잡은 것은 단순한 복수
를 위한 것뿐이었다.

왕하는 경사의 손에 현장에서 죽고, 복수의 목적으로 경봉과 음란
한 짓을 계속해 온 노포폐는 그 죄로 해서 귀양살이를 떠나고, 복수
의 주체였던 노포계는 귀양가는 아우를 따라 함께 떠나고 만 것은

앞에서 이미 말했었다.

경봉이 달아난 뒤 고채와 난조가 우상과 좌상의 자리에 앉아 나라 일을 마음대로 주무르고 있었는데, 이들 또한 최저나 경봉과 크게 다를 것이 없는 사람이었다.

고채는 세가인 고씨의 집안이긴 했지만 사실 종손은 아니었다. 종손은 고후의 아들 고지(高止)였다. 그 고지에게 재상의 자리를 양보해야 할 처지에 있은 고채는, 그 고지가 자꾸만 마음에 걸렸다. 그래서 그 고지를 내쫓고 말았다. 경쟁자가 될까 두려웠던 것이다.

그러자 고지의 아들 고견(高堅)이 노(盧)고을에서 반란을 일으켰다. 경공은 대부 여구영(閭邱嬰)으로 군사를 거느리고 가 노성을 치게 했다.

고견은 여구영을 보고 말했다.

"나는 반란을 일으킨 것이 아니오. 조상의 뒤를 끊은 고채의 처사가 못마땅하기 때문이오."

그래서 여구영은 고혜(高傒)의 자손으로 고혜의 제사를 받들게 해주겠다는 약속을 했다. 그것은 당연한 약속이었다.

그 약속을 받고 고견은 진나라로 쫓기어 달아나고, 여구영은 돌아와 임금에게 말하여 고혜의 손자 고연(高酀)으로 고혜의 뒤를 잇게 해주었다.

고채는 자기 승낙없이 임금과만 상의하고 그같은 결정을 한 여구영을 모함해서 죽이고, 고채의 그같은 횡포에 불평을 말하는 귀족들을 다른 일로 모함해서 다 내쫓고 말았다. 덕과 인격을 갖추지 못한 사람이 권력을 잡게 되면, 두려운 생각에서 자기와 뜻을 달리하는 사람들을 제거하는 것은 어쩌면 어쩔 수 없는 결과일지도 모른다.

사람은 죽을 때가 되면 마음이 착해진다고 한다. 그러나 그것은 보통사람의 경우다. 악한 사람은 죽을 때가 가까와지면 더욱 악한 어리석은 짓을 하게 되는 것이다.

최저와 경봉이 그러했듯이 고채도 사람들의 보이지 않는 저주 속에 곧 죽고 말았다. 그의 아들 고강(高彊)이 뒤를 이어 대부가 되기는 했으나 나이가 어려 재상이 될 수는 없었다. 난조가 죽고 그 뒤를 이어 좌상이 되었던 난조의 아들 난시(欒施)가 정권을 독점하게 되었다.

그런데 이 고강과 난시는 다 같이 젊고 술을 좋아했으므로 자연 자주 어울리게 되고, 진무우(陳無宇)와 포국(鮑國)과는 서로 내왕이 뜸해질 수밖에 없었다. 그 결과 알지 못하는 사이에 고씨 난씨가 한패가 되고 진씨 포씨가 한패가 되어 네 집이 두 패로 갈라지게 되었다.

실권을 쥐고 있는 고강과 난시는 그들 아버지가 그러했듯이 남을 시기하는 성격이었고, 또 술을 좋아했기 때문에 술만 취하면 진씨와 포씨 집안에 대한 흉을 보곤 했다. 술자리에서 남의 흉을 보는 것은 흔히 있는 일이지만 이보다 더 위험하고 어리석은 일은 없다.

술자리에서 그들 둘이 주고받은 말이 사람의 입을 거치며 꼬리를 달고 날개를 붙여 진무우와 포국의 귀에 들어가게 되었다. 전부터 그들 둘을 좋게 보지 않은 진무우와 포국은 차츰 그들을 시기하고 의심하게 되었다.

그러던 어느날 고강이 술이 취한 가운데 심부름하는 하인을 때렸다. 그러자 옆에 있던 난시가 말리는 것이 아니라 더욱 부추기며 자기도 거들었다.

이에 앙심을 품은 하인은 그날 밤으로 진무우에게로 달려가 거짓말로 모함을 했다.

“난씨와 고씨가 자기집 사병을 거느리고 진씨와 포씨집을 습격하려 하고 있습니다.”

“그래! 그게 언제라더냐?”

“바로 내일입니다.”

“너는 주인이 하는 일을 어떻게 일러바치게 되었지?”

“소인인들 왜 옳고 그른 것을 모르겠습니까? 대감 같으신 어지신 분이 화를 입게 되는 것이 안타까와 오게 되었습니다.”

진무우를 어질다고 하는 것은 그만한 까닭이 있었다. 그의 아버지 진수무가 깨끗한 사람으로, 최저와 한 조정에서 일할 수 없다 하여 다른 나라로 가버린 것으로도 유명하거니와, 경봉이 쫓겨난 뒤 최저와 경봉의 식읍과 재산들을 여러 대부들이 나눠 가졌을 때도 진무우만은 이를 사양하고 받지 않았었다. 경씨의 집에 목재가 백여 수레가 있었는데, 그것을 굳이 진무우에게 주려고 하자, 진무우는 그것을 모조리 여러 사람에게 나눠주고 말았던 것이다.

진무우는 그 하인을 포국의 집으로 보내 같은말을 전하게 했다. 포국은 그 하인을 다시 진무우에게로 보내, 지금 당장 사병을 이끌고 저들을 먼저 무찌르자고 했다. 또한 만날 장소까지 약속해 보냈다.

진무우는 집에 있는 사람들에게 갑옷과 병기를 주고 곧 수레에 올라 포국의 집으로 향했다. 원한을 품은 힘없는 하인의 거짓말에 속아 서로 죽이는 싸움이 시작된 것이다.

그런데 가던 도중 고강과 마주쳤다. 고강은 수레를 타고 이쪽으로 오고 있었다. 고강은 벌써 술이 반쯤 취해 있었다.

고강은 수레에서 무우와 마주 손을 들어 인사를 나눈 다음,

“군사를 거느리고 어디로 가시오!”

하고 물었다.

“나를 배반한 놈이 있어 그놈을 무찌르러 가는 길이오. 대감은 어디로 가시오?”

“나는 난씨의 집으로 술을 마시러 가오.”

헤어지자 무우는 수레를 급히 몰게 했다. 곧 포국의 집에 와 닿았

다. 대문앞은 수레와 무장한 사람들로 숲을 이루고 있고 포국도 갑
옷을 입고 활을 잡고 막 수레에 오르려 하고 있었다.

무우는 포국에게 고강을 만난 것과 서로 주고받은 말들을 전하고,
하인의 말이 사실인지 아닌지를 알 수 없으니 사람을 시켜 알아 보
자고 했다.

난시의 집을 엿보게 한 결과 거짓말임이 드러났다. 그러나 일은
이미 벌어졌으니 뒷처리가 어렵게 됐다. 무우는 결단을 내렸다.

"내가 누구를 무찌르러 간다고 말을 했는데, 그것이 헛말이었음이
드러나면 그가 우리를 의심할 것이 틀림없지 않소? 그로 인해 우리
를 쫓치려 한다면 후회해도 소용이 없는 일이요. 저들이 아무 방
비도 없이 술을 마시는 틈을 타서 먼저 가 덮칩시다."

"그게 좋겠소."

이리하여 두 집 군사는 난씨집 앞뒤문을 에워쌌다.

난시는 큰 잔에 막 술을 부어 마시려다 진·포 두 집 군사가 이른
것을 알자 술잔을 바닥에 떨구고 말았다. 그러나 고강만은 술이 취
한 가운데서도 침착을 잃지 않았다.

"빨리 집사람들을 무장시키시오. 대궐로 들어가 임금의 명을 받들
어 저들을 무찌르면 우리가 이기게 됩니다."

이리하여 고강과 난시는 뒷문으로 뚫고 나가 대궐로 달려갔다. 진
무우와 포국도 바싹 그 뒤를 쫓았다. 고씨들도 변이 있는 것을 알고
군사를 이끌고 도우러 왔다.

경공은 궁중에서 네 집안이 서로 싸운다는 말을 듣자 급히 대궐문
을 굳게 닫고 군사로 지키게 했다. 늘 불안한 속에서 지나온 경공인
지라 무슨 일이 어떻게 해서 일어났으며 어떤 결과를 가져오게 될지
몰라서였다.

그리고 사람을 보내 가장 믿을 수 있는 안영을 급히 들라 일렀다.

고강과 난시는 급한 마음에 대궐문을 공격했다. 온 까닭을 말하는

것이 순서였을 터인데 그들은 임금을 이용할 생각뿐 존경하는 마음은 갖고 있지않은 것이다.

진·포 두 집의 군사가 뒤따라 이르자 난시와 고강은 공격을 멈추고 대궐문 오른쪽에 진을 치고 있었다. 진무우와 포국은 자연 왼쪽을 점거할 수밖에 없었다.

조금 뒤 안영이 예복차림으로 수레를 타고 이르렀다. 네 집은 서로 사람을 보내 안영을 불렀다. 그러나 안영은 거들떠보지도 않고 말했다.

"나는 임금의 부름을 받고 달려오는 길이오. 임금의 명령에 따를 뿐, 나는 그 누구의 편에도 설 수 없습니다."

문이 열리고 안영이 들어갔다. 누구도 따라들어갈 수는 없는 일이다.

안영을 보자 경공은 물었다.

"네 집이 서로 싸워 군사가 대궐문에까지 미쳤으니 어떻게 대처해야 하겠소?"

안영은 고씨와 난씨의 독재와 횡포를 미워하며 걱정해 온 터였으므로 이렇게 대답했다.

"난씨와 고씨는 여러 대에 걸쳐 나라의 권세를 누려온지라 그 하는 일의 방자함이 어제 오늘의 일이 아니옵니다. 고지가 쫓겨난 일과 여구영의 죽은 일을 온 나라사람이 다 원망하고 있는데 이제 또 대궐문을 치기까지 했으니 그 죄 용서할 수 없습니다. 그러나 임금의 명령없이 함부로 군사를 일으킨 진무우와 포국도 죄가 없지 않습니다. 임금께서 판단하시와 처분을 내리시기 바랍니다."

"난시와 고강의 죄가 진무우와 포국에 비해 더 무거우니 그들을 없애야 할 거요. 그 일을 누가 감당할 것 같소?"

"대부 왕흑(王黑)을 시키시는 것이 좋을 것 같습니다."

경공은 왕혹을 불러 대궐을 지키는 군사를 거느리고 나가, 진씨 포씨를 도와 난씨 고씨를 무찌르라 시켰다.

고강과 난시가 싸움에 패해 큰거리로 물러나자 평소 그들을 미워하던 사람들이 모여들어 함께 그들을 공격했다.

이들 둘은 쫓기어 노나라로 달아나고, 그 가족들도 모두 쫓겨나 그들 뒤를 따라갔다.

진무우와 포국은 두 집 재산을 몰수하여 나눠 가졌다. 이때 안영이 진무우에게 일렀다. 안영은 진무우를 좋게 보고 있던 것이다.

"대감이 임금의 명령도 없이 함부로 대신을 내쫓고 이제 또 그 재물까지 다 차지한다면 사람들이 대감을 놓고 여러 말을 하게 될 거요. 나눠 가진 것들을 모조리 나라에 바친다면, 비록 얻는 것은 없다 하더라도 대감의 욕심없음을 사람들이 칭송할 것이니 그 얻음이 더욱 크지 않겠소?"

"좋은 가르침을 주신 것을 고맙게 여깁니다. 내 어찌 시키신 대로 하지 않겠습니까?"

진무우는 나눠 받은 식읍과 집과 재산들을 일일이 다 장부에 적어 경공에게 바쳤다. 모처럼 임금된 보람을 느끼는 것 같아 경공의 기쁨은 한결 더 컸다.

진무우는 또 경공의 어머니 맹희(孟姬)에게도 따로 바친 것이 있었다. 물건의 값어치보다도 자기를 생각해 준다는것에 더 기쁨을 느끼는 것이 사람의 마음이다. 여자가 남자보다 더한 것도 사실이다.

맹희는 아들 경공을 보고 말했다.

"진무우는 강폭한 세도집을 무찔러 나라집의 위엄을 떨치게 했고, 자기에게 돌아오는 이득을 모두 나라에 돌렸으니 그 어진 마음을 모른 체할 수는 없는 일이 아니오? 그에게 고당(高唐) 고을을 식읍으로 주는 것이 어떻겠소?"

가는 정이 있으면 오는 정도 있다고 할까? 경공은 어머니의 말에 따랐다. 청렴결백으로 이름이 나 있는 진무우는 이로서 갑자기 부자가 되었다.

부자가 된 진무우는 안영이 한 그 말이 더욱 값지고 거룩하게 여겨졌다. 내게 돌아온 재물을 버리는 것이 보다 더 큰 이득을 얻게 된다는 이치를 깨달은 것이다. 원래 욕심이 적은 진무우였지만 이제는 그것을 정책적으로 쓰고 싶어진 것이다. 진무우는 경공에게 말했다.

"앞서 고채의 모함으로 쫓겨난 공자들은 실상 아무 허물도 없었습니다. 그들을 불러 돌아오게 하는 것이 옳은 일인 줄 압니다."

"옳은 말이오. 나는 미처 거기까지 생각을 못했었소."

이리하여 앞서 고채에 의해 쫓겨나 다른 나라로 가 살고 있던 자유(子由)와 자상(子商)과 자주(子周)가 고국으로 다시 돌아오게 되었다.

진무우는 임금의 명령으로 그들을 불러들이는 한편 그들이 돌아와 살 집과 살림살이와 심지어 따른 사람들이 입을 옷과 신까지 다 준비해 두고 있었다. 고국으로 다시 돌아오게 된 것만도 기쁜 일이었는데, 옛날보다 더 좋은 집과 좋은 살림살이를 갖추게 되었으니 그 기쁨이야 오죽했겠는가? 뒤에 진무우가 사사로이 그같은 온정을 베푼 것을 알자 그들은 더욱 감격해 마지 않았다.

진무우는 더욱 보람을 느꼈다. 남을 돕는 것이 곧 자기의 기쁨을 얻는 것이 된다는 것은 더없는 보람일 수밖에 없다.

진무우는 임금의 자손들 가운데 받는 녹이 없어 어렵게 지내는 사람이 있으면 자기가 받는 녹을 나눠주기도 하고, 또 도성 안에 사는 가난한 사람과 의지할 곳 없는 사람을 찾아 사사로이 곡식을 나눠주기도 했다.

그뿐이 아니었다. 남이 알지 못하게 돕는 것에 더욱 보람을 느꼈다. 양식이 떨어져 꾸러 오는 사람이 있으면 줄 때는 큰 말로 돼서 주고 받을 때는 작은 말로 돼서 받았다. 관청이나 부자들이 흔히 쓰고 있었다는 방법과는 정반대의 방법으로 알지 못하게 돕고 있는 것이다.

돈을 꾸어주고 가난해서 갚지 못하는 사람이 있으면 그 증권을 태우고 말았다. 아무리 부자라지만 사치와 낭비를 즐기고는 그럴 여유가 생길 리 없다. 남을 위하는 만큼 절약과 검소를 생활신조로 할 수밖에 없는 일이다.

어느 누구도 진씨의 고마움을 칭송하지 않는 사람이 없었다. 진씨를 위하는 일이면 목숨이라도 아까와하지 않을 그런 심정이었다.

경공은 마침내 안영을 상국에 임명했다. 이로서 제나라는 비로소 제자리를 잡아가기 시작한다.

상국이 된 안영은 차츰 진무우가 두려워지기 시작했다. 착한 일을 하고 남을 도우라고 시킨 것이 안영이었지만 그 진무우의 하는 일이 뭔가 다른 목적이 있는 것처럼 보였던 것이다. 공자 공손을 비롯해 모든 사람과 백성들의 마음이 진씨에게로 돌아가고 있었으니 걱정이 안 될 수 없었다.

안영은 진무우에 대한 걱정을 직접 말할 수는 없어 경공에게 자주,

"백성에 대한 형벌을 줄이고 가볍게 하는 한편, 세금을 낮추고 부역을 덜하는 정책을 펴도록 하십시오."

하고 권했으나 경공은 듣지 않았다. 사치와 낭비가 심한 편은 아니었지만 세금과 부역을 줄이고 가볍게 할 생각은 없었던 것이다.

뒤에 진씨는 성을 전(田)으로 바꾸었다. 경공이 죽은 뒤 제나라는 전씨에 의해 먹히고 만다.

뒤엣 사람들은 진무우가 재물을 흩어 나라를 샀다고도 말하고 있다. 맹자는 이런 말을 했다.

"나라를 얻으려면 백성을 얻어야 한다. 백성을 얻으려면 마음을

얻어야 한다. 마음을 얻으려면 그들이 원하는 것을 주고 싫어하는 것을 베풀지 말아야 한다.”

진무우는 백성이 원하는 것을 주고 있었는데, 임금은 백성이 싫어하는 일을 계속하고 있었으니 나라가 백성의 마음에 따라 그리로 옮겨갈 수밖에 없는 일이었다.

끝이 없는 전쟁

涓涓不塞 將爲江河 熒熒不救 炎炎奈何 兩葉不治 將用斧柯.
"졸졸 흐를 때 막지 않으면 장차 내와 강을 이루고, 반짝반짝
할 때 구하지 않으면 활활 타오를 때 어찌하랴. 떡잎 때 따내
지 않으면 장차는 도끼를 써야 한다."

노소공 13년 여름 4월에 초나라 공자 비(比)가 진(晋)나라에서 초
나라로 돌아와 그 임금 건(虔)을 건계(乾谿)에서 죽이고, 초나라 공
자 기질(棄疾)이 공자 비를 죽인 것으로 경에는 기록하고 있다.

공자비는 초공왕의 세째 아들로 자를 자간(子干)이라 했다. 임금
건은 초령왕을 가리킨 것으로 임금이 된 뒤에 이름을 건으로 고쳤
던 것이다. 왕자 기질은 공왕의 막내인 다섯째 아들로 곧 평왕(平
王)이다.

임금이 되기 위해 형제가 서로 죽이는 일이 나라마다 끊이지 않았
지만 초나라처럼 심한 나라는 없었다. 영왕이 임금인 조카와 그 아
들을 죽였고, 평왕이 여기서 또 세 형을 죽이고 임금이 되는 것이
다. 공자비는 기질이 임시로 세워둔 임금으로 실권은 기질이 잡고
있었으므로 영왕을 죽인 것도 기질이었고, 영왕이 죽은 뒤 공자비와

네째 형인 흑굉(黑肱)을 스스로 죽게 만든 것도 기질이었다. 그래서 다른 기록에는 '초평왕이 세 형을 죽이고 임금이 되었다'라고 쓰고 있다.

그런데 기질로 하여금 세 형을 죽이고 임금이 되게 만든 사람은 조오(朝吳)라는 채나라 신하였다. 초평왕에 의해 망해버린 채나라를 다시 일으킬 목적으로 있는 지혜를 다해 초나라 4형제를 손바닥 위에 놓고 연극을 벌였던 것이다. 그 앞뒤 이야기를 간추리면 다음과 같다.

초령왕은 그가 자랑하기 위해 지은 장화궁 낙성식 때보다, 진평공이 지은 사기궁 낙성식에 더 많은 나라가 축하사절을 보낸 것을 알자 몹시 화가 치밀었다. 그래서 그 불만을 다시 무력으로 발산시키려 한 것이다. 영왕은 오거를 불러 물었다.

"군사를 일으켜 중원을 치고 싶은데 경의 생각은 어떻소?"

"바르고 옳은 일로 제후를 불렀는데도 오지 않는다면 그것은 오지 않은 제후에게 죄가 있습니다. 그러나 호화스런 집을 지어두고 제후들을 부른다음 오지 않는다고 그들을 꾸짖는다면 어떻게 제후들을 굴복시킬 수 있겠습니까? 군사로서 중원을 위협하려 한다면 반드시 죄가 있는 나라를 골라 쳐야 할 것입니다."

"지금 죄가 있는 나라를 고른다면 어느 나라가 되겠소?"

"채나라 세자 반(般)이 그 임금인 아비를 죽이고 임금이 된 것이 이미 9년이 지났습니다. 채나라는 초나라에 가까우므로 그 죄를 물어 이를 무찌르고 그 땅을 차지하면 명분과 실리를 다 얻을 수 있습니다."

세자 반이 그 아비 채경공(蔡景公)을 죽이게 된 것은, 경공이 세자를 위해 초나라 공주를 맞아들였었는데, 그녀의 미모에 마음이 미쳐 세자가 없는 사이에 자주 간통을 하곤 했었다. 뒤에 이를 안 세자 반은,

"아비가 아비의 도리를 지키지 않는다면 자식도 자식의 도리를 지
　킬 수는 없다."
하고 경공을 죽이고 스스로 임금이 되었던 것이다. 이가 영공(靈公)
이다.

　초령왕이 제후들을 처음 모았을 때 이 채령공도 모임에 참석하여
맹약까지 했었다. 그때는 사람이 아쉬어 내버려 두었다가 이제 그
죄를 물어 치려 한 것이다.

　채나라를 치려는 상의를 하고 있을 때 진(陳)나라에서 임금이 죽
은 소식을 보내왔다. 애공(哀公)이 죽고 공자 유(留)가 뒤를 이었다
는 것이다.

　오거는 영왕을 보고 말했다.

　"진나라 세자 언사(偃師)는 이미 제후들의 명부에까지 올라 있는
　데, 지금 유가 뒤를 이었다니 필시 진나라에 무슨 변이 일어난 것
　입니다."

　진나라의 변이란 이런 것이었다.

　진나라 애공의 첫부인 정희(鄭姬)의 몸에서 세자 언사가 나오고,
다음부인이 공자 유를 낳고 세째부인이 공자 승(勝)을 낳았다.

　애공은 둘째부인을 사랑한 나머지 그녀의 몸에서 난 유로 뒤를 잇
게 하고 싶었으나 언사가 이미 세자가 되어 있었으므로 그럴 수는
없었다. 그래서 사도(司徒)벼슬에 있는 애공의 아우 공자 초(招)로
유의 태부를 삼고, 공자 과(過)로 소부를 삼은 다음, 언사가 임금이
되더라도 그 뒤를 아우인 유에게 전하도록 하라고 부탁을 해 두었었
다.

　그뒤 애공이 오래 병으로 누워있자 공자초는 공자 과를 보고 이렇
게 말했다.

　"세자의 아들 공손 오(吳)가 벌써 다 자랐지 않은가? 세자가 임

금이 되면 공손오를 또 세자로 세울 것은 뻔한 일이다. 임금이 오래 병으로 누워 있으니 일은 우리 손에 달려 있다. 거짓 임금의 명이라 하여 언사를 죽이고 유를 임금으로 세우면 후회하는 일이 없을 것이다.”

이리하여 아버지 애공의 병을 묻고 나오는 언사를 도둑을 가장한 심복으로 죽이게 하고, 임금의 명령이라 하여 유를 임금으로 세웠다. 이 소식을 들은 애공은 분을 못 참고 스스로 목을 매어 죽었다. 사랑에 눈이 어두워 아비의 도리를 잃은 애공은, 자기가 만든 덫에 치어 죽고 만 것이다.

진나라 실권을 잡은 공자초는 대부 우징사(于徵師)를 초나라로 보내 임금의 죽음과 새 임금이 된 것을 알리게 했다. 그러나 세자가 어찌 되었다는 이야기는 없었다. 영왕과 오거가 의아해 하고 있을 때, 진나라 임금의 세째 아들인 공자승과 세자 언사의 아들인 공손오가 뵙기를 청한다는 보고가 들어왔다.

그들은 들어와 절하고 엎드려 울더니 공자승이 입을 열었다.

“형 세자 언사는 공자초와 공자과에 의해 억울하게 죽고, 아버님은 그로 인해 스스로 목매어 죽었습니다. 그들 둘이 멋대로 공자 유를 임금으로 앉힌지라 저들에게 해를 당할까 싶어 찾아오게 되었습니다.”

영왕은 우징사를 불러 캐어물었다. 처음은 어물어물하다가 공자승이 사실을 지적하자 머리를 숙이고 말을 못했다. 영왕은 크게 노하여,

“네놈도 초와 과와 같은 무리로구나!”

하고 곧 끌고 나가 목을 베게 했다.

그러자 오거가 말했다.

“임금께서 이미 역적의 사신을 무찌르셨으니 마땅히 공손오를 받들어 두 역적의 죄를 물으셔야 할 것입니다. 진나라를 평정한 다

음 채나라에 미치면 선군 장왕의 공을 앞지르게 될 것입니다.”

영왕은 곧 군사를 거느리고 진나라로 쳐들어갔다. 임금이 된 공자 유는 죽는 것이 두려워 정나라로 달아났다.

공자초를 보고 함께 달아나라고 누군가가 권하자 그는 이렇게 대답했다.

“초나라 군사가 오면 나는 물러가게 할 계책을 다 세워두고 있다.”

그 계책이란 무엇이었을까? 초나라 군사가 성을 포위하자 공자초는 공자과를 불렀다. 공자과는 이미 들은 바가 있는지라 앉기가 바쁘게 물었다.

“사도께서는 초나라를 물리칠 계책이 있다고 하셨는데 그 계책이 어떤 것입니까?”

“꼭 한 가지 물건이 있는데 그 물건을 얻고져 오시라고 했소.”

“그게 무엇이기에……?”

“그게 바로 그대 머리오.”

공자과가 놀라 달아나려 하자 옆에 지키고 서 있던 시종들을 시켜 채찍으로 마구 내리치게 했다. 그리고 꺼꾸러지자 칼을 뽑아 목을 쳤다.

그 머리를 가지고 직접 초나라 군영으로 들어가 영왕 앞에 머리를 조아리며 말했다.

“세자를 죽이고 유를 임금으로 세운 것은 모두 공자과의 짓이었습니다. 지금 대왕의 위엄을 힘입어 과를 목베어 바치오니 신의 민첩지 못한 죄를 용서하옵소서.”

초령왕은 그의 태도와 말이 공손한 것을 보고 이미 기뻐하고 있었는데, 그는 다시 무릎 걸음으로 가까이 다가오자 목소리를 낮추어 이렇게 아뢰었다.

“지금 공자유는 죄가 두려워 달아나고 진나라에는 임금이 없습니다. 바라옵건데 대왕께서는 진나라를 거두어 고을로 삼으시옵소서."

제 한 사람의 부귀를 위해 나라를 판 무리들이 대개 이 공자초와 같은 마음을 가지고 있었을 것으로 여겨진다.

영왕은 크게 기뻐하며

"그대의 말이 바로 내 뜻과 같구려, 우선 돌아가 궁안을 치우고 과인을 맞을 준비를 하라."

하고 돌려보냈다.

이 소식을 들은 공자승이 찾아와 또 울며 호소했다.

"주모자는 초입니다. 공환(孔奐)으로 일을 저지르게 한 것도 초였으며, 과는 다만 심부름을 한 것뿐입니다."

그러자 초왕은

"내가 알아서 처리할 것이니 너무 슬퍼하지 말라"

하고 위로한 다음, 궁안으로 들어가자 공환을 불러 꾸짖은 다음 목을 베어 공자과의 머리와 함께 성문에 매달게 하고, 공자초는 월나라로 귀양을 보내고 말았다.

그리고 공손오를 보고는

"그대를 임금으로 세우려 했으나 아직 성안에는 역적의 무리들이 많이 남아 있을 것이니 우선은 과인을 따라 초나라로 가 있도록 하라."

하고 진나라 종묘를 헐어버리고 진나라를 초나라의 한 고을로 만들어 천봉수(穿封戌)에게 지키게 했다.

영왕은 공손오를 데리고 돌아와 한 해를 쉰 다음 채나라를 쳤다. 길을 떠나기에 앞서 오거가 꾀를 말했다.

"채나라 반은 그 죄를 묻기에는 너무 늦었습니다. 십년이 넘은 죄를 묻게 되면 그가 도리어 반박하게 될 것이니 그를 유인해 죽이는 것만 못합니다."

영왕은 오거의 꾀에 따라 지방을 순시한다 말하고 군대를 신(申)
에 주둔시킨 다음, 채나라 임금에게 글을 보내 만나기를 청했다.

이때 대부 공손 귀생(歸生)은 가지 말라고 말렸다. 그러나 채령공
은 듣지 않았다. 가서 죽으나 앉아서 죽으나 결과는 같다는 생각에
서였다. 그러자 귀생은

"그러면 세자를 세워두고 가십시오."

하고 청했다. 채령공은 그의 아들 유(有)를 세자로 세우고 귀생으로
세자를 도와 나라를 지키게 했다.

채령공이 이르자 초령왕은 그를 반가이 맞아 술자리를 베풀고 술
이 취해 정신을 잃자 꽁꽁 묶은 다음 따라온 무리들을 보고 말했다.

"채나라 반은 그 임금인 아비를 죽였다. 과인이 하늘을 대신해서
죄를 다스린다. 따라온 사람은 죄가 없다. 항복하는 사람에겐 상
을 줄 것이며 싫은 사람들은 돌아가게 해주겠다."

그리고 영공을 나무에 못을 박아 죽게 만든 다음, 공자 기질에게
명령하여 대군을 이끌고 채나라로 쳐들어가게 했다.

나라를 지키던 세자 유와 공손귀생은 진(晉)나라에 구원을 청했
다. 진나라는 혼자 힘으로는 초나라를 당할 수 없엇으므로 제후들을
모아 함께 채나라를 도우려 했다. 송·제·노·위·정·조 여섯 나
라는 대부들을 대신 보내왔다. 그러나 군사를 보내 초나라와 싸우는
일만은 따를 수 없다며 고개를 내저었다.

진나라의 구원병은 오지 않고 초나라의 포위는 계속되었다. 다급
해진 귀생은 직접 초나라 군영으로 찾아가 물러가 달라고 호소하려
했다. 그러나 세자는 그를 보낼 수가 없었다. 그러자 귀생은 자기
아들 조오를 대신 보냈다.

조오가 초나라 기질을 가서 만나자 기질은 조오를 정중히 대했다.
조오의 인품에 호감이 간 것이다. 조오는 엄숙한 표정으로 따지듯
말했다.

"공자께서 많은 군사로 채나라 성을 포위하고 계시니 채나라가 망할 것은 알고도 남는 일입니다. 그러나 그 죄가 어디에 있는지를 알지 못하겠습니다. 만일 선군의 죄를 물으신다면 선군은 이미 세상에 없으니, 세자의 죄가 무엇이며 조상의 죄는 또 무엇인지 듣고 싶습니다."

"나도 채나라가 망할 만한 잘못이 있다고는 생각지 않소. 임금의 명령에 따를 뿐이오. 이대로 물러가면 내가 죄를 받을 것이니 어쩌겠소."

조오는 기질의 속마음을 알게 되자,

"다시 한 말씀 드리고자 하니 사람을 물러가게 해주십시오."

하고 청했다. 기질은 의심받는 것이 두려운지라 상관없다며 말을 하라고 했다.

"초왕이 옳지 못한 일로 나라를 얻은 것은 세상이 다 아는 일입니다. 모든 사람이 속으로 다 분하게 여기고 있는 것을 공자는 모르십니까? 또 안으로는 토목 일로 백성들의 기름을 마르게 하고 밖으로는 백성들을 싸움터로 내몰아 뼈와 살을 깎게 하고 있습니다. 백성의 아픔은 돌보지 않고 얻는 것에만 마음이 있어. 지난해에는 진나라를 삼키고 이제 또 채나라 임금을 유인해 해쳤습니다. 공자께서는 임금의 원수는 생각지 않으시고 그의 시키는 일만을 하고 계십니다. 백성들의 숨은 원한이 하늘에 사무치고 있으니 공자께서 그 책임의 반은 면하기 어려운 일입니다. 공자의 현명하심은 천하가 다 아는 일이며 또 구슬을 맞춘 징조가 있는지라 초나라 사람은 모두 공자가 임금되시기를 기대하고 있습니다. 공자께서 만일 창을 안으로 돌려 임금을 죽인 죄와 백성을 못살게 구는 죄를 물으신다면 어느 누가 감히 공자를 대항하겠습니까?……"

기질은 버럭 성을 내며

"감히 어느 앞이라고 그같은 말을 함부로 하는거냐? 교묘한 말로

서 우리 임금과 신하 사이를 이간붙이려 하다니! 목을 베어 마땅
한 일이나 잠시 너의 머리를 목에 붙여두는 것이니 세자에게 빨리
나와 항복하라 일러라!"
하고 조오를 끌고 나가도록 했다.

조오가 말한 구슬을 맞춘 징조란 이런 것이다.

초나라 공왕에 사랑하는 첩의 아들이 다섯 있었다. 첫째가 소(昭)
로 공왕의 뒤를 이은 강왕이었고, 둘째가 위(圍)로 곧 영왕이었으
며, 세째가 비(比)로 자를 자간이라 했고, 네째가 흑굉으로 자를 자
석(子晳)이라 했으며, 다섯째인 막내가 바로 기질이었다.

공왕은 적실의 몸에 난 아들이 없었으므로 이들 다섯 가운데 한
사람을 세자로 세워야만 했다. 그런데 누가 과연 좋을지를 몰라 망
설이던 끝에 문득 한 방법을 생각해 냈다.

태묘에 큰 제사를 올리고 구슬을 태묘 뜰 한가운데 묻은 다음 말
없이 빌었다. 어질고 복이 있는 사람으로 나라를 맡게끔 해달라고
빈 것이다. 물론 구슬을 묻은 곳은 공왕 자신만이 알고 있었다.

그리고 다섯 아들에게 각각 사흘 동안 목욕제계를 한 다음 이른
새벽 차례로 태묘에 들어가 절하고 뵙게했다.

그 결과 첫째인 강왕은 구슬 묻은 곳을 타고 넘어가 그 앞에서 절
을 하고, 둘째인 영왕은 팔꿈치가 구슬 위에 닿았고, 자간과 자석은
구슬과 멀리 떨어진 곳에서 절을 했으며, 기질은 나이가 아직 어렸
으므로 보모가 안고 들어와 절을 했는데, 정확히 구슬이 묻혀 있는
바로 그 위였다는 것이다.

지성이면 하늘도 감동시킨다는 말이 있다. 예언이니 점이니 하는
것도 다 같은 이치에서 생겨난 것이다. 결과부터 먼저 말하면 강왕
은 15년 동안 임금이 되어 있었고, 영왕은 12년 동안 임금으로 있다
가 쫓겨나 죽었으며 자간과 자석은 망명만 계속하던 끝에 잠시 이용

360

만 당하고 죽게 되고 기질은 13년 동안 임금으로 있다가 병으로 죽은 뒤 아들 소왕이 뒤를 잇게 되었다.

공왕은 하늘이 막내를 돕는 것으로 알고 기질을 더욱 사랑했었다. 그러나 죽을 때 기질이 나이가 아직 어렸으므로 강왕이 먼저 임금이 되었던 것이다.

이날 조오가 구슬 이야기를 하자 기질은 그로 인해 영왕의 시기를 받을까 두려워 꾸짖고 내쫓기는 했지만, 마음 깊숙히에서는 조오의 그 말이 자꾸만 메아리치고 있었다.

채나라는 4월서 11월까지 8개월 동안 버티던 끝에 귀생이 병들어 눕게 되고 성은 함락되고 말았다.

기질은 세자와 저항을 주도한 신하들을 함거에 싣고 영왕에게로 가 보고를 올렸으나 조오만은 보내지 않았다. 귀생은 곧 병으로 죽고 조오는 채공(蔡公)이 된 기질을 섬기게 되었다. 이때부터 조오는 기질을 손바닥에 올려놓고 마음대로 한 것이다.

진·채 두 나라를 삼킨 초령왕은 허황된 꿈을 믿고 허황된 야망에 다시금 불타오르며 횡포와 잔학을 일삼고 있었다.

꿈에 구강산(九崗山) 신령이란 귀신이 나타나,

"나에게 제사를 지내면 내가 너로 하여금 천하를 얻게 해 주리라."

하고 사라지자, 금방 천하가 손아귀에 들것처럼 여겨졌다.

그래서 구강산 신령에게 제사를 지내며 채나라 세자를 죽여 희생으로 바치기까지 했다. 신하들이 말려도 듣지 않았다. 뜻있는 신하들은 벼슬을 버리고 시골로 가 숨기도 했다.

세자가 죽는 것을 보자 함께 잡혀 있던 채유(蔡洧)가 사흘을 계속해 슬피 울었다. 변덕스런 영왕은 그 충성에 감동되어 채유를 심복으로 거두어 썼다. 이 채유는 채령공을 따라갔다가 임금과 함께 초령왕에 의해 죽은 채략(蔡略)의 아들이었다. 그는 아버지의 원수를 갚을 생각으로 영왕의 비위를 맞춰가며 빨리 망하는 일을 서두르도록 부추겼다.

"제후들이 진나라를 따르고 초나라를 섬기지 않는 것은, 진나라는 가깝고 초나라가 멀기 때문입니다. 지금 대왕께서 진·채 두 나라를 손에 넣으심으로 해서 중국과 국경을 맞대게 되었습니다. 만일 그 성을 다시 높고 넓게 쌓은 다음 그곳에 더 많은 군사를 배치하게 되면 제후들 그 누가 초나라를 두려워 하지 않겠습니까?"

영왕은 채유의 아첨과 부추김에 넘어가 진·채 두 나라 성을 배로 높고 넓게 고쳐 쌓고, 동쪽과 서쪽에 두 큰 성을 새로 쌓아 초나라의 요새로 만들었다. 채유의 목적은 영왕에 대한 백성들의 원한을 더욱 깊게 하는 데 있었다.

영왕은 겉에 드러난 성만 보고 초나라가 금방 강해진 것으로 생각했다. 구강산 신령이 말한 대로 천하를 다 손에 넣을 것만 같았다. 그런 야망에 부풀어 있는 영왕은 태복(太卜)을 불러 일렀다.

"점을 쳐서 과인이 언제 천자가 될지를 물어 보라."

"대왕께서는 이미 왕으로 일컬으고 계신데 또 무엇을 묻습니까?"

"초나라와 주나라가 함께 서 있으니 참왕이 아니잖느냐? 천하를 얻어야만 참왕이 되지 않겠느냐?"

태복은 마지 못해 거북을 불위에 올려놓고 구웠다. 기름이 흘러내려야만 점말을 얻을 수 있는데 등딱지가 탁 갈라지고 말았다. 불길한 징조다. 태복은 듣기 좋게 말했다.

"뜻하시는 일이 이뤄지기 어렵습니다."

영왕은 거북을 번쩍 들어 바닥에 내동댕이 치고 팔을 뽐내며 크게 외쳤다.

"하늘아! 하늘아! 그까짓 천하가 뭐그리 아까워서 나를 주지 않는거냐? 이 나를 무엇 때문에 이 세상에 태어나게 했단 말인가?"

그러자 채유가 옆에서 말했다.

"세상 일은 사람이 하기에 달려 있지 않습니까? 저 썩은 뼈가 무엇을 알겠습니까?"

영왕은 그제야 성난 얼굴을 기쁜 얼굴로 바꾸었다.

초령왕의 겉에 드러난 횡포는 제후들을 두려워 하게 만들었다. 힘과 속임수로 진·채 두 나라를 삼키고 다시 성을 높이 쌓고 하는 것은 침략의 위협을 더하는 것임엔 틀림없었다. 작은 나라는 임금이 직접 조회를 들어오고 큰 나라는 사신을 보내오곤 했다.

이때 제나라 상국 안영도 경공의 명을 받들어 초나라를 찾아왔었다. 초령왕은 이 안영에게 모욕을 줌으로써 초나라의 위엄을 보이려 했다. 그러나 안영의 재치로 인해 초령왕이 도리어 굴복하고 말았다. 그 이야기는 〈논어〉에서 이미 한 바 있으므로 여기서는 빼기로 한다.

진·채 두 나라를 손에 넣은 초령왕은 채유의 부추김으로 이번에는 침략의 손길을 동남쪽으로 돌렸다. 오나라를 손에 넣기 위한 첫 단계로 서(徐)를 친 것이다.

노소공 12년, 즉 초령왕 11년 겨울, 초령왕은 원파(蒍罷)와 채유로 세자 녹(祿)을 받들어 나라를 지키게 한 다음 병거 3백승으로 서나라를 치게 하고 자신은 대군을 건계에 주둔시켜 두고 있었다.

이때 뜻하지 않은 눈이 석 자나 쌓이고 그 위로 추운 바람이 몰아쳤으므로 군사들은 추위를 견디기 어려워 속으로 전쟁만을 일삼는 임금에 대한 원한이 날로 심해 갔다. 이때 우윤(右尹) 정단(鄭丹)이 돌아갈 것을 청했는데 영왕도 그럴 생각이었다.

그런데 이때 첩보가 들어왔다. 서나라를 치러 간 장군 독루(督屢)가 여러 차례 서나라 군사를 이겨 마침내 도성을 포위하게 되었다는 것이다.

영왕으로서는 기쁜 소식이었다. 서나라를 곧 손에 넣을 것만 같았다. 그러나 포위전이란 한두 달로 끝나는 것이 아니다. 보통은 반년이오 길면 한 해가 넘기도 한다. 영왕은 건계에서 겨울을 지나야만 했다.

이때 채나라에 있는 조오는 채나라 총재인 관종(觀從)과 채나라를 되찾을 궁리를 하고 있었다. 채공 기질이 초나라 왕이 되어야만 그를 도운 공으로 채나라 뒤를 세울 수 있다는 것은 뻔한 일이다. 관종은 기질이 왕이 되어야만 자신도 큰 출세를 할 수 있는 것이므로 그 점에서 조오와 뜻을 같이 한 것이다.

"초왕이 군사를 추위에 떨게 하며 멀리 나가 돌아오지 않음으로 해서, 안은 비어 있고 밖은 원망으로 싸여 있다. 이 기회를 놓치게 되면 영영 희망을 잃게 된다."

"그러나 채공 혼자의 힘으로는 뜻을 이루기 어렵다. 채공의 명이라 속이고 자간과 자석을 불러들여 그들을 잘 구슬르면 초나라를 손에 넣을 수 있다. 초나라를 손에 넣으면 밖에 나가 있는 역적이야 죽지 않고 어쩌겠는가?"

"채공이 초나라 왕이 되면 채나라는 자연 옛날 모습으로 돌아가게 된다."

조오는 관종을 시켜 거짓 채공의 명이라 하여, 진(晉)나라에 망명해 있는 자간과 정나라에 가 잇는 자석을 불러들이게 했다.

두 공자는 기뻐 채나라로 들어오게 되었다. 관종이 먼저 돌아와 조오에게 알리자 조오는 성밖으로 나가 두 사람을 만나 이렇게 말했다.

"실상 채공의 명을 받은 것은 아닙니다. 채공을 협박해서 뜻을 이룰 수 있습니다."

두 사람은 갑자기 두려운 빛을 띠었다. 조오는 다시 구슬러 말했다.

"초왕은 밖에 나가 즐기며 돌아올 생각마저 하지 않고, 세자를 도와 나라를 지키는 채유는 아비를 죽인 원수를 갚기 위해 일이 벌어지는 것을 다행으로 알고 있으며, 초왕의 심복들은 모두 밖에 나가 있고 안에 있는 대신들은 모두가 채공과 가까운 사이입니다. 진나라에 봉해진 천봉수도 초왕과는 친한 사이가 아닙니다. 채공이 부르면 반드시 옵니다. 진·채 두 나라의 군사를 이끌고 텅 비어 있는 초나라를 덮치는 것은 주머니 속에 있는 물건을 손에 넣는 것과 같습니다. 공자께서는 조금도 걱정하실 것이 없습니다."

그제야 두 사람은 마음을 놓으며, 시키는 대로 따르겠다고 했다.

조오는 맹세할 것을 청했다. 맹세는 세 사람이 했지만 그 맹세글에는 채공의 이름이 맨 처음에 실려 있고 맹세의 내용에는

'선군 겹오의 원수를 갚기 위해 역적 건(虔)을 함께 무찌르기로 맹세한다.'

라고 쓰여 있었다.

그리고 맹세글을 땅에 묻었다. 주모자가 채공이란 것이 물적증거로 남아 있는 한 채공이 발뺌을 할 수 없는 일이다.

일을 마치자 군사를 거느리고 자간 자석과 함께 채나라 성으로 들어갔다.

채공은 아침을 먹는 중이었다. 뜻밖에 두 형이 나타나자 크게 놀라 피하려 했다. 그러자 뒤따라 조오가 들어와 채공의 소매를 잡고 말했다.

"일이 여기에 이르렀는데 장차 어디로 가시려는 겁니까?"

자간 자석은 채공을 부등켜 안고 울며 호소했다.

"형을 죽이고 조카를 죽이고 또 우리를 내쫓은 것이 역적 건이 아니냐? 우리가 온 것은 너의 군사를 빌어 형의 원수를 갚기 위해서다. 일이 성공하면 왕의 자리는 너에게 주겠다."

채공 기질은 너무도 뜻밖이고 갑작스런 일이라, 조용히 상의하자

고 했다.

조오는 두 공자를 위해 아침을 내오라 시켜 함께 먹고는 자간과 자석을 빨리 떠나게 한 다음, 모인 무리들 앞에 터놓고 말했다.

"채공께서 두 공자를 불러 함께 큰 일을 하기로 하고, 이미 성밖에서 맹세를 끝낸 다음 두 공자를 시켜 먼저 초나라로 들어가게 한 것입니다."

채공이 얼른 말을 못하게 하며,

"어찌하여 나를 속이는가? 내가 언제 무슨 맹세를 했단 말인가?"

하고 꾸짖었다. 조오는 역습을 했다.

"성밖 구덩이에 묻은 맹세글이 그대로 남아 있는데 굳이 숨길 것도 없지 않습니까? 모든 사람들이 곧 그 글 내용을 보게 될 것입니다. 빨리 서둘러 일을 성공시키고 함께 부귀를 누리는 것이 상책입니다."

조오는 다시 장터 거리로 나가 외쳤다.

"초왕이 무도해서 우리 채나라를 없앴다. 지금 채공께서 나에게 우리 채나라를 다시 돌려주겠다고 약속하셨다. 그대들은 다 채나라 백성들이 아닌가? 어찌 나라가 망한 슬픔을 참고 지닐 수 있겠는가? 우리 다 함께 채공을 따라 두 공자를 뒤쫓아 초나라로 들어가자!"

채나라 사람들은 외치는 소리를 듣고 일시에 채공의 공관 앞으로 모여들었다. 손에 거의 무기를 들고 있었다. 허가받은 독립을 위한 궐기였던 것이다.

조오는 또 채공을 보고 말했다.

"인심은 이미 한곳으로 모여 있습니다. 빨리 저들의 뜻을 받아들이지 않으면 반란을 일으키고 맙니다."

"네가 나를 협박해서 호랑이 등에 올라타게 하는 거냐? 장차 어떻게 하려는 건가?"

"두 공자는 아직 들에서 기다리고 있습니다. 어서 채나라 군사를 있는 대로 다 거느리고 함께 가셔야지요. 나는 진공(穿封戌)을 달래어 군사를 거느리고 뒤를 따르게 하겠습니다."

채공은 조오의 말에 따랐다.

조오는 관종을 시켜 진나라로 밤을 새어 달려가게 했다. 그러나 천봉수는 병으로 꼼짝을 못하고 있었고, 그 심복으로 역시 진나라 사람인 하설(夏齧)이 군사를 이끌고 왔다. 그제야 채공은 크게 기뻐했다.

채나라 사람과 군사는 우군이 되어 조오가 거느리고 진나라 사람과 군사는 하설이 거느리고 좌군이 되었다, 이때 조오는 이미 채유에게 비밀편지를 보내 두었었다.

채공이 이르자 채유는 심복을 보내 약속을 전하고 교윤(郊尹)인 투성연(鬪成然)은 채공을 멀리 들밖에까지 나와 맞이했다.

영윤 원파는 뒤늦게 군사를 모아 성문을 지키려 했지만 채유가 벌써 성문을 열어 채나라 군사를 맞아들인 뒤였다.

채나라 선봉장인 수무모(須務牟)가 성안으로 들어오자 큰 소리로 외쳤다.

"채공은 건계에서 초왕을 죽이고 대군을 거느리고 이미 성밖에 와 있다."

영왕의 포악에 시달려 온 나라 사람들은 누구나가 채공이 왕되는 것을 바라고 있었으므로 대항하려는 사람은 단 한 사람도 없었다.

원파는 세자를 데리고 달아나려 했으나 수무모의 군사가 이미 왕궁을 포위하고 있어 들어갈 수가 없었다. 그는 집으로 돌아와 자살하고 말았다.

채공의 대군이 뒤따라 들어와 왕궁을 치자 세자 녹과 공자 파(罷)가 대항해 싸웠다. 그들을 모두 죽이고 난 다음 채공은 자간을 받들어 왕으로 앉히고 자석으로 영윤을 맡게 한 다음 자신은 군권만을 잡은 사마가 되었다.

조오가 그의 속마음을 떠보았다.

"어찌하여 임금자리를 다른 사람에게 사양하십니까?"

"초왕이 아직 건계에 있지 않은가? 또 두 형을 두고 내가 스스로 왕이 된다면 남이 여러 말을 하지 않겠는가?"

조오는 속뜻을 알 수 있었다. 다시 꾀를 말했다.

"초왕이 군사들을 오래 밖에 내버려두고 있으므로 다같이 돌아오기를 바라고 있을 것입니다. 사람을 보내 이해로서 달래 부르게 되면 틀림없이 무너지고 말 것입니다. 그리고 대군이 이르면 왕을 사로잡을 수 있습니다."

채공은 관종을 건계로 보냈다. 관종은 건계로 가 군사들에게 말했다.

"채공은 이미 초나라로 들어와 두 아들을 죽이고 자간을 받들어 왕을 세웠다. 새 왕은 영을 내리셨다. 먼저 돌아오는 사람에겐 죄를 묻지 않고, 뒤에 돌아오는 사람은 코를 베고, 역적을 따르는 사람은 삼족을 멸할 것이며 역적에게 음식을 제공하는 사람도 같은 벌을 받게 된다."

이 말을 들은 군사들은 일시에 반 이상 흩어졌다. 영왕은 아직 건계 별장에서 술이 취해 자고 있었다. 정단이 급히 들어와 보고를 하자. 영왕은 두 아들이 죽었다는 말에 침대에 몸을 던지고 목놓아 통곡을 그치지 않았다.

정단이

"군사들의 마음이 이미 떠났으니 빨리 돌아가셔야 합니다."

라고 하자 영왕은 눈물을 닦고 말했다.

"다른 사람들도 그 자식 사랑하는 것이 과인과 같은가?"

"새와 짐승도 자식을 사랑할 줄 아는데 하물며 사람이겠습니까?"

"과인이 남의 자식을 많이 죽였으니 남이 내 자식을 죽이는 것을
  어찌 탓할 수 있겠는가?"

자기가 당하고 난 다음에야 남의 아픔을 아는 것이 사람이다. 아
쉬움을 모르고 고통을 모르는 사람일수록 더욱 그렇다.

조금 뒤에 새 왕이 채공을 대장에 임명하여 투성연과 함께 진·채
두 나라 군사를 거느리고 건계를 치러 들어온다는 보고가 들어왔다.

영왕은 슬픔이 노여움으로 변해,

"내가 싸워 죽을지언정 그들의 손에 묶임을 당할 수는 없다."
하고 남은 군사를 이끌고 서울로 향해 올라갔다. 그러나 오는 동안
군사는 자꾸 줄어들어 나중에는 겨우 백 명밖에 되지 않았다. 영왕
은 이미 일이 다 틀어진 것을 알자, 갓이며 옷을 벗어 물가 버드나
무에 매달아 두고 자취를 감추려 했다.

정단이 다른 나라로 달아나자고 해도,

"제후중 누가 나를 좋아하겠는가? 찾아 가서 도리어 욕을 당하게
  될 것이다."
하고 듣지 않았다.

그러자 정단마저 몰래 떠나고 말았다. 혼자 남은 초왕은 배가 고
파 마을로 들어가 밥을 얻어먹으려 했으나 밥을 주는 사람이 없었
다. 흩어져 달아나는 군사로부터 새 왕의 영이 어떻다는 것을 들었
기 때문이다.

이렇게 꼬박 사흘을 굶은 끝에 지쳐 땅바닥에 쓰러져 있을 때, 옛
날 궁문을 지키던 주(疇)란 장교가 지나갔다. 눈만 뜨고 지나가던
사람의 얼굴을 살피던 초왕은 그가 누구인 것을 알고 이름을 부르며
도움을 청했다.

주는 마지 못해 앞으로 와 머리를 조아렸다. 초왕은 그를 보고 말
했다.

"과인은 사흘을 굶었다. 너 나를 위해 밥 한 그릇 얻어줄 수 없겠

느냐?"

"백성들이 다 새 왕의 영을 두려워 하고 있으니 신이 어디서 밥을 얻겠습니까?"

하고 핑계를 댔다. 옛날 전혀 사랑을 받은 일이 없었던 모양이다. 초왕은 한숨만 길게 내쉬고는 가까이 와 앉으라고 한 다음 그의 넓적다리를 베고 누워 있었다.

주는 초왕이 잠들기를 기다렸다가 흙덩이를 대신 베어 주고는 달아나고 말았다. 잠을 깬 뒤 흙덩이를 만져본 영왕은 하늘을 부르며 통곡을 했다.

이때 마침 한 사람이 작은 수레를 타고 지나가다 그것이 영왕인 것을 알자 내려와 절을 하며,

"대왕께서 어찌하여 이 지경에 이르렀습니까?"

하고 물었다. 영왕은 눈물을 흘리며 경은 누구냐고 물었다.

"신은 신무우(申無宇)의 아들 신해(申亥)옵니다. 신의 아비는 두 차례나 대왕께 죄를 지었었는데 임금께서 용서하시고 죄를 묻지 않으셨습니다. 채나라 세자를 죽여 제사를 지내려 하는 것을 간해도 임금께서 듣지 않으시자 벼슬을 버리고 시골로 와 숨어 있었습니다. 얼마 전 세상을 뜰 때 이런 유언을 했었습니다. 임금이 불행한 일이 있으면 달려가 도우라고 말입니다. 도성이 함락되고 자간이 왕이 되었다는 말을 듣고 건계로 달려갔으나 뵈올 수가 없었습니다. 줄곧 찾아 여기에 이르렀는데 뜻하지 않게 여기서 뵈올 수 있었으니 하늘의 도움인 줄 아옵니다. 지금 온 나라가 채공의 손에 들어 있으니 달리 갈 곳이 없습니다. 신의 집이 멀지 않은 곳에 있으니 잠시 신의 집에 이르러 다시 상의하기로 하십시다."

신해는 마른 양식을 영왕에게 주었다. 넘어가지 않는 것을 억지로 삼키고 수레에 올라 신해의 집으로 갔다.

화려하기가 천하제일임을 자랑하던 장화궁에 살던 영왕이 머리를

숙이고 겨우 들어갈수 있는 시골 방에 숨어 있어야 했으니 처량하기 이를데 없었다. 그렇다고 희망이 있는 것도 아니고 요행을 바랄 수도 없는 몸이다.

작은 은혜를 잊지 않는 신해의 알뜰한 보살핌을 볼 때마다 영왕은 자신의 지난 날이 무서운 죄악으로 얼룩져 있음을 새삼 뼈저리게 느꼈다.

신무우가 두 번 지었다는 그 큰 죄란 신무우가 지은 죄라고는 볼 수 없다. 영왕이 신하의 도리를 지키지 않는다고 해서 정면으로 도전한 충직하고 용감한 행동이었다. 당시 영윤으로 임금의 실권을 갖고 있던 영왕이 여론이 두려워 모른체 한 것뿐이다. 그리고 왕이 된 뒤에는 그런 신무우가 믿음직스러워 가까이했던 것이다.

영왕은 마침내 절망과 죄책감으로 주는 것도 먹지 않고 뜬 눈으로 밤을 보내던 어느날 새벽 스스로 목을 매어 죽고 말았다.

한편 채공 기질은 건계에서 영왕의 뒤를 쫓다가 자량(訾梁)이란 곳에서 영왕이 벗어 나무에 올려놓은 갓과 옷을 보게 된다. 마을 사람이 발견하고 바친 것이다.

조오가 채공에게 말했다.

"초왕은 갈 곳이 없습니다. 내버려두어도 죽게 됩니다. 그보다도 나라안 일이 더 급합니다. 자간이 자리를 잡고 민심을 수습하면 뒷일이 어려워집니다."

"그럼 어떻게 하는 것이 좋은가?"

"초왕이 죽고 산 것을 나라사람들은 아무도 모릅니다. 수십 명의 작은 병졸들로 하여금 거짓 패한 군사라 일컬으고 성밖을 돌면서 초왕의 대군이 곧 이르게 된다고 외치게 하고, 다시 투성연을 시켜 자간과 자석에게 그 병졸들의 외친 소리를 뒷받침하는 보고를 하게 되면, 겁이 많고 꾀가 없는 그들은 다급한 나머지 스스로 목숨을 끊고 말 것입니다.”

채공은 조오의 말에 따랐다. 관종이 백여명의 병졸을 이끌고 패해 도망쳐 돌아온 것처럼 보이고 성을 돌며 외쳤다.

“채공은 싸움에 패해 죽고 초왕의 대군이 곧 뒤따라 이른다.”

사람들은 사실인 것으로 믿을 수밖에 없었다. 거듭되는 급격한 뒤바뀜에 곧 닥칠 일들이 두렵기만 했다.

얼마 뒤에 채공과 함께 떠났던 투성연이 또 돌아왔다. 그의 말도 똑 같았다. 사람들은 틀림없다는 생각에서 성위로 올라가 멀리 바라보기까지 했다. 그들이 바라본 대군은 채공이 이끌고 돌아오는 군사였지만 그들의 눈에는 영왕이 이끄는 군사로 보였다.

투성연은 바쁜 걸음으로 자간에게로 달려가 보고했다.

“초왕의 노여움은 이루 말할 수 없습니다. 반역을 일으킨 죄를 물어 임금과 영윤을 거리에 내다 죽이려 한다 합니다. 일찍 스스로 피하시어 욕된 일을 당하시지 말기 바랍니다. 신도 또한 이 길로 목숨을 건지기 위해 멀리 달아나려 합니다.”

말을 마치기가 무섭게 투성연은 미친듯이 달아났다. 자간은 자석을 불러 말했다. 자석은 조오가 우리를 망쳤다며 조오를 원망했다. 임금자리를 끝내 사양하고 받지 않았으면 이런 일은 없었을 것이다. 자간은 그런 지혜가 없었던 것이다.

자간과 자석은 서로 부둥겨 안고 통곡을 했다. 궁밖에서 또 소식이 전해졌다. 초왕의 군사가 벌써 입성했다는 소식이다. 자석이 먼저 칼을 뽑아 자기 목을 쳐서 죽고, 자간이 그 뒤를 따랐다. 내관과 궁녀들도 놀라 자살하는 사람이 뒤를 따르고 울부짖는 소리가 끊이질 않았다.

명분과 실리를 놓고 줄타기놀음을 하는 권력싸움에서 도덕성 운운하는 그 자체부터가 또한 부도덕한 자기기만일지도 모르는 일이다.

투성연은 다시 무리롤 이끌고 들어와 시체들을 말끔히 치우고 백관들을 거느리고 채공을 맞아들였다. 사람들은 여전히 오는 사람이 영왕인 줄로만 알았다. 막상 들어오는 것을 보니 채공이 아니겠는가. 그제서야 모든 것이 채공의 계책에서 나온 것임을 알 수 있었다.

채공이 들어와 임금이 되니 이가 평왕이다. 이름을 거(居)로 고쳤다.

평왕은 투성연을 영윤에 임명하고 몇몇 새 사람들을 새 벼슬에 오르게 했다. 그 밖의 사람들은 모두 옛날 그대로였다. 백관들이 다 은혜에 감사하는 인사를 올렸다. 그러나 조오와 채유만은 주는 벼슬을 사양하고 물러가려 했다. 평왕이 그 까닭을 묻자 조오가 이렇게 대답했다.

"임금을 도와 군사를 일으켜 초나라를 덮치려 한 것은 채나라를 되찾기 위해서였습니다. 지금 왕위가 이미 정해졌는데도 채나라 종사는 그대로 버려져 있으니 신이 무슨 낯으로 왕의 조정에 서 있을 수 있겠습니까? 옛날 영왕이 남의 나라를 탐내어 삼킴으로써 천하의 인심을 잃었으니, 임금께서는 영왕의 잘못을 바로잡으셔야만 잃었던 인심을 다시 돌려 기뻐 복종하게 만들 수 있습니다. 영왕어 한 일을 바로잡으시려면 진·채 두 나라의 종사를 되돌려 주시는 일부터 하셔야 합니다."

조오의 그 많은 고심과 노력이 이 한마디를 위한 것이었으니 뜻있는 사람의 마음을 서글프게 하는 일이기도 하다.

평왕은 미처 생각을 못했다며, 곧 사람을 시켜 진·채 두 나라의 후손을 찾게 했다. 진나라 세자 언사의 아들 오(吳)와 채나라 세자 유의 아들 여(廬)를 찾아냈다.

오를 진나라 임금으로 세우니 이가 진혜공(陳惠公)이었고, 여를 채나라 임금으로 세우니 이가 채평공(蔡平公)이었다.

조오와 채유는 채평공을 따라 채나라로 돌아가고 하설은 진혜공을 따라 진나라로 돌아갔다. 진·채 두 나라의 군사들도 각각 자기 임금을 따랐다. 앞서 영왕이 노략해 온 두 나라의 귀한 물건들도 다 되돌려 주었다.

그와 동시에 앞서 영왕이 강제로 형산으로 옮기게 한 허·호·심·도·방·신(許胡沈道房申) 여섯 작은 나라들도 모두 옛 땅으로 되돌아가 살게 해주었다. 이것이 노소공 13년의 일이다. 영왕이 저지른 죄악으로 빚어진 일들이 조오의 고심과 노력으로 옛 모습으로 돌아간 것이다.

끝맺음

노소공 14년은 초평왕 원년이다. 이때부터 초나라는 안정을 되찾고 이웃 나라를 침략하는 일도 없었다. 평왕이란 글자가 말해주듯 평화를 누리게 된 시대였다.

그러나 초평왕은 이듬해인 노소공 15년에 태자 건(建)을 위해 맞아오던 진(秦)나라 공주 맹영(孟嬴)의 미모에 이끌려 며느리로 데려오던 그녀를 자기 아내로 삼고 태자 건에게는 잉첩으로 따라오던 제나라 딸을 거짓 맹영으로 꾸며 주는 큰 잘못을 저지르고 만다.

한번 저지른 잘못으로 인해 태자를 내쫓고 태자의 태부인 오사(伍奢)를 죽이고 오사의 작은 아들 자서(子胥)가 아버지의 원수를 갚기 위해 오나라로 달아나게 되고 오나라에서 뜻을 얻은 그 오자서가 초평왕이 죽은 뒤 초나라 도성을 점령하고 그의 시체를 꺼내 매질까지 하게 된다.

오자서로 인해 천하를 호령하게 되었던 오나라 임금 부차(夫差)는 월나라 임금 구천(句踐)에 의해 또 망하게 된다.

이 이야기들은 5패의 한 사람인 초장왕의 이야기와 함께 〈논어〉에 자세히 설명되어 있으므로 여기서는 빼고 하지않았다.

사마천이 쓴 〈사기〉의 12제후 연표(年表)는, 곧 춘추시대의 12제후들의 중요한 기사를 연대순으로 기록한 것이다.

그 연표에 따르면 노소공 16년에 진소공(晉昭公)이 임금된 6년에 죽자 진나라 실권자인 여섯 대신인 이른바 6경(六卿)이 임금을 누르고 나라일을 마음대로 한 것으로 적고 있다. 또 소공의 뒤를 이은 경공(頃公) 12년에는 그 6경들이 임금의 겨레붙이들을 무찌르고 그 땅을 각각 나눠가진 것으로 되어 있다.

이들 6경이 권력싸움을 되풀이하던 끝에 한(韓) 위(魏) 조(趙) 세 집이 남게 되어, 춘추시대가 전국시대로 옮겨지게 된다.

제나라는 경공이 임금된 58년인 노애공(魯哀公) 5년에 죽고 첩의 아들인 안유자(晏孺子)가 임금이 되었다. 이는 경공의 유언에 따라 두 상국인 국하(國夏)와 고장(高張)에 의해 이루어 진 것이다. 그러나 사실상의 실권자인 전걸(田乞)은 안유자보다는 양생(陽生)을 임금자리에 앉히려 하고 있었다.

이 전걸은 앞에 말한 바 있는 진무우의 아들로 권모술수가 뛰어난 사람이었다. 전걸은 겉으로 국하와 고장을 떠받드는 척하며 다른 대신들과의 사이를 벌어지게 만들고, 반대쪽 사람들을 부추겨 국하와 고장을 쳐서 안유자와 함께 내쫓은 다음 노나라로 피해 가 있던 양생을 맞아 임금으로 앉히니 이가 도공(悼公)이다.

도공이 임금이 되자 전걸이 국상이 되어 실권을 완전히 한손에 쥐었다. 전걸이 상국이 된 4년에 병으로 죽자 그 아들 상(常)이 뒤를 이었다. 이때 포목(鮑牧)이 도공과 사이가 나빠 도공을 죽이자, 도공의 아들 임(壬)이 임금이 되었다. 이가 간공(簡公)이다.

간공은 전상을 멀리할 생각으로 감지(監止)와 함께 국상을 둘로 만들었다. 전상은 감지를 없애고 싶었으나 간공이 그를 신임하고 있었으므로 손을 쓸 수가 없었다. 이리하여 결국 힘으로 싸운 끝에 감지는 죽고 간공은 달아나다 잡히어 또 죽고 말았다.

이때가 노애공 14년으로 노나라 숙손씨가 서쪽으로 사냥을 나갔다가 기린을 잡았고, 그 기린의 죽음을 보고 공자가 〈춘추〉를 지은 것으로 되어 있다.

공자는 노애공 16년에 세상을 뜨게 되고 2년 뒤인 노애공 18년으로 〈사기〉의 연표는 끝을 맺는다. 그런데 그 끝맺는 그곳에 애공이 27년에 죽었다고 적고 있다.

공자는 〈춘추〉를 지으며 노애공 14년 봄에 서쪽으로 사냥을 나가 기린을 잡았다고 한 이 해로 끝을 맺은 것으로 전해지고 있다. 그러나 좌전은 '노애공 16년 여름 4월 기축(己丑)에 공자(孔子)가 세상을 마쳤다(卒)'라는 것으로 끝을 맺었다. 공자가 그렇게 쓸 수는 없는 일이지만 그렇게 끝을 맺는 것이 당연한 일이기도 하다.

그리고 〈사기〉 연표가 노애공이 27년에 죽었다고 덧붙여둔 것과 같은 뜻에서였는지, 경문이 없는 전만의 역사를 애공이 죽은 27년까지 적어두고 있다.

소설 **춘 추**(하)
용과 뱀

*
초판 인쇄일 • 2006년 10월 4일
초판 발행일 • 2006년 10월 9일
*
지은이 • 김영수
펴낸이 • 김동구
펴낸곳 • 명문당 (1926. 10. 1 창립)
서울특별시 종로구 안국동 17〜8
대체:010041-31-001194
전화: (영)733-3039, 734-4798
(편) 733-4748 FAX: 734-9209
*
Homepage: www.myungmundang.net
E-mail: mmdbook1@kornet.net
등록 1977. 11. 19. 제1〜148호
*
ISBN 89-7270-829-1 04820
ISBN 89-7270-063-0(전2권)
낙장이나 파본은 교환해 드립니다.
*
값 9,500원